U0142813

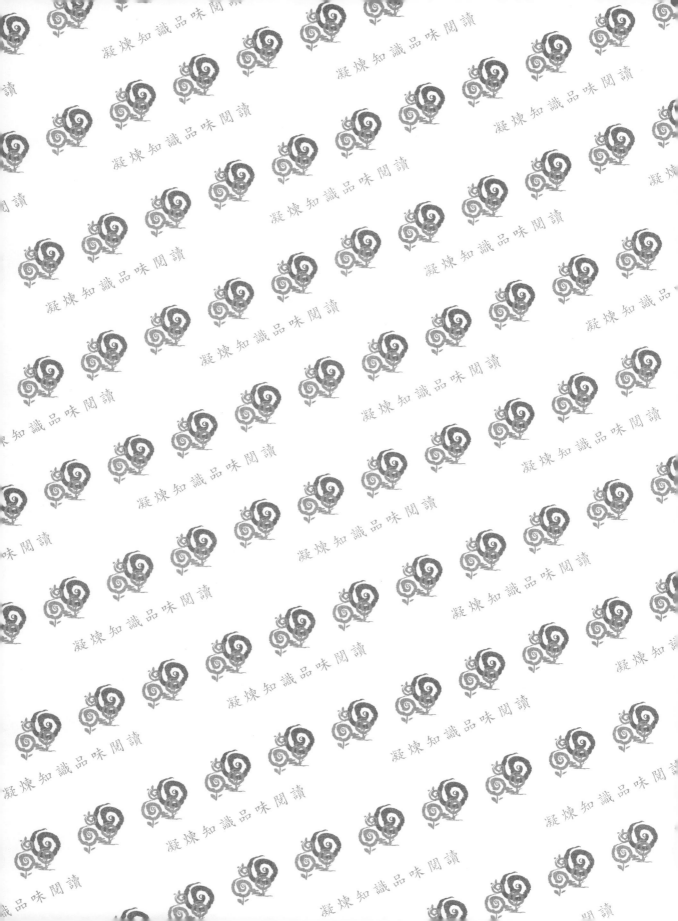

從學霸到
職場高「財」生
的寫作課

卓素絹 ————〜———— 著

五南圖書出版公司 印行

序言

　　關於寫作這件事，自古以來神祕傳說很多，在古老的中國有倉頡造字後驚天地、泣鬼神之說。歐洲詩人認為寫作需要靈感降臨，否則只是傷神費力又白費功夫，還以繆斯女神比作靈感的象徵。中國成語中也有許多描述寫作過程中會經歷的痛苦與恐怖階段，如：絞盡腦汁、腸枯思竭。當然也有形容寫作奇才的成語，如：妙筆生花、七步成詩。

　　不管多艱難、多神祕，寫作是一項重要且必備的能力已是不爭的事實，即使到了網路世代、AI 時代，寫作能力仍然是學生升學考試、職場入門必備技能，甚至可以作為個人創作及心靈舒壓的方式之一，不過寫作力也與時俱進，做了跨領域結合，換了新名詞，如：「多元敘事力」、「議題評論力」、「自媒體與網站小編編輯力」。

　　其實「多元敘事力」是指用影像、口說、文字等多重方式的說故事能力，需要使用記敘文與說故事寫作基本功，加上結合口語表達與媒體影像處理能力。一個好的導演和網紅（Youtuber）要將好的影片呈現給觀眾之前，一定要了解結構、起承轉合間如何巧妙拿捏，才能感動觀眾，引起觀眾共鳴。

　　「議題評論力」的基礎能力就是議論文的寫作力，加上使用搜尋引擎、查找網路各種資訊與意見的能力，最後還要有良好的辯論技巧及統整意見的能力，才能寫出好的報導文學、新聞稿、時事評論類型的文章。

　　「自媒體或網站小編編輯力」的基礎能力就是撰寫說明文、摘要的能力，再加上繪圖與影像能力，而後才能完成懶人包、開箱文、業配文、一頁提案企劃書類型的文章。

　　綜合以上各項書寫能力需求，本書分成三大面向，依寫作主題規劃出十二個章節，分別是：

考試型作文

1. 閱讀理解策略初階篇——閱讀測驗得分要訣

    （主題選文：SDG 4 優質教育——各種天才優勢智能探討）

2. 閱讀理解策略進階篇——摘要、評論得分要訣

    （主題選文：SDG 16 和平、正義及健全制度——社會包容自由議題探討）

3. 議論文寫作逐步養成密技

    （主題選文：SDG 4 優質教育——學習議題探討）

職場型作文

4. 從議論文到辯論比賽養成密技

    （主題選文：SDG 5 性別平等）

5. 從說明文到懶人包寫作密技

    （主題選文：SDG 10 減少國家內部和國家之間的不平等）

6. 從「企劃書」到「一頁提案計劃書」寫作密技

    （主題選文：SDG 10 減少國家內部和國家之間的不平等）

7. 從開箱文到業配文寫作密技

    （主題選文：SDG 12 永續的消費和生產模式；SDG 14 保護海洋資源）

8. 從說一個好故事到劇本寫作密技

    （主題選文：SDG 10 減少國家內部和國家之間的不平等）

9. 從人物傳記到訪談稿寫作密技

    （主題選文：SDG 17 永續發展的全球夥伴關係；SDG 8 人人獲得適當工作）

10. 從報導文學到新聞稿寫作密技

    （主題選文：SDG 11 永續城鄉；SDG 16 和平、正義及健全制度）

個人創作型作文

11. 從短詩文到社群發文（圖文創作）寫作密技
（主題選文：華人文化中水與月的意象）
12. 從考試作文到徵文比賽寫作密技
（主題選文：人間溫情與自我探索）

　　本書的每個章節就是一個主題寫作，每個主題寫作都包含四個步驟：主題寫作要訣說明、範文講解、牛刀小試（習作）、自我增能與延伸閱讀。其中延伸閱讀的選文涵蓋古今中外著名文章，加上作者親自做田野調查後撰寫的主題文章。不過因著作權問題，無法選錄現代作家文章，在此做補充說明。

　　本書從第一章到第十章的主題選文都與聯合國 SDGs（Sustainable Development Goals）永續發展目標相關，主要是說明一篇好的文章有作者撰文時深刻的人生體會與思惟，其價值可穿越時間、空間，因此能歷久彌新，文章雖是在遙遠年代寫成，卻也能呼應現代世界所關注的議題。希望讀者在閱讀主題文章時，除了體會文章之美、詳加揣摩寫作技巧外，也要思考作者在文章撰寫時的深刻思惟。

　　寫作涉及個人多項內隱知識的運用，這些內隱知識外人看不到，當事人又很難形容出來，因此才會把寫作這門知識神祕化，而本書就是要將寫作的內隱知識彰顯到外部來，讓讀者一目了然，並透過仿作練習，一步步寫出屬於自己的篇章。本書透過手把手的教學四步驟，從第一章到第十二章循序漸進，我們邀請讀者一起來練功，藉由寫作力的提升，讓我們一起成為學霸，成為職場高「財」生！

素絹 于 2022 年 2 月 17 日

目錄

職場型作文

第 4 章 從議論文到辯論比賽養成密技

SDG 5　性別平等：登徒子好色賦、齊人有

第 5 章 從說明文到懶人包寫作密技

SDG 10　減少國家內部和國家之間的不平等：

第 6 章 從「企劃書」到「一頁提案計劃書」
寫作密技

SDG 10　減少國家內部和國家之間的不平等：

第1章

閱讀理解策略初階篇——閱讀測驗得分要訣

從 108 課綱上路後，考試題型就有了很大的變化，包含：題目變成長篇文本、題型偏向跨領域及素養化、答題時不再以選擇題為主，不但要求同學知其然，還要知其所以然，除了要知道答案選項，還要用文字表達出為什麼。整體而言，考題是要檢核考生的閱讀理解能力，而閱讀理解力則包含了是否能將文本輸入自己的大腦——「融會貫通」，以及將文本重點用文字輸出——「邏輯性表達」兩項能力。

本章會訓練同學們閱讀的「融會貫通」、「邏輯性表達」兩項能力，希望同學們能耐心學習。

壹、閱讀為我們帶來的好處

一、閱讀可以打破無知、剔除愚昧

中國傳說故事曾提到皇帝命倉頡造字，當倉頡造出一系列文字後，天地驚、鬼神泣，這是為什麼？代表人類有機會超越自己身為人的侷限，人類只要懂得閱讀與書寫，就有能力讓個人有限的知識與經驗不斷傳承下去。藉由不斷閱讀前人知識經驗，個人就能打破有限的時間、生命，累積各領域知識，就有能力打開自己的視野。人類一旦有這樣的能力，表示不用再懼怕鬼神，鬼神自然就會感到畏懼。

二、閱讀是低成本、高 CP 值自我提升的方法

我們無法直接經歷人世間所有事物，但是透過閱讀，我們可以獲取他人經驗，站在巨人的肩膀上，幫助自己看得更高更遠；透過閱讀，可以幫助我們更廣泛地涉獵多元領域，培養以他人的思惟理解事物，將人事物看得更清楚、更透澈，所以說閱讀是獲取他人經驗最低成本、最高 CP 值的方法。

三、閱讀能提升我們解決事物的能力

我們之所以會害怕、不安、焦慮，是因為不了解很多事物，因為不了解，卻又與自己密切相關，無法置之不理，才會產生很多負面情緒，而消除因未知而產生的恐懼，最好的方式是擁有正確的資訊、知識去解決問題。透過廣泛地閱讀，可以幫助我們獲得相關的資訊、知識，消除這些恐懼後，讓我們看待人事物的觀點變得圓融。

生活少了偏見自然多了包容，更能理解他人的想法與行為，人際關係自然提升，因此透過閱讀可以讓人生與世界變得更加美好。

貳、國際閱讀理解測驗 PISA

一、PISA 國際素養評量計劃

PISA 是 Program for International Student Assessment 的簡稱，由經濟合作暨發展組織（Organization for Economic Cooperation and Development，簡稱 OECD）主辦，是針對全世界十五歲學生所規劃的學習素養評量。

PISA 國際素養評量主要運用素養（Literacy）觀點來設計測驗，測驗內容分為三大領域：閱讀素養、數學素養及科學素養，主要在評估學生是否能將學校所學得的知識與技能，應用於日常生活中，題目會先以一段文字描述情境式問題，讓學生透過閱讀理解問題，並運用所學會的知識技能解決問題。

二、PISA 期待受測者透過「閱讀素養」而學會的能力

PISA 閱讀素養測驗藉由受試者閱讀文本內容，再以試題提問，看受測者是否能在閱讀完文本後理解文章重點，並運用到日常生活，解決真實

世界的問題。

PISA 閱讀素養測驗最主要是想訓練受測者不要只是被動地接受訊息，而是要成為主動的訊息處理者，對於學習內容，受試者不應未經反思就照單全收，要能進行省思回饋，更要能批判閱讀內容，不僅與作者互動，更應積極與社會人群互動，也就是所謂「盡信書不如無書」的意思。

PISA 閱讀素養測驗希望訓練受測者能與文本對話，並進而擁有自我反思、批判、評鑑文本等高階能力，讓受測者能經由多元、廣泛閱讀，實現個人目標、提升自我潛能、參與社會的公民素養能力。

三、PISA 的三階段閱讀歷程與閱讀能力

1. 擷取與檢索訊息（Access and Retrieve）：

「擷取與檢索訊息」是讓受測者在閱讀完文本後，依據問題要求，清楚找到、寫出文本中的重點訊息。例如：找出文本中的人、事、時、地、物；指出可直接說明文章主旨的句子內容。

這是閱讀理解中，掌握文本內容最基礎、最表層的方式。

2. 統整與解釋（Integrate and Interpret）：

「統整與解釋」包含「廣泛理解」與「發展解釋」兩項能力。

在此歷程中，希望受測者在閱讀完文本後能正確解讀文本的內容；而發展解釋則是要受測者在閱讀後能明確、完整地解釋文本內容，例如：從文本中推論出事件間的因果關係、人物關係；在一串論點中歸納出重點；推測作者的語氣或營造出的氣氛，或是統整文章的主旨。

這是閱讀理解中的進階能力，受測者要能從文本中發展出自我與文本初步對話的能力，將文本進行拆解與組合，如：統整出段落大意、文章主旨、摘要，或是畫出心智圖、課文分析結構表等。

3. 省思與評鑑（Reflect and Evaluate）：

「省思與評鑑」是指受測者閱讀完文本後，要能將閱讀的文本內容與

自己舊有的知識、想法和經驗做連結，並經過反思、判斷，提出自己獨到的見解，甚至批判作者觀點、想法的問題點，而且要有確切的理由和證據，建構自己對文本和作者所提出的評論。例如：找出作者論述的立場、評估文本訊息在真實世界中確實發生的可能性、評斷文本的完整性，或作者安排的結局、結論是否恰當。

　　這是閱讀理解中的高階能力。撰寫閱讀心得，就是要在閱讀後，對文本的好壞、作者提出的觀點做出評論，並提供證據及說明原因。

 ## 參、閱讀策略

一、閱讀前（起手式、預備動作）

　　當我們要閱讀一本書、一篇文章時，要先準備好兩個能力，一個是從書中找重點資訊做預測判斷，另一個則是將文本內容與自己的經驗連結。

　　就像我們出國旅行前會先查找旅遊景點相關資訊，到了陌生的國度和陌生城市時，我們會先從當地各種地景、建築、招牌等資訊去猜想這是哪裡？有什麼特殊新奇的地方？那麼，該如何在閱讀前從書本或文章所提供的訊息做預測判斷呢？

從書本、文章提供的各種線索連結自己的背景知識

1. 從書本、文章中的標題、作者、目錄、圖片、首行文字、章節的小標題，試著去猜想文本可能談論的重點。
2. 用書本、文章中的標題為關鍵詞，回憶自己與此主題相關的經驗或曾經閱讀過的相關文章。

　　若讀者能從書本、文章中的標題、作者等各項資訊喚起自己舊有的經驗、知識，並與書本、文章內容做適當的連結（這就是所謂跨文本的連結），這種熟悉感可以幫助讀者自在閱讀，且快速地進入到書本、文章的

核心重點，使自己能更有效率地理解內容。

二、閱讀中（在閱讀中不迷航）

　　書本、文章中，作者敘述、討論的真實性問題到底是什麼？讀者要先能掌握這個基礎的表層理解問題。這邊提供兩個方向可以幫助我們在閱讀中不迷航，分別是「掌握段落主旨」和「掌握內容結構」。

　　篇章是由各個段落組合出來的，因此掌握了段落主旨後，我們就能輕鬆建構出內容結構，並更進一步探討作者寫這篇文章背後的宗旨、目的。

1. 掌握段落主旨──尋找中心句的策略

　　一個段落往往是由很多句子組合而成，乍看之下很複雜繁瑣，但其實句子都是圍繞作者心中的想法，依照作者的思路，有計劃、有邏輯地組織起來，若能在閱讀文章的時候，準確把握段落的中心句，就能化繁為簡，理解作者想傳達的重要訊息。

　　尋找段落裡的中心句不是難事。中心句是有規律可以依循的，一般情況下，中心句會出現在三個地方：

(1) **首括式**：作者一開始就把整個段落的重點揭露出來，在這個段落的首句中，作者已經對本段內容進行總概念的揭示，在後面的文句中再詳細介紹、分析或補充說明首句的概念。

範例

　　盼望著，盼望著，東風來了，春天的腳步近了。 一切都像剛睡醒的樣子，欣欣然張開了眼。山朗潤起來了，水漲起來了，太陽的臉紅起來了。小草偷偷地從土裡鑽出來，嫩嫩的，綠綠的。園子裡，田野里，瞧去，一大片一大片滿是的。坐著，躺著，打兩個滾，踢幾腳球，賽幾趟跑，捉幾回迷藏。風輕悄悄的，草軟綿綿的。（節錄 朱自清〈春〉）

(2) **尾結式**：作者先在段落開頭說明細節或交代相關論據，最後再做出結論，而這個結論就是此段落的中心句，作者把中心句置於段尾，可讓整個段落產生畫龍點睛的效果。

範例

　　環滁皆山也。其西南諸峯，林壑尤美，望之蔚然而深秀者，琅邪也。山行六七里，漸聞水聲潺潺，而瀉出于兩峯之間者，釀泉也。峯回路轉，有亭翼然，臨于泉上者，醉翁亭也。作亭者誰？山之僧曰智也。名之者誰？太守自謂也。太守與客來飲于此，飲少輒醉，而年又最高，故自號曰醉翁也。**醉翁之意不在酒，在乎山水之間也。山水之樂，得之心而寓之酒也。**（節錄 歐陽脩〈醉翁亭記〉）

(3) **中領式**：作者在文章段落的前半部以幾句話先作為鋪墊，再引出中心句，之後再用文句交代細節，或提出論據，中心句放在段落中間作為承上啟下的作用。

範例

　　《韓非子》在「十過」中，提醒領導者要小心，不要犯了十種過失。第一種過失指的是「行小忠則大忠之賊也」，這句話令人很疑惑，因此韓非用一個故事說明。僕人谷陽獻酒，不是要害死子反，相反地，他是因為忠愛於子反，想滿足子反的喜好，沒想到卻害他被殺了。所以說，獻小忠，便是對大忠的禍害。

　　故事是這樣的：楚共王和晉厲公在鄢陵大戰，在戰鬥激烈時，楚軍司馬子反因為口渴跟僕人谷陽要水喝，谷陽知道子反愛喝酒，趕忙奉上一壺酒。子反說：「拿走，這是酒。」谷陽說：「這是止渴的水呀！」子反一口接一口，喝到酩酊大醉。當晚，共王想再戰，醉得東倒西歪的司馬子反只好推辭自己心病復發，不能應戰。共王覺得納悶，親自來探視子反，卻聞到他酒氣沖天，憤怒地說：「今天的征戰，我要仰賴司馬，他卻醉成這

樣。他是忘了楚國的神靈，也絲毫不關心我們的子民了吧？」楚共王不得已撤軍後，也將司馬子反處以死刑。（節錄改寫自《韓非子・十過》）

2. 掌握內容結構——5W2H1E

知道每段的中心句後，就能更快速掌握整篇文章的內容結構了。我們可以用 5W2H1E 作為內容結構分析，5W2H1E 指的是：人物（Who）、地點（Where）、時間（When）、發生什麼事（What）、為什麼會這樣（Why）、問題如何解決（How）、花了多少成本或代價（How much）、效果或影響（Effect）。

三、閱讀後（與作者進行交流與深度對話）

這部分屬高層次的閱讀策略，在閱讀完文本後，讀者要能有效讓文本與自身經驗連結，再做出反思判斷，包含以下三項能力：

1. 整合分析類問題

為了幫助自己對文本有更深層的理解，了解作者所提出的意見、看法，可以在閱讀完後自我提問，例如：「為什麼作者會這麼寫」、「文本所提出的觀點是否和作者的人生經歷相關」等問題。

2. 詮釋類問題

閱讀完畢後，需要運用自己原有的知識去理解與建構文本中的細節，讓文意更完整，或是想像文本中的人事物轉換到真實世界的情形。包括：詮釋文本當中人物的特質、行為與做法、詮釋文中訊息在真實世界中的應用，例如：「我認為……」、「我從……可得知主角個性……」、「如果主角活在現代會遇到……」等問題。

3. 把新舊資料結合比較，綜合出獨到見解

閱讀結束，可以回憶作者在文本中所提出的看法，與自己的既有知

識、經驗，或曾經閱讀過的書籍是否有關？作者的觀點是補充說明、還是延伸的問題討論，又是否和自己的背景知識或觀點有所牴觸？不同之處在哪裡？而有哪些證據、資料可以證明自己的論點？

4. 閱讀理解監控

　　有時在閱讀完文本後，會發現在閱讀過程中遇到障礙，這時可以自我檢視一下，是有哪些地方不明白，又是什麼原因以致不明白？是文本的相關背景資料不足嗎？是字詞太艱深嗎？還是這是一篇翻譯不流暢的文章，那能否找到其他翻譯版本？

　　唯有找到造成閱讀困難的問題所在，才能採取適當的解決方法，以提升自己的閱讀理解力。

範例

　　金溪民方仲永，世隸耕。<u>仲永生五年，未嘗識書具，忽啼求之。</u>父異焉，借旁近與之，即書詩四句，並自為其名。其詩以養父母、收族為意，傳一鄉秀才觀之。自是指物作詩立就，其文理皆有可觀者。邑人奇之，稍稍賓客其父，或以錢幣乞之。父利其然也，日扳仲永環謁於邑人，不使學。

　　余聞之也久。明道中，從先人還家，於舅家見之，十二三矣。令作詩，不能稱前時之聞。又七年，還自揚州，復到舅家問焉。曰：「<u>泯然眾人矣。</u>」

　　王子曰：仲永之通悟，受之天也。其受之天也，賢於材人遠矣。卒之為眾人，則其受於人者不至也。彼其受之天也，如此其賢也，不受之人，且為眾人；<u>今夫不受之天，固眾人，又不受之人，得為眾人而已耶？</u>（北宋·王安石〈傷仲永〉）

(一)〈傷仲永〉5W2H1E 分析範例

擷取檢索訊息＋統整與解釋	人物（Who）	方仲永
	地點（Where）	住在金溪，世代耕種的農民
	時間（When）	1. 五歲 2. 十二至十三歲 3. 二十歲（十二至十三歲又七年）
	發生什麼事（What）	仲永五歲，即書詩四句，十二三矣，不能稱前時之聞，又七年，泯然眾人矣。 （仲永五歲就是讀寫詩文的天才，十二、十三歲時卻沒有五歲時表現得好，到二十歲已經和普通人一樣）
	為什麼會這樣（Why）	仲永之通悟，受之天也，卒之為眾人，則其受於人者不至也。 （仲永的聰明是天生的，最後卻和一般人差不多，因為沒有後天人為栽培）
	問題如何解決（How）	受之人 （雖然是天才，但還是要受後天的教育）
	花了多少成本或代價（How much）	從五歲天才到二十歲變成普通人
省思與評鑑	效果或影響（Effect）	後天教育與努力比先天的天分更重要

(二) PISA 閱讀理解：題目練習與解答分析

擷取與檢索訊息	解答分析
關於〈傷仲永〉一文，下列敘述何者正確？ (A) 仲永天生的文才是遺傳自家族 (B) 仲永的文學才華屬於天賦 (C) 仲永藉由後天學習才能保有先天文采 (D) 仲永從五歲到二十歲都能展現驚人的文學才華	答案：(B) 解析： (A) 仲永家世代務農。 (C) 仲永的聰明是天生的，最後卻和一般人差不多，因為沒有後天人為栽培。 (D) 仲永五歲就是讀寫詩文的天才，十二、十三歲時卻沒有五歲時表現得好，到二十歲已經和普通人一樣。

統整與解釋	解答分析
有關〈傷仲永〉的敘述，下列何者**不正確**？ (A) 本文能警醒世人，達到勸學的用意 (B) 題目〈傷仲永〉的「傷」字，有惋惜之意 (C) 本文採用「先議後敘」的筆法說明作者觀點 (D) 全文不見「傷」字，但傷感之意充滿全文	答案：(C) 解析： (C) 本文採用先敘後議的筆法，說明作者觀點，前面先說仲永的故事，後面作者才點出雖然是天才，但還是要受後天的教育。

省思與評鑑	解答分析
下列何者最能符合〈傷仲永〉的主旨？ (A) 從師問學的重要 (B) 懷才不遇的可悲 (C) 諷刺時政的無奈	答案：(A) 解析： 從「仲永之通悟，受之天也，卒之為眾人，則其受於人者不至也」可知，作者感嘆仲永的聰明是天生的，最後

從學霸到職場高「財」生的寫作課

(D) 小時了了大未必佳	卻和一般人差不多，因為沒有後天人為栽培，故應該選 (A) 從師問學的重要。(D) 是誘答選項，只說明現象，沒有說到根本原因。

(三)【牛刀小試】學生練習篇（閱讀理解選擇題）

▲閱讀下文，回答第 1～5 題（記敘文、文言文故事性文本）

　　東晉陽羨許彥於綏安山行，遇一書生，年十七八，臥路側，云腳痛，求寄鵝籠中。彥以為戲言，書生便入籠，籠亦不更廣，書生亦不更小，宛然與雙鵝並座，鵝亦不驚。彥負籠而去，都不覺重。

　　前行息樹下，書生乃出籠謂彥曰：「欲為君薄設。」彥曰：「善。」乃口中吐出一銅奩子，奩子中具諸餚饌，酒數行，謂彥曰：「向將一婦人自隨，今欲暫邀之。」彥曰：「善。」又於口中吐一女子，年可十五六，衣服綺麗，容貌殊絕，共坐宴。

　　俄而書生醉臥，此女謂彥曰：「雖與書生結夫妻，而實懷怨，向亦竊得一男子同行，書生既眠，暫喚之，君幸勿言。」彥曰：「善。」女子於口中吐出一男子，年可二十三四，亦穎悟可愛，乃與彥叙寒溫。

　　書生臥欲覺，女子口吐一錦行障遮書生，書生乃留女子共臥，男子謂彥曰：「此女雖有情，心亦不盡，向復竊得一女人同行，今欲暫見之，願君勿洩。」彥曰：「善。」男子又於口中吐一婦人，年可二十許，共酌；戲談甚久，聞書生動聲，男子曰：「二人眠已覺。」因取所吐女人，還納口中，須臾，書生處女乃出謂彥曰：「書生欲起。」乃吞向男子，獨對彥坐。然後書生起謂彥曰：「暫眠遂久，君獨坐，當悒悒耶？日又晚，當與君別。」遂吞其女子，諸器皿悉納口中，留大銅盤可廣二尺餘。與彥別曰：「無以藉君，與君相憶也。」

　　大元中彥為蘭臺令史，以盤餉侍中張散，散看其銘題，云是漢永平三年作也。（節選自《續齊諧記‧陽羨書生》）

(　) 1. 文本中男女相繼出現的時機，下列何者**不在其列**？
　　 (A) 把酒言歡之時　　　　　 (B) 大快朵頤之時
　　 (C) 睏極欲眠之時　　　　　 (D) 久候不得見時

(　) 2. 下列何人在文本中能吞吐不尋常物品，又能隱瞞人事？
　　 (A) 許彥　　　　　　　　　 (B) 書生
　　 (C) 二十許女子　　　　　　 (D) 年十五、六女子

(　) 3. 關於本文的奇幻情節，下列敘述何者**錯誤**？
　　 (A) 書生能與雙鵝並坐於籠中
　　 (B) 東晉許彥接收的銅盤是製作於漢代
　　 (C) 書生稍酒醒後，妻子吐出錦行障以防止事跡敗露
　　 (D) 書生為了答謝許彥沒有揭穿真相，贈送口吐出的銅盤乙只

(　) 4. 下列有關〈陽羨書生〉的敘述何者**錯誤**？
　　 (A) 可以歸類於奇幻小說
　　 (B) 講述許彥與書生之妻曖昧之情
　　 (C) 鵝籠書生因此成為中國戲法代名詞
　　 (D) 故事層層推進，似俄羅斯套娃結構

(　) 5. 文末銅盤上「漢永平三年所作」的寫作用意與下列何者較為相近？
　　 (A) 人一能之，己百之；人十能之，己千之。（《中庸》）
　　 (B) 不積跬步，無以至千里，不積小流，無以成江海。（《荀子·勸學》）
　　 (C) 南陽劉子驥，高尚士也。聞之，欣然規往。未果，尋病終。（〈桃花源記〉）
　　 (D) 人固有一逝世，或者重於泰山，或者輕於鴻毛。（《史記》）

參考答案：D、B、D、B、C

肆、自我增能與延伸閱讀

　　傳統智力測驗指的是 IQ，測驗內容為：數學邏輯、語文、空間智能。而早期學校教育也特別強調學生在「數學邏輯」和「語文」兩方面的發展。但這些分類不能代表人類全部的智能，只依賴這些能力在真實生活中並不足以賴以為生。因此，在 1983 年，美國哈佛大學教育研究院心理發展學家霍華德·加德納（Howard Earl Gardner）提出多元智能理論，他認為人類的智能除了數學邏輯（Mathematical/Logical）、語文（Verbal/Linguistic）、空間智能（Visual/Spatial）之外，還有肢體動覺（Bodily/Kinesthetic）、音樂（Musical/Rhythmic）、人際（Inter-personal/Social）、內省（Intra-personal/Introspective）、自然（Naturalist，加德納在 1999 年補充）。

　　另外，加德納還強調這套理論不是用來限定人們隸屬於哪一項智力類型，每個人都有獨特的智力組合方式，例如：建築師的空間智能相較於一般人強；運動員的肢體動覺智能較有優勢；業務員的人際智能較強；作家的內省智能有相對優勢等。

　　下列幾篇選文都是關於不同面向的天才、早慧的相關文章，閱讀後請完成表格，再重新思索什麼是天才？天才有哪幾種面向？你欣賞哪種面向的天才？在多元智能理論中，文章中的人物又隸屬於哪一種優勢智能？

一、劉義慶《世說新語·言語》

 原文

　　謝太傅寒雪日內集，與兒女講論文義。俄而雪驟，公欣然曰：「白雪紛紛何所似？」兄子胡兒曰：「撒鹽空中差可擬。」兄女曰：

「未若柳絮因風起。」公大笑樂。即公大兄無奕女，左將軍王凝之妻也。

語譯

　　在一個寒冷的下雪天，謝太傅家正在舉行家族聚會，他正專心地跟子姪輩講解詩文。這時，大雪紛飛，煞是美麗，看著窗外皚皚白雪，謝太傅詩意正濃，忍不住問：「窗外白雪紛飛的景色像什麼呢？」太傅兄長的兒子謝朗搶先回答：「把鹽撒在空中的景象，差不多可以和此刻的雪景相比擬。」太傅兄長的女兒謝道韞說：「還不如比作柳絮隨風飛舞的景致吧！」謝太傅聽完謝道韞的回答後高興得笑了起來。這位謝道韞就是謝太傅的大哥謝無奕的女兒，也就是後來左將軍王凝之的妻子。

《世說新語‧言語》5W2H1E 分析

擷取檢索訊息 ＋ 統整與解釋	人物（Who）	
	地點（Where）	
	時間（When）	
	發生什麼事（What）	
	為什麼會這樣（Why）	
	問題如何解決（How）	
	花了多少成本或代價（How much）	
省思與評鑑	效果或影響（Effect）	

二、劉義慶《世說新語・雅量》

 原文

　　王戎七歲，嘗與諸小兒游，看道邊李樹多子折枝，諸兒競走取之，唯戎不動。人問之，答曰：「樹在道旁而多子，此必苦李。」取之，信然。

語譯

　　王戎七歲時，有一天和一群小孩一起在郊外玩遊戲，大家看見路邊有一棵李子樹，結實纍纍，枝條都被快被果子壓斷了。小孩們都爭先恐後地摘著樹上的李子，王戎卻只是站在一旁，沒有參與摘李子行動。大家好奇地問他為什麼不一起摘李子呢？王戎回答：「這樹長在路旁，卻有這麼多李子，可見這李子一定是苦的，不然早就被摘光了呀！」摘到李子的小孩們趕緊吃了一口看看，唉呀！李子果然苦得很。

《世說新語・雅量》5W2H1E 分析

擷取檢索訊息＋統整與解釋	人物（Who）	
	地點（Where）	
	時間（When）	
	發生什麼事（What）	
	為什麼會這樣（Why）	
	問題如何解決（How）	
	花了多少成本或代價（How much）	
省思與評鑑	效果或影響（Effect）	

三、托克托《宋史・列傳第九十五》

 原文

　　司馬光，字君實，陝州夏縣人也。父池，天章閣待制。光生七歲，凜然如成人，聞講《左氏春秋》，愛之，退為家人講，即了其大指。自是手不釋書，至不知饑渴寒暑。群兒戲於庭，一兒登甕，足跌沒水中，眾皆棄去，光持石擊甕破之，水迸，兒得活。

語譯

　　司馬光是宋朝著名的政治家兼史學家，出生時父親正擔任了光山縣令的職位，便幫他取名司馬光。司馬光六歲時開始讀書，七歲時就能夠背誦《左氏春秋》，還能明白書中要意。根據《宋史》記載，七歲時的司馬光有一天和一群同伴們在庭院嬉戲，突然間有一個頑皮的孩子，不小心跌入了大水缸，這群小孩看到這慌亂的場面，早都嚇得不知逃到哪了，只有司馬光站在原地想辦法，不一會兒，司馬光立刻撿起一塊石頭向大水缸猛力砸去，大水缸被砸破後，這個小孩跟著水流嘩啦嘩啦地流了出來，幸好小命保住了。小小年紀的司馬光也因為這件事，成為名聞遐邇的神童。

《宋史・列傳第九十五》5W2H1E 分析範例

擷取檢索訊息＋統整與解釋	人物（Who）	
	地點（Where）	
	時間（When）	
	發生什麼事（What）	
	為什麼會這樣（Why）	
	問題如何解決（How）	
	花了多少成本或代價（How much）	
省思與評鑑	效果或影響（Effect）	

參考資料

1. 柯華葳、林玟伶、葉煥婷，《閱讀，動起來 4：閱讀策略，可以輕鬆玩》，臺北：親子天下，2012。

2. 游婷雅，《閱讀理解 5 策略》，臺北：洪葉文化，2015。

3. 黃國珍，《探究式閱讀》，臺北：親子天下，2020。

第2章

閱讀理解策略
進階篇──
摘要、評論得分要訣

「摘要」和「評論」是觀察一個人是否能流利運用語言的高階表現，在日常生活中與人辯論、寫讀書心得報告，或是選舉期間看各個黨派的候選人發表政見、答辯時，我們都需要具備「摘要」和「評論」的能力。

懂得摘要和評論也是職場中重要的軟實力，進入職場時常要與各部門開會，當各部門主管發表重要資訊時，是否能及時抓取重點，就是考驗自己「擷取重點」的能力。掌握重點後，再回報給部門長官時，最怕長官板起臉說「用三分鐘講重點！」而如何掌握「三分鐘講重點」是一大考驗，除了要克服緊張外，還得注意語言表達的邏輯，必須安排好敘述的先後順序。

講完重點後，部門長官通常會再出第二道考題「那你有什麼看法？」這句話考驗的是「評論」的能力。其實摘要是評論的基礎，具備好的摘要能力才會有精闢的評論分析表現。因此在大學的課堂上，會一再要求同學具備「摘要」和「評論」的能力。

本章將詳細解說「摘要」和「評論」的定義，並帶領同學從閱讀理解三階段（預測判斷、與舊經驗連結→中心句→摘要寫作）按部就班說明，再帶領同學們一起實際練習。

壹、進階的閱讀理解

閱讀完文本，如何衡量讀者是否能理解文本釋放的訊息和作者提供的觀點和想法？最初步的方式就是透過閱讀測驗，並以「選擇題」衡量讀者的閱讀能力。

一、選擇題閱讀測驗的優缺點

選擇題式的閱讀測驗簡易快速，又是量化測驗，答案清楚，給分明

確，批改容易，但缺點是受試者可以從四到五個選項中猜選一個作答，在衡量受試者的閱讀理解程度時就容易失準。而在三階段閱讀歷程中，選擇題式的閱讀測驗在擷取與檢索訊息、統整與解釋上較容易命題，也較能從填答狀況中衡量受試者的閱讀理解程度。

　　三階段閱讀歷程中最後一階段為「省思與評鑑」，這部分命題較為困難，受試者是否能閱讀完文本內容，並與自己的舊知識、舊經驗連結，進行反思、判斷，再對文本內容提出獨到見解，甚至要能提出確切的理由和證據，合理地建構出自己的評論觀點，這並不是透過選擇題可以衡量的，因此就出現了進階的閱讀理解題型。

二、進階式閱讀理解──摘要、評論

　　進階的閱讀理解題型，也就是所謂的手寫題，命題方式大致可分為：為文章寫出摘要、感想、心得、評論等，受試者必須看完文本後，透過手寫，從頭建構起一段或數段文字，甚至是一大篇文章。以此方式，可了解受試者是否具備從文本中擷取與檢索訊息、統整與解釋的能力。由撰寫感想、評論等管道，可以得知受試者了解作者觀點的程度，以及是否能進一步提出自己的見解，或是提出確切的理由和證據來評判文章。

　　透過手寫題為文本寫出摘要、感想、評論等方式，確實可以比選擇題更清楚知道受試者對文本的理解程度，不過手寫題在批改上較為複雜，其中還涉及評分標準的設定，以及閱卷老師批改時的主觀認定標準和當下的個人狀態。

　　因此為了更客觀衡量受試者的閱讀理解力，很多大型考試都融合了選擇題與手寫題兩種形式。

貳、手寫題閱讀理解得分秘訣

一、摘要

該如何撰寫摘要呢？其實「長話短說」、「講重點」就是寫摘要的口訣！寫摘要的能力在職場尤其重要，例如：下屬要向上司回報工作相關事務，常需要在短暫的時間內提供完整資訊，並要讓上司知道自己需要提供何種協助，或是做出何種相應的答覆。在公文系統中發公文也要先擬定主旨，再詳細說明原由、辦法，而寫主旨就是要比寫摘要更精簡地摘錄重點。

所謂的摘要、主旨，都是要求受試者在有限的字數內，提供最重要的訊息，包含以下幾個要點：

1. 找出中心句

在每個段落中找到最能表達主要重點的句子（中心句），刪除不重要、重複的訊息，再將每個段落的中心句重組後，便可得到文本的大意，不過為了讓語意更流暢，還需要再修改文句。

2. 用簡單的直述句

如何修改文句，讓摘要更流暢呢？我們可以將文本中艱澀的成語、俗語或過於冷僻的技術性用語，用簡單的直述句重新改寫，另外還可以利用屬性名詞代替，例如用「動物」代替「獅子、犀牛、羚羊……」，用「醫療人員」代替「醫師、護理師、藥劑師……」，讓摘要中的文句更簡明流暢。

3. 完整性與真實性

摘要需依據文本內容擷取出精華重點，不但要符合原作者的想法、觀點，更要保留作者的語意精神，不可隨意把文章中未提過的資料放進摘要中。

範例

〈現代化國家在經濟、政治上的副作用〉

正如馬克思所批判的，「憲政共和國」在詞面意思上很完美，其實不過是資本主義用來美化剝削本質的一種司法原則，這其中的意義就如同蠻力的性質一般，都是一種剝削形式，只不過透過司法原則包裝後，這樣的剝削有了更和諧、更合理的外衣，其實本質上都是代表強者的權力罷了。

當資本主義不斷擴大影響力後，公司、企業體也會隨著營業額提升不斷擴大，甚至變成跨國公司，再加上網路、科技的進步，以及地球村時代的來臨，跨國公司的體制越來越龐大，影響力也不斷擴大，打破原來的自由市場經濟規則和秩序。人們會發現原本作為區隔人與人間的國族疆界已經不夠用了，應該再加上以公司、企業為主的單位體，因為現代化的公司、企業在巨大的資本主義狂潮下，已經成為一個可以操控員工、剝削員工的制度與單位。不只如此，更令人害怕的是代表國家的政府、掌握行政資源的最高單位，在資本主義的狂潮下，也不知不覺地公司化、企業化了。

公司化政府，對於提供公共服務和公共物品，缺乏動力，且不斷導致官商的「權利和金錢」交換，不再是政府官員通過給予選民物質利益換得選票，而是政府官員通過為商人提供方便換得物質利益。公司化的政府不再是一個單純的行政單位，它不再為一般民眾謀取最大幸福，而是不斷追求利益，並且為了鉅額營利和其他握有資源、權力的公司、企業合作。

在這種情形下產生一個重要問題，那就是這營利所得的最後得利者，絕不是最需要資源、最需要幫助的平民百姓。公司化的政府最後取得利益的是這群身處高位、掌握資源的政府高官，另外還有一群獲利者，就是有機會參與其中的企業、公司，而百姓的權益與福利，就在層層剝削中被搾取殆盡。因此，現代化的政府在資本主義狂潮下、在公司化的過程中，它喪失了原本該為多數民眾服務的本質了。

當資本主義以公司、企業為主體，將人收攏、編制在其中後，人人為了生存而日復一日地在其所編製的體制內生活，在公司的科層組織中，人

人像螞蟻工、像組織裡的一顆小螺絲釘，而企業單位一切以利潤為中心，人的主體性不再，人的價值被稀釋。

因此，關於人的主體性問題也開始浮現了，陳鵬觀察近代中國接受西方現代化與資本主義的洗禮後，提出如下的觀察：「資本主義的散文時代」在中國已經開始到來。此時，沒有戰爭，沒有革命，沒有「宏偉敘事」，人們平淡度日，走向個人主義不快樂的頹廢。……在現代世界裡，人淹沒在物質、功利、機器、技術、傳媒、廣告、政府、體制、國家的網絡之中，渺小的個體無法對付強大的異化力量，個體自由實現和自由創造的問題將突顯出來。

(一) 從閱讀理解三階段：預測判斷、與舊經驗連結→中心句→摘要寫作

1. 預測判斷、與舊經驗連結示範

閱讀前（起手式、預備動作）	預測判斷、與舊經驗連結
1.題目	***看題目後的預測判斷：** 文章在說明在資本主義所帶來的現代化生活，卻使人失去了自由 ***與舊經驗連結：** 很多擁有高薪、高職位的人提早退休，或是轉換跑道回到鄉下，為的是過更有品質的生活
2.作者、出處	博士論文是深度探討專門領域的文章

2.中心句示範

閱讀中（在閱讀中不迷航）	尋找中心句
正如馬克思所批判的，**「憲政共和國」在詞面意思上很完美，其實不過是資本主義用來美化剝削本質的一種司法原則**，這其中的意義就如同暴力的性質一般，都是一種剝削形式，只不過透過司法原則包裝後，這樣的剝削有了更和諧、更合理的外衣，其實本質上都是代表強者的權力罷了。	句首
當資本主義不斷擴大影響力後，公司、企業體也會隨著營業額提升不斷擴大，甚至變成跨國公司，再加上網路、科技的進步，以及地球村時代的來臨，**跨國公司的體制越來越龐大，影響力也不斷擴大，打破原來的自由市場經濟規則和秩序**。人們會發現原本作為區隔人與人間的國族疆界已經不夠用了，應該再加上以公司、企業為主的單位體，因為現代的公司、企業在巨大的資本主義狂潮下，已經成為一個可以操控員工、剝削員工的制度與單位。不只如此，更令人害怕的是代表國家的政府、掌握行政資源的最高單位，在資本主義的狂潮下，也不知不覺地公司化、企業化了。	句中
公司化政府，對於提供公共服務和公共物品，缺乏動力，且不斷導致官商的「權利和金錢」交換，不再是政府官員通過給予選民物質利益換得選票，而是政府官員通過為商人提供方便換得物質利益。公司化的政府不再是一個單純的行政單位，它不再為一般民眾謀取最大幸福，而是不斷追求利益，並且為了鉅額營利和其他握有資源、權力的公司、企業合作。	句首
在這種情形下產生一個重要問題，那就是這營利所得的最後得利者，絕不是最需要資源、最需要幫助的平民百姓。公司化的政府最後取得利益的是這群身處高位、掌握資源的政府高官，另外還有一群獲利者，就是有機會參與其中的企業、公司，而百姓的權益與福利，就在層層剝削中被搾取始盡。因此，**現代化的政府在資本主義狂潮下、在公司化的過程中，它喪失了原本該為多數民眾服務的本質了。**	句尾

閱讀中（在閱讀中不迷航）	尋找中心句
當資本主義以公司、企業為主體，將人收攏、編制在其中後，人人為了生存而日復一日地在其所編製的體制內生活，在公司的科層組織中，人人像螞蟻工、像組織裡的一顆小螺絲釘，而**企業單位一切以利潤為中心，人的主體性不再，人的價值被稀釋。**	句尾
因此，關於人的主體性問題也開始浮現了，陳鵬觀察近代中國接受西方現代化與資本主義的洗禮後，提出如下的觀察：「資本主義的散文時代」在中國已經開始到來。此時，沒有戰爭，沒有革命，沒有「宏偉敘事」，人們平淡度日，走向個人主義不快樂的頹廢。……在現代世界裡，人淹沒在物質、功利、機器、技術、傳媒、廣告、政府、體制、國家的網絡之中，**渺小的個體無法對付強大的異化力量，個體自由實現和自由創造的問題將突顯出來。**	句尾

3. 摘要寫作示範

(1) 將每段的中心句組合起來如下：

　　「憲政共和國」在詞面意思上很完美，其實不過是資本主義用來美化剝削本質的一種司法原則。跨國公司的體制越來越龐大，影響力也不斷擴大，打破原來的自由市場經濟規則和秩序。公司化的政府不再是一個單純的行政單位，它不再為一般民眾謀取最大幸福，而是不斷追求利益，並且為了鉅額營利和其他握有資源、權力的公司、企業合作。現代化的政府在資本主義狂潮下、在公司化的過程中，它喪失了原本該為多數民眾服務的本質。企業單位一切以利潤為中心，人的主體性不再，人的價值被稀釋。渺小的個體無法對付強大的異化力量，個體自由實現和自由創造的問題將突顯出來。

(2) 重新刪除、改寫、潤飾句子

　　「憲政共和國」是資本主義用來美化剝削本質的一種司法原則，跨國公司的體制越來越龐大，打破原來的自由市場經濟規則和秩序。公司化的政府不再為一般民眾謀取最大幸福，而是為了鉅額營利和握有資源、權力的企業合作。現代化政府在資本主義狂潮下，喪失原本該為多數民眾服務的本質，企業單位一切以利潤為中心，人的主體性不再，人的價值被稀釋。渺小的個體無法對付強大的個體自由實現和自由創造的問題將突顯出來。

二、寫出感想、心得或評論

1. 文章感想

　　感想和心得常被當一個詞一併提及，很容易被混為一談，根據《教育部重編國語辭典》釋義：感想是「因感觸所引起的思念或想法」；心得是：「心中領會而有所得」。

　　用更淺白的口語來說，感想只是閱讀者透過文本的描述，引起自己隨興的聯想，若從心理學角度來解釋，感想是閱讀者經文本的描述後，牽動起曾經的感官經驗，或隨機觸動記憶的某個環節，而與自己的潛意識激起共鳴，因此有所聯想，而這聯想就可以稱之為「感想」。

2. 文章心得

　　心得是需要閱讀者透過文本描述，先理解文本中作者的想法，還要將作者的見解、知識融會貫通、心領神會，甚至要能更進一步，把文本中作者傳遞的想法變成自己的觀念或思惟的一部分。若從心理學角度來解釋，心得是在閱讀文本後，把看到的現象、事件或作者的觀點、論述，經過吸收、消化，再轉化成自身養分的過程。

　　心得是評量閱讀理解是否深入的重要途逕，因此心得主要仰賴閱讀者在閱讀文本時，進行有意識的思考。

感想、心得比較偏向閱讀者個人主觀的感受，較不能客觀給分，在閱讀理解考試上要制定給分標準較為困難，衡量上述各項因素，因此較少拿來當成閱讀理解考試項目，一般都會成為老師分配給學生的課後作業、補充作業等等。

3. 文章評論

寫文章評論是要讀者透過閱讀文本時，掌握作者的意見、看法，還要與自己腦中的舊經驗、觀點不斷對話，是難度最高的閱讀理解階層。首先，受試者要有能力寫出文章摘要、主旨，釐清作者在文本中提出的意見觀點。其次，要比較自己既有的觀點、想法，看看孰是孰非，還要從文本找出作者的論據在何處，而自己的論據又在哪裡。最後還要透過文字敘述，清楚地呈現論據，表明自己的觀點，並達到理論正確，以理服人。

因此受試者在寫文章評論時要特別注意文句是否有條理，文章的結構系統是否有邏輯。該如何讓文章評論有系統、有邏輯？首先要清楚地劃分段落，且每個段落都應該是一個完整思想的表達。接著在每一個段落中，應該要包含一個明顯的中心句，呈現整個段落的主要思想。要寫一篇完整的文章評論可參考下圖結構：

標題	為自己下一個標題，必須符合整篇要旨
引論	說明你想討論的問題，並從文本中找出作者提到的觀點（與你要探討的問題相關）
本論	·先從引論繼續發揮、鋪陳 ·再引出自己的論據與文本中作者的論據，進行論證、說明 ·之後自己再對前面所評論的人物事件做出評價
結論	依據標題總結全文，重申自己前面的論點

(一) 文章評論範例

出處	《先秦儒家道德觀對現代問題的啟示》卓素絹 博士論文
標題	節選、改寫自〈現代化國家在經濟、政治上的副作用〉
引論	資本主義下企業、公司化的政府一切以利潤為中心，人們生活在這樣以利益導向的環境下，該如何擁有屬於人該有的價值和自由？ 

本論	「憲政共和國」是資本主義用來美化剝削本質的一種司法原則，跨國公司的體制越來越龐大，打破原來的自由市場經濟規則和秩序。公司化的政府不再為一般民眾謀取最大幸福，為了鉅額營利和握有資源、權力的企業合作，也就是說現代化政府在資本主義狂潮下、喪失原本該為多數人民服務的本質，加上企業單位一切以利潤為中心，人的主體性不再，人的價值被稀釋。渺小的個體無法對付強大的異化力量，人民的自由問題將突顯出來。 文本內容
	很多擁有高薪、高職位的職場人士提早退休，或是轉換跑道回到鄉下另謀出路，為的是過更有品質的生活，這樣的例子正說明了現代化雖然帶來經濟的繁榮，但是人一旦失去了主體性和自由，極高的金錢利潤又有什麼意義呢？是否有平衡的辦法？ 自己的舊經驗知識與看法
結論	資本主義下企業、公司化的政府一切以利潤為中心，一般人民生活在這樣以利益導向的環境下，若失去了屬於人該有的價值和自由，那現代化企業、公司化政府對人民的意義又是什麼？因此，這問題不應該只是一般人民應該思考，企業、政府也應該一起面對以下兩個問題：1. 如何讓企業、政府與人民三者間能達到平衡？2. 如何讓經濟繁榮與人民的主體性達到平衡？ 重申論點

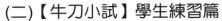

(二)【牛刀小試】學生練習篇

　　請詳細閱讀以下莊銘國、卓素絹所著〈從曼陀羅思考術到偶然力的召喚〉後，依照閱讀三階段寫出：閱讀前（寫出預測判斷、與舊經驗連結）、閱讀中（找出每段中心句）、閱讀後（摘要、心得），可參考本章前述範例文章〈現代化國家在經濟、政治上的副作用〉。

1. 預測判斷、與舊經驗連結

閱讀前（起手式、預備動作）	預測判斷、與舊經驗連結
1. 題目	
2. 作者、出處	

2. 中心句
自由與創意

文章段落	中心句
人們在不斷追求知性與理性的同時，卻也不能否認自己經常被感性的情緒所左右著，曼陀羅思考法正是當我們內心理性思惟與各種情緒互相干擾時，幫助我們調和情緒與理智的最佳思考工具。	
曼陀羅思考法可以幫助我們從渾沌的狀態，逐漸走向清明、具象化。曼陀羅思考法具有一種神奇的功效，它不但能整理我們熟知的意識層面的思緒，更能接通我們最隱微晦暗的潛意識。人們的意識如果能經過一番梳理，就能從表層的意識烙印到更深層的潛意識，幫助我們時時刻刻記住目標，往目標全力以赴。而經常	

文章段落	中心句
被潛意識左右的負面情緒，也可以<u>透過曼陀羅思考法的梳理後，來到意識層，並透過理智的思惟</u>，一併將負面情緒處理乾淨，一旦我們能將負面情緒清理乾淨後，更能心無旁騖地大步往目標邁進，這就是「曼陀羅創意思考法」的神奇之處。	
不可否認，人類的創意思考不只來自於大腦的運作，創意思考的活化和心靈的流暢度更是息息相關，當我們紓解了心靈的矛盾與壓力後，創意點子會源源不絕地從大腦中展現出來，而曼陀羅繪畫就是針對這樣的原則被設計出來的一種探索心靈與大腦的繪畫技術，也是活化大腦的一項絕佳方法。<u>從心理學家榮格發現「曼陀羅」（Mandala）與心靈治療密切相關後，曼陀羅繪畫技術在藝術治療的使用上已經越來越成熟，在「曼陀羅繪畫」中以「圓形」及「中心」為基礎而延伸出各種幾何及多元的對稱結構</u>，更能幫助繪畫者的心靈與完整的宇宙觀做連結，在這個過程中繪畫者不但可以探索自身情緒、焦慮的來源，更能開發出個人潛能、活化創意思惟。現在已經有許多忙碌的現代人、企業人士開始參與，並投入曼陀羅圖形彩繪，越來越多人相信人類不應該再單純依賴左腦來做理性判斷，也應該注重右腦感性思惟的開發，才能讓自我創造力有更多的可能性。	
<u>日本商管作家勝間和代出版了《勝間和代——我的人生沒有偶然》，在日本颳起一陣偶然力旋風</u>，《商業周刊》在獨家專訪勝間和代關於	

文章段落	中心句
「偶然力」和未來成功的關係時，她指出：「掌握偶然力的能力，現在更為需要，因為現在沒有人能夠看得到未來。……畢竟真正的契機通常都不是很大的事，沒有偶然力，根本無法掌握機會，要能把握住每一次機會，才更容易成功。」勝間也大方分享她的座右銘：「發生的事情都是正確的。」勝間補充說道：重點不是去預測明天會發生什麼事，而是善用發生在我們身上的事。如果回頭看看歷史上重大發明，也都和偶然力相關，例如：牛頓看到蘋果掉下來而聯想到「拉力」，進而發現「萬有引力」原理；阿基米德在浴缸泡澡時，留意到水滿出來了，進而促成「浮力」原理的發現。	
與其說這是在偶然間發生的幸運事件，不如說透過一定的努力後，這些成果必然會被召喚而來，只是等一個契機點罷了。要如何透過後天的努力，召喚靈感呢？《曼陀羅九宮格思考術》作者松村寧雄認為「曼陀羅創意思考法」可用來召喚偶然力。	
並提出三個自我訓練的重點： 1. 告別刻板印象： 如果我們可以更自由自在地、打破原有思考框架，就會產生創意，而曼陀羅的創意發想方式就是在幫助我們打破原有框架，激發我們自由自在的創意思考。 2. 改變觀察角度： 只要從不同的視角重新觀看同一個事物，看到的景象就會讓人產生意想不到的驚奇，而曼陀	

文章段落	中心句
羅思考法具有兩種完全不同視野，首先它會先帶領我們從上空俯瞰下來、鳥瞰全局，像一雙銳利的鷹眼般逼視著焦點。同時，曼陀羅也可以運用周圍的八個格子來補充描述中心點核心問題，這又彷彿帶領著我們以螞蟻的眼睛，以放大的角度重新看著周圍的一切，讓我們不要忘記關注局部問題。 3. 深印在腦海中： 當我們開始對一件事感興趣時，就會發現突然周遭的世界到處充滿著相關的訊息，例如：你決定暑假到加拿大旅行，突然發現電視新聞、報紙都在報導著關於加拿大的新聞，甚至連同事間聊時的話題也提到加拿大，這並不是巧合，其實這些訊息一直存在，只是暑假要去加拿大的決定已經深深印在大腦裡，所以我們的大腦彷彿伸出了天線，把跟加拿大相關的各種資訊全都吸收進來，這也可以說是「偶然力」的一種。而曼陀羅思考法就是先幫助我們建立目標，藉由曼陀羅工作圖表，它會幫助我們把重要目標烙印在腦海裡，讓大腦時時伸出天線，吸收我們周圍相關的資訊，甚至吸引重要的貴人來助我們一臂之力呢！	

3. 摘要

(1) 將每段的中心句組合起來如下	
(2) 重新刪除、改寫、潤飾句子	

4. 感想

　　閱讀〈從曼陀羅思考術到偶然力的召喚〉一文後，你有什麼感觸、心情？

5. 心得

閱讀〈從曼陀羅思考術到偶然力的召喚〉後，你對大腦的自由和創意之間的關係有什麼看法？你對自由、創意、偶然力和成功之間的關聯性有什麼看法？

6. 評論

閱讀〈從曼陀羅思考術到偶然力的召喚〉後，你同意大腦要在一定的自由空間裡創意才能產生嗎？你同意有創意的大腦才能召喚偶然力嗎？偶然力和成功之間有密切關聯嗎？為什麼？如果答案是肯定的，那在學校學習時為何有很多規範要遵守？那麼多規範不就是限制自由嗎？請提出你對自由、創意與規範三者的看法。

參、自我增能與延伸閱讀

　　1789 年法國大革命綱領性文件《人權宣言》中，對自由下了一個定義：「自由是人們有權做一切無害於他人的任何事情」。1941 年美國總統羅斯福提出著名的「四大自由」論述，這四大自由便是：人民有言論自由、宗教自由、免於匱乏自由和免於恐懼自由。

　　下面選文中有探討人民言論自由的文章──左丘明《左傳．襄公三十一年．子產不毀鄉校》、探討心靈自由的文章──莊周〈逍遙遊〉。閱讀完後請再回憶前文中閱讀的〈現代化國家在經濟、政治上的副作用〉、〈從曼陀羅思考術到偶然力的召喚〉，思考看看什麼是自由，並說明你心中所認同的自由是什麼？

閱讀提醒

1. 閱讀前請先上網查詢作者、講題名稱,並記錄下重要訊息。
2. 閱讀中請完成 5W2H1E,並找出每個段落的中心句,最後完成摘要。
3. 閱讀完後請寫出感想、心得。
4. 比較前面篇章後寫出評論與感想。

一、言論的自由:左丘明《左傳・襄公三十一年・子產不毀鄉校》

 原文

　　鄭人游於鄉校,以論執政。然明謂子產曰:「毀鄉校,何如?」子產曰;「何為?夫人朝夕退而游焉,以議執政之善否。其所善者,吾則行之;其所惡者,吾則改之。是吾師也,若之何毀之?我聞忠善以損怨,不聞作威以防怨。豈不遽止?然猶防川也:大決所犯,傷人必多,吾不克救也;不如小決使道,不如吾聞而藥之也。」然明曰:「蔑也今而後知吾子之信可事也。小人實不才。若果行此,其鄭國實賴之,豈唯二三臣?」

　　仲尼聞是語也,曰:「以是觀之,人謂子產不仁,吾不信也。」

 **導讀**

　　子產是春秋時著名的政治家,他在鄭國實行一系列政治改革,將鄭國治理得秩序井然。子產對於人民言論自由的尊重,以現在眼光看來仍具有

參考價值，他主張保留「鄉校」的存在，讓人民能在「鄉校」自由談論想法、意見，並從中吸取民眾對政事的回饋訊息，從而調整政策。

　　鄭國人民習慣在農閒時到鄉校聚會閒聊，經常會對執政措施的好壞發表評論，鄭國大夫然明擔心人民議論政事對執政者不敬，就對子產說：「不如把鄉校毀了好嗎？」子產說：「為什麼要毀掉？人民在農閒時回到這裡討論施政好壞，這不正好讓我們吸取寶貴民意，這是我們的老師，為什麼要毀掉呢？我只聽說執政者應該盡力為人民做好事，以減少民怨，沒聽說依仗權勢可以消除民怨。制止人民議論政事，就像為了防止洪水就堵住河流一樣，最後勢必會造成河水大潰堤，造成的損害勢必很大，到那時就無法挽救了，不如現在就先疏導，讓人民說出想法，我們執政者還可以及時聽取這些意見，趕緊做補救措施。」然明說：「聽您這麼說我知道您確實是可以成大事的人才！鄭國的改革就靠您了，改革後受益的會是全國百姓呀！」

　　孔子聽到了這件事後說：「照這段對話看來，人們說子產不行仁政，我是不相信的。」

二、心靈的自由：莊周〈逍遙遊〉

原文

　　北冥有魚，其名為鯤。鯤之大，不知其幾千里也。化而為鳥，其名為鵬。鵬之背，不知其幾千里也，怒而飛，其翼若垂天之雲。是鳥也，海運則將徙於南冥。南冥者，天池也。《齊諧》者，志怪者也。《諧》之言曰：「鵬之徙於南冥也，水擊三千里，摶扶搖而上者九萬

里，去以六月息者也。」

野馬也，塵埃也，生物之以息相吹也。天之蒼蒼，其正色邪？其遠而無所至極邪？其視下也，亦若是則已矣。且夫水之積也不厚，則其負大舟也無力。覆杯水於坳堂之上，則芥為之舟；置杯焉則膠，水淺而舟大也。風之積也不厚，則其負大翼也無力。故九萬里，則風斯在下矣，而後乃今培風；揹負青天而莫之夭閼者，而後乃今將圖南。

蜩與學鳩笑之曰：「我決起而飛，搶榆枋而止，時則不至，而控於地而已矣，奚以之九萬里而南為？」適莽蒼者，三餐而反，腹猶果然；適百里者宿舂糧，適千里者，三月聚糧。之二蟲又何知？

小知不及大知，小年不及大年。奚以知其然也？朝菌不知晦朔，蟪蛄不知春秋，此小年也。楚之南有冥靈者，以五百歲為春，五百歲為秋。上古有大椿者，以八千歲為春，八千歲為秋。而彭祖乃今以久特聞，眾人匹之。不亦悲乎！

故夫知效一官，行比一鄉，德合一君，而徵一國者，其自視也亦若此矣。而宋榮子猶然笑之。且舉世而譽之而不加勸，舉世而非之而不加沮，定乎內外之分，辯乎榮辱之境，斯已矣。彼其於世，未數數然也。雖然，猶有未樹也。夫列子御風而行，泠然善也。旬有五日而後反。彼於致福者，未數數然也。此雖免乎行，猶有所待者也。若夫乘天地之正，而御六氣之辯，以遊無窮者，彼且惡乎待哉？故曰：至人無己，神人無功，聖人無名。

 導讀

　　莊周被尊稱為莊子，是戰國時期著名哲學家，〈逍遙遊〉是他的代表作，列於《莊子・內篇》的首篇。這篇文章在探討一種絕對自由的生命狀態，莊子認為，只有忘卻物我的界限，達到無己、無功、無名的境界，人才能擺脫重重束縛，遊於無窮，達到真正的「逍遙遊」。

語譯

　　北海中有一條叫鯤的魚，牠身體大到幾千里；牠還能變化成鳥，名叫鵬，鵬的背脊，長到幾千里；當牠奮起而飛時，雙翅就像天邊的雲，這隻鵬鳥，隨著海上的浪濤遷徙到南方的大海，那裡有個天然的大池。《齊諧》是一部記錄怪異之事的書，書上記載：「鵬鳥飛到到南海去，翅膀激起海面的水花，波及千里遠，拍擊羽翼後，藉著風飛上高空。」

　　山中的霧氣，空中的塵埃，都是生物以氣吹拂的結果，天色深青，是天真正的顏色，還是因為天太高曠、太遼遠沒有邊際的樣子呢？大鵬鳥從高空往下看，不過像人抬頭看天空一樣罷了。水若匯積得不夠深，浮載船隻時就沒有力量。倒杯水在庭院中的低窪處，小小的芥草浮在上面就成為一隻小船，那是因為水夠深，足以扶起芥草。風聚積的力量不夠深厚，就無法讓巨大的翅膀飛翔，就像鵬鳥能飛行九萬里，是因為翅膀下有巨大的風能承載著，大鵬鳥才飛到南方去。

　　蟬與雀譏笑大鵬鳥：「我從地面飛起，碰到樹枝就休息，若飛不到樹上去，就停留在地上，哪需要飛到九萬里的高空，還要再往南去呢？」到近郊的樹林去，帶上一日的糧食就可以往返；到百里之外，要用一整夜時間先搗米準備乾糧；到千里之外，三個月以前就要準備好糧食才能出發。這個道理哪是兩個小動物可以明白的呢？

　　小聰明比不上大智慧，壽命短的體會不到壽命長的，因為彼此的生命經驗不同。這又怎麼說呢？你看朝菌是不知道一日時間的變化，蟪蛄不知道一年的時間變化，這就是壽命長與短的差別。楚國南邊有叫冥靈的大樹，五百年是它的一季；上古有叫大椿的古樹，八千年是它的一季，這是壽命長短的差別。又像是彭祖，他活到八百多歲，一般人和它比壽命，豈不可笑、可悲？

　　那些才智可以勝任一官之職、行為可以順應一鄉群眾、道德合乎一國

之君的要求、才能可以取信一國之人的人，他們對自己很自滿得意，其實就如同斥鷃一樣，都是見識狹小之輩，這四種人都是被宋榮子嗤笑的。世人都讚譽宋榮子，他卻不會因為這些讚美就更加奮勉，若世人們都非難他，他也不會因此而更加沮喪，因為他清楚知道自己與萬物的區別，能明辨榮譽與恥辱的界限，如此而已。他在世間，也沒有特別要追求什麼，不過即使如此，宋榮子也還未能達到最高境界。列子能駕風行走，樣子輕盈自在，他雖然可免於步行，但還是得依靠風才能飛行。如果能夠順應天地萬物之性，駕馭六氣的變化，遨遊於無窮無盡的境界中，那又需要憑藉什麼呢？或許可以說，真人是超越自我束縛，神人是超越建功立業的束縛，聖人是超越聲名束縛。

 參考資料

1. R. Wormeli，賴麗珍譯，《教學生做摘要——五十種改進各學科學習的教學技術》，臺北：心理出版社，2006。
2. 博客來，《OKAPI 閱讀生活誌》（https://okapi.books.com.tw/）。
3. 廖柏森，《如何寫好英文論文摘要：語料庫學習模式》，臺北：眾文出版社，2015。

第3章

議論文寫作
逐步養成密技

在各種文章寫作中，若要提到寫作困難度，議論文一定是榜上有名，它不像是記敘文，把所發生的人、事、時、地、物，依據曾經發生過的事實，具體記錄下來；也不像是抒情文，把自己心中真實的感受陳述出來。

議論文是要評論一件事、一個議題，寫作的人必須對自己要評論的主題先做一番調查，把事情的來龍去脈掌握清楚，還要有自己的定見，依照邏輯順序，提出看法，還要提出證據、事實，以說理的方式說服讀者。

雖然議論文最難寫，卻也是許多職場能力中最重要的基本功之一，舉凡為一個議題或主張提出辯駁，或是伸張自己的相關權益，都需要有議論文寫作的基底，才能游刃有餘地進行論辯。現在就讓我們一起好好來練習議論文寫作！

壹、從閱讀三種歷程談議論文寫作心法

有人在閱讀的三種歷程中，以三種昆蟲來比喻三種不同的閱讀深度，分別是：螞蟻、蜘蛛、蜜蜂。

螞蟻式學習	只知採集食物，囤積糧食。閱讀時，照單全收，不主動思考，是被動式學習。
蜘蛛式學習	像蜘蛛吐絲結網，對食物過濾、篩檢。閱讀時，以系統化思考、組織與內化材料，是主動式學習。
蜜蜂式學習	蜜蜂到遠方採花，又能轉化創造，釀成蜜。閱讀時，先系統化思考，再進一步轉化為個人見解，是創造式學習。

在從事議論文寫作時，第一階段必須先像蜘蛛吐絲結網，篩選自己手邊的材料，經過內化理解後再組織起來，之後要像蜜蜂，將採來的花蜜經

過轉化創造，釀成屬於自己的蜂蜜，寫作的人要透過系統化思考，將材料轉化為個人見解，創造出自己獨特的觀點。

 貳、議論文內容結構說明

一、議論文是什麼

議論文又稱為說理文、論說文、論辯文等。議論性質的文章，是作者以議論為主要方式，通過對事理的判斷、推理等邏輯方式來闡明事理，並藉此說服讀者。

一般論說文除了要用論辯的方式說明比較抽象的道理，或闡明某些現象，也要適時地用比較具體客觀的人物、事件做說明，才能在讀者心中留下深刻印象，也比較能有效說服讀者。

議題式作文如何寫呢？我們大致可以把議論文的結構分成三個部分，第一部分是引論、第二部分是本論，第三部分是結論。

我們再以寫作段落來做說明：第一段可先回應議題，第二、三、四段可舉出正反例反覆說明議題的各種狀態，第五段提出解決方案，或是藉由事件歸納出某種哲理。如下圖說明：

引論	←	**首段** 先說明、回應議題
本論	←	**第二、三、四段** 可舉出正、反例
結論	←	**末段** 提出解決方案 或是藉由事件歸納出某種哲理

二、議論文寫作模板舉例──「新冠肺炎」之我見我思

引論
新冠肺炎造成全世界經濟蕭條，卻讓地球有喘息的機會。

首段
先說明、回應議題

本論
正例1 美國太空總署（NASA）空拍圖顯示中國空汙急遽減少。
正例2 因居家隔離長期被限制在家，有人藉由居家隔離這段時間提升自我。
反例1 CNN報導網路關鍵字「家暴、藥房」上升150%。
反例2 宅在家後家暴求救電話增加25%。

第二、三、四段
可舉出正、反例

結論
1. 解決方案：每個人好好宅在家可以救全世界。
2. 哲理省思：每個人與世界息息相關，應追求共好。

末段
提出解決方案
或是藉由事件歸納出某種哲理

三、議論文寫作三大要素

議論文寫作的三大要素是論點、論據、論證。

1. 論點

　　論點就是文章的中心思想，也可說是作者在這篇文章中的明確立場、主要觀點，因此一篇好的議論文要有一個明確的中心論點，或者是在中心論點之下，分成若干個分論點，不過這些分論點必須與中心論點保持一致的基調，是作者有意地從事件的不同面向再次闡明自己的主要觀點。

2. 論據

　　論據是作者用來證明自己論點的材料和依據，因此論據需要具備真實、豐富、典範性，讓文章更有說服力。一篇議論文是否成功，除了看作者的論點是否明確，更重要還在於作者是否能用具體的材料事例來說明論點、支持論點，讓文章中提出的意見、觀點有理有據，合情合理。

3. 論證

　　作者找到了充分的論據後，必須把相關的論據根據自己的論點做分析歸納、整理綜合後，將它們隱含的道理跟自己的的論點相互拆解、組合，要有邏輯且不著痕跡地聯繫組合起來，才能使論據發揮支持論點、說明論點的功能，這種借助客觀論據來說明自己主觀論點的過程，就叫論證。

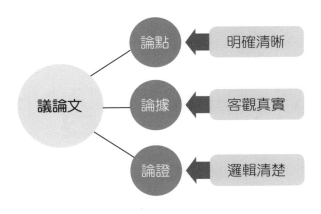

議論文　論點　明確清晰　論據　客觀真實　論證　邏輯清楚

四、議論文寫作範例說明

以〈三級警戒，全國高中教師聯招卻要舉行，風險太高？！〉一文作為範例說明（文章出自志光公職國文樂府老師——陳章定）。

引論

敬愛的教育部長鈞鑒

聽聞全國高中教師聯招將如期辦理，在三級警戒期間，真的令人聞之喪膽！

第一段
先說明、回應議題
（論點）

本論 1

首先，教師們並未全數接種疫苗，卻要處在一間教室超過 10 人考生以上近乎密閉的空間應試，尤其在查驗身分的時候還需要脫下口罩，在這樣的過程當中，真的沒有一絲破口出現的疑慮嗎？

詳細說明若如期舉辦引出的問題（從論據到論證）

本論 2

再來，全國教師聯招，並非全國各區都有考場，而是全國 8,000 多位教師跨區移動到臺中彰化考區進行應試，試問其中移動的過程，在警戒期間，沒有任何一絲風險嗎？更不用說，考試時間是安排在早上，定有外縣市考生為了能準時應試，於前一天在考區附近旅館住宿，請問這樣的情形，也是絲毫沒有疑慮嗎？

詳細說明若如期舉辦引出的問題 2（從論據到論證）

本論 3

又者，考生在準備進入考場教室前，勢必是在走廊等地方等候，而**考場教室一間一間緊鄰**，**大批考生在走廊等候入場的過程中**，難道不是另類的**大批群聚**嗎？難道不會有任何風險嗎？

詳細說明若如期舉辦引出的問題 3（從論據到論證）

本論 4

對於考生來說，一年一度的教師聯合甄試相當重要，但更重要的卻不只是**考生個人的教師生涯與夢想**而已，更重要的還有考生的家人、考生的親朋、考生的同事、考試的學生，以及這些之外一切與考生直接或間接關聯的人，這些都是**一環扣一環，人與人之間的情感連結，都是臺灣能不能成功防疫的一個關鍵部分**！

詳細說明若如期舉辦引出的問題 4（從論據到論證）

結論

故，若自私一點，考生當然希望全國聯合教甄能夠如期辦理，畢竟每年機會只有一次！但在**臺灣當前正面臨防疫是否成功的重大關口**，若又因此遭受一波重大疫情災禍，那考生們才真的是沒有任何未來可言。

再次回到議題重點

總結

故，於私，考生當然希望能夠如期辦理；而於公，卻希望能以臺灣防疫為優先，暫緩於**疫情中辦理全國教甄**，望部長明鑑。

為此議題提出看法

參、議論文社論寫作分析

一、議論文社論寫作分析表——勞作教育對學生的必要性

題目	勞作教育對學生的必要性	
出處	參考時事新聞後改寫	
第一段 引論	時序進入九月，學生們進入校園，隨即進入正常的學習軌道，但卻出現了一個奇特的現象：臺北市好幾所高中為了讓學生在學校有乾淨的如廁空間，不少學校由家長會出資，將廁所打掃的勞務外包給清潔人員，學生們不必再打掃廁所，臺北市建中、成功等名校竟也羅列其中。柯文哲受訪時認為「太離譜了」，他主張，自己使用的廁所應該自己掃，但他的意見卻遭許多人反駁。市府幕僚表示，柯文哲並非針對建中、成功兩校，主要是認為廁所是學校公物的一部分，自己使用應該自己清潔。	「引論」即開頭部分，要提出問題（論題或者中心論點）「是什麼」 說明學生不打掃廁所，由家長會出錢請專人打掃（並以建中、成功高中為例）
第二段 本論 1	基於使用者付費概念的延伸，柯文哲認為高中生在校園生活，廁所是生活的重要部分之一，廁所理當自己掃。在全國高級中等學校校長會議時柯市長意見已被轉達：學生自己製造的「問題」，還是要學生自己處理，廁所若委外清潔，也應該是補充性質。但這個想法卻招來許多駁斥。理由如下：學校晚上對外開放，有民眾進入校園散步、運動。假日有時也開放作為社區大學，校外人士出入頻繁，使用廁所的人不全然是學生，因此將打掃廁所等庶務外包給清潔人員，合情合	「本論」即本體部分，它要分析問題「為什麼」，說明學生不打掃廁所的原因： 1. 學校晚上開放作為社區大學 2. 學生打掃不乾淨

第二段 本論1	理；況且，學生不是專業清潔人員，打掃費時費力又沒達到清潔標準，若是直接外包給清潔公司反倒省卻老師、學生的麻煩。針對打掃廁所問題，不少家長也認為應該讓孩子快樂上學、專心課業，不需要再去花心思和時間去清潔廁所。	3. 家長辯護：孩子到學校專心課業就好
第三段 本論2	在功利主義下，「分數至上，升學第一」的觀念裡，好像只要是讀書就該排在第一順位，其餘的都是閒雜事，尤其是會干擾讀書的雜事，都應該除之而後快。其實，這樣偏狹的觀念反倒害慘了青年學子，讓他們眼高手低、只說不做、自大又自私。從打掃勞作的過程中可以鍛鍊出「服務力」、「執行力」與「合作力」，而這三項能力是職場重要的三大優勢競爭力。	**舉正例說明打掃廁所的好處：三大競爭優勢**
	其實臺灣許多大學很重視勞作教育，如：東海大學、朝陽科技大學，都將勞作教育視為教育內涵中最重要的一環，學生透過校園勞作教育，可以學習與自我、他人及環境三個層面的互動，在勞作過程中可以培養學生具備同理、關懷、負責、自律、合作等認真做事態度，這些訓練正好是現代公民必要的核心素養。	**再舉正例說明打掃廁所的好處：**以國內兩所大學為例
第四段 本論3	東海大學於96年加入臺灣美化協會，與臺灣商業研究院董事長徐重仁先生、阿瘦皮鞋董事長羅榮岳先生等70多家的企業、非營利組織夥伴，帶領大學生共同走入社區，進行「清掃學習」共學計劃，讓學生從打掃過程中學習親身實踐，進而安頓身心靈、建立美好品格，進而關懷生活環境。	**再舉第三個正例：**以企業、非營利組織加入大學「清掃學習」共學計劃，說明勞作教育帶來的好處

第四段 本論 4	在傳統的華人文化中，也很重視基本的清潔、打掃庶務的訓練，甚至可視為是一個家族門風是否興旺的象徵，如《朱子家訓》：「黎明即起，灑掃庭除，要內外整潔；既昏便息，關鎖門戶，必親自檢點。」	再舉第四個正例：以古文例子說明打掃廁所是每個人日常生活要做的
第五段 結論	環境清潔打掃不是一件小事，被稱為勞作教育自有它深厚的內涵，勞作的過程中有許多細節都是鍛練學生們為人處世的基本功。學生們在學校打掃廁所和在家裡做家事所訓練的面向和能力有很大的區別，在學校打掃的是陌生人使用過的廁所，不舒服的感受會更為明顯，這對於學生心志的磨練會來得更深刻，從另一個角度看，在學校進行打掃的過程中，學生們可以學習團隊合作及分工技巧、溝通協調等。在現代社會成長的孩子，接受實際生活教育的機會已經不多了，別再以各式各樣的理由取消勞作教育，掃廁所可以透過不斷練習，越做越好；只會讀書的孩子進入社會是無法適應壓力的，讓學生們透過勞作教育從實務工作中奠基職場能力，才能為未來職場的挑戰做準備。	「結論」即結尾部分，它要回應前面問題、解決問題，並提出總結：再次說明打掃廁所對學生帶來的好處

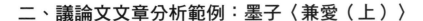

二、議論文文章分析範例：墨子〈兼愛（上）〉

 原文

　　聖人以治天下為事者也，必知亂之所自起，焉能治之，不知亂之所自起，則不能治。譬之如醫之攻人之疾者然，必知疾之所自起，焉能攻之；不知疾之所自起，則弗能攻。治亂者何獨不然，必知亂之所自起，焉能治之；不知亂之所自起，則弗能治。聖人以治天下為事者也，不可不察亂之所自起。

　　當察亂何自起？起不相愛。臣子之不孝君父，所謂亂也。子自愛不愛父，故虧父而自利；弟自愛不愛兄，故虧兄而自利；臣自愛不愛君，故虧君而自利，此所謂亂也。雖父之不慈子，兄之不慈弟，君之不慈臣，此亦天下之所謂亂也。父自愛也不愛子，故虧子而自利；兄自愛也不愛弟，故虧弟而自利；君自愛也不愛臣，故虧臣而自利。是何也？皆起不相愛。

　　雖至天下之為盜賊者亦然，盜愛其室不愛其異室，故竊異室以利其室；賊愛其身不愛人，故賊人以利其身。此何也？皆起不相愛。雖至大夫之相亂家，諸侯之相攻國者亦然。大夫各愛其家，不愛異家，故亂異家以利其家；諸侯各愛其國，不愛異國，故攻異國以利其國，天下之亂物具此而已矣。

　　察此何自起？皆起不相愛。若使天下兼相愛，愛人若愛其身，猶有不孝者乎？視父兄與君若其身，惡施不孝？猶有不慈者乎？視弟子與臣若其身，惡施不慈？故不孝不慈亡有，猶有盜賊乎？故視人之室若其室，誰竊？視人身若其身，誰賊？故盜賊亡有。猶有大夫之相亂家、諸侯之相攻國者乎？視人家若其家，誰亂？視人國若其國，誰攻？故大夫之相亂家、諸侯之相攻國者亡有。

　　若使天下兼相愛，國與國不相攻，家與家不相亂，盜賊無有，君臣父子皆能孝慈，若此則天下治。故聖人以治天下為事者，惡得不禁

惡而勸愛？故天下兼相愛則治，交相惡則亂。故子墨子曰：「不可以不勸愛人者，此也。」

導讀

　　墨子，名翟，魯國人，生卒年約在西元前 490 年至西元前 221 年，墨子不僅是中國歷史上著名的思想家，亦是著名的科學家、政治家、軍事家。他的學說被稱為「墨學」，是戰國時期與儒學並駕齊驅的「顯學」。

　　《淮南子》說墨子曾學習儒術，因不滿「儒」的繁瑣，和厚葬久喪，於是背棄周禮，另立新說，主張採用夏代政體，因為夏代沒有嚴格的等級宗法秩序。

　　墨子的著作中並沒有詳細記載自己的出身，但他在著作中自稱為「賤人」（指社會地位低下的人），可見他應該是長期生活在社會的下層。墨子和他的弟子大都是從事手工業的工匠，他們手巧心慧，能夠製造出許多精巧的產品，同時，墨子和他的弟子還以手工業的經驗為基礎，做科學理論研究，並在物理學、幾何學、光學等方面有很多建樹，是中國歷史上著名的科學家。墨子精湛的手工藝還發揮在戰場上，據說楚王曾計劃攻宋，墨子前往勸說楚王，並在與公輸般（魯班）的模擬攻防中取得勝利，楚王只得退兵。

　　由於墨子崇高的學術聲望，在他身邊逐漸形成了一個學術團體，被人稱為「墨者」。墨者的首領稱為「鉅子」。出生平民的墨子反對富貴人家的驕奢淫逸，所以他在自己的團體內提倡一種清貧簡樸的生活。墨子的弟子曹公子自述在老師的門下時，穿的是粗布衣，吃的是野菜粥，而且經常吃了早餐就沒有晚餐。誰不能忍受這樣的生活，誰就會被革除。墨者團體有嚴格的紀律──「墨者之法」。據《呂氏春秋·去私》記載，鉅子腹䵍住在秦國，他的獨生兒子殺人後，秦惠王對他說：「先生年老，只得一

子，我已赦免他了。」可是鉅子腹䵍卻認為墨者有「殺人者死，傷人者刑」的規定，所以即使官府不予追究，他還是堅持以「墨者之法」來處死自己的兒子。由此可見，墨者團體的紀律是何等嚴格。

墨子學說的流行，主要是由於他的思想反映了下層民眾的願望。墨家主張「饑者得食，寒者得衣，勞者得息」，在城市手工業者和農民中很有號召力。但是墨家思想反對社會有階級差別，抨擊貧富懸殊，因此不為當權者所採納。此外，墨者團體凝聚力強大，紀律嚴明，經常發起社會行動，更引起統治者不安，因為統治者害怕他們會利用強大的凝聚力來挑戰王權。中國統一之後，墨家遭受秦始皇「焚書坑儒」和漢代「禁遊俠」的打擊，終於從「顯學」變成了「絕學」。

 **語譯**

聖人是以治理天下為職業的人，必須知道混亂從哪裡產生，才能對它進行治理。如果不知道混亂從哪裡產生，就不能進行治理。這就好像醫生給人治病一樣，必須知道疾病產生的根源，才能進行醫治。如果不知道疾病產生的根源，就不能醫治。治理混亂又何嘗不是這樣，必須知道混亂產生的根源，才能進行治理。如果不知道混亂產生的根源，就不能治理。聖人是以治理天下為職業的人，不可不考察混亂產生的根源。

混亂從哪裡產生呢？起於人與人不相愛。臣與子不孝敬君和父，就是所謂亂。兒子愛自己而不愛父親，因而損害父親以自利；弟弟愛自己而不愛兄長，因而損害兄長以自利；臣下愛自己而不愛君上，因而損害君上以自利，這就是所謂混亂。反過來，即使父親不慈愛兒子，兄長不慈愛弟弟，君上不慈愛臣下，這也是天下所謂的混亂。父親愛自己而不愛兒子，所以損害兒子以自利；兄長愛自己而不愛弟弟，所以損害弟弟以自利；君上愛自己而不愛臣下，所以損害臣下以自利。

　　這是為什麼呢？都是起於不相愛。即使在天底下做盜賊的人，也是這樣。盜賊只愛自己的家，不愛別人的家，所以盜竊別人的家以利自己的家；盜賊只愛自身，不愛別人，所以殘害別人以利自己。這是什麼原因呢？都起於不相愛。即使大夫相互侵擾家族，諸侯相互攻伐封國，也是這樣。大夫各自愛他自己的家族，不愛別人的家族，所以侵擾別人的家族以利他自己的家族；諸侯各自愛他自己的國家，不愛別人的國家，所以攻伐別人的國家以利他自己的國家。天下的亂事，全部都具備在這裡了。

　　細察它從哪裡產生呢？都起於不相愛。假若天下人都能相親相愛，愛別人就像愛自己，還能有不孝的人嗎？看待父親、兄弟和君上像自己一樣，怎麼會做出不孝的事呢？看待弟弟、兒子與臣下像自己一樣，怎麼會做出不慈的事呢？所以不孝不慈都沒有了，還有盜賊嗎？看待別人的家像自己的家一樣，誰會盜竊？看待別人就像自己一樣，誰會害人？所以盜賊沒有了，還有大夫相互侵擾家族，諸侯相互攻伐封國嗎？看待別人的家族就像自己的家族，誰會侵犯？看待別人的封國就像自己的封國，誰會攻伐？所以大夫相互侵擾家族，諸侯相互攻伐封國，都沒有了。

　　假若天下的人都相親相愛，國家與國家不相互攻伐，家族與家族不相互侵擾，盜賊沒有了，君臣父子間都能孝敬慈愛，像這樣，天下也就治理了。所以聖人既然是以治理天下為職業的人，怎麼能不禁止相互仇恨而鼓勵相愛呢？因此天下的人相親相愛就會治理好，相互憎惡則會混亂。所以墨子說：「不能不鼓勵愛別人」，道理就在此。

用表格分析墨子〈兼愛（上）〉的議論文寫作模式

題目	兼愛（上）	
作者	墨子	
出處	孫詒讓《墨子閒詁》	
第一段 引論	聖人以治天下為事者也，必知亂之所自起，焉能治之，不知亂之所自起，則不能治。譬之如醫之攻人之疾者然，必知疾之所自起，焉能攻之；不知疾之所自起，則弗能攻。治亂者何獨不然，必知亂之所自起，焉能治之；不知亂之所自起，則弗能治。聖人以治天下為事者也，不可不察亂之所自起。	「引論」即開頭部分，要提出問題（論題或者中心論點）「是什麼」：治理天下要知道亂的起源
第二段 本論 1	當察亂何自起？起不相愛。臣子之不孝君父，所謂亂也。子自愛不愛父，故虧父而自利；弟自愛不愛兄，故虧兄而自利；臣自愛不愛君，故虧君而自利，此所謂亂也。雖父之不慈子，兄之不慈弟，君之不慈臣，此亦天下之所謂亂也。父自愛也不愛子，故虧子而自利；兄自愛也不愛弟，故虧弟而自利；君自愛也不愛臣，故虧臣而自利。是何也？皆起不相愛。	「本論」即本體部分，分析問題「為什麼」：說明亂的起源——不相愛，並舉父子、兄弟為例說明
第三段 本論 2	雖至天下之為盜賊者亦然，盜愛其室不愛其異室，故竊異室以利其室；賊愛其身不愛人，故賊人以利其身。此何也？皆起不相愛。雖至大夫之相亂家，諸侯之相攻國者亦然。大夫各愛其家，不愛異家，故亂異家以利其家；諸侯各愛其國，不愛異國，故攻異國以利其國，天下之亂物具此而已矣。	再舉例說明：以盜賊、大夫為例

第四段 本論3	察此何自起？皆起不相愛。若使天下兼相愛，愛人若愛其身，猶有不孝者乎？視父兄與君若其身，惡施不孝？猶有不慈者乎？視弟子與臣若其身，惡施不慈？故不孝不慈亡有，猶有盜賊乎？故視人之室若其室，誰竊？視人身若其身，誰賊？故盜賊亡有。猶有大夫之相亂家、諸侯之相攻國者乎？視人家若其家，誰亂？視人國若其國，誰攻？故大夫之相亂家、諸侯之相攻國者亡有。	再綜合第二、三段：說明父子、兄弟、盜賊、大夫如果懂得相愛就不會亂
第五段 結論	若使天下兼相愛，國與國不相攻，家與家不相亂，盜賊無有，君臣父子皆能孝慈，若此則天下治。故聖人以治天下為事者，惡得不禁惡而勸愛？故天下兼相愛則治，交相惡則亂。故子墨子曰：「不可以不勸愛人者，此也。」	「結論」即結尾部分，它要回應前面問題、解決問題，並提出總結：再次說明禁止仇恨、鼓勵相愛，天下就會得到治理

🦉 肆、自我增能與延伸閱讀

　　「學習」狹義地說是指人們通過學校教育、師長教導，獲得知識的過程。廣義地說是指人們在生活過程中，通過經驗的累積而產生新的技能、潛能。學習的目的是為了有效提升自我，掌握基本的知識、技能或態度後，讓我們能更清楚認知問題、分析問題、解決問題，獲得更好的生命狀態。下面幾篇選文都是探討與學習相關的篇章，閱讀完後讓我們一起思考關於學習的議題。

一、學習的儀式感

(一)《禮記·學記》節選

 原文

　　大學始教，皮弁祭菜，示敬道也；《宵雅》肄三，官其始也；入學鼓篋，孫其業也；夏楚二物，收其威也；未卜禘不視學，游其志也；時觀而弗語，存其心也；幼者聽而弗問，學不躐等也。此七者，教之大倫也。《記》曰：「凡學官先事，士先志。」其此之謂乎！

導讀

　　〈學記〉是《禮記》一書中之第十八篇文章。《禮記》是孔門弟子聽孔子傳授有關禮的學問後，筆記成書，之後被列為十三經之一，並與《周禮》、《儀禮》合稱為三禮。〈學記〉是一篇教育專論，此篇文章主要探討的議題是古代大學裡「如何教？如何學？」的問題，是研究儒家教育思想的珍貴資料。

語譯

　　大學開學典禮，學生個個都要穿著禮服，先以蘋藻之菜祭祀先聖先師，代表著尊師重道；接著再練習《詩經·小雅》篇中的《鹿鳴》、《四牡》、《皇皇者華》三首詩歌，這三首詩歌主要在勸勉學生涖官事上的道理；詩歌唱誦完畢後擊鼓召集學生，一起正式打開書包，希望學生以謙遜謹慎的態度學習；夏（ㄐㄧㄚˇ）楚兩物是用來警惕鞭策學生，在正當的

時刻使用這兩項教鞭，就能收到整肅威儀的效果。

夏天天子祭天儀式未完成前，天子、諸侯不會急著到學校去視察，要讓學生有充足的時間發展志向；教師在教學時會先仔細觀察學生，等到適當的時候再加以個別指導，這是要使學生自動自發；至於年幼的學生，在課堂中要先聽講，不能亂發問，這是因為要讓年幼的學生學習到尊重、依循進度順序。

以上七項都是學習的重要道理，古書說：凡學習做官，領導人民，先學習管理事情；要成為一個真正的讀書人就要先學習立志，就是這個意思。

(二) 議論文寫作練習——學習的儀式感是否重要？

1. 像蜘蛛一樣系統化思考表格練習

從文章中找出「學習的儀式感」素材——7 個要點	
把上面 7 個要點換句話說	
對上面 7 個要點提出看法和意見（和現代教育相關儀式做比較）	

2. 像蜜蜂一樣發揮獨到觀點

　　重新思索本次議論文寫作題目：「學習的儀式感是否重要」，再把上面表格中第二格、第三格的內容整理一下，變成一段流暢、有邏輯的文章。

題目	學習的儀式感是否重要？
內文	

二、學習過程一定要自行苦練基本功？

(一)《列子‧紀昌學射》

 原文

　　甘蠅，古之善射者，彀弓而獸伏鳥下。弟子名飛衛，學射於甘蠅，而巧過其師。紀昌者，又學射于飛衛。飛衛曰：「爾先學不瞬，而後可言射矣。」

　　紀昌歸，偃臥其妻之機下，以目承牽挺。三年之後，雖錐末倒眥，而不瞬也。以告飛衛。飛衛曰：「未也，必學視而後可。視小如大，視微如著，而後告我。」

　　昌以氂懸蝨於牖，南面而望之。旬日之間，浸大也；三年之後，如車輪焉。以睹余物，皆丘山也。乃以燕角之弧、朔蓬之簳射之，貫蝨之心，而懸不絕。以告飛衛。飛衛高蹈拊膺曰：「汝得之矣！」

　　紀昌既盡衛之術，計天下之敵己者，一人而已，乃謀殺飛衛。相遇於野，二人交射，中路矢鋒相觸，墜於地，而塵不揚。飛衛之矢先窮，紀昌遺一矢。既發，飛衛以棘刺之端扞之，而無差焉。 於是二子泣而投弓，相拜於塗，請為父。

 語譯

　　甘蠅是古代一名射箭高手，當他拉開弓，不論是地面上的野獸，或是天空中的飛鳥，總是百發百中。甘蠅的弟子名叫飛衛，他射箭的本領超過了師父甘蠅。紀昌耳聞飛衛神射手之名，不遠千里來，要向飛衛拜師學習射箭技巧。飛衛卻只是淡淡地說了一句：「你先學會看東西不眨眼，我們再談射箭。」

　　紀昌回到家後，仰臥在妻子的織布機下，用眼睛注視著織布機上的腳踏板，練習不眨眼睛，用這個方式練習幾年後，紀昌的眼睛明亮有神，定功更是了得，即使錐子尖端抵到在他眼眶前，他也不會眨一下眼睛。

　　紀昌把自己練習的情況回報給飛衛，飛衛說：「這還不夠，還要學會用眼睛將微小的物體看成像看大東西一樣清晰，若能做到這樣，再來告訴我。」

　　紀昌用氂牛尾巴的毛繫住一隻蝨子，把蝨子懸掛在窗口，面朝南，遠遠地看著蝨子，十天之後，紀昌眼裡看到的蝨子模樣漸漸大了；這樣持續練習幾年後，蝨子在他眼裡有如車輪那麼大。用這種方法再看其他東西，那些東西都被放大了，有的還像山丘那麼大。

　　紀昌便用質地最好的燕地牛角做成弓，用北方出產品質最好的篷竹作為箭桿，紀昌拉開弓，往那隻懸掛在窗口的蝨子射去，一箭就射穿了蝨子，而且繩子竟然沒斷。紀昌趕緊把自己練習的成果告訴飛衛，飛衛高興地手舞足蹈，並拍著自己的胸脯，說道：「你已經掌握射箭的訣竅了！」

　　紀昌以為靠著自己的努力，已經把飛衛的功夫全部學到手了，他覺得全天下只有飛衛才有資格和自己匹敵，於是私下計劃著要除掉飛衛。終於機會來了，師徒兩人在野外相遇。紀昌朝著飛衛射了一支箭，飛衛趕緊也拉了弓，射出一支箭攔截，兩人射出的箭在空中碰撞後，全都掉在地上。這樣一箭又一箭，飛衛都成功攔截下要射殺他的箭，最後飛衛的箭射完了，紀昌陰森一笑，他拿出還最後一支射了出去，沒想到飛衛趕忙抽起身邊的棘刺，把野地裡的荊棘當箭，一拉開弓，這次還是分毫不差的把紀昌射過來的箭擋了下來。這時紀昌才猛然大悟，原來師父還有好多絕世功夫是自己看都沒看過的，他羞愧地請求師父原諒，於是兩人都扔了弓，相擁而泣，紀昌認飛衛為父親，讓飛衛教導他真正的射箭功夫，並發誓要對飛衛一輩子行父子之禮，而且不再將這種技能傳給任何人。

(二) 議論文寫作練習——學習過程一定要自行苦練基本功？

1. 像蜘蛛一樣系統化思考表格練習

從文章中找出「學習過程自行苦練基本功」素材——2 個要點	
把上面 2 個要點換句話說	
對上面 2 個要點提出看法和意見（沒靠師傅的步驟、口訣，紀昌能靠自己學會射箭嗎？）	

2. 像蜜蜂一樣發揮獨到觀點

　　重新思索本次議論文寫作題目：「學習過程一定要自行苦練基本功？」再把上面表格中第二格、第三格的內容整理一下，變成一段流暢、有邏輯的文章。

題目	學習過程一定要自行苦練基本功？
內文	

參考資料

1. 李智平，《大學寫作課精進書寫能力 2──思辨與論說文寫作篇》，臺北：五南，2021。

2. 李建生，《高中作文：哲學思辨與議論文寫作二十課》，上海科學技

術文獻出版，2016。

3. 王鼎鈞，《作文十九問》，臺北：木馬文化，2018。

第4章

從議論文到
辯論比賽養成密技

壹、辯論的內涵

　　辯論是指雙方對某個議題或主張，為分辨出不同立場之正確或優劣而進行的一種以言語表達為主的爭論方式，辯論講求臨場反應，因此在辯論的過程除了需要優秀的表達力，還需要精湛的邏輯思辨能力，當然更需要事前充分的準備。

一、辯論的六階段能力

1. 對議題進行考查：蒐集資料、考察、分析、鑑定的能力。
2. 對資料分析鑑定：將資料分類整理、刪減、整合、歸納的能力。
3. 新舊觀點的融合：將新資料融入自己舊經驗、舊知識產生新觀點。
4. 引用資料與證據：用充分的理由、證據來說明自己對議題的見解。
5. 揭露對方的矛盾：可以流暢地引用蒐集來的資料內容，暢述對議題的觀點，並引用證據資料揭露對方的矛盾。
6. 獲得雙方的共識：讓雙方取得最後的共識或共同的意見。

二、辯論要素

1. 辯論中存在不同意見的雙方

　　所謂的辯論，一定要有不同意見的雙方存在，才能透過一來一往的意見陳述中，產生思想的交鋒與激盪，讓真理透過辯論的過程越來越清晰明白。

　　若一個人腦中有正反兩種意見、方案或做法在做權衡和比較，那只能算是思考或思辨，不能算是辯論。

2. 辯論雙方要有共同的論題

　　辯論的雙方必須針對同一個事物或同一問題，各自提出看法，即辯論

的雙方要共同存在著同一個論題,若雙方談論的論題不同,就不能實現有意義的辯論。

例如,一個人說「應該實施十二年國民教育」,另一個人說「教育應該普及化」,由於兩人所陳述的對象不同,因此這兩個人不能構成辯論,頂多只能說討論。只有一方說「應該實施十二年國民教育」,另一方說「不應該實施十二年國民教育」這樣才能構成辯論。因為這兩方所談論的對象相同,又是相互對立的觀點,而這兩個觀點只能有一個為真,這樣彼此就有了誰是誰非的問題,就可以產生辯論的空間。

3. 辯論雙方要有共同承認的前提

辯論的雙方一定要存在著彼此都重視的價值與前提,例如:是非真偽標準(科學規律)、價值取向(社會正義)、正確推理(論證、論據)的方法等。辯論時雙方若沒有這些共同承認的東西,辯論只會變成一場混戰,或是淪為詭辯,不可能得出雙方都有共識的結論。

三、辯論比賽──新式奧勒岡制

1. 起源

奧勒岡辯論制度是由英、美等國法庭間的辯論演進而來,因為起源於法庭的關係,所以辯論的雙方陣營就像是對簿公堂的兩邊,雙方都要依序提出論證及質詢,正方代表像是原告,反方就像是被告;主席猶如是法官,要維持比賽能順利進行,若有人提出抗議時,還需要負責仲裁。另外,評審則是擔任陪審團的角色,操決勝負之大權。

奧勒岡辯論制度是由美國奧勒岡州立大學首先創立,之後由臺灣大學國際事務學會將其條規翻成中文,引進臺灣,再由東吳大學的正言社整理出 56 條的中文奧瑞岡辯論規則,民國 63 年正式引進臺灣,並取消「即席抗議」制度,成為新式奧瑞岡制度,直到今天一直都是臺灣辯論界中常用的一種比賽制度。

2. 參加人員

參與辯論的正方、反方各自派出三位辯士參與辯論比賽，評審可以有三、五、七位（可酌量增加，不過為了在最後方便評判優勝，最好能以奇數為主），辯論比賽時還要一位主席負責掌控整個流程進度，另外還需要：按鈴、計時、計分人員。

辯論賽參與人員
1. 主席
2. 正方（三個辯士）
3. 反方（三個辯士）
4. 評審（三或五或七人）
5. 工作人員（按鈴、計時、計分人員）

3. 比賽進行方式

每位辯士員皆須申論、質詢、答辯。流程如下：

第一階段
正方 1 辯 申論 3 分鐘 反方 2 辯 質詢（正方 1 辯）加回答 3 分鐘
反方 1 辯 申論 3 分鐘 正方 3 辯 質詢（反方 1 辯）加回答 3 分鐘
正方 2 辯 申論 3 分鐘 反方 3 辯 質詢（正方 2 辯）加回答 3 分鐘

第二階段
反方 2 辯 申論 3 分鐘 正方 1 辯 質詢（反方 2 辯）加回答 3 分鐘
正方 3 辯 申論 3 分鐘 反方 1 辯 質詢（正方 3 辯）加回答 3 分鐘
反方 3 辯 申論 3 分鐘 正方 2 辯 質詢（反方 3 辯）加回答 3 分鐘
第三階段
反方結辯 正方結辯

4. 辯論題目

　　辯論題目一般可分為三個種類：政策性命題、價值性命題及事實性命題，下列表格蒐集了七個辯論題目，分屬於不同類型、不同目的而舉辦。

類型	題目	出處
政策性	1. 我國刑罰應廢除賭博罪	第十二屆宮燈盃辯論公開賽
	2. 政黨總統化有助於／有害於臺灣民主政治	2018 年第四十四屆大學政治相關科系辯論比賽
	3. 我國應復徵證券交易所得稅	第二十八屆中區會計辯論比賽
	4. 重工業產業對高雄利大於弊／弊大於利	2018 年高雄市政盃辯論錦標賽
價值性	1. 家風比社會風氣／社會風氣比家風更能影響人的一生	第十七屆海峽兩岸大學生辯論比賽小組賽
	2. 高等教育營著重學生專業技能教育／綜合素質教育	第十七屆海峽兩岸大學生辯論比賽複賽

從學霸到職場高「財」生的寫作課

類型	題目	出處
事實性	人工智能對人類發展利大於弊／弊大於利	第十七屆海峽兩岸大學生辯論比賽小組賽

5. 辯論賽前準備單

　　辯論前要先做足功課，首先要查找相關資料，接著資料要先靠自己理解吸收後，試著用自己的話語重新詮釋，在辯論場上才能運用自如，最後還需要先紙上談兵，做一下模擬戰，也就是把資料做出正反面的觀點鋪陳，這樣真正上場辯論時才能有流暢的表述能力。以下表格就是模擬辯論賽前的準備。

階段	說明	提醒
第一階段——立論	簡要說明我方理念。	提出具體的佐證資料（數據、資料、有公信力之文章出處……），並條列式說明。
第二階段——提問	1. 將對方論述內容做出摘要。 2. 思考對方論點不合理、矛盾或疏漏之處。 3. 向對方提問，問題要清楚明確。	找出對方論點的缺漏之處，並逐條列點。
第三階段——被質詢時的回應	1. 仔細聆聽對方提出的問題，並快速寫下關鍵詞。 2. 思考我方該如何回應問題。 3. 找理由、證據回覆提問，切忌不可反問對方問題。	1. 對方向我方提出的問題，逐條列點。 2. 思考我方如何回應、反駁，先寫下關鍵詞，避免忘詞。
第四階段——結論	1. 再度申論我方立場。 2. 綜合性回答對方的提問。	在結論時只能針對原先論點再次申明、補充，不可再提出新的論點。

資料來源：逢甲大學課堂討論表格，經作者修改。

6. 辯論賽前準備單範例

議題：知易行難／知難行易（我方立場：知易行難）		
功能	說明	論據（參考資料）
立論	從關鍵字說明我方理念。	請提出佐證資料（學術研究成果、新聞案例等具公共性之資料），逐條列點。 1. 我們都知道要節省開支才能存錢，但我們每個月還是會忍不住把錢花掉，例如雙 11 購物節就會容易衝動消費。 2. 有時候我們需要正面拒絕別人，但當面時又因為不想讓場面尷尬而說不出口。 由以上例子可說明「知易行難」。
提問	1. 評估對方的核心理念是什麼？ 2. 向對方的核心理念提問。 3. 提問應有層次性。	設想對方的核心理念、可能的論據，逐條列點。 對方論點 許多人不知道電腦是怎麼運作的，但我們還是可以正常使用電腦，所以應該是「知難行易」。 我方反駁 電腦設計理念是什麼？其一重要理念就是為了讓使用者方便操作、容易上手，還有所謂的防呆措施。工程師都知道要讓使用者輕鬆操作，但要把這個概念做出來卻很難不是嗎？因此，對電腦工程師而言，這其實是知易行難的。
反駁	1. 設想對方可能會提出的問題。 2. 設想我方如何回答。 3. 回答提問，避免反問。	對方可能向我方提出的問題，逐條列點。 對方提問 1. 友方剛提到會亂花錢是因為你們不懂正確理財觀念，一旦知曉，便能輕易地省下錢來對嗎？ 2. 友方剛提到「需要正面拒絕別人，但當面時又因為不想讓場面尷尬而說不出口」是因為不知道怎麼和平地拒絕他人的要求，所以才會尷尬，因此這是屬於「知難」的部分不是嗎？

		我方回答
		1. 網路上有許多別人分享的理財相關文章，其實只要去查一下就知道理財方式了，但問題是就算我們知道了，依然還是會克制不住自己的慾望，因此其實歸根究柢還是「知易行難」。
		2. 拒絕方法百百種，要拒絕人甚至可以先詢問別人他個性如何之類的，但其實只是我們往往不敢踏出這一步而已，所以我方還是認為「知易行難」。
結論	1. 再度申論我方的立場。 2. 綜合性回答對方的提問。 3. 不得提出新論點。	現今世代各種道理、資料在網路上都很齊全，因此「知」是相當容易的，真正難的是去「行」的那份決心，所以我方還是認為「知易行難」才是符合實際狀況的。

資料來源：學生課堂練習後由作者修改。

 ## 貳、辯論中經常出現的問題（辯士容易犯的錯誤）

*人身攻擊：針對對方發言的辯士攻擊，而非發言內容，在正式的辯論場上絕對不能犯這個錯誤。

*稻草人：稻草人策略可分為刻意地、以迂迴的目的，歪曲對方論點，為了能更輕易擊倒對方。也有可能不是刻意地，只是不正確地概括對方觀點，並予以攻擊。在辯論過程中，最怕辯士將某個合理論點與另一個情緒化的誤解融合在一起，結果引發了自己更多的憤怒及不理性反應，甚至引起人身攻擊，那會變成辯論中

一場災難。

＊**離題**：偏離應該討論的區域，這是初階辯士經常會犯的錯誤，而且初階辯士還容易指責對方辯士離題。

＊**循環論證**：論題的真實性是要靠論據來證明，而論據的真實性又要靠論題證明，就是循環論證，即所謂的「套套邏輯」，例如：「我喜歡毛小孩！」——「為什麼你喜歡毛小孩呢？」——「因為毛小孩值得我喜歡」——「毛小孩哪裡值得你喜歡？」——「在我喜歡毛小孩的那些部分」。

＊**斷言**：在敘述上缺乏證明、證據。除了描述公認事實外，一般斷言不會為裁判所接受。

＊**滑坡謬誤**：是指辯士使用了一連串的因果推論，且誇大了每個環節的因果關係與強度，最後得到了不合理的結論，一般我們常聽到的「無限上綱」就是牽涉到此種謬誤。例如：「小明國中成績不好，之後就考不上好高中，接著也考不到好大學，接著會找不到好工作，然後前途堪憂，變成啃老族！」

一、辯論中經常出現的問題——稻草人（文本舉例）：
　　羅貫中《三國演義》第四回 節選
　　「曹操殺呂伯奢——將錯就錯」

 原文

　　至成皋地方，天色向晚。（曹）操以鞭指林深處，謂（陳）宮曰：「此間有一人姓呂，名伯奢，是吾父結義弟兄；就往問家中消息，覓一宿，如何？」宮曰：「最好。」二人至莊前下馬，入見伯奢。奢曰：「我聞朝廷遍行文書，捉汝甚急，汝父已避陳留去了。汝如何得至此？」操告以前事，曰：「若非陳縣令，已粉骨碎身矣。」

伯奢拜陳宮曰：「小姪若非使君，曹氏滅門矣。使君寬懷安坐，今晚便可下榻草舍。」說罷，即起身入內。良久乃出，謂陳宮曰：「老夫家無好酒，容往西村沽一樽來相待。」言訖，匆匆上驢而去。

　　操與宮坐久，忽聞莊後有磨刀之聲。操曰：「呂伯奢非吾至親，此去可疑，吾竊聽之。」二人潛步入草堂後，但聞人語曰：「**縛而殺之，何如？**」操曰：「是矣！今若不先下手，必遭擒獲。」遂與宮拔劍直入，不問男女，皆殺之，一連殺死八口。搜至廚下，卻見縛一豬欲殺。宮曰：「孟德心多，誤殺好人矣！」急出莊上馬而行。行不到二里，只見伯奢驢鞍前轎懸酒二瓶，手攜果菜而來，叫曰：「賢姪與使君何故便去？」操曰：「被罪之人，不可久住。」伯奢曰：「吾已分付家人宰一豬相款。賢姪、使君，何憎一宿？速請轉騎。」操不顧，策馬便行。行不數步，忽拔劍復回，叫伯奢曰：「此來者何人？」伯奢回頭看時，操揮劍砍伯奢於驢下。宮大驚曰：「適纔誤耳，今何為也？」操曰：「伯奢到家，見殺死多人，安肯干休？若率眾來追，必遭其禍矣。」宮曰：「知而故殺，大不義也！」操曰：「寧教我負天下人，休教天下人負我。」陳宮默然。

語譯

　　到達成皋縣境界時，天色已晚，曹操、陳宮兩人想找地方休息。曹操用馬鞭指著遠處村莊對陳宮說：「我印象中這兒有一個朋友叫呂伯奢，是我父親的結拜兄弟，現在看來只能去他家裡暫住一宿，你看如何？」陳宮說：「太好了！」

　　兩人到了呂伯奢家，下馬見過呂伯奢。呂伯奢說：「我聽說朝廷捉拿你甚急，你的父親也已從譙郡逃到陳留去了。你怎麼會到了我這個小地方來？」曹操把事情的經過告訴呂伯奢，並說：「如果沒有陳縣令出手相救，我早已命喪多時。」呂伯奢對陳宮拜謝道：「我的小姪如果不識陳縣

令，曹家早已被滅門了。你們兩位稍坐片刻，今晚就在寒舍安歇。我家中沒有好酒，現在我就去西村酒坊打點好酒。」說完後，呂伯奢就直奔西村去了。

　　曹操和陳宮坐了許久，忽然聽得房後有磨刀之聲，還說了句「綁起來再殺掉，你們看這樣如何？」曹操與陳宮悄悄地潛入草堂後，看到呂伯奢的五個兒子和兩個廚師正在磨刀，曹操與陳宮聽了嚇出一身冷汗，急忙先下手為強，直接動手殺了廚房中所有的人，就這樣一連殺死八個人，等他們來到廚房下方處，卻看到一隻豬被綑綁著，正等著被殺。陳宮這時驚愕地說：「你剛才太多心了，誤殺了好人！」兩人這時只能急著騎馬逃跑了。走不到二里，只見伯奢騎著驢，還帶著酒菜而來，看到他們倆還叫道：「你怎麼走了呀？」曹操答：「戴罪的人，不可久住。」伯奢急忙說：「我已經吩咐家人宰殺一頭豬款待你們了。」曹操還是騎馬繼續往前，走不到幾步，忽然拔刀砍殺呂伯奢。陳宮大驚說：「剛才是誤殺，現在殺人又是為什麼？」曹操答：「伯奢到家，看到那麼多家人被殺，怎會罷休？」陳宮沉著臉說：「知道事情的真相了你還殺人，實在是大不義啊！」操曰：「寧可讓我辜負天下人，也不能讓天下人辜負我。」陳宮聽了只能默然以對。

「曹操殺呂伯奢──將錯就錯」之稻草人謬誤──表格分析

問題思考	回答
1.曹操心中的恐懼是什麼？	
2.呂伯奢家人的哪句話引起曹操的恐懼？	

問題思考	回答
3. 曹操將哪句話做了錯誤解讀？	
4. 曹操做了錯誤解讀後做出什麼錯誤行動？	
5. 曹操犯了稻草人謬誤中的哪個部分？	
6. 曹操犯了稻草人謬誤後別人會怎麼看他？	

二、辯論中經常出現的問題——滑坡謬誤（文本舉例）：
宋玉《文選·登徒子好色賦》

 原文

　　大夫登徒子侍於楚王，短宋玉曰：「玉為人體貌閒麗，口多微辭，又性好色。願王勿與出入後宮。」

　　王以登徒子之言問宋玉。玉曰：「體貌閒麗，所受於天也；口多微辭，所學於師也；至於好色，臣無有也。」王曰：「子不好色，亦有說乎？有說則止，無說則退。」玉曰：「天下之佳人莫若楚國，楚

國之麗者莫若臣里，臣里之美者莫若臣東家之子。東家之子，增之一分則太長，減之一分則太短；著粉則太白，施朱則太赤；眉如翠羽，肌如白雪；腰如束素，齒如含貝；嫣然一笑，惑陽城，迷下蔡。然此女登牆窺臣三年，至今未許也。登徒子則不然：其妻蓬頭攣耳，齞唇歷齒，旁行踽僂，又疥且痔。登徒子悅之，使有五子。王孰察之，誰為好色者矣。」

　　是時，秦章華大夫在側，因進而稱曰：「今夫宋玉盛稱鄰之女，以為美色，愚亂之邪；臣自以為守德，謂不如彼矣。且夫南楚窮巷之妾，焉足為大王言乎？若臣之陋，目所曾睹者，未敢云也。」王曰：「試為寡人說之。」大夫曰：「唯唯。臣少曾遠遊，週覽九土，足歷五都。出咸陽、熙邯鄲，從容鄭、衛、溱、洧之間。是時向春之末，迎夏之陽，鶬鶊喈喈，群女出桑。此郊之姝，華色含光，體美容冶，不待飾裝。臣觀其麗者，因稱詩曰：『遵大路兮攬子袪』。贈以芳華辭甚妙。於是處子怳若有望而不來，忽若有來而不見。意密體疏，俯仰異觀；含喜微笑，竊視流眄。復稱詩曰：『寐春風兮發鮮榮，潔齋俟兮惠音聲，贈我如此兮不如無生。』因遷延而辭避。蓋徒以微辭相感動。精神相依憑；目欲其顏，心顧其義，揚《詩》守禮，終不過差，故足稱也。」

　　於是楚王稱善，宋玉遂不退。

語譯

　　楚國大夫登徒子在楚王面前說宋玉的壞話，他說：「宋玉其人長得英俊瀟灑，口才好，言辭微妙，又貪愛女色，希望大王不要讓他出入後宮之門。」

　　楚王拿登徒子的話去質問宋玉，宋玉說：「容貌俊美，這是上天所生；善於言詞辨說，是從老師那裡學來的；至於貪愛女色，微臣絕對沒有。」楚王說：「你可以證明自己不貪愛女色嗎？講得有道理就讓你留下

來，講得沒道理你就走。」宋玉於是辯解道：「天下的美女，沒有誰比得上楚國女子，楚國女子中，又沒有人的美色能贏過我家鄉的美女，而我家鄉中最美麗的姑娘就是我東邊鄰居家那位女子，她的身材若增加一分則太胖，減掉一分則太瘦；論其膚色，若塗上脂粉則嫌太白，施加胭脂又嫌太紅，她的美生得恰到好處。她的眉毛如翠鳥之羽毛，肌膚像白雪一般瑩潔，腰身纖細如素帛，牙齒整齊潔白如一連串小貝，甜甜一笑，可以使陽城和下蔡一帶的人都為她癡迷。這樣一位姿色絕倫的美女，趴在牆上窺視我三年，而我至今仍未答應和她交往。登徒子卻不是這樣，他的妻子蓬頭垢面，耳朵攣縮，嘴唇外翻而牙齒參差不齊，彎腰駝背，走路一瘸一拐，又患有疥疾和痔瘡。這樣一位醜陋的婦女，登徒子卻愛她愛到極致，還和她生了五個孩子。請大王明察，究竟誰是好色之徒呢？」

就在這時候，秦國的章華大夫在一旁，趁機對楚王進言說：「如今宋玉大肆宣揚他鄰居的小姐，把她視為美人，而美色能使人亂性，產生邪念；臣自認為我自己也是老實遵守道德的人，不過我覺得自己的能耐還比不上宋玉，不過楚國偏遠之地的女子，又是宋玉東邊鄰居的女子，怎麼夠格拿來對大王宣說呢？如果大家都認為我真的是沒見過世面、眼光鄙陋，那接下來我就不敢再說話了。」楚王說：「沒事，你再多說點。」章華大夫說：「遵命！臣年少時曾出門遠遊，足跡踏遍九州，也遍及繁盛的城市，當時我離開咸陽，在邯鄲遊玩，就在鄭、衛兩國的溱水和洧水邊逗留。當時時節是在春末夏初，那天陽光溫暖，鳥兒鳴叫，眾美女在桑間採桑葉，鄭、衛郊野的美女光彩照人，體態曼妙，面容姣好，臣看到這群美女中最美的那位，我引用《詩經》裡的話向她表達我的心意：『我想沿著大路與心上人攜手同行。』那美人好像要來，卻又沒有真的向我走來，她撩得我心煩意亂，我對她的情意越加綿密，但她的身影卻又很疏遠，我偷偷看著她，感覺她正含情脈脈對我暗送秋波，於是我又再引《詩經》裡的話向她表達我的心意：『萬物在春風吹拂下醒來，一派鮮綠茂密。那美人的心純潔美好，端莊持重；正等待我傳遞佳音。若不能與她結合，我還不

如死去吧。』她聽完後卻引身後退，婉言拒絕我了，唉，我大概還是沒能找到打動她的詩句吧，雖然我真的很想再好好看著她美麗的容顏，但我心裡還是記得要遵守男女間該有的道德規範。」

　　楚王聽完後，點頭同意章華大夫這段話說得好，也就沒讓宋玉離開了。

(一)〈登徒子好色賦〉之滑坡謬誤——表格分析 1

問題思考	回答
1.登徒子侍於楚王，短宋玉曰：「玉為人體貌閒麗，口多微辭，又性好色。願王勿與出入後宮。」這一段話在說什麼？	
2.登徒子侍於楚王，短宋玉曰：「玉為人體貌閒麗，口多微辭，又性好色。願王勿與出入後宮。」你覺得登徒子用這段話說宋玉好色在邏輯上有沒有錯誤？	
3.宋玉對登徒子的攻擊怎麼回應？	
4.宋玉的回應有道理嗎？	

問題思考	回答
5. 宋玉怎麼以其人之道還其人之身（你說我好色，我也說你好色）？	
6. 你覺得宋玉說登徒子好色的部分符合邏輯嗎？為什麼？	

(二)〈登徒子好色賦〉之滑坡謬誤——表格分析 2

問題思考	回答
1. 宋玉曰：「天下之佳人莫若楚國，楚國之麗者莫若臣里，臣里之美者莫若臣東家之子。東家之子，增之一分則太長，減之一分則太短；著粉則太白，施朱則太赤；眉如翠羽，肌如白雪；腰如束素，齒如含貝；嫣然一笑，惑陽城，迷下蔡。然此女登牆窺臣三年，至今未許也。」這段話是什麼意思？	
2. 承上，宋玉這段話犯了滑坡謬誤，請試著分析看看。	

問題思考	回答
3. 登徒子則不然：其妻蓬頭攣耳，齞唇歷齒，旁行踽僂，又疥且痔。登徒子悅之，使有五子。王孰察之，誰為好色者矣。」 這段話是什麼意思？	
4. 承上，宋玉這段話犯了滑坡謬誤，請試著分析看看。	

 參、自我增能與延伸閱讀

　　辯論比賽有正方也有反方，不管是哪一方的辯士，正式上了辯論臺後一定會有申論與質詢的時刻，質詢還分為質詢對方、被對方質詢。申論時是從自己的方向切入問題點，但質詢時就需要從對方角度看事情的能力，尤其是被質詢時要能贏得漂亮，就要懂對方看事情的視角，才能攻破對方視角的弱點。

　　現在我們就從閱讀文本開始，一起練習以正反視角看待事物，本單元為「愛情與婚姻中能有謊言／不能有謊言」，同時出現兩個正、反觀點的文本，讓我們一起練習看待事物不能只從單一視角切入，需要從正方與反方立場切入的能力。

一、「愛情與婚姻中能有謊言／不能有謊言」文本閱讀

(一) 婚姻中的謊言（愛情、婚姻中不可以有謊言）：

《孟子・齊人有一妻一妾》

 原文

　　齊人有一妻一妾而處室者，其良人出，則必饜酒肉而後反。其妻問所與飲食者，則盡富貴也。其妻告其妾曰：「良人出，則必饜酒肉而後反；問其與飲食者，盡富貴也，而未嘗有顯者來，吾將瞯良人之所之也。」

　　蚤起，施從良人之所之，遍國中無與立談者。卒之東郭墦間，之祭者，乞其餘；不足，又顧而之他——此其為饜足之道也。其妻歸，告其妾，曰：「良人者，所仰望而終身也，今若此！」與其妾訕其良人，而相泣於中庭，而良人未之知也，施施從外來，驕其妻妾。

　　由君子觀之，則人之所以求富貴利達者，其妻妾不羞也，而不相泣者，幾希矣！

導讀

　　〈齊人有一妻一妾〉是《孟子》散文中的名篇，孟子透過一個生動的寓言故事，諷刺那種不顧廉恥、以卑鄙手段追求富貴利達的人。文中描述齊人的詭異行動、在妻妾面前謊話連篇、自我誇耀的樣子躍然於紙上，之後寫妻子的跟蹤和齊人「饜酒肉」的真相，故事最後由妻妾羞慚憤恨、痛哭不已，對比出齊人恬不知恥的醜態。

語譯

　　有個齊國人，他和妻子、小妾共同生活。他每次外出，都是吃飽喝足才回家。妻子問他都和哪些人一起吃飯，他總是回答都是和有錢、有地位的人交際應酬。妻子對妾說：「丈夫每次出去，都是酒足飯飽才回家，問他跟誰一起吃飯，他總是回答跟有錢有勢的人。可是，我們從來不曾看見他帶什麼富貴體面的人到家裡來，我應該要暗中看他到底去什麼地方。」

　　第二天一早，妻子便跟蹤丈夫，走遍整個都城，沒有人停下來和他打招呼。最後妻子竟然看到自己的丈夫走到東門城外的墳墓區，向那些掃墓的人乞討祭拜後的酒、飯，吃不夠，又到別的掃墓那裡乞討，這就是丈夫天天吃飽喝足的方法。

　　妻子回去後，把看到的一切都告訴了妾，邊哭邊說：「丈夫，是我們指望依靠，要過一輩子的人，現在他竟然是這個樣子！」於是妻和妾兩人一起在院子裡邊哭邊罵。這時候，丈夫從外面回來，一點也不知道發生什麼事，還得意洋洋地在妻妾面前訴說自己今天又和哪些富貴人家交際應酬了。

　　從君子的角度反觀，一般人為了追求世間所謂的富貴利達而採取的方式大概也和齊人差不多吧，在他們的妻、妾眼裡也會以此為羞恥吧！他們的妻、妾若不像齊人的妻、妾那樣羞愧到哭泣的，大概很少吧！

《孟子・齊人有一妻一妾》摘要

出處	朝代：先秦
標題	婚姻中的謊言《孟子・齊人有一妻一妾》
引論	愛情婚姻中不可以存有謊言

本論	有個齊國人，他**騙**妻和妾說他每次外出都和有錢、有地位的人吃飯。妻子**瞞著**丈夫跟蹤他，發現丈夫欺騙她們。丈夫回來後繼續得意洋洋**誇耀**自己今天又和哪些富貴人家吃飯。	文本內容
本論	1. 在婚姻中的欺騙？ 2. 在婚姻中不得不欺騙的理由？ 3. 在婚姻欺騙、說謊可能帶來的麻煩、不好的後果？	自己的 舊經驗知識 與看法
結論	愛情婚姻中不可以存有謊言，因為？	重申論點

（二）愛情、婚姻中的謊言（愛情、婚姻中可以有謊言）：
〈邱比特與賽姬〉

 故事內容

　　賽姬（Psyche）是希臘一個小國的公主，她的美貌傾國傾城，前往朝見膜拜賽姬的人們忽略了美神維納斯（Venus）的神廟，因此觸怒女神，維納斯便指派兒子邱比特（Cupid）下凡陷害賽姬。

　　邱比特磨亮了金箭，打算讓賽姬愛上世界上最醜的怪物，沒想到邱比特也為她的美貌所震懾，而被自己手上的金箭劃傷了手。陷入狂戀的邱比特，盤算著能背著母親與賽姬相聚的計畫。

　　邱比特說服太陽神阿波羅，指示賽姬的父母：賽姬的美受到詛

咒，只能嫁給山頂的妖怪。賽姬的父親從神諭那裡得知自己的女兒受到詛咒，無法嫁給凡人，只能悲傷地按照妖怪指示，將賽姬送往山頂，被獨自留在山頂的賽姬哭累了睡著，醒來以後發現身處一座不見人影的華美屋子前。屋中應有盡有，並有人服侍她，這讓賽姬漸漸安心地住下了，夜裡邱比特告訴賽姬，她可以享用這裡的一切，而且每個夜晚丈夫會來陪伴她，不過只能在黑暗中相會，絕對不能看到丈夫的容貌。賽姬答應了這個約定。

果然，每晚丈夫都會來到床邊以輕柔細語陪伴她，雖不見對方容貌，賽姬卻感到甜蜜而幸福，不久後賽姬懷孕了。

懷孕的賽姬思念起遠方的家人，邱比特雖然勸告賽姬若是因為思念家人而離開他，將再也見不到他，但邱比特看見賽姬的眼淚還是心軟了，並答應讓賽姬的姊姊們來探訪她。

姊姊們看見賽姬幸福的生活而心生嫉妒，煽動賽姬去看清楚丈夫的容貌。賽姬一想起自己都有寶寶了，卻還不知道丈夫的長相，心裡著實不安，就在夜裡點亮油燈對著丈夫一照，竟看見一位容貌英俊的金髮少年！賽姬看呆了，手上的蠟油不小心竟滴落在邱比特身上，讓他痛醒了，邱比特既驚嚇又悲憤地對賽姬說：「愛是不能存在於懷疑之中的！」便如一陣風消失了。

知道整件事情的維納斯在震怒中軟禁了邱比特，且堅決要置賽姬於死地。懷了身孕又看到自己丈夫俊美的容顏後，賽姬瘋狂地愛上了邱比特，她獨自尋找邱比特，卻處處碰壁，直到河神潘恩（Pan）勸她去向維納斯請罪，她才明白這一切都是因為她觸怒美神。

賽姬決定請求維納斯寬恕，維納斯卻三番兩次以艱鉅任務考驗賽姬，維納斯丟給了賽姬的第一道難題，是給她一袋袋混雜的植物種子，命令她一個晚上將種子分門別類挑揀出來。賽姬為了得到維納斯的原諒，毫無怨言低頭彎腰仔細挑揀。這時賽姬得到田野最小的昆蟲的同情——一大群螞蟻分工合作，很有效率地將小麥、大麥、高粱等穀物種子分類好，完成維納斯的任務。

維納斯見賽姬完成挑戰，隔天又給賽姬出了第二道難題，命令她

去拔金羊毛。群聚在河邊灌木叢的金羊，生性兇惡，賽姬實在沒勇氣接近牠們。她躲在河邊啜泣，腳邊突然傳來一個微弱聲音，低頭一看，居然是根蘆葦在對她說話。蘆葦悄聲要她耐心等待，等羊群離開灌木叢到河岸休息，再鑽進灌木叢，拿走被尖銳荊棘勾到的金羊毛。賽姬按著指示，果然成功取出金羊毛。

維納斯的第三個任務，是要賽姬帶著盒子到冥府，裝一些冥后波賽芬妮（Persephone）的青春靈藥回來。冥后叮嚀賽姬不可打開盒子，賽姬卻敵不過好奇心而擅自打開，盒中的睡神（Hypnos）籠罩在賽姬身上，她便沉沉睡去。

賽姬杳無音訊，讓等待的邱比特十分焦急，他沿路尋找賽姬，終於發現被睡神纏身的賽姬，邱比特將睡神收回盒裡，並深情親吻了緩緩甦醒的賽姬。邱比特到宙斯（Zeus）面前為賽姬求情，宙斯便召集眾神一起勸說維納斯，她才接納兩人，並答應了讓兩人結婚的請求，宙斯也賜給賽姬瓊漿玉飲，讓她脫離凡間肉身，獲得不朽永生，且宙斯更破例將賽姬升為女神，得以與邱比特成為真正的神仙美眷。

導讀

　　〈邱比特與賽姬〉出自於阿普列尤斯的小說《金驢記》中的一則神話故事，阿普列尤斯很有可能使用其他更早出現的故事作為藍本，增加了戲劇效果而寫出〈邱比特與賽姬〉這則故事。故事中描述了丘比特與賽姬之間奇特曲折的愛情、婚姻之路，邱比特的愛情從謊言開始，但他們的婚姻到最後卻有一個圓滿的結局。愛情、婚姻中一定要真誠坦白嗎？什麼樣的謊言是可以容許的？

〈邱比特與賽姬〉摘要

出處	
標題	
引論	愛情婚姻中可以存有謊言
本論	文本內容
	自己的舊經驗知識與看法
結論	愛情婚姻中可以存有謊言，因為？前提是？ 重申論點

二、「在職場中是否該對下屬嚴厲管教」議題辯論

　　閱讀施耐庵《水滸傳・智取生辰綱》後，試著進入辯論賽的正反思惟：楊志應該對屬下嚴厲管教／楊志不應該對屬下嚴厲管教。

原文

　　卻說北京大名府梁中書收買了十萬貫慶賀生辰禮物完備，選日差人起程，當下一日在後堂坐下，只見蔡夫人問道：「相公，生辰綱幾時起程？」梁中書道：「禮物都已完備，明後日便用起身。只是一件事，在此躊躇未決。」蔡夫人道：「有甚事躊躇未決？」梁中書道：「上年費了十萬貫收買金珠寶貝，送上東京去，只因用人不著，半路被賊人劫將去了，至今無獲。今年帳前眼見得又沒個了事的人送去，在此躊躇未決。」蔡夫人指著階下道：「你常說這個人十分了得，何不著他，委紙領狀，送去走一遭，不致失誤。」梁中書看階下那人時，卻是青面獸楊志。梁中書大喜，隨即喚楊志上廳說道：「我正忘了你，你若與我送得生辰綱去，我自有抬舉你處。」楊志叉手向前稟道：「恩相差遣，不敢不依！只不知怎地打點？幾時起身？」梁中書道：「著落大名府差十輛太平車子，帳前撥十個廂禁軍監押著車，每輛上各插一把黃旗，上寫著：『獻賀太師生辰綱』。每輛車子再使個軍健跟著，三日內便要起身去。」楊志道：「非是小人推託，其實去不得，乞鈞旨別差英雄精細的人去。」梁中書道：「我有心要抬舉你，這獻生辰綱的札子內，另修一封書在中間，太師跟前重重保你受道敕命回來，如何倒生支調，推辭不去？」楊志道：「恩相在上，小人也曾聽得上年已被賊人劫去了，至今未獲。今歲途中盜賊又多，此去東京，又無水路，都是旱路。經過的是紫金山、二龍山、桃花山、傘蓋山、黃泥岡、白沙塢、野雲渡、赤松林，這幾處都是強人出沒的去處。更兼單身客人亦不敢獨自經過，他知道是金銀寶物，如何不來搶劫？枉結果了性命，以此去不得。」梁中書道：「恁地時，多著軍校防護送去便了。」楊志道：「恩相便差五百人去，也不濟事。這廝們一聲聽得強人來時，都是先走了的。梁中書道：「你這般地說時，生辰綱不要送去了？」楊志又稟道：「若依小人一件事，便敢送去。」梁中書道：「我既委在你身上，如何不依你說？」楊志道：

「若依小人說時，並不要車子，把禮物都裝做十餘條擔子，只做客人的打扮行貨。也點十個壯健的廂禁軍，卻裝做腳夫挑著。只消一個人和小人去，卻打扮做客人，悄悄連夜上東京交付，怎地時方好。」梁中書道：「你甚說的是。我寫書呈重重保你受道誥命回來。」楊志道：「深謝恩相抬舉。」當日便叫楊志一面打拴擔腳，一面選揀軍人。

　　次日，叫楊志來廳前伺候，梁中書出廳來問道：「楊志，你幾時起身？」楊志稟道：「告復恩相，只在明早準行，就委領狀。」梁中書道：「夫人也有一擔禮物，另送與府中寶春，也要你領。怕你不知頭路，特地再教奶公謝都管，並兩個虞候，和你一同去。」楊志告道：「恩相，楊志去不得了。」梁中書說道：「禮物都已拴縛完備，如何又去不得？」楊志稟道：「此十擔禮物都在小人身上，和他眾人，都由楊志，要早行，便早行，要晚行，便晚行，要住，便住，要歇，便歇，亦依楊志提調。如今又叫老都管並虞候和小人去，他是夫人行的人，又是太師府門下奶公，倘或路上與小人彆拗起來，楊志如何敢和他爭執得？若誤了大事時，楊志那其間如何分說？」梁中書道：「這個也容易，我叫他三個都聽你提調便了。」楊志答道：「若是如此稟過，小人情願便委領狀。倘有疏失，甘當重罪。」梁中書大喜道：「我也不枉了抬舉你，真箇有見識！」隨即喚老謝都管並兩個虞候出來，當廳分付道：「楊志提轄情願委了一紙領狀，監押生辰綱，十一擔金珠寶貝，赴京太師府交割，這干係都在他身上。你三人和他做伴去，一路上早起，晚行，住歇，都要聽他言語，不可和他彆拗。夫人處分付的勾當，你三人自理會，小心在意，早去早回，休教有失。」老都管一一都答應了。當日楊志領了，次日早起五更，在府里把擔仗都擺在廳前，老都管和兩個虞候又將一小擔財帛，共十一擔，揀了十一個壯健的廂禁軍，都做腳夫打扮。楊志戴上涼笠兒，穿著青紗衫子，系了纏帶行履麻鞋，跨口腰刀，提條朴刀；老都管也打扮做個客人模樣；兩個虞候假裝做跟的伴當。各人都拿了條朴刀，又帶幾根藤條。梁中書付與了札付書呈，一行人都吃得飽了，在廳上拜

辭了梁中書。看那軍人擔仗起程。楊志和謝都管、兩個虞候監押著，一行共是十五人，離了梁府，出得北京城門，取大路投東京進發。此時正是五月半天氣，雖是晴明得好，只是酷熱難行。昔日吳七郡王有八句詩道：

玉屏四下朱闌繞，簇簇游魚戲萍藻。簟鋪八尺白蝦鬚，頭枕一枚紅瑪瑙。

六龍懼熱不敢行，海水煎沸蓬萊島。公子猶嫌扇力微，行人正在紅塵道。

這八句詩單題著炎天暑月，那公子王孫在涼亭上水閣中浸著浮瓜沉李，調冰雪藕避暑，尚兀自嫌熱；怎知客人為些微名薄利，又無枷鎖拘縛，三伏內，只得在那途路中行。今日楊志這一行人要取六月十五日生辰，只得在路途上行。自離了這北京五七日，端的只是起五更，趁早涼便行，日中熱時便歇。

五七日後，人家漸少，行路又稀，一站站都是山路。楊志卻要辰牌起身，申時便歇。那十一個廂禁軍，擔子又重，無有一個稍輕，天氣熱了行不得，見著林子，便要去歇息，楊志趕著催促要行。如若停住，輕則痛罵，重則藤條便打，逼趕要行。兩個虞候雖只背些包裹行李，也氣喘了行不上。楊志也嗔道：「你兩個好不曉事！這干係須是俺的，你們不替洒家打這夫子，卻在背後也慢慢地挨，這路上不是要處！」那虞候道：「不是我兩個要慢走，其實熱了行不動，因此落後。前日只是趁早涼走，如今怎地正熱裏要行，正是好歹不均勻。」楊志道：「你這般說話，卻似放屁！前日行的須是好地面，如今正是尷尬去處，若不日裏趕過去，誰敢五更半夜走？」兩個虞候口裏不道，肚中尋思：「這廝不值得便罵人。」楊志提了朴刀，拿著藤條，自去趕那擔子。

兩個虞候坐在柳陰樹下，等得老都管來，兩個虞候告訴道：「楊家那廝，強殺只是我相公門下一個提轄，直這般會做大老！」都管道：「須是相公當面分付道休要和他彆拗，因此我不做聲，這兩日也看他不得，權且耐他。」兩個虞候道：「相公也只是人情話兒，都管

自做個主便了。」老都管又道：「且耐他一耐。」當日行到申牌時分，尋得一個客店裡歇了。那十個廂禁軍雨汗通流，都嘆氣吹噓，對老都管說道：「我們不幸，做了軍健，情知道被差出來，這般火似熱的天氣，又挑著重擔，這兩日又不揀早涼行，動不動老大藤條打來，都是一般父母皮肉，我們直恁地苦！」老都管道：「你們不要怨悵，巴到東京時，我自賞你。」眾軍漢道：「若是似都管看待我們時，並不敢怨悵。」

又過了一夜，次日天色未明，眾人起來，都要趁涼起身去。楊志跳起來喝道：「那裡去！且睡了，卻理會。」眾軍漢道：「趁早不走，日裡熱時走不得，卻打我們。」楊志大罵道：「你們省得甚嗎？」拿了藤條要打，眾軍忍氣吞聲，只得睡了。當日直到辰牌時分，慢慢地打火，吃了飯走，一路上趕打著，不許投涼處歇。那十一個廂禁軍口裡喃喃訥訥地怨悵，兩個虞候在老都管面前絮絮聒聒地搬口，老都管聽了，也不著意，心內自惱他。話休絮繁，似此行了十四五日，那十四個人沒一個不怨悵楊志。當日客店裡辰牌時分慢慢地打火，吃了早飯行，正是六月初四日時節，天氣未及晌午，一輪紅日當天，沒半點雲彩，其日十分大熱。古人有八句詩道：

祝融南來鞭火龍，火旗焰焰燒天紅。日輪當午凝不去，萬國如在紅爐中。

五嶽翠乾雲彩滅，陽侯海底愁波竭。何當一夕金風起，為我掃除天下熱。

當日行的路，都是山僻崎嶇小徑，南山北嶺，卻監著那十一個軍漢，約行了二十餘里路程。那軍人們思量要去柳陰樹下歇涼，被楊志拿著藤條打將來，喝道：「快走！教你早歇！」眾軍人看那天時，四下里無半點雲彩，其時那熱不可當。但見熱氣蒸人，囂塵撲面。萬里乾坤如甑，一輪火傘當天。四野無雲，風寂寂樹焚溪圻；千山灼焰，必剝剝石裂灰飛。空中鳥雀命將休，倒入樹林深處；水底魚龍鱗角脫，直鑽入泥土窖中。直教石虎喘無休，便是鐵人須汗落。當時楊志催促一行人在山中僻路里行，看看日色當午，那石頭上熱了，腳疼

走不得。眾軍漢道：「這般天氣熱，兀的不曬殺人！」楊志喝著軍漢道：「快走，趕過前面岡子去，卻再理會。」正行之間，前面迎著那土岡子。眾人看這岡子時，但見頂上萬株綠樹，根頭一派黃沙。嵯峨渾似老龍形，險峻但聞風雨響。山邊茅草，亂絲絲攢遍地刀槍；滿地石頭，磥可可睡兩行虎豹。休道西川蜀道險，須知此是太行山。

當時一行十五人奔上岡子來，歇下擔仗，那十四人都去松陰樹下睡倒了。楊志說道：「苦也！這裡是甚嗎去處，你們卻在這裡歇涼？起來快走！」眾軍漢道：「你便剁做我七八段，其實去不得了！」楊志拿起藤條，劈頭劈腦打去，打得這個起來，那個睡倒，楊志無可奈何。

只見兩個虞候和老都管氣喘急急，也巴到岡子上松樹下坐了喘氣。看這楊志打那軍健，老都管見了說道：「提轄，端的熱了走不得，休見他罪過。」楊志道：「都管，你不知這裡正是強人出沒的去處，地名叫做黃泥岡。閒常太平時節，白日裡兀自出來劫人，休道是這般光景，誰敢在這裡停腳！」兩個虞候聽楊志說了，便道：「我見你說好幾遍了，只管把這話來驚嚇人！」老都管道：「權且教他們眾人歇一歇，略過日中行如何？」楊志道：「你也沒分曉了！如何使得？這裡下岡子去，兀自有七八里沒人家，甚嗎去處，敢在此歇涼！」老都管道：「我自坐一坐了走，你自去趕他眾人先走。」

楊志拿著藤條喝道：「一個不走的，吃俺二十棍。」眾軍漢一齊叫將起來，數內一個分說道：「提轄，我們挑著百十斤擔子，須不比你空手走的，你端的不把人當人！便是留守相公自來監押時，也容我們說一句，你好不知疼癢，只顧逞辯！」楊志罵道：「這畜生不慪死俺！只是打便了。」拿起藤條，劈臉便打去。老都管喝道：「楊提轄，且住！你聽我說：我在東京太師府裡做奶公時，門下官軍，見了無千無萬，都向著我喏喏連聲。不是我口棧，量你是個遭死的軍人，相公可憐抬舉你做個提轄，比得芥菜子大小的官職，直得恁地逞能！休說我是相公家都管，便是村莊一個老的，也合依我勸一勸；只顧把他們打，是何看待？」楊志道：「都管，你須是城市裡人，生長在相

府里，那裡知道途路上千難萬難。」老都管道：「四川、兩廣也曾去來，不曾見你這般賣弄。」楊志道：「如今須不比太平時節。」都管道：「你說這話，該剜口割舌，今日天下怎地不太平？」

　　楊志卻待再要回言，只見對面松林裡影著一個人，在那裡舒頭探腦價望，楊志道：「俺說甚嗎？兀的不是歹人來了！」撇下藤條，拿了朴刀，趕入松林裡來喝一聲道：「你這廝好大膽，怎敢看俺的行貨！」正是：說鬼便招鬼，說賊便招賊。卻是一家人，對面不能識。楊志趕來看時，只見松林裡一字兒擺著七輛江州車兒，七個人脫得赤條條的在那裡乘涼，一個鬢邊老大一搭硃砂記，拿著一條朴刀，望楊志跟前來，七個人齊叫一聲：「呵也！」都跳起來。楊志喝道：「你等是甚嗎人？」那七人道：「你是甚嗎人？」楊志又問道：「你等莫不是歹人？」那七人道：「你顛倒問，我等是小本經紀，那裡有錢與你？」楊志道：「你等小本經紀人，偏俺有大本錢！」那七人問道：「你端的是甚嗎人？」楊志道：「你等且說那裡來的人？」那七人道：「我等弟兄七人是濠州人，販棗子上東京去，路途打從這裡經過，聽得多人說這裡黃泥岡上時常有賊打劫客商。我等一面走，一頭自說道：『我七個只有些棗子，別無甚財賦。』只顧過岡子來。上得岡子，當不過這熱，權且在這林子裡歇一歇，待晚涼了行。只聽得有人上岡子來，我們只怕是歹人，因此使這個兄弟出來看一看。」楊志道：「原來如此，也是一般的客人。卻才見你們窺望，惟恐是歹人，因此趕來看一看。」那七個人道：「客官請幾個棗子了去。」楊志道：「不必。」提了朴刀，再回擔邊來。老都管道：「既是有賊，我們去休。」楊志說道：「俺只道是歹人，原來是幾個販棗子的客人。」老都管道：「似你方才說時，他們都是沒命的！」楊志道：「不必相鬧，只要沒事便好。你們且歇了，等涼些走。」眾軍漢都笑了。楊志也把朴刀插在地上，自去一邊樹下坐了歇涼。沒半碗飯時，只見遠遠地一個漢子挑著一副擔桶，唱上岡子來，唱道：「赤日炎炎似火燒，野田禾稻半枯焦。農夫心內如湯煮，公子王孫把扇搖。」那漢子口裡唱著，走上岡子來，松林裡頭歇下擔桶，坐地乘涼。眾軍看

見了，便問那漢子道：「你桶里是甚嗎東西？」那漢子應道：「是白酒。」眾軍道：「挑往那裡去？」那漢子道：「挑出村里賣。」眾軍道：「多少錢一桶？」那漢子道：「五貫足錢。」眾軍商量道：「我們又熱又渴，何不買些吃，也解暑氣。」正在那裡湊錢，楊志見了，喝道：「你們又做甚嗎？」眾軍道：「買碗酒吃。」楊志調過朴刀桿便打，罵道：「你們不得酒家言語，胡亂便要買酒吃，好大膽！」眾軍道：「沒事又來鳥亂！我們自湊錢買酒吃，乾你甚事？也來打人！」楊志道：「你這村鳥，理會的甚嗎！到來只顧吃嘴！全不曉得路途上的勾當艱難，多少好漢，被蒙汗藥麻翻了！」那挑酒的漢子看著楊志冷笑道：「你這客官好不曉事！早是我不賣與你吃，卻說出這般沒氣力的話來！」

　　正在松樹邊鬧動爭說，只見對面松林里那伙販棗子的客人都提著朴刀，走出來問道：「你們做甚嗎鬧？」那挑酒的漢子道：「我自挑這酒過岡子村里賣，熱了，在此歇涼，他眾人要問我買些吃，我又不曾賣與他。這個客官道我酒里有甚嗎蒙汗藥，你道好笑嗎？說出這般話來！」那七個客人說道：「我只道有歹人出來，原來是如此，說一聲也不打緊。我們正想酒來解渴，既是他們疑心，且賣一桶與我們吃。」那挑酒的道：「不賣！不賣！」這七個客人道：「你這鳥漢子也不曉事，我們須不曾說你。你左右將到村里去賣，一般還你錢，便賣些與我們，打甚嗎不緊？看你不道得舍施了茶湯，便又救了我們熱渴。」那挑酒的漢子便道：「賣一桶與你，不爭，只是被他們說的不好，又沒碗瓢舀吃。」那七人道：「你這漢子忒認真！便說了一聲，打甚嗎不緊？我們自有椰瓢在這裡。」只見兩個客人去車子前取出兩個椰瓢來，一個捧出一大捧棗子來，七個人立在桶邊，開了桶蓋，輪替換著舀那酒吃，把棗子過口。無一時，一桶酒都吃盡了。七個客人道：「正不曾問得你多少價錢？」那漢道：「我一了不說價，五貫足錢一桶，十貫一擔。」七個客人道：「五貫便依你五貫，只饒我們一瓢吃。」那漢道：「饒不的，做定的價錢。」一個客人把錢還他，一個客人便去揭開桶蓋，兜了一瓢，拿上便吃，那漢去奪時，這客人手

拿半瓢酒，望松林里便走，那漢趕將去。只見這邊一個客人從松林里走將出來，手裡拿一個瓢，便來桶里舀了一瓢酒，那漢看見，搶來劈手奪住，望桶里一傾，便蓋了桶蓋，將瓢望地下一丟，口裡說道：「你這客人好不君子相！戴頭識臉的，也這般羅唣！」

那對過眾軍漢見了，心內癢起來，都待要吃，數中一個看著老都管道：「老爺爺與我們說一聲，那賣棗子的客人買他一桶吃了，我們胡亂也買他這桶吃，潤一潤喉也好。其實熱渴了，沒奈何。這裡岡子上又沒討水吃處，老爺方便。」老都管見眾軍所說，自心裡也要吃得些，竟來對楊志說：「那販棗子客人已買了他一桶酒吃，只有這一桶，胡亂教他們買吃些避暑氣，岡子上端的沒處討水吃。」楊志尋思道：「俺在遠遠處望這廝們都買他的酒吃了，那桶里當面也見吃了半瓢，想是好的。打了他們半日，胡亂容他買碗吃罷。」楊志道：「既然老都管說了，教這廝們買吃了，便起身。」眾軍健聽了這話，湊了五貫足錢，來買酒吃。那賣酒的漢子道：「不賣了！不賣了！這酒里有蒙汗藥在裡頭！」眾軍陪著笑說道：「大哥直得便還言語！」那漢道：「不賣了！休纏！」這販棗子的客人勸道：「你這個鳥漢子，他也說得差了，你也忒認真！連累我們也吃你說了幾聲。須不關他眾人之事，胡亂賣與他眾人吃些。」那漢道：「沒事討別人疑心做甚嗎？」這販棗子客人把那賣酒的漢子推開一邊，只顧將這桶酒提與眾軍去吃。那軍漢開了桶蓋，無甚舀吃，陪個小心，問客人借這椰瓢用一用。眾客人道：「就送這幾個棗子與你們過酒。」眾軍謝道：「甚嗎道理。」客人道：「休要相謝，都是一般客人，何爭在這百十個棗子上。」眾軍謝了，先兜兩瓢，叫老都管吃一瓢，楊提轄吃一瓢，楊志那裡肯吃。老都管自先吃了一瓢，兩個虞候各吃一瓢。眾軍漢一發上，那桶酒登時吃盡了。楊志見眾人吃了無事，自本不吃，一者天氣甚熱，二乃口渴難熬，拿起來只吃了一半，棗子分幾個吃了。那賣酒的漢子說道：「這桶酒被那客人饒一瓢吃了，少了你些酒，我今饒了你眾人半貫錢罷。」眾軍漢湊出錢來還他。那漢子收了錢，挑了空桶，依然唱著山歌，自下岡子去了。那七個販棗子的客人，立在松樹

傍邊，指著這一十五人說道：「倒也！倒也！」只見這十五個人頭重腳輕，一個個面面廝覷，都軟倒了。那七個客人從松樹林裡推出這七輛江州車兒，把車子上棗子丟在地上，將這十一擔金珠寶貝都裝在車子內，遮蓋好了，叫聲：「聒噪！」一直望黃泥岡下推了去。正是：誅求膏血慶生辰，不顧民生與死鄰。始信從來招劫盜，虧心必定有緣因。

楊志口裡只是叫苦，軟了身體，掙扎不起；十五人眼睜睜地看著那七個人都把這寶裝了去，只是起不來、掙不動、說不的。我且問你，這七人端的是誰？不是別人原來正是晁蓋、吳用、公孫勝、劉唐、三阮這七個。卻才那個挑酒的漢子，便是白日鼠白勝。卻怎地用藥？原來挑上岡子時，兩桶都是好酒。七個人先吃了一桶，劉唐揭起桶蓋，又兜了半瓢吃，故意要他們看著，只是叫人死心搭地。次後吳用去松林里取出藥來，抖在瓢里，只做趕來饒他酒吃，把瓢去兜時，藥已攪在酒里，假意兜半瓢吃，那白勝劈手奪來，傾在桶里，這個便是計策。那計較都是吳用主張，這個喚作「智取生辰綱」。原來楊志吃的酒少，便醒得快，爬將起來，兀自捉腳不住。看那十四個人時，口角流涎，都動不得，正應俗語道：「饒你奸似鬼，吃了洗腳水。」楊志憤悶道：「不爭你把了生辰綱去，教俺如何回去見得梁中書？這紙領狀須繳不得，就扯破了。

如今閃得俺有家難奔，有國難投，待走那裡去？不如就這岡子上尋個死處。」撩衣破步，望著黃泥岡下便跳。正是：斷送落花三月雨，摧殘楊柳九秋霜。

畢竟楊志在黃泥岡上尋死，性命如何，且聽下回分解。

 **導讀**

〈智取生辰綱〉出自《水滸傳》第十六回的後半部，作者是元末明初小說家施耐庵，故事敘述晁蓋、吳用、白勝等草莽英雄與大名府軍官楊志

鬥智鬥勇的故事。故事前半部主要寫楊志因為智勇雙全，而被委以運送生辰綱此重責大任，但他與老都管、虞候及眾軍士的矛盾，卻為以後生辰綱的被劫埋下了伏筆。楊志為何會對下屬如此嚴厲？看完故事後請進入辯論賽模式，替楊志想想他是否該對下屬嚴厲管教。

(一)《水滸傳・智取生辰綱》摘要（正方）

出處	朝代： 作者：
標題	
引論	楊志應該對屬下嚴厲管教
本論	文本內容 1. 楊志應該對屬下嚴厲管教？ 2. 中階主管應該對屬下嚴厲管教？ 3. 楊志應該對屬下嚴厲管教的理由？ 4. 楊志對屬下嚴厲管教可能帶來的麻煩、不好的後果？ 5. 中階主管對屬下嚴厲管教可能帶來的麻煩、不好的後果？ 自己的舊經驗知識與看法
結論	楊志應該對屬下嚴厲管教，因為？ 重申論點

(二)《水滸傳．智取生辰綱》摘要（反方）

出處	朝代： 作者：
標題	
引論	楊志不應該對屬下嚴厲管教
本論	 文本內容 1. 楊志不應該對屬下嚴厲管教？ 2. 中階主管不應該對屬下嚴厲管教？ 3. 楊志不應該對屬下嚴厲管教的理由？ 4. 楊志不對屬下嚴厲管教可能帶來的麻煩、不好的後果？ 5. 中階主管不對屬下嚴厲管教可能帶來的麻煩、不好的後果？ 自己的 舊經驗知識 與看法
結論	楊志不應該對屬下嚴厲管教，因為？ 重申論點

第 5 章

從說明文到
懶人包寫作密技

現代人生活忙碌，總是要求快速、簡單、方便，因此各式各樣的「懶人包」就此誕生。「懶人包」其實就是簡要版、精華版、美觀版的說明文，是為懶人將繁雜的訊息做好重點摘要，以簡明易懂的方式集合成「一包」資料，可以是圖文，也可以是時間軸等。主要目的是讓重點資訊一目了然，讓想要快速了解某事件發生經過，但又沒時間細查資料的人不用再花心力，就可以輕鬆理解資訊。

那要如何做出懶人包呢？第一步是先要將相關專業知識有邏輯、系統性地羅列出來；第二步驟是擷取重點；第三步驟是將重點資料以圖文方式呈現。

本章將會從介紹說明文開始，再到懶人包介紹，最後才會進行懶人包寫作教學，請同學耐心學習。

壹、說明文的結構內容

在知識經濟型的時代裡，凡事都講究高效率，因此具備良好的說明文能力格外重要。說明文是作者藉由文章的敘述，向讀者說明人、事、物或事理的文章。為了讓讀者可以清楚掌握作者要表達的意思，說明文的語言應該力求平實、流暢、生動，作者要用流暢的文字生動地讓事物的形象呈現出來，或是用流暢的語言準確地說明事物或事理的特質。

一、說明文的結構

說明文的結構常見的形式為「總分總」結構，首段就是「總」，負責引入及帶出主題。而「分」就是分別、詳細地說明主題，接下來的二、三、四……等段落，作者要為主題的各種狀態分門別類，做詳細的說明。末段的「總」則是承擔總結收尾的作用。

對讀者而言，只要依循規則，看懂說明文並不難，在一般情況中，說

明文的標題就是整篇文章要說明的對象，閱讀時可以遵循三個步驟：一、先看文章題目，就可以知道文章要說明的主題是什麼；二、看首尾段，就可以知道整個文章的結論是什麼；三、再依序看其他段落，可以更詳細知道每個細微的內容。

名稱	段落	作者	讀者
總	第一段（說明題目）	要引入及帶出主題	可知道文章要說明的對象
分	二、三、四……段	要為主題的各種狀態分門別類，做詳細的說明	可知道每個細微的內容
總	最後一段（配合第一段）	要為文章做結論	可知道文章的結論

初學說明文寫作時要能先掌握「總分總」三段分法，接著可再配合「起、承、轉、合」四段分法，更高階的技巧是要能在段落上呈現出各種說明方法，變化出詳細又豐富的內容。說明文寫作的最高技巧是要將文章由工具性層次，提高到兼具知性的人文層次，使文章具備說服力、感染力，也就是讓這篇說明文從事理的層次進入到情理的層次。

二、說明文結構範例說明

題目	〈國際禮儀的發展〉
作者	莊銘國、卓素絹
出處	《國際禮儀》，臺北：鼎茂，2013

第一段	國際禮儀又是從何處起源？這說來還是一段不算短的故事。中國素有禮儀之邦的美名，從周公制禮作樂開始算起，中國在這三千年中已奠定了諸多禮儀文化規章，但若要談到現在風行全世界的國際禮儀，我們不得不從歐美國家說起，這是因為世界強權在近幾百年裡已從中國轉移至歐美國家，因此現在通行全球的國際禮儀，不管是食、衣、住、行等方面，多源自於歐美國家。	說明國際禮儀是中國最早，卻是由歐美國家發揚光大。
第二段	說到國際禮儀的濫觴，要從羅馬時代說起，當時的騎士精神是豪邁不羈的，許多參與筵席的英雄豪傑們總是豪氣萬千地在酒菜中只求盡興，所以酒席中常見許多人喝完就吐，吐完再吃，不但不禮貌也不衛生，直到法國國王路易十四對這樣的飲食文化深感不以為然後，才召集王公貴族著手制定一套合宜適切的宮廷禮儀，規範宮廷裡的貴族、騎士在眾人聚會時應該表現出來的禮儀和風度。	說明國際禮儀起於法國的緣由。
第三段	1789 年法國大革命爆發後，法國貴族流落民間，這套宮廷的禮儀文化也被帶到民間，甚至傳到另一個代之而起的強權國家——英國，這套禮儀規範很快就風靡了英國宮廷，先是以國王為中心，接著貴族們也都跟著行禮如儀，後來英國官方單位索性將這些規矩儀式制定成一套標準禮儀，讓皇室家族與貴族們的言行舉止都有了一定的規矩可依循。英國在興盛時期有「日不落國」的美稱，雖然英國人在武力強權上大規模地擴展版圖，卻不忘將這套禮儀規範加以傳承和發揚，這套禮儀規範在英國已被發揮到淋漓盡致的地步，直到今日，英國男士是被公認為全世界最具紳士風度的人了。	說明國際禮儀如何由英國發揚光大。

第四段	當時的英國不但武力強盛，也掌握了海上霸權，當五月花號浩浩蕩蕩地從英國出發後，它不僅帶領一群英國紳士走向美國，也將這套源自皇室貴族的禮儀散播到美國，沒想到這套禮儀規範在美國新大陸迅速開花，成為美國家庭聚會和重要人際互動的新典範。當英國的勢力被美國取代後，這一套國際禮儀在美國受到相當大的重視，美國從一個新大陸演變成民族的大鎔爐，不斷吸收來自世界各地的新移民。人與人若要和諧相處，就需要遵守一套約定俗成的行為模式，尤其是一群來自不同國家、不同種族、不同風俗習慣的人要能相安無事、和平共存，更需要一套大家認同的規矩才行，於是這套禮儀典範不但迅速在美國各地拓展開來，也成為美國新移民家庭及各類社交圈裡奉行的圭臬。	說明國際禮儀如何由美國將之平民化。
第五段	約定俗成的禮儀也該形諸於文字，在迫切需求禮儀規範文字化的情形下，有個叫 Moody 的紳士，在 1715 年以英國的禮儀規範為基礎，編寫出一本符合當時需求的禮儀書籍──《德行學校》。Moody 編寫這本書是希望來自不同風俗習慣的殖民地家庭在教養下一代時能有個典範可供依循，果然，這本書在殖民地家庭中占了一席之地，成了殖民地家族教養孩子禮儀的重要指導手冊。之後，美國國力益發強大，在世界占有舉足輕重的地位，美國人舉手投足間都已成為世界各國效仿的指標，美式禮儀就如一股旋風般橫掃到世界各地去了。	說明將約定俗成的禮儀訴諸於文字的過程。
第六段	概括地來說，所謂的國際禮儀是先從法國宮廷一堆繁複的宮廷禮儀開始，再經過英國宮廷與貴族做些修正改良，之後在美國殖民社會、民族大融合的情境下以更合理、更生活化的方式再做調整後，而演變成今天世界各地人際往來互動的一套基本禮儀守則，就是現在我們所稱的「國際禮儀」。	為國際禮儀發展過程做出結論。

三、說明文的寫作方法

(一) 說明文重視條理順序

說明文重視條理分明，才能讓讀者清楚文章表達的意思，為了讓文章內容條理分明，在寫作時要特別注意順序的呈現，包含：空間順序、邏輯順序、時間順序（程序順序）。

1. 空間順序

說明文中若是介紹環境時免不了要有空間描述，空間描寫最重視的是順序感，就像我們拿著相機錄影，要介紹新宿舍的環境給家人看，在錄影時不能隨意換景，一定要先安排好順序感，可以依序從一樓交誼廳開始往上介紹，到二樓樓梯間是公共空間，再到三樓自己的寢室。藉由下到上順序感的安排，可以讓觀看影片的人清楚知道你要介紹的環境空間，同樣的道理，也可以是從裡到外，前到後，左到右，整體到局部，只要能掌握順序感，依序介紹，讀者在看文章時就能同步建構出空間感。

2. 邏輯順序

要說明一件事情時，不能想到什麼就說，聽的人會一頭霧水，莫知所云，這是因為說話的人在表達時沒有邏輯順序。同樣地，要用文字說明一件事情時，也要依照邏輯順序來表達，讀者才能同步在腦中建立起事情的脈絡。如何建構起表達的邏輯順序呢？敘述者得先把要說的事情從頭到尾想一次，再重新把邏輯順序建立起來，可以先呈現結果，再依序說明原因，一層一層遞進，從現象到本質，由淺入深。

3. 時間順序

文章中要說明事物的發展、演變時，最重要的是要能掌握時間順序，才能讓讀者同步建構起事情的脈絡。可以從時間的先後一一呈現出事物的發展。也可以直接先說出事物的結果，再回溯源頭，依序交代事物如何一路演變的經過。

(二) 說明文常用的寫作技巧

1. 摹狀貌

通過具體描寫事物外在的形狀、面貌，或是更深入地描寫事物內在的變化過程與狀態，讓整篇文章更生動，這是說明文寫作中常見的手法。

例如：在馬祖的天后宮右側有一座媽祖巨神像，以 365 塊花崗岩的主結構雕琢而成，象徵著「一年 365 日、日日平安」，在巨神像旁邊，有十二幅雕塑，述說著媽祖得道成仙的故事。（參考馬祖國家風景區網站改寫）

2. 下定義

下定義是用簡潔明確的文字做概括說明，在為事物下定義前有兩個要點要遵守：

1. 掌握事物的本質、特徵、精神，才能用簡潔明確的文字說明事物。
2. 先思考要說明的目的、需要，才能更精準、有效地為事物下定義。

例如：傳染病（Infectious Diseases）是由各種病原體所引起的疾病，可在人與人或人與動物間廣泛傳播、流行，並藉由各種傳播方式散播病菌，如：空氣、水源、食物、接觸等方式。（參考百度百科改寫）

3. 做詮釋

做詮釋是加進一段解釋性的文字或評論，不直接說出事物本質，而是側重在事物構造、成因、功用等特徵來解釋，也可以引用諺語、俗話、名人語錄來說明。

例如：所謂「司馬昭之心，路人皆知。」王主任想要取代總經理位置的企圖心大家都看得清清楚楚。

4. 列數字

列數字是從數量上說明事物特徵或事理的方法，可以從空間、時間、範圍、數量、程度等方面列出數據資料做說明。列數字時除了數字要準確

無誤，衡量方式也要具備可信度。列數字可以讓文章增加客觀性、科學性，更有說服力。

　　例如：鼠疫是嚴重傳染病，在歷史上有過三次大流行紀錄。首次發生於西元六世紀，死亡近一億人；第二次發生於十四世紀，僅歐洲就死亡二千五百萬人，是歷史上著名的黑死病。第三次發生於十九世紀末至二十世紀初，至少波及三十二個國家，死亡一千兩百萬人。（參考衛生福利部疾病管制署資料改寫）

5. 分類別

　　分類別是將複雜的事物說清楚的重要方法，可以使文章更具條理，幫助讀者掌握文章重點。分類別前需要根據事物的特徵、性質、成分、功用等屬性先分門別類，再依照類別有條不紊地說明事物。

　　例如：遠程教育可分為兩類：同步和非同步。同步指的是在同一時間將資訊內容傳遞到線上平臺，讓所有參與者在同一時間一起參與學習的教育方式。非同步指的是使用者不必在同一時間進到線上平臺，可以更自由、更自主地依照自己的時間使用線上教材，是一種相對更彈性的教育方式。（參考維基百科「遙距教育」資料改寫）

6. 舉例子

　　為了讓讀者更清楚知道事物較複雜的情況或較抽象的事理，就需要透過通俗易懂、具代表性的例子具體說明。在文章中可用：「例如」、「舉例」、「比如」、「好像」、「打比方」開始舉例說明。用舉例說明的方式，不但可增加讀者理解，也提高閱讀的樂趣。

　　例如：傳說豆腐能夠養顏美容，多吃可以讓皮膚潔白光滑。比如清代慈禧太后，能夠駐顏有術，據說她每天都要吃鑲著珍珠的豆腐來保持她吹彈可破的嬌嫩皮膚哩！

7. 做類比

類比是藉由比較兩件事物，點明兩者間的相似點，並將已知事物的特點延伸到未知事物中，讓讀者可以透過已知事物的特點去揣摩未知事物。透過類比的運用，可使文章要解釋之事物從深奧難懂變得淺顯清楚。

　　例如：上弦月彎彎的、黃黃的，好像香蕉。

8. 做比較

　　在文章中要說明抽象、陌生事物時，可用日常生活中具體、熟悉的事物與之做比較，突顯出被說明對象的特質，透過比較的方法，可以使讀者產生具體、鮮明的印象，並讓讀者在腦中描繪出文中所要說明的抽象、陌生事物。

　　例如：芭樂是維生素 C 寶庫，富含高質量維生素 C，是櫻桃的 13 倍、柳丁的 3.3 倍。（參考資料《健康 2.0》雜誌）

9. 畫圖表

　　在說明文中只有文字的表達是不足以將複雜事物解釋清楚，這時不妨透過畫圖、表格方式，可以幫助讀者更直觀、更具體、更清楚了解事物的特徵與事理。

四、說明文寫作方法範例說明

題目	節選、改寫自〈對個別化的尊重——從宗教談起〉	
作者	莊銘國、卓素絹	
出處	《國際禮儀》，臺北：鼎茂，2013	
第一段	<u>當今三大世界性宗教分別是：基督教、伊斯蘭教、佛教。</u>基督教，是信奉耶穌基督為唯一真神的一神論宗教，<u>全世界信仰基督教的教徒共有十五億至二十一億，約占世界人口的三分之一左右。</u>本文將介紹基督教，同時也會介紹容易和基督教混為一談的天主教。	分類別：說明世界三大宗教 列數字：基督教徒的人數

第二段	基督教只信仰唯一真神耶穌，不拜偶像，因此基督教徒不拿香拜神明和祖先，拜拜過後的東西也不吃。另外，與基督教徒共進晚餐時要特別注意共同用餐的人數千萬不能是十三位，那會讓教徒想起耶穌要受難前那頓「最後的晚餐」：當時耶穌的一位門徒猶大為了自己私人利益而出賣了耶穌，耶穌在受難前與十二門徒共同用餐，當時的人數總共是十三位，因此十三這個數字，在基督教徒眼裡代表的是不吉利，若是共進晚餐的人數有十三位，似乎代表著招引不幸的事，若是與信仰基督教的朋友用餐，這點千萬不要輕忽。	做詮釋：基督教信仰唯一真神
第三段	若你要招待基督徒用餐，有個小技巧會讓賓主盡歡喔！只要在餐桌上擺放五個餅和二條魚，就代表著源源不絕的食物，可讓無數的賓客飽食一頓，因為「五餅二魚」是聖經中一段著名的神蹟故事；耶穌在世時，有位貧窮的小孩，不吝將身上僅有的五塊大麥餅和兩條魚奉獻給耶穌，而神奇的耶穌竟然能靠著這五餅二魚讓五千人都飽餐一頓，藉由五餅二魚耶穌向眾人顯示了莫大的神蹟。	舉例子：用五餅二魚的例子說明如何與基督徒吃飯時賓主盡歡
第四段	感恩祭（Eucharist）是天主教中重要的儀式，也就是一般所謂的「彌撒」，它以聖餐的方式，重現出基督在十字架上為了人類而犧牲，完成了救贖全人類的事蹟，藉由感恩祭，使信徒領受基督的聖恩，信徒在教堂內，向天父呈上至高的讚揚、崇拜、祈禱和感恩。祈禱不只是在參加彌撒時的儀式，在日常生活中，天主教徒也經常誦讀聖經、誦念禱詞，在祈禱前後，天主教徒都會在胸前劃一個十字聖號。	摹狀貌：把祈禱過程具體、生動地描述出來

| 第五段 | 天主教的神職人員都奉行獨身戒律，而《教會法典》不但是教會的基本律法，也成為教徒各方面生活的規範準則，教徒們的生活核心是圍繞在七件聖事上，包含：聖體、聖洗、堅振、婚配、聖秩、告解、終傅。若將天主教的聖事更具體化，那就是虔誠的天主教徒都要遵守的四規與十誡。 | 畫圖表：以表格方式說明四規、十誡
下定義：為天主教十誡下定義 |

第一規	每主日及大節日應參與彌撒聖祭
第二規	應遵守教會所定之大小齋期
第三規	應妥辦告解並善領聖體、至少每年一次
第四規	應盡力幫助教會

十誡就是天主給自己的子民啟示的「十句話」，包括：

第一誡	欽崇一天主在萬有之上
第二誡	不可呼天主聖名以發虛誓
第三誡	守瞻禮主日
第四誡	孝敬父母
第五誡	不可殺人
第六誡	不可邪淫
第七誡	不可偷盜
第八誡	不可妄證
第九誡	不可貪戀他人妻
第十誡	不可貪取他人財物

第六段	從與天主教教徒相處時要注意的四規、十誡中，我們可以了解到天主教徒的生活方式大體而言是保守、踏實的，反對婚前性行為、離婚、墮胎，不重視生產謀財。千萬不要以為歐美人士都是熱情開放的，基度教徒雖然給人樂觀熱情的一面，但他們的生活裡仍須遵守教規，保持一定規範。很多天主教徒是保守派，一般都是守著教規認真、嚴謹過生活。	做比較：將一般人認為的歐美人士、基督教徒、天主教徒做比較

 ## 貳、懶人包的結構內容

當今是一個網路媒體科技不斷推陳出新的時代，訊息常如滾動的大雪球向我們迎面衝擊過來，懶人包便是因應網路媒體特性而發展出來的新文體。身處在網路世代的人們，總在工作娛樂的零碎時間中，學習自己不熟悉的資訊與知識，專注力難以集中是可以想像的，因此一篇文章若沒有在短時間就抓住讀者的眼球，那再好的內容都會被直接略過，無法被閱讀。

「懶人包」在這時就承擔起「傳遞資訊」的角色，解決了作者嘔心瀝血的文章被略過的問題，也解決了讀者「想在短時間內吸收新知」的需求。「懶人包」具備化繁為簡的特性，協助篩選有意義且重要的事件或議題，濃縮複雜的訊息再萃取重點，幫助讀者快速理解事件始末。

一、懶人包重要概念

既然「懶人包」擔任的是「傳遞資訊」的角色，讀者要藉由文章「吸收新知」，那麼「懶人包」就是給懶人閱讀的說明文，且必須要符合下面幾項概念：

1. 去蕪存菁：幫助民眾去蕪存菁，短時間內快速掌握資訊，明白事件或議題來龍去脈及重點。

2. 完整性：當議題型態不斷修正或有不同進展時，可做歷時性記錄，讓整個事件輪廓更完整。

3. 正確性：「懶人包」具備了容易吸收的特性，傳播速度也會變快，因此「懶人包」中資訊的正確性就變得更重要，因此要做「懶人包」前，得更嚴謹些，資料應該多方查證，一旦將作品公開後，就需要為讀者負責。

二、懶人包寫作要點

懶人包呈現的形式很多樣化，包含：圖文檔、簡報、動畫檔、影片等等。不論要呈現出什麼形式，最重要的是要把內容架構先想清楚，以下幾個懶人包寫作要點可以幫助我們在撰寫時更得心應手。

1. 回應一個主問題：懶人包的主要功能在傳達實用資訊，或是幫讀者搞清楚一件複雜的事情、一個議題，若問題範圍太大或太抽象，就容易失焦，因此最好只聚焦在一個主問題上。

2. 內容架構有邏輯：在內容架構上要確實掌握起承轉合，讓讀者可以建構起主體脈絡。

3. 內容要對應主題：以客觀的資料、數據為主，可增加內容的可信度。

4. 內容要簡明扼要：刪去多餘的內容，保留重點精華。

5. 設計要有整體感：善用手邊的設計資源，讓整個圖案、文字的空間感，要能巧妙融合，避免違和感。

6. 視覺呈現要吸睛：懶人包的重點在於讓更多的人可以快速閱讀、理解，若視覺呈現很吸睛，就能吸引更多人閱讀。

三、懶人包寫作範例

下面四張圖是交通部公路總局向民眾宣導 75 歲長者要重新換照才能騎車、開車上路的重要訊息，以圖文檔的懶人包呈現如下（臺中教育大學侯宣妤同學參考中華民國交通部公路總局資料繪製）：

圖片	說明
1. 	總：直接帶出主題「高齡駕駛者要通過體檢與認知功能測驗再騎車或開車」
2. 	分：1. 說明需要換照對象 　　2. 說明換照條件

圖片	說明
3. 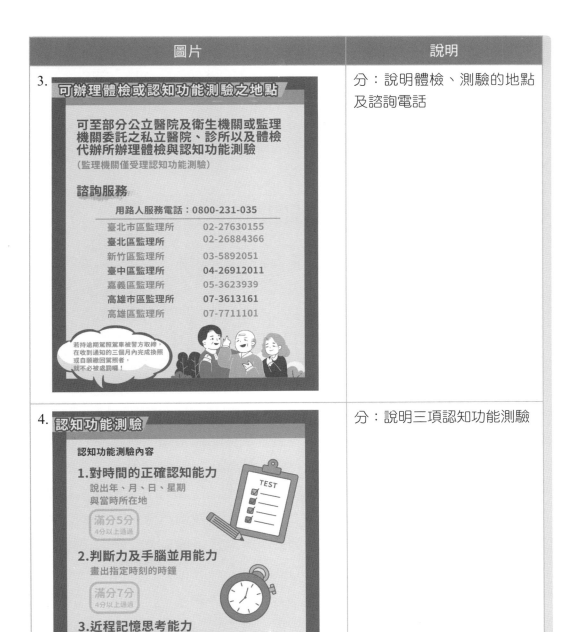	分：說明體檢、測驗的地點及諮詢電話
4.	分：說明三項認知功能測驗

【牛刀小試】學生練習篇

1. 請以小組為單位，為小組成員制定一個小組公約懶人包，讓要參與本小組的組員共同遵守規則。

2. 請以小組為單位，重新為一個 75 歲長者制定一個「高齡駕駛者要通過體檢與認知功能測驗再騎車或開車」的懶人包。

 參、自我增能與延伸閱讀

在現代社會中強調公民權益，重視公民意見表達，但我們所處的社會是由多元公民所組成，勢必會產生彼此意見不同、想法不同的時候，這時就需要能站出來向大眾清晰表達意見，才能爭取相關人士的支持。

在 108 課綱《總綱》中明確規定老師在課程設計中必須融入議題教育，而所謂的議題，必須具有時代性、脈絡性、變動性、討論性、跨領域這五項特性。因為議題的時代性、變動性、跨領域性特質，讓人在討論時更不容易掌握，尤其是面對具有爭議性公共議題時，若稍微處理不當，就會引發社會矛盾，甚至是流血衝突，因此如何掌握議題的脈絡性，並用最簡單明確的方式表達出來，讓一般普羅大眾都可以掌握其內容就變得相當重要，這就是為何政見懶人包、議題懶人包會大行其道的原因了。下面選文〈臨床講義——對名叫臺灣的患者的診斷〉可看到蔣渭水在日據時代如何強力且具備創意地以文章倡導臺灣改革，以及這篇文章又是如何被引用到選舉時的政策宣傳。

另一篇選文是〈拜訪的禮儀〉，要請同學試著以小組團隊合作方式，保留文章核心精神，將它製成簡單易懂的懶人包。

一、蔣渭水〈臨床講義──對名叫臺灣的患者的診斷〉

 導讀

　　臺灣有蔣渭水高速公路、蔣渭水紀念公園，其肖像還被鑄刻在十元硬幣上，可見蔣渭水對臺灣的貢獻居功厥偉。蔣渭水這名字在近年的臺灣政壇也一再被提起，2003 年臺灣因 SARS 疫情風波而下臺的前臺北市衛生局長邱淑媞在選宜蘭縣長時，被讚譽為「令人想到蔣渭水」。2014 年柯文哲首次參選臺北市長時，主打「繼承蔣渭水精神」，之後組黨也沿用蔣渭水當時所創的政黨「臺灣民眾黨」之名。

　　蔣渭水（1891～1931）是臺灣日治時期的醫師，被視為反殖民運動領袖，對臺灣貢獻之大，甚至被譽為臺灣孫中山。蔣渭水的一生體現了醫人、醫國的悲憫情懷，他醫治病人，也為國家診斷病兆。

　　其著名文章〈臨床講義──對名叫臺灣的患者的診斷〉，以「譬喻」方式將臺灣比喻為患者，深切點出臺灣當時的不良社會風氣，並開出藥方：正規學校教育、補習教育、幼稚園、圖書 、讀報社。這些觀點在當時可謂真知灼見，影響深遠。

 原文

對名叫臺灣的患者的診斷
姓名：臺灣島
性別：男
年齡：移籍現住址已 27 歲
原籍：中華民國福建省臺灣道
現住所：大日本帝國臺灣總督府

地址：東經 120～122 度，北緯 22～25 度。

職業：世界和平第一關的守衛

遺傳：明顯地具有黃帝、周公、孔子、孟子等血統

素質：為上述聖賢後裔之故，素質強健，天資聰穎

既往症：幼年時，身體頗為強壯，頭腦明晰，意志堅強，品行高尚，身手矯健。自入清朝，因受政策毒害，身體逐漸衰弱，意志薄弱，品行卑劣，節操低下。轉居日本帝國後，接受不完全的治療，稍見恢復，唯因慢性中毒達二百年之久，不易霍然而癒。

現症：道德頹廢，人心澆漓，物慾旺盛，精神生活貧瘠，風俗醜陋，迷信深固，頑迷不悟，枉顧衛生，智慮淺薄，不知永久大計，只圖眼前小利，墮落怠惰，腐敗、怠慢、虛榮、寡廉鮮恥、四肢倦怠、惰氣滿滿、意氣消沉，了無生氣。

主訴：頭痛、眩暈、腹內飢餓感。

最初診察患者時，以其頭較身大，理應富於思考力，但以二、三常識問題試加詢問，其回答卻不得要領，可想像患者是個低能兒，頭骨雖大，內容空虛，腦髓並不充實；聞及稍微深入的哲學、數學、科學及世界大勢，便目暈頭痛。

此外，手足碩長發達，這是過度勞動所致。其次診視腹部，發現腹部纖細凹陷，一如已產婦人，腹壁發皺，留有白線。這大概是大正五年歐陸大戰以來，因一時僥倖，腹部頓形肥大，但自去夏吹起講和之風，腸部即染感冒，又在嚴重的下痢摧殘下，使原本極為擴張的腹壁急劇縮小。

診斷：世界文化的低能兒

原因：智識的營養不良

經過：慢性疾病，時日頗長

預後：因素質優良，若能施以適當的療法，尚可迅速治療。反之若療法錯誤，遷延時日有病入膏肓死亡之虞。

療法：原因療法，即根本治療。

處方：正規學校教育最大量

　　　補習教育最大量

　　　幼稚園最大量

　　　圖書館最大量

　　　讀報社最大量

　　　若能調和上述各劑，連續服用，可於二十年內根治。

　　　尚有其他特效藥品，此處從略。

　　　　　　　　　　大正十年十一月三十日　　主治醫師蔣渭水

後續發展：蔡英文 2015 年參選總統的五大政見懶人包參考蔣渭水臨床講義

　　蔡英文總統在 2015 年 8 月 24 日擔任民進黨主席暨總統參選人時，在臉書上 PO 出一張處方箋，這張診斷處方中，其實是參選總統的政見懶人包，內容為「五大政治革新」，包含：「實踐世代正義」、「改革政府效能」、「啟動國會改革」、「落實轉型正義」、「終結政治惡鬥」，其中還有具體做法。

　　其實蔡英文總統這個參選總統的政見懶人包不是她的獨創，而是向當時日治時期、開出「臨床講義」的蔣渭水先生借用創意，當時蔣渭水先生為臺灣所開的處方是為啟迪民智，來解決當時臺灣社會「智識營養不良」的問題，而蔡英文總統在 2015 年參選總統時是針對臺灣的政治亂象所提出的五大主要政見。

下圖為蔡英文 2015 年參選總統的五大政見懶人包（臺中教育大學 侯宜妤 繪製）

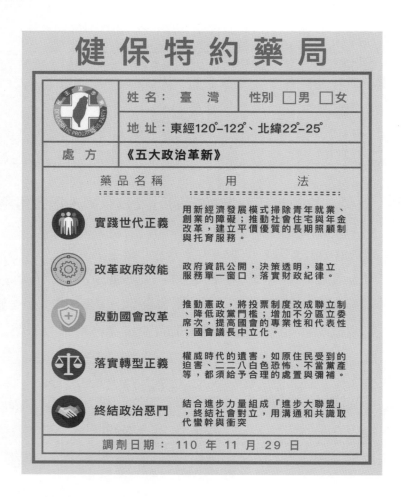

二、〈拜訪的禮儀〉（摘錄改寫自莊銘國、卓素絹《國際禮儀》）

這是個 E 化的時代，凡事講求速度，可見現代人處在高壓忙碌的環境。這時代的特徵就是每個人都有一張排得滿滿的時間表，所以如果不先與對方約定時間就臨時拜訪，很容易變成不受歡迎的不速之客，因此在公

事上要敲定會面時間，最好要給對方一個充裕的時間，不要臨時起意，直接開口跟對方約今天，除非兩人有共識，或彼此關係比較特別。

　　若是約大企業家或忙碌的公眾人物，很多時候會約到二、三個星期之後，這時要耐心等候，更要記得這個約會，千萬不要遲到早退，因為越是忙碌、越是地位高的人，越是把約定看得重如泰山，一定會準時赴約，因為其中一個約有了變動，其他的行程也都可能起了連鎖性的變化。如果輕易臨時取消約會，或是臨時更動，會讓人聯想到：這個人對時間都管理不當了，應該也是沒有組織、不重承諾的人，在人格信用上會被打折扣。

　　嚴守時間、重視約定不只是國際禮儀，也是人與人之間最基本的尊重，若是塞車或找不到停車位，一定要越早讓對方知道越好，並要想辦法盡快到達會面地點。

　　知道今天有約就要提前準備、提早出發，若是能提早十分鐘到達是最恰當的，可以利用這十分鐘到化妝室整理服裝儀容，想想今天會面要談的內容，或是觀察一下周邊環境，會讓自己散發出淡定從容的大將之風。若是提早到達了，千萬不要急著去敲對方的門，會打亂對方的時間表，讓人措手不及，這是沒有禮貌的行為，如果對方告訴你他正在忙，等約定的時間再行見面吧！雖然對方不失禮，但是氣氛總是不太好，所以提早到達的那方還是不要冒冒失失地敲對方的門比較好。

　　到對方府上或公司拜訪時，一進門就要觀察是否要脫掉鞋子，換上室內拖鞋，若要脫鞋子，一定要將自己的鞋子置放在鞋櫃，或是整齊地排在適當的位置，避免放在走道或門邊，影響其他人出入。

　　進門後再脫掉身上的大衣、圍巾和帽子，表示將外面的沙塵做個隔離，不弄髒對方屋子的意思。至於手提包最好放在自己座位後面，千萬不可擺放在桌上。

　　坐定位置後，招待人員先奉上茶水和小點心進入房間或會議室，若主人尚未進入，該享用茶點嗎？若只有端出一人份的茶點，就邊喝茶邊等待，至於點心就先慢著吃，萬一此時剛好主人進來，兩頰吃得鼓鼓的，就

不太禮貌了；如果招待人員還端出主人的茶點，就要靜候主人出來，等主人喊「請用」時再用吧！

若拜訪的是個公務繁忙的商業人士或政治人物，在拜訪前應該先擬好以半小時為主的會面時間該如何妥善運用，該如何有效率地談論主題及增進情誼，大約三十分鐘後得觀察對方的表情態度，若對方的神情不像方才那麼神色從容，就該問對方是否還有其他的事，若對方還有點時間他會明說，若對方告知等會還有其他事時，自己就該起身告辭了，因此重要的事別等到最後才談，應該在會面五分鐘問候完就該進入主題，不然這次難得的會面時機可能就浪費掉了。

告辭前有些事要注意，杯子內的飲料如果能喝就喝完，若是女士，記得臨走前看看剛喝完飲料的杯子邊緣是否沾有自己的口紅印，記得要拿面紙擦拭乾淨，若有杯蓋，記得將它歸位。另外剛才若食用了小點心就要將包裝紙整理好，還要注意將周圍的餅乾屑清理乾淨，起身後別忘了自己剛進門時寄放的大衣等私人物品喔！要讓自己走得乾淨、走得漂亮才能讓人留下好印象。

若彼此是第一次會面，在拜訪後的一兩天內可以簡單地寫封電子信件或卡片，表達感謝之意，不但增加彼此的印象，也表達出自己對之後的交流態度是積極的，如果初次見面有提到的資訊或資料，也可以在此時一併寄給對方。善用這次機會，證明自己是個重視信用的人，同時讓對方知道自己的細心和體貼，拜訪之後的感謝函時機是關鍵，錯過了時機就容易讓對方淡忘曾經的會面細節。

感謝卡上只需要簡短地寫上：「昨天感謝您在百忙之中抽空與我見面，讓我受益良多……。」

【牛刀小試】學生練習篇

進入職場很重視應對進退的禮儀，公司主管要求每個員工務必閱讀完上面文章〈拜訪的禮儀〉，並確實運用到客戶拜訪，但主管又擔心文章太

長，員工們記不住，請以小組為單位，發揮團隊力量，把〈拜訪的禮儀〉
做成懶人包，讓大家一目了然、方便記憶。

 參考資料

1. 劉慶華，《說明文批改範例38篇》，香港：中華，2006。
2. 劉奶爸，《網路行銷懶人包》，臺北：碁峰，2016。
3. 林長揚，《懶人圖解簡報術》，臺北：PCuSER 電腦人文化，2019。

第6章

從「企劃書」到
「一頁提案計劃書」
寫作密技

現在職場追求溝通表達要能精準、有效率，因此不管是向上司提出年度預算規劃，或是向客戶提出專案計劃，自己一定要先模擬各種狀況、可行方案，到現場報告時才能一次到位，獲得上司與客戶的信賴，也才有機會能提案成功，被長官委以重任。

如何精準、有效率地提出想法，這就需要「企劃書」的邏輯思惟，不過一份企劃書大約 20 頁，份量頗大，有時要顧及簡便、快速、效率，因此職場又發展出「一頁提案計劃書」，只保留了企劃書的精華，方便大家在職場上快速上手。

本章節會先從企劃書介紹，保留完整企劃書概念，最後再介紹「一頁提案計劃書」的寫作重點。希望同學們學會「企劃書」與「一頁提案計劃書」的邏輯思惟、寫作重點後，在思緒與表達上能更加縝密、清晰！

 # 壹、企劃書

不管是在今日校園或職場工作中，寫提案計劃書已經成為最實用的技能之一！學生要舉辦一場校園演唱會、演講活動前，都需要先準備好活動企劃書，才能申請到補助金及相關支援。

在職場中，面對主管、客戶及合作夥伴在正式談合作前，總會被要求寫一份提案計劃書，透過撰寫活動企劃書，可以幫自己把相關活動內容想得更詳細、更周到，看完活動企劃書後，贊助單位才能了解活動的性質、特色和詳細內容，進入準備合作狀態，所以活動企劃書可說是一個橋樑，讓合作雙方的溝通可以更加流暢。

一份完整的企劃書要包含下面元素：

一、封面

(一) 標題主旨明確

企劃書的封面是最先被接觸的部分，一定要確保標題主旨夠明確，才能吸引上司、客戶的注意力。

(二) 提案單位名稱

封面要附上提案單位名稱，包括主辦單位、承辦單位、指導單位，單位名稱不能簡稱，要用全名，表示尊重與禮貌。

(三) 封面設計

在封面設計上可加入適當的圖案，圖文、顏色組合要讓人看了舒適，適當的留白，不要滿版，否則會造成閱讀的壓力。

二、目錄

目錄放在封面之後，標出企劃書各個章節標題及所對應的頁碼，是正式內容開始前的一個索引，方便讀者閱讀時能做檢索。目錄頁的文字需用不同的字級，呈現不同的章節，從大標到小標的階層為：壹 → 一 → (一) → 1 → (1)，字級大小也要依照大標題到小標題做適當的縮減。

三、緣起

企劃書不會無緣無故產生，因此在緣起的部分要特別強調為何要寫這份企劃書，就是「Why」的部分要說明清楚。

四、目的（宗旨）

目的（宗旨）是企劃書的核心，寫企劃書前必須想清楚要解決什麼問題？想清楚後才會有相對應的策略、方法，執行後才能達成目的。

例如：某化妝品公司為了「提高會員數成長」，擬定「請產品愛用者

推薦親友加入本公司粉絲團後即贈送免費護膚一次」策略。我們可以說此企劃書的目的（宗旨）是化妝品公司要提高會員數量成長。

五、事前問題分析（SWOT）

透過 SWOT 分析，可以提醒我們在寫企劃書前要先了解問題、掌握狀況，先做事前評估、試試水溫，要有站在高處、掌握全局的能力，那什麼是 SWOT 分析呢？

SWOT 分析指的是：優勢（Strength）、劣勢（Weakness）、機會（Opportunity）與威脅（Threat），由這四個詞的第一個字母縮寫組合而成。透過橫軸的「內部、外部」條件與縱軸「正面、負面」因素，得出四個面向，若能透過 SWOT 分析，來解決問題、制定計劃就能更接地氣，掌握實際情況。

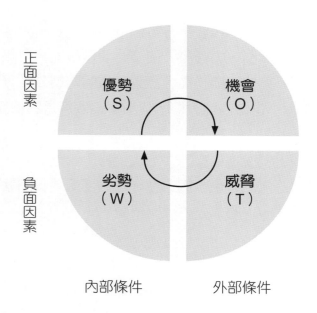

六、提出具體方案

想清楚此次企劃要達成什麼目標、解決什麼問題後，就要提出具體可行的策略、方法。策略、方法不但要具體，還要提供詳細的執行步驟，在執行計劃之前要確保相關事物、人力、資源都安排妥當。

七、預期效益

預期效益是說明企劃執行完畢後會帶來什麼效益？預期效益不能寫得太抽象模糊，要明確清楚，可用客觀數據呈現，或用企劃案執行前後做對比。例如：化妝品公司目前總會員數為 500 人，若能採用本企劃案，預測可增加總會員數達 1,500 人。透過明確數字呈現，可彰顯企劃效益。

八、日程表

一份好的企劃書必須嚴格管控相關環節，在企劃執行時就需要有日程表清楚規劃出何人、何時該完成哪些事項，日程表的規劃目前都使用甘特圖，甘特圖可以清楚標示出不同工作人員的任務、各項工作執行時間、時間長度。

九、預算

預算是執行此次企劃案時所需要的資金，在編寫預算表時品項的數量、金額一定要合理正確，因此要對市場行情具備一定程度的了解，還要取得客觀數據資料後，才編寫預算表，若胡亂編寫預算表，不但會讓企劃案無法通過審核，也可能讓個人能力與誠信問題受到質疑。

十、問題與備案

一份縝密的企劃書會預先設想各種問題及相對應的備案，因為一份企劃書考驗的不只是撰寫人的問題解決力，還需要具備創意力及心思縝密

力，因此必須預想在執行企劃的過程可能發生的問題，並提供解決方案。例如：若發生雨天、火災、電力故障等不可抗的外力因素時，有什麼解決方案，這樣的企劃書才能讓人有信賴感。

十一、附錄

附上企劃書內文中引用到的相關參考資料，或是相關的圖表，除了尊重他人的智慧財產權外，也會讓整份企劃書看起來更專業。

最後的自我檢查把關

依據下表確認事項，再次檢查企劃書：

✓ 內容事實確認	✓ 文字流暢度確認
□相關名稱、專有名詞是否正確？ □提出的觀點、資料、數字是否正確？ □商品等相關名稱是否正確？ □提出的報價，金額是否正確？ □是否真的能在期限內完成工作目標？ □為了方便檢索與掌握企劃內容，是否為整份企劃書編上頁碼？	□排版、段落間距在視覺上是否方便閱讀？ □文章是否具有連貫性？邏輯性？語意是否完整？ □遣詞用字是否流暢？是否有錯字、漏字？ □有沒有艱澀難懂的專業術語？ □使用資料時，是否確實載名出處？

貳、一頁提案計劃書

近年來，「一頁提案力」已成為職場軟實力，它融合了企劃書的精華，卻又要提案者精準把握重點、簡化企劃書內容，目標是要讓提案者在三分鐘內爭取協力廠商或是主管的眼球，讓他們願意給提案者更多時間和

機會，繼續了解更詳細的內容，而這三分鐘的提案要能以「一頁 A4 紙完成」，是一份超精簡版企劃書。

一、一頁提案計劃書撰寫心法

　　這是一個注意力稀缺的年代，職場節奏繁忙快速，又要求員工不論是在簡報、推銷方案及討論問題時都要能精準對焦，因此一頁企劃書在職場大行其道，像是日本企業 TOYOTA、NTT DoCoMo 都是一頁企劃書的愛用者。一頁企劃書是以簡化的架構、簡要的文字，讓員工聚焦在問題釐清，並提供可行方案，因此員工必須練習用一頁 A4 紙的空間精簡表達，快速切中核心，才能抓住對方眼球。

(一) 提案目的精準簡潔

　　提案就是希望藉由企劃書取得對方認可，並讓對方給予資金及資源，讓我方去執行策略，達成目標。因此，在提案前要明確掌握這次提案的目標、策略，做足功課後，才能用一頁 A4 紙將重點資訊以一目了然的方式呈現，並用最簡潔清晰的方式解說，取得對方認可。

　　很多時候提案者往往沒有先做好市場調查，或是思慮不周密、準備不充足，寫出來的企劃書就可能是一堆冗長重複的文字，拉拉雜雜無法凸顯問題和重點，如此草率提案的結果，不但浪費了上司、客戶的時間，還會讓自己在對方心裡留下負面的印象，影響自己下次提案的成功率。

(二) 提出對方需要的解決方案

　　發現問題、明確提出問題只是第一步，最重要的是提出對方感興趣的解決方案，因此提出來的方案一定要具備吸引力、競爭力，提案可以是沒人想過、創意十足的方案，也可以是降低價格的優惠方案，或是對彼此都有優勢的合作方案。千萬不要老調重彈、炒冷飯，或是提出自己沒把握的方案。若能提出對方感興趣的解決方案，就有機會提案成功，順利取得對方資源去執行企劃。

(三) 明確指出希望對方做的事情

提出吸引對方興趣的解決方案後，才有機會建立起合作機制，但是該如何合作呢？我方在提案時要明確告訴對方需要提供多少資源、資金、人力、時間，以及提供協助的方式，我方也要說明自己會負起什麼責任。清楚說明上述事項後，才能幫助對方專注思考「自己要提供的支持與資源、資金合理嗎？執行這個企劃案真的可以達成自己要的目標嗎？」雙方若能聚焦在這些問題核心上，溝通上就更容易產生共識，提案也較能順利過關。

(四)「運用巧妙語詞」

我們先來閱讀下面文句，看看會有什麼感覺？

「採用本提案計劃書或許有機會幫助貴公司業績轉虧為盈」、「本提案計劃書透過改善員工效率，以及優化貴公司工作制度，先降低員工加班時數，或許就能降低成本……。」

會不會覺得敘述很冗長、很多專有名詞、對提案執行預期效果很不確定？那又該如何吸引上司或客戶願意採用這份提案計劃書呢？所以如何「運用巧妙語詞」打動對方內心是很重要的能力，這邊提供兩個方法：

1. 在誠實的基礎上改用大數字

若是用「每月增加 2% 營業額」，可能數字太小，對方聽起來沒有太大感覺，我們可以改成「一年能夠提高 24% 的營業額」，在誠實基礎上改用大數字，是有效吸引對方興趣的有效方法。

2. 運用前後對比呈現優勢條件

提案計劃書要能清楚呈現實施計劃案前、後的變化，才能凸顯我們這份提案計劃書的價值，例如：「貴公司每家店來客數每月平均兩百人，如果採用這項提案計劃書，則可預見每月平均三百人」。

巧妙運用大數字，並運用前後對筆法可以有效引導對方具體想像採用

後的利益，提高企劃書過關可能性。

二、一頁提案計劃書撰寫工具與模板

　　一頁企劃書是用一張 A4 紙，以有限的空間、時間，訓練提案者精準地點出問題，明確地提出解決策略，並快速地引導對方聚焦問題後，建立起合作機制。若提案成功後，可再以此一頁企劃書為大綱，延伸出更多內容細節，成為正式企劃書。

　　下地寬是《日商顧問狂推提案一次就過的技術》作者，他在一頁提案企劃書中有很多精彩論述，他認為好的提案應該具備二段式結構，前半段提案者要具體說明「問題出在哪裡」，後半則要提案者說明「要怎麼解決」。

　　我們可以融合二段式結構概念加上 5W2H1E 表格，就可以當成基本架構，幫助自己在提一頁計劃書前先釐清思緒，記錄重點。

(一) 一頁提案計劃書「模板」（二段式結構概念加上 5W2H1E 表格）

5W2H1E	針對本次提案內容填寫	思惟重點
目標 （Why）		要具體解決的關鍵問題是什麼？
內容要點 （What）		提出的方案是否有創意、有效率？
活動地點 （Where）		活動地點或執行範圍是什麼？
實施方式 （How）		解決方案在真實狀態裡如何落實？
執行團隊 （Who）		執行團隊是否專業、能確實責任分工？

5W2H1E	針對本次提案內容填寫	思惟重點
時間期程 （When）		大小專案時程安排是否妥當？
所需經費 （How Much）		經費預估是否合理、如何申請補助款？
預期效益 （Effect）		是否具體、吸引人、令人眼睛一亮？

請看下一個表格「一頁提案計劃書『自我思惟』範例說明」。

下面的範例是用「二段式結構概念加上 5W2H1E 表格」所做的一頁提案計劃書，呈現出了三個表格，最左邊的表格是 5W2H1E，中間表格是對於本次提案的具體內容，最右邊的表格是自我檢核與自我提問部分。

(二) 一頁提案計劃書「自我思惟」範例說明

1. 案由：通識課教育陳助教在疫情期間要向主任提一頁提案計劃書
2. 提案名稱：「用遠端視訊」維持疫情期間的遠端同步教學計劃

5W2H1E	針對本次提案內容填寫	思惟重點
目標 （Why）	維持疫情期間仍然能有好的上課品質	要具體解決的是什麼？
內容要點 （What）	1.「用遠端視訊」Google Meet 2. Google 會議軟體在疫情期間免費開放企業用 3. 主管、面試者大多有 Google 帳號，不必另外學	提出的方案是否有創意、有效率？
活動地點 （Where）	讓所有通識課程都能用 Google Meet 執行遠端同步教學	活動地點或執行範圍是什麼？

5W2H1E	針對本次提案內容填寫	思惟重點
實施方式 （How）	1. 成立 Line 群組大小社團，方便軟體使用教學與解答疑問 2. 培訓學校行政、教師與學生熟悉 Google Meet	解決方案在真實狀態裡如何落實？
執行團隊 （Who）	1. 由學校行政長官邀請通識中心、資管、廠商代表開協同策略會議 2. 由學校資訊科系與相關資訊軟硬體廠商組成專案團隊、執行會議	執行團隊是否專業、能確實責任分工？
時間期程 （When）	1. 三天內組織工作團隊，並擘劃出相關策略、方案 2. 七天內執行團隊建構起各大小社群，並在群組裡提供遠端視訊基本使用影片教學 3. 兩週內要完成教師端遠端視訊同步授課率九成 4. 四週內要完成授課錄影、補課機制，並建置教材存放平臺	大小專案時程安排是否妥當？
所需經費 （How Much）	1. 全校系統建置費 20 萬元 2. 執行團隊一個月人事成本 20 萬元	經費預估是否合理、如何申請補助款？
預期效益 （Effect）	1. 全校師生建構起統一 Google Meet 遠端視訊會議 2. 全校師生建構起統一的遠端授課錄影，並將錄影影音檔建構起雲端補課平臺	是否具體、吸引人、令人眼睛一亮？

　　要與上司、客戶討論時，我們還是要將這個表格做適當的刪減，當然，要刪除的就是最右邊「自我檢核與自我提問」，經過刪減後就變得清爽、明確多了。

　　別忘了，我們只是透過經驗、觀察，提出想法和點子的人，最重要的是獲得上司或客戶端的認可，讓他們採納我們的提案，認同我們解決問題的能力後提供資源、資金，因此別忘了在正式版的一頁提案計劃書裡增添意見欄、備註欄。意見欄是尊重上司、客戶，讓他們能針對本次的提案內容提出補充想法；而備註欄的功能是讓自己在聽完上司、客戶意見後，寫下因應方式的欄位，方便日後修改這份提案計劃書時有明確的方向。

　　請看下一個表格「一頁提案計劃書『提案單』範例說明」。

(三) 一頁提案計劃書「提案單」範例說明

1. 案由：通識教育課程陳助教在疫情期間要向通識中心主任提一頁提案計劃書
2. 提案名稱：「用遠端視訊」維持疫情期間的遠端同步教學計劃

5W2H1E	針對本次提案內容填寫
目標 （Why）	疫情期間仍然能有好的上課品質
內容要點 （What）	1.「用遠端視訊」Google Meet 2. Google 會議軟體在疫情期間免費開放企業用 3. 主管、面試者多有 Google 帳號，不必另外學
活動地點 （Where）	讓所有通識課程都能用 Google Meet 執行遠端同步教學
實施方式 （How）	1. 成立 line 群組大小社團，方便軟體使用教學與解答疑問 2. 培訓學校行政、教師與學生熟悉 Google Meet

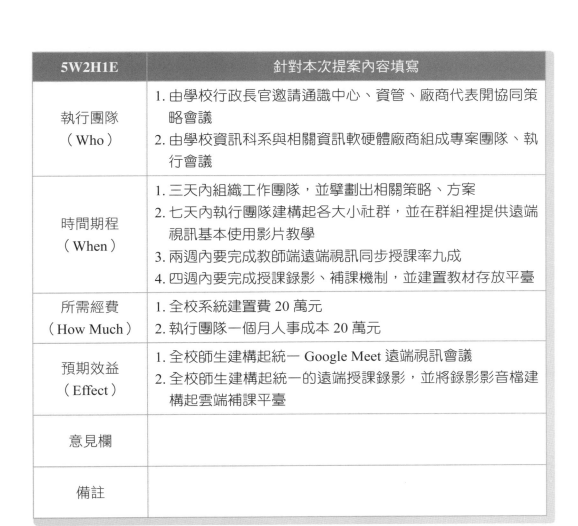

5W2H1E	針對本次提案內容填寫
執行團隊 （Who）	1.由學校行政長官邀請通識中心、資管、廠商代表開協同策略會議 2.由學校資訊科系與相關資訊軟硬體廠商組成專案團隊、執行會議
時間期程 （When）	1.三天內組織工作團隊，並擘劃出相關策略、方案 2.七天內執行團隊建構起各大小社群，並在群組裡提供遠端視訊基本使用影片教學 3.兩週內要完成教師端遠端視訊同步授課率九成 4.四週內要完成授課錄影、補課機制，並建置教材存放平臺
所需經費 （How Much）	1.全校系統建置費 20 萬元 2.執行團隊一個月人事成本 20 萬元
預期效益 （Effect）	1.全校師生建構起統一 Google Meet 遠端視訊會議 2.全校師生建構起統一的遠端授課錄影，並將錄影影音檔建構起雲端補課平臺
意見欄	
備註	

三、一頁提案計劃書的補充說明

　　能提出明確方案、解決問題的提案計劃書就是好提案，就有機會獲得上司、主管青睞，進而取得資源、資金。若能用一頁 A4 紙就能做出好提案，代表自己對問題掌握精確俐落，但我們也不要落入僵化思惟，強求每一次一定都要在一頁 A4 紙上表達所有想法，反而綁手綁腳，耽誤提案的最佳機會點。

實際上，提案的精髓並不是用詞多簡潔流暢、圖表數字多精準，最終能成功說服上司、客戶、業主的往往是我們這份提案計劃書「確實可以解決問題」，這才能命中核心點。

　　每一次提案前的提案計劃書，都是訓練提案者如何釐清現狀、切中問題、精緻思考、簡化架構與明確表達的好機會，善用上面所提供的一頁提案計劃書寫作模板，可以幫助我們在提案時功力更上一層樓！

參、企劃書範例

（臺中科技大學 108 年就要桃花源企劃書競賽入圍作品）

國立臺中科技大學
國際貿易與經營系

名稱：用舌尖看東協——臺中非吃BOOK

指導單位：臺中市觀光局

主辦單位：國立臺中科技大學

協辦單位：相關企業、廣告商

承辦單位：國立臺中科技大學國際貿易與經營系

指導老師：卓素絹

組員 2410501031 羅台芯

2410601007 林詩昀

2410601019 范玉艷

2410601034 蕭玉君

目錄

壹、活動宗旨

　　東協廣場（舊稱第一廣場，簡稱一廣）為臺中市中區的購物廣場，在 1990 年代，第一廣場曾經是中區的「心臟」，一段輝煌的時代因 1995 年的一場火災事件而沒落。2000 年因為是東南亞外籍移工的聚集處，第一廣場周邊陸續有東南亞商店聚集。2016 年 7 月 3 日，臺中市政府將第一廣場更名為「東協廣場」。東協廣場由臺中市政府經濟發展局打造為了進一步強化臺灣與東協十國的經貿、文化、觀光等關係。

　　目前東協廣場的客群主要是東南亞的外籍移工與新住民，我們很少看到臺灣人或外國觀光客來訪。原因是臺灣人不太了解移工們的文化，看到他們聚集飲酒，隨地棲息，而認為東協廣場的治安不好，加上沒加強推廣。

　　藉由這次企劃案，我們想結合東協廣場的異國美食與觀光來推廣臺中，讓全臺灣人以及其他外國觀光客更認識與了解東南亞美食，因此也透過美食深入了解東協各國想傳達的文化，讓大家看到臺中之美，透過臺中的眼睛與舌尖，獲得更多深厚的友誼。

　　想嘗試東南亞美食不用花錢到東南國家去，到臺中遊玩你會一舉兩得，臺中之旅也是小東南亞之旅，「用舌尖看東協──臺中非吃 BOOK！」

貳、SWOT 分析

一、現況與劣勢分析

　　東協廣場，過去稱為「第一廣場」、「第一市場」。臺中現有許多的知名美食，都是從第一廣場發跡而來，承載了許多臺中人的記憶，甚至夾雜一些都市恐怖傳說，現今第一廣場已經被政府改名為「東協廣場」，以往熱絡的人潮並沒有消失，只是成為了移工首選聚會地，「東協廣場」充滿了濃濃的異國風情，但第一廣場也慢慢看不見年輕學子的身影，學生客群也隨著交通的便利移至了一中商圈，親自走訪東協廣場才實際體認到當地並非記者所報導的這麼嚇人，只是欠缺了試著接納與嘗試的心態。

二、優勢條件

　　臺中車站是臺中都市發展的起源，百年前自鐵路通車、臺中設站，臺灣第一個都市計劃的城市——臺中因而誕生。如今，鐵路高架化開啟了臺中舊城區再生的機會，其中，大車站計劃更是復興舊城區的重要一環。周邊環境隨著政府計劃帶來了一線商機，美食特色總讓人回味無窮，東協廣場聚集著許多不同文化美食，希望藉由本企劃——「用舌尖看東協——非吃 BOOK」，讓大家透過美食認識東南亞文化。

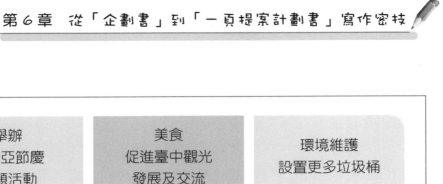

舉辦 東南亞節慶 主題活動	美食 促進臺中觀光 發展及交流	環境維護 設置更多垃圾桶
東南亞美食 融入臺灣味蕾	用舌尖看東協- 臺中非吃 BOOK	實地走訪嘗試美食
臺灣唯一 小型東南亞風情 東協廣場	交通便利 近臺中火車站	目標

三、尋找機會點

(一) 政府的推廣，民眾更容易接收到訊息

　　新二代的誕生，讓許多年輕人對於不了解的文化多加了一個了解的管道，同時政府也積極地推廣東協廣場在地文化，可以透過資訊的流通，政府整合資訊運用通訊軟體、社交軟體與媒體報導等大大增加東協廣場的曝光率，近年政府積極地推動新南向政策，大家可以透過美食更加認識東南亞文化，進而帶動商機。

(二) 綠川修繕意外帶來了人潮

　　環境與生活息息相關，綠川的修繕不僅改善了生態，也帶來了人潮。許多人抵達臺中紛紛往綠川走去，成為了打卡景點，若能同時整合東協廣場讓大家發現到臺中小東南亞，促進大家來臺中觀光的次數。

(三) 交通便利成為旅遊第一首選

　　旅遊時不外乎會注意到該如何抵達，需要乘坐什麼交通工具，東協廣場為於臺中交通最便利的地點，光是大眾運輸方面就有兩種方式，分別為火車、公車等，另外附近還設有租借腳踏車處方便民眾騎乘。

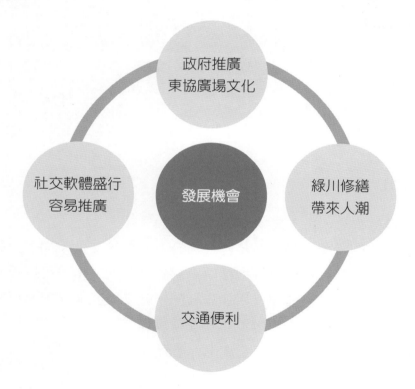

四、威脅與改善之道

(一) 臺中火車站新建，人潮大量減少

　　臺中車站高架化，新臺中車站作為大眾運輸中心樞紐，將帶來大量活動人潮，但因出入口的方向改變，導致大量的人潮從以往的

前站也就是臺灣大道與建國路交接口，漸漸往後站復興路四段走去，大部分人潮都移往後站的新時代購物中心。

(二) 資訊化時代，大家都運用網路查詢

大部分抵達臺中車站的人都來自外地，會事先運用手機查詢當地推薦美食與景點，若重新整合東協廣場環境，透過網友自行分享推廣，即能大大增加外地對臺中小東南亞的認識，與造訪意願。

參、企劃特色

本企劃——「用舌尖看東協——臺中非吃 BOOK」活動是希望改善東協廣場道路髒亂，重新規劃商家、設置垃圾桶，讓民眾可以不用煩惱手上垃圾該丟何處而隨手亂丟；增設燈光配置照亮夜晚的東協廣場；增設英文與中文介紹菜單改善因語言不通而放棄消費的消費者；依照東南亞各國特有的文化節慶舉辦活動，經過改善後讓民眾和外國旅客一同前來東協廣場，再次讓在地人口中以往的第一廣場盛行時的情況以不同的風貌再次盛行，讓民眾感受到不必出國就可以享受到不同國家的風情，還可以了解他們的文化。

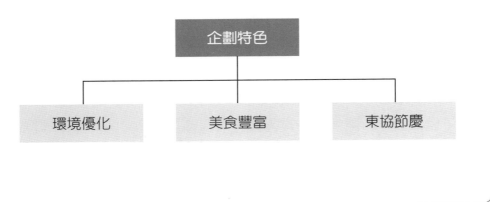

一、環境優化

1. 重新規劃店家環境使環境感受起來不再雜亂不堪,增設英文與中文介紹菜單。
2. 增設感應路燈或是街燈,讓民眾在晚上逛街時不會感到害怕,同時也能增加夜晚商機。
3. 路邊增設垃圾桶,使消費者可以隨手做好環保。
4. 增設導覽地圖,讓消費者清楚了解到今天希望吃到的美食是在何處。

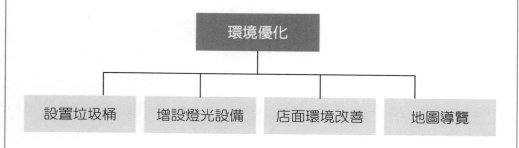

二、美食內容豐富

　　活動是希望藉由像韓國釜山的甘川洞文化村一樣能增設旅遊諮詢中心,放置標示東協廣場所有攤販的多國語言地圖,介紹東協廣場的美食,並在上面用蓋章活動方式,讓旅客有遊玩又有紀念到此一遊的地圖,若是跟著地圖走一圈,並集滿所有印章的話,還可以換取漂亮的明信片。

　　東協廣場內有大型東南亞商品超市,集結印尼、越南、菲律賓、馬來西亞、新加坡等東南亞國家之產品,整個空間乾淨明亮陳列整齊,商品更是多到讓人驚豔,從飲料、泡麵、餅乾到辛香料、調味品都是臺灣平常少見的商品,喜歡特色美食小吃零食的人,可

以來此逛逛,讓去東協廣場的民眾有著新鮮的體驗。

　　東協廣場匯集了泰國、印尼、越南與菲律賓等東南亞國家的在地傳統美食,有些也融合了臺灣在地口味,讓民眾對於東南亞的飲食不再只有印尼沙嗲、越南河粉與法國麵包、泰式打拋豬飯等印象中的傳統美食,很多新穎的東南亞美食,讓人為之驚豔!

　　來臺灣讀書的東南亞莘莘學子及來臺灣工作等東南亞籍的外國人,東協廣場是他們在臺灣思念家鄉美食、解放壓力與思念家鄉時可以去的場所。

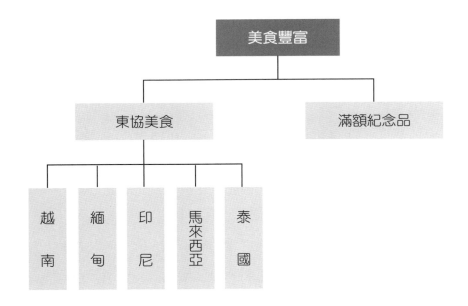

三、舉辦東南亞節慶主題活動

　　本活動希望在舉辦各種節慶主題活動時可以與文化結合,例如:

(一) 緬甸點燈節

在緬甸點燈節那天，街道上的樹會裝上五光十色的燈泡與燈籠搭起燈棚，並在當天擺設攤販在廣場做出動線，賣燈擺在特定顏色指定位置最後擺成完整圖案，讓民眾一起點燈祈求佛陀保佑市民平安健康，藉此感受佛祖的庇佑、以求得消災解厄，並讓心靈浸潤在佛祖的祈福中。

(二) 泰國潑水節

泰國潑水節為東南亞地區的新年傳統習俗，泰國將潑水節定於每年 4/13 至 4/15，歷時三天，在這期間舉辦潑水節讓大家在東協廣場用純淨的清水相互潑灑，祈求洗去過去一年的不順，新的一年重新出發，玩累了就可以在東協廣場休憩享受美食。

(三) 柬埔寨亡人節

柬埔寨亡人節是每年的佛曆 10/1 至 10/15 舉行，讓新住民朋友可以一起團聚共同分享道地的柬埔寨美食、聯繫情感並追思先人。亡人節相當於國人的清明節，是追思亡靈祭拜先人的節日，不過於對柬埔寨人來說另有團聚的意思。

(四) 菲律賓卡達亞灣節

舉辦像菲律賓卡達亞灣節的活動，在 8 月的第三週。達沃市 Davao City Kadayawan 來自 Dabawenyo 一詞「Madayaw」，這是一種友好的問候，意味著美好。這是對達沃以及棉蘭老島的慶祝活動，人民為了展示該國第二大島嶼上的鮮花、水果和其他產品，他們在自由公園開始了為期一周的街頭美食節。在那一周可以請人街頭舞蹈、煙花表演、做花卉花車等。

(五) 越南農曆新年節

越南的農曆新年節跟臺灣過新年國家一樣，農曆新年節是家人親戚的團圓之日，大家一起過年，互相給予美好的祝福，讓新住民與外籍勞工可以相約團聚一起過年。

(六) 越南中秋節

越南中秋節為每年農曆 8 月 15 日，在這天每個家庭會聚在一起燒香以祭祀祖先，到了晚上，孩子們會圍著大人們吃月餅和聆聽一個關於一條鯉魚經過多年的努力最終變成一條蟠龍的民間故事。在這天，可以請人去唱節日的歌、表演越南的民間故事、舞龍表演、做越南版燈籠、邀請小朋友和家長一起學做月餅，參加活動的小孩可獲贈限量玩具，還可以了解越南文化。

(七) 印尼峇里島的藝術節

印尼峇里島的藝術節是從 6 月中旬到 7 月中旬，時間大概一個月，每天都有很多特色活動，比如舉辦文藝演出東南亞國家傳統的民間故事、Sendratari 舞蹈戲劇、化妝舞蹈、音樂會和展覽會、藝術品小攤、遊行、大街飲食、請東南亞國家的樂隊來表演他們國家傳統音樂促進文化交流。

(八) 印尼穆斯林開齋節

穆斯林開齋節訂於伊斯蘭曆每年 10 月 1 日，為穆斯林慶祝整個 9 月「齋戒月」的結束，讓信伊斯蘭教的人們，在守一個月飲食戒律的最後一晚，親朋好友可以團聚在東協廣場享用開齋飯，慶祝一個月的封齋圓滿，並在齋戒結束後，舉行開齋捐相關儀式，之後人們開始為期三天的宴飲互訪。

以此吸引人潮，期望獲得良好的經濟效益與社會效益。

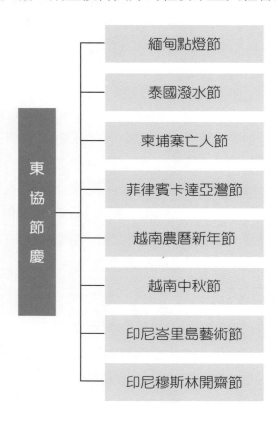

東協節慶
- 緬甸點燈節
- 泰國潑水節
- 柬埔寨亡人節
- 菲律賓卡達亞灣節
- 越南農曆新年節
- 越南中秋節
- 印尼峇里島藝術節
- 印尼穆斯林開齋節

四、「用舌尖看東協——臺中非吃 BOOK」活動推廣方式

活動主要是要讓東協廣場與周邊能有更多人潮，為了增加活動效益，首先結合觀光局推廣相關旅遊活動，讓 Youtuber 拍攝宣傳影片，作為本活動推廣，並同步在 FB、IG 裡宣傳，再由臺中市政府經濟發展局官網寫臺中觀光推薦和東南亞節慶的文章，同時在臺中市政府官方 Line 與各大車站與公車做宣傳。除此之外，也會同步用傳統行銷方式：親友介紹、刊登報章雜誌。希望藉由這些方式擴大

「小東南亞在臺中」活動的能見度，吸引人潮，帶動錢潮。

本活動的推廣方式如下：

結合觀光資源，連結相關旅遊活動

透過 Youtuber 拍攝宣傳影片

透過臺中市政府經濟發展局與官方 LINE 帳號宣傳

在各大車站和公車上張貼廣告

在 FB、IG 上宣傳

親友介紹

刊登報章雜誌

肆、預期收益

一、短期收益

本企劃——「小東南亞在臺中」活動，在大量的政府與媒體宣傳後，讓臺灣的民眾知道這個觀光好去處，也可讓原本對東協廣場不了解，產生抗拒的民眾對東協廣場的印象大改觀，並想參觀這個地方。預計第一年讓東協廣場營業收入提升三成以上。

二、中期收益

　　本企劃──「小東南亞在臺中」活動，前期雖有大量的政府與媒體宣傳，讓臺灣民眾更認識東協廣場，但實際觀光客資訊不多，多數人還是覺得很陌生，想觀察一陣子，前期來試試水溫的民眾，覺得東協廣場是非常吸引人的觀光聖地，將實際心得與評論分享至網路上或向親朋好友推薦，增加了大量的觸擊率，觀光客因隨手上網即可得到大量的遊客心得評論等，對東協廣場有更大的安全感及期待。預計可在第三年讓東協廣場營業收入提升七成以上。

三、長期收益

　　本企劃──「小東南亞在臺中」活動，在大量的政府與媒體宣傳及結合觀光局推廣相關旅遊活動，預計第五年讓「東協廣場」成為臺中的著名觀光景點之一，結合東南亞美食、節慶、文化藝術，臺灣民眾享受到不同國家的風情及教育之旅，東協廣場營業收入可提升九成以上，外國旅客因這含有文化藝術交流的景點，更想來臺中旅遊，創造可觀的臺中觀光經濟效益。

伍、時間規劃

事項　　　　日期	3/18~3/24	3/25~3/31	4/1~4/7	4/8~4/14	4/15~4/21	4/22
九宮格（附錄一）	■					
心智圖（附錄二）		■				
規劃企劃主題		■	■			
分配工作			■			
重新整理				■		
編列預算				■		
流程表				■		
討論整合					■	
完成企劃數						■

陸、工作規劃及組員責任分配表示意圖

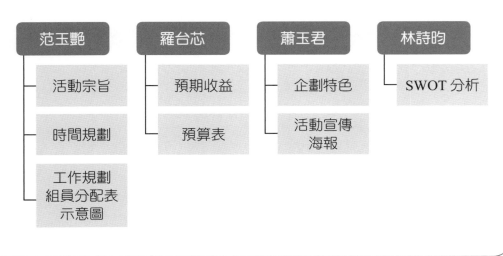

范玉艷
- 活動宗旨
- 時間規劃
- 工作規劃組員分配表示意圖

羅台芯
- 預期收益
- 預算表

蕭玉君
- 企劃特色
- 活動宣傳海報

林詩昀
- SWOT 分析

柒、預算表

第一年（**2020/7/1~2021/8/31**）

單位：元

支出		收入	
項目	金額	項目	金額
增設公共衛生設備	1,000,000	店家營收總和	240,000,000
東協廣場裝潢費	5,000,000	其他觀光收入	1,000,000
社群網站廣告費	1,500,000		
新聞媒體置入廣告費	1,000,000		
報章雜誌刊登費	800,000		
全公車廣告費	400,000		
宣傳海報印刷費	100,000		
總計	**9,800,000**		**241,000,000**
總營收：收入－支出＝**231,200,000**元			

捌、活動宣傳海報

玖、附件（心智圖為小組討論企劃書筆記）

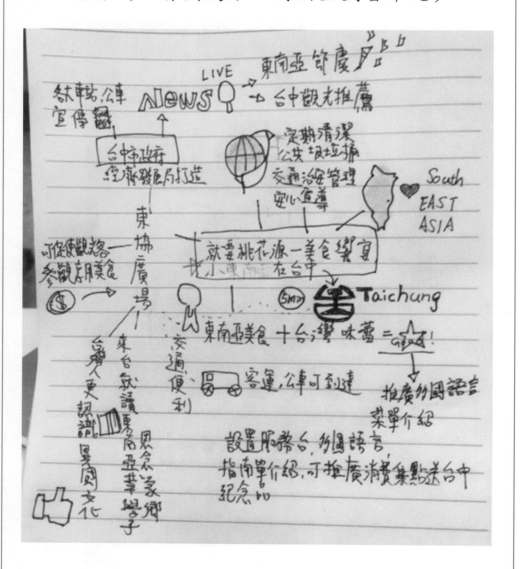

壹拾、參考資料

1. 泰國潑水節

   https://std.stheadline.com/instant/articles/detail/1219811/%E5%8D%B3%E6%99%82-%E5%9C%8B%E9%9A%9B-%E7%82%BA%E9%98%BB%E6%AD%A2%E7%96%AB%E6%83%85%E8%94%93%E5%BB%B6-%E6%9B%BC%E8%B0%B7%E5%8F%96%E6%B6%884%E6%9C%88%E4%B8%AD%E6%97%AC%E6%BD%91%E6%B0%B4%E7%AF%80

2. 緬甸點燈節

   https://kknews.cc/travel/omgo2bo.html

3. 柬埔寨的亡人節

   https://www.xuehua.us/2018/08/24/%E9%AC%BC%E8%8A%82%E6%9D%A5%E4%BA%86%EF%BC%8C%E4%BD%A0%E4%BB%AC%E5%87%86%E5%A4%87%E6%80%8E%E4%B9%88%E8%BF%87%EF%BC%9F%E5%8F%8D%E6%AD%A3%E6%9F%AC%E5%9F%94%E5%AF%A8%E6%94%BE15%E5%A4%A9%E5%81%87%EF%BC%81/zh-tw/

4. 峇里島的藝術節

   https://solomo.xinmedia.com/travel/3869-Bali

5. 越南「元旦節」

   https://gotv.ctitv.com.tw/2017/01/350592.htm

6. 新加坡妝藝大遊行

   https://travel.ettoday.net/article/1631708.htm

   https://tw.hotels.com/go/singapore/singapore-festivals-and-events

7. 菲律賓卡達亞灣節

https://www.dcomeabroad.com/philippines/vacation/

8. 越南中秋節

https://sampan.org/zh-hant/2013/08/%E8%B6%8A%E5%8D%97%E4%B8%AD%E7%A7%8B%E7%AF%80/

9. 柬埔寨亡人節報導

https://www.youtube.com/watch?v=AClxjCnGbIM

10. 亡人節

https://kknews.cc/zh-tw/travel/j2g9ke.html

11. 結夏安居節，點燈節

https://www.ctworld.org.tw/activities/info/03_03.htm

http://cmbca.org.tw/i-02.html

12. 開齋節

https://e-info.org.tw/node/209031

13. 各個節慶

http://dongnanyalvyouw.com/qianwan-buyao-cuoguo-dongnanya-de-yixia-fengfu-duocai-jieri-a/

https://ifi.immigration.gov.tw/ct.asp?xItem=11139&ctNode=36461&mp=ifi_zh

14. 海報用圖

https://ac-illust.com/tw/search-result?&keyword=%E9%A3%9F%E7%89%A9

https://www.canva.cn/design/DAD5b0PyXK8/N9ffj4uMm44ed8goFRFzCA/edit

15. 美食內容豐富參考資料

https://mylifestyle.pixnet.net/blog/post/35509051-%E5%8F%B
0%E7%81%A3%E7%9A%84%E6%9D%B1%E5%8D%97%E4
%BA%9E%E7%BE%8E%E5%91%B3%E7%A7%98%E5%A2
%83%EF%BC%9A%E5%8F%B0%E4%B8%AD%E6%9D%B1
%E5%8D%94%E5%BB%A3%E5%A0%B4

16. 韓國甘川文化村

https://iris77.tw/gamcheondong-culture-village/

17. 東協廣場

https://travel.taichung.gov.tw/zh-tw/Attractions/Intro/73/%E6%9D%
B1%E5%8D%94%E5%BB%A3%E5%A0%B4

https://safood.tw/asean-square

https://taiwan17go.com/w1053/

肆、從企劃書到一頁提案計劃書範例

一、案由：配合「就要桃花源」競賽提案
二、提案名稱：九天黑森林——打造臺中輕旅行秘境活動提案計劃書

5W2H1E	針對本次提案內容填寫
目標 （Why）	開發九天黑森林周邊景點，建立公益合作聯盟 推廣森林藝術、民俗文化（九天民俗技藝）、環保概念
內容要點 （What）	1. 融合三大教育特色，舉辦九天黑森林——我的秘境體驗營活動 2. 平日靜態展覽（環境保育、九天民俗技藝團特色） 3. 假日親子活動（互動 DIY 手工藝品區、親子焢窯體驗活動）
活動地點 （Where）	九天黑森林（臺中市大雅區忠義村清泉路 99 號） 活動時間：秋季（9 月 3 日～11 月 3 日）
實施方式 （How）	1. 企劃案通過後成立工作團隊、與相關單位建構合作機制 2. 舉辦九天黑森林——我的秘境體驗營三個月相關活動 3. 首次舉辦，將透過滾動式修正維持最佳營運狀態
執行團隊 （Who）	1.由○○大學保險與金融管理系擔任提案單位 2.由提案單位與相關單位、廠商組成專案團隊 3.由專案團隊定期執行業務會議
時間期程 （When）	1. 一週內組織工作團隊，並擘劃出相關策略、方案 2. 兩週內執行團隊建構起各大小社群，並找到贊助單位 3. 三週內要完成建立行銷平臺、完成宣傳影片 4. 四週內營運應進入軌道，並滾動式修正

5W2H1E	針對本次提案內容填寫
所需經費 （How Much）	業務執行費 141,840 元
預期效益 （Effect）	1. 提升九天黑森林網路評價 2. 增加異業結盟機會 3. 走向環保公益聯盟
意見欄	
備註	

【牛刀小試】學生練習篇 1

前文提到一頁提案計劃書是當前最實用、最有效率的提案方式，現在我們試著完成下頁表格：把〈用舌尖看東協——臺中非吃 BOOK〉改寫成一頁提案計劃書，請以 5W2H1E 表格為思考載體做填寫（可參考前文〈九天黑森林——打造臺中輕旅行秘境活動提案計劃書〉）。

在練習 5W2H1E 表格填寫時，除了盡量濃縮重點，還要自我檢核前後文是否符合邏輯、數字是否正確、相關資料是否有再次查證。畢竟向長官、上司提案是件大事，機會難得、時間有限，務必要再三確認後，才拿出這份一頁提案計劃書上場提案。

1. 案由：

2. 提案名稱：

5W2H1E	針對本次提案內容填寫
目標 （Why）	
內容要點 （What）	
活動地點 （Where）	
實施方式 （How）	
執行團隊 （Who）	
時間期程 （When）	
所需經費 （How Much）	
預期效益 （Effect）	
意見欄	
備註	

【牛刀小試】學生練習篇 2

情境題 1：

現在遠距教學已成為教育界重要議題及能力，你是班級學藝股長，班上同學好多人重感冒，為了大家健康著想，避免到教室上課群聚，要向「中文應用與鑑賞」課程老師做一個提議：實施兩週遠距教學。

請以 5W2H1E 表格為思考工具，寫出一份提案計劃書。

1. 案由：
2. 提案名稱：

5W2H1E	針對本次提案內容填寫
目標 （Why）	
內容要點 （What）	
活動地點 （Where）	
實施方式 （How）	
執行團隊 （Who）	
時間期程 （When）	
所需經費 （How Much）	
預期效益 （Effect）	

情境題 2：

　　一進到大學，你不只是大學新鮮人，還擔任班級幹部，為了帶動大家的氣氛，讓班上同學感情更融洽，請你為自己的班級擬一份「班級一日遊提案計劃書」。

　　請以 5W2H1E 表格為思考工具，寫出一份提案計劃書。

1. 案由：
2. 提案名稱：

5W2H1E	針對本次提案內容填寫
目標 （Why）	
內容要點 （What）	
活動地點 （Where）	
實施方式 （How）	
執行團隊 （Who）	
時間期程 （When）	
所需經費 （How Much）	
預期效益 （Effect）	

伍、自我增能與延伸閱讀

　　企劃書是現代名詞，古代也有這類的文體嗎？其實是有的，只是名詞不同，概念相似，古代的臣子向皇帝秉奏要事時，更需要衡量揣度各種狀況，做好萬全準備。章、表、奏、議這幾類文體就是古代臣子向帝王呈報的文章體制，是一種公文格式的應用文體，從蕭統的《文選》開始，這類文章就受到一定程度的重視，而〈隆中對〉可說是其中一篇名作。

　　請同學看完原文、分析表後，再思考看看你曾經讀過哪篇古文也具備企劃書特質，請找出原文，並替文章做出一份分析表格。

陳壽 〈隆中對〉

 原文

　　亮躬耕隴畝，好為《梁父吟》。身長八尺，每自比於管仲、樂毅，時人莫之許也。惟博陵崔州平、潁川徐庶元直與亮友善，謂為信然。

　　時先主屯新野。徐庶見先主，先主器之，謂先主曰：「諸葛孔明者，臥龍也，將軍豈願見之乎？」先主曰：「君與俱來。」庶曰：「此人可就見，不可屈致也。將軍宜枉駕顧之。」

　　由是先主遂詣亮，凡三往，乃見。因屏人曰：「漢室傾頹，奸臣竊命，主上蒙塵。孤不度德量力，欲信大義於天下；而智術淺短，遂用猖蹶，至於今日。然志猶未已，君謂計將安出？」

　　亮答曰：「自董卓已來，豪傑並起，跨州連郡者不可勝數。曹操比於袁紹，則名微而眾寡。然操遂能克紹，以弱為強者，非惟天時，抑亦人謀也。今操已擁百萬之眾，挾天子而令諸侯，此誠不可與爭

鋒。孫權據有江東，已歷三世，國險而民附，賢能為之用，此可以為援而不可圖也。荊州北據漢、沔，利盡南海，東連吳會，西通巴、蜀，此用武之國，而其主不能守，此殆天所以資將軍，將軍豈有意乎？益州險塞，沃野千里，天府之土，高祖因之以成帝業。劉璋闇弱，張魯在北，民殷國富而不知存恤，智能之士思得明君。將軍既帝室之胄，信義著於四海，總攬英雄，思賢如渴，若跨有荊、益，保其巖阻，西和諸戎，南撫夷越，外結好孫權，內修政理；天下有變，則命一上將將荊州之軍以向宛、洛，將軍身率益州之眾出於秦川，百姓孰敢不簞食壺漿以迎將軍者乎？誠如是，則霸業可成，漢室可興矣。」

先主曰：「善！」於是與亮情好日密。

關羽、張飛等不悅，先主解之曰：「孤之有孔明，猶魚之有水也。願諸君勿復言。」羽、飛乃止。

導讀

〈隆中對〉選自《三國志・蜀志・諸葛亮傳》，作者是陳壽，在原文中並未提到隆中，隆中一詞首次見於小說《三國演義》，因此可推知〈隆中對〉這名稱是後人添加的。《三國志》記載三國時期（西元 220 年～280 年）魏、蜀、吳三國歷史，〈隆中對〉之事發生在建安十二年（西元207 年），劉備三顧茅廬，當時年僅二十六歲的諸葛亮為劉備分析天下形勢，替劉備量身規劃，擘劃出如何完成爭霸天下的具體步驟，這些對話都被記錄在〈隆中對〉一文中，因此〈隆中對〉可視為三國時代一份謀劃天下的具體企劃書，從〈隆中對〉中也可看到諸葛亮高瞻遠矚，善於分析現狀、掌握全局、推知未來，不愧是一位名傳千古的優秀政治家、軍事家。

〈隆中對〉分析表

諸葛亮曾隱居在鄉下，過著耕讀的日子，農閒時常吟唱著《梁父吟》，他身長八尺，玉樹臨風，常自比是古代管仲、樂毅一般的賢相，當時的人們都不把諸葛亮當一回事，只有博陵的崔州平、潁川的徐庶肯定諸葛亮的才智。	宗旨
劉備駐紮在新野時，徐庶向劉備推薦人才：「諸葛孔明是臥龍啊，將軍是否願意見他？」劉備點頭說：「您帶他來見我吧！」徐庶說：「對於這樣的賢才，應該是由將軍您親自去拜訪！」 為了求得人才，劉備真的親自拜訪諸葛亮，但前兩次都無功而返，直到第三次才見到諸葛亮。 劉備和諸葛亮單獨闢室詳談，劉備說：「漢朝的統治勢力已將近崩潰，董卓、曹操先後專權，逼得皇上出奔。當初我也是想為天下百姓伸張大義，卻沒衡量自己的德行、能力、智慧、謀略，顯然我是淺薄不足，才弄到今天這樣窘迫的局面，但是我想安定天下的志向從未改變，先生可以給我什麼建議呢？」	緣起
諸葛亮回答道：「自從董卓獨掌大權後，天下豪傑四起，曹操與袁紹相比，聲望小，兵力也少，但曹操竟然能打敗袁紹，這是因為曹操懂得運用天時和謀略，<u>現在曹操已擁有百萬大軍，挾持皇帝來號令諸侯，這確實不能與他爭強。</u>	劣勢 1
孫權家族占據江東已經三個世代了，江東地勢險要，民眾歸附，孫權又任用賢才，孫家勢力穩固，不是任何人可以取代的。	劣勢 2
荊州北靠漢水、沔水，一直到南海的物資都能用得到，東面和吳郡、會稽郡相連，西邊和巴郡、蜀郡相通，這是大家都要爭奪的地方，但是它原先的主人卻沒有能力守住它，這大概是上天賜給將軍的吧，您是否有意想要這地區呢？	機會 1
益州地勢險要，土地廣闊肥沃，物產豐隆，想當時漢高祖是憑藉這個區域而建立了帝業，傳到了劉璋後，卻昏庸懦弱，不知道愛惜。	機會 2

將軍您是皇室後代，聲望又高，聞名天下，之前已廣納各路英雄、賢才，	優勢
如果您接下來願意攻占荊、益兩州，並和西邊各個民族和好、安撫南邊的少數民族，再對外聯合孫權，對內革新政治。	短期目標
我們就再等著天下形勢發生變化那時刻到來，就可以派一員上將率領荊州的軍隊直搗中原，您再親自率領益州的軍隊到秦川出擊，到那時天下百姓都會歡歡喜喜迎接著您的。	中期目標
如果真能一一完成這些事項，那麼稱霸天下的事業就指日可待了，漢室天下就可以從您這裡興盛起來了。」	長期目標
劉備高興地說：「好！先生說得好！」從此與諸葛亮的關係一天比一天深厚。<u>關羽、張飛兩人為了這件事頗不是滋味。</u>劉備解釋道：「我有了諸葛孔明擔任軍師，就像魚有了水般自在，希望你們不要再說些彼此有嫌隙的話了。」關羽、張飛這才對諸葛亮有了幾分敬重。	威脅

 參考資料

1. 郭泰，《怎樣寫好企劃案》，臺北：時報文化，2018。
2. 戴國良，《企劃案撰寫實務：理論與案例》，臺北：五南圖書，2020。
3. 藤木俊明著，陳美瑛譯，《從零開始的 1 頁企劃書》，臺北：商周出版，2016。
4. 張敏敏，《OGSM 打造高敏捷團隊：OKR 做不到的，OGSM 一頁企劃書精準達成！》，臺北：商業周刊，2020。

第7章

從開箱文到
業配文寫作密技

古代文體的「雜記文」可分為四大類型，分別為：臺閣名勝記、山水遊記、書畫雜物記、人事雜記。古代的「雜記文」若以現代散文分類法，可勉強歸類在記敘文和說明文兩類文體中。到了網路科技時代，誕生了兩個新文體——「開箱文」、「業配文」。其實這兩個文體不能說是全然嶄新的文體，在「雜記文」中的「書畫雜物記」，有許多文章可說是古代版的「開箱文」、「業配文」，若能詳加揣摩其中的寫作技巧，對撰寫現代版的「開箱文」、「業配文」會有很大助益。

撰寫「開箱文」時，作者必須有意識地邊寫邊拍照，邊構思文章寫作綱要，在拿到商品時就要清楚記錄下商品樣貌、使用狀態到使用後心得，作者必須具備記敘文和說明文兩類文體的寫作基本功。

「開箱文」完成後必須放到網路上供大家瀏覽、點閱，以供其他有意購買的買家參考，因為有買家寫「開箱文」，就有商家為了行銷自家商品，與網紅及網路寫手合作，請寫手們以讚揚、高評價的方式幫自家商品寫「開箱文」，而這樣的文章就成了「業配文」，因此我們可說「開箱文」、「業配文」不但是網路時代下一種新的行銷文體，兩者也密切相關。

本章會從「開箱文」開始說明，再介紹「業配文」的寫作方式，希望同學藉由本單元的學習後，對這類網路新興文體寫作技巧也能掌握自如！

 壹、開箱文的結構內容

開箱文（Unboxing）是一種透過網路為媒介，發表作者介紹與評論商品的文章，開箱文的內容呈現方式可以是文字加照片或是直接用影音檔案上傳網路平臺。早期部落客、論壇寫手會用圖文方式撰寫開箱文，分享自己的使用心得，現在有很多 Youtuber 網紅都會以拍攝開箱影片方式，分享自己最近購買的新產品。

早期開箱文多數是消費性電子產品,在這類文章或影片中,作者除了會介紹產品外,連同產品附件、說明書、憑證、包裝紙、包裝盒、包裝設計等項目也會詳細說明。不論是圖文呈現或是影音檔,既然是開箱文,作者就要從產品包裝盒開始做紀錄,帶領讀者、觀眾逐步一層一層拆解後,將其中內容物詳細羅列展示在觀眾面前,並將過程記錄下來後,再上傳至網際網路上,供大眾搜尋、點閱、觀看。

一、開箱文的寫作要素

　　開箱文與推銷文章不同,開箱文是一篇由產品使用者撰寫的文章,主要是描述自己採購了某項商品後,從一拿到商品時拆開包裝並進行使用的一連串過程,用最簡單的話來說就是對於新商品從拆封到試用的體驗與心得分享。網友在購買產品前可先初步藉由開箱文,了解購買此產品將會經歷的一切,避免花冤枉錢買到不適合自己的商品,或是買來不知道如何使用的困擾。

　　既然開箱文是作者的產品體驗心得與分享,因此除了要圖文並茂、清楚記錄,最重要的是作者自己要真誠、詳細地說明自己的使用方式與體驗感受。也因為開箱文具備這些特質,較能讓消費者接受,因此網友普遍認為開箱文算是可信度較高、具有參考價值的文章。

(一) 良好的布局能力

　　什麼是好的開箱文?好的開箱文,在拍攝與寫作上都得花不少時間與心思,最重要的是要讓看的人覺得有趣、有收穫。拆箱要像拆禮物一樣慎重,畢竟開箱文是要帶領讀者來一趟商品體驗之旅,如何將整個流程一幕幕做出紀錄,還要顧及畫面清晰,這是拍照、拍片技術問題,但最重要的是讓讀者、觀眾也能享受這個過程,這涉及了文章布局的能力。

　　布局能力不是只有把畫面一幕幕拍出來而已,而是要思考如何讓整篇文章、整個影片更流暢、有趣,例如寫香蕉麵的開箱文,從拆箱的盒子外

包裝到最後要煮出什麼香蕉麵料理，以及文章最後如何讓人餘韻猶存，意猶未盡，想再看香蕉麵還有什麼新的料理手法，以及作者在文章後面暗示廠商自己可以繼續寫後續開箱文文章，希望獲得廠商再次邀請。這些寫作技巧與文章布局能力正是好的開箱文寫作要點，也是吸引讀者觀看的要素之一。

(二) 圖文要能同步搭配

好的開箱文要能針對產品特性做介紹，而且照片和文字兩者要互為搭配。拍照的照片該怎樣拍才會看起來像是來到現場般真實，內容要怎麼寫才能客觀清楚，都是作者在撰寫開箱文之前需要事先考慮清楚的。

例如介紹香蕉麵的開箱文，要從易開罐的包裝說起，還要說明香蕉麵用易開罐包裝是為了保存效果好，可以防潮，讓麵條口感維持較久。作者不能只是用文字說明，要適時貼上照片輔助說明，可增加說服力，讓讀者可以更快掌握狀況。

(三) 客觀角度與幽默口吻

開箱文顧名思義是從打開箱子後，拿到新產品的一切體驗，再以文字記錄下來。因此作者從收到商品時要邊拆包裝邊拍照，並用客觀的角度去看商品，所以撰寫開箱文時要思考怎麼寫才能讓讀者快速掌握到產品特色，或是快速掌握使用方法。既然開箱文是以網路為平臺，就要考慮網友的閱讀品味，網路敘述千萬要避免教條式口氣，而是要以幽默風趣，就像是好友親臨現場分享生活經驗，讓讀者在輕鬆無壓的狀態中更快速地掌握重點。

(四) 結合其他元素賦予商品個性

在介紹產品特性時，要巧妙結合各種元素，盡量讓商品具體呈現在讀者面前，例如介紹香蕉麵時不要只是說香蕉麵的麵條 Q 軟有彈性，適合煮成湯麵，可以直接帶領觀眾用香蕉麵煮出「韓式一隻雞湯麵」，再配合

圖片，一個步驟一個步驟說明，讓讀者的想像化為具體的、可看見的，彷彿一碗熱騰騰、香噴噴的「韓式一隻雞湯麵」出現在讀者眼前，這樣會讓讀者更融入情境，彷彿香蕉麵就是「韓式一隻雞湯麵」的最佳代言者，甚至是天冷時就要用香蕉麵煮一碗「韓式一隻雞湯麵」，而且就連烹調方式、步驟都直接在讀者腦中播放著，這就表示已經成功地讓商品結合其他元素，並賦予商品個性化的最好證明。

(五) 說明商品資訊與價值

好的開箱文要把產品價值充分寫出來，雖然不是直接跟讀者、觀眾推銷商品，但既然要寫開箱文，就要用專業、客觀的角度介紹產品，例如：產品外觀、功能性、方便性等等，這些層面都關係著產品是否有價值，也影響著消費者是否願意購買。

從多方面說明產品價值後，接下來就是價格介紹，消費者重視 CP 值（Price–performance Ratio），希望用最低的價錢購買最高效能的產品，所以好的開箱文可以透過介紹產品折扣、優惠、降價訊息，提供給讀者最高CP 值的產品，最後要記得提供店家相關資訊、連結網址，讓讀者對商品更容易入手，這樣的開箱文才算完整、有價值。

另外要補充說明的是每個作者個性不同，寫出來的開箱文風格也不同，正因不同作者有不同風貌，雖然是相同型號的商品，呈現的樣貌也有所不同，這種百家爭鳴、百花齊放的樣貌，正是讀者、觀眾觀看不同風格開箱文的精彩有趣之處。

【開箱文範例一】玩具遙控飛機

下面是臺中教育大學侯宜好同學撰寫的玩具開箱文範例，一拿到玩具產品後，侯宜好同學就邊撰寫文字邊拍攝照片，以圖文相互對照的方式解說，詳細說明拆封後每個步驟和環節，讓我們彷彿親臨現場，清楚掌握了 SX-Helicopter S322 遙控飛機的包裝、外型、組裝、操作方式。

這次為大家開箱的是玩具工廠新上市的 SX-Helicopter S322 產品，由 Durable King 推出，機身長約 25～30 公分，標榜為兒童設計，不僅耐摔，且有頭燈照射，整體造型好看。機體共有三種顏色，這次收到的是紅色直升機，讓我們快打開試玩看看吧！

塑膠膜內除了紙盒包裝的直升機體與遙控器，還有兩個半弧形的壓克力片作為緩衝，在包裝上十分用心。正面挖空處可以直接看到直升機的本體，盒子上的照片也顯示出商品強調耐摔的特性，可以供小孩盡情玩樂。

紙盒抽出後，可以看到下方以軟鐵絲固定住，拆解方便，購買後可以直接開封，過程簡易快速，遙控器也是直接以紙盒固定住，減少了不必要的包裝。

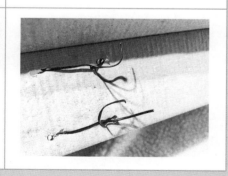

將直升機與遙控器取出後，可以看到還有一條充電線與兩片旋翼作為預備使用，直升機拆開後尚有電力，不過想要長時間把玩，仍然建議先在家充飽電再帶出呦！充電線使用 USB 線插頭即可。遙控器上則是使用六顆四號電池，數量雖較多，不過也確保使用上的電力穩定性。

開機後可以看到遙控器上閃爍紅燈，待一段時間後即自動配對完畢，操作方式簡單，而直升機只需將下方開關開啟，同樣不需另外手動進行配對，看看紅色機身下透出的白色頭燈，是不是格外帥氣呢！

遙控器左側搖桿式調整飛機上升下降之操作桿，將其緩慢向上撥，便能讓直升機順利升空，之後只需要穩定住機身即可。而右側搖桿為 360 度旋轉控制器，操作直升機前行方向，兩側搖桿需要同時操作，隨時調整飛機方向及高度，便能順利飛行啦～

因為輕巧且安靜的特性，在家也能安心把玩，不需擔心撞傷傢俱或是打擾到鄰居，除了可在家操控此遙控飛機外，也很適合帶出門在公園等地飛行喔，找機會再到外頭試飛看看吧！

【開箱文範例二】食荐鍋物

　　今年寒流一波一波來，就是要吃鍋，不然要幹嘛？尤其是剛從溫暖南部來到靜宜大學讀書的大一新鮮人，對靜宜冬天強勁的東北季風更是感受強烈，這時候拜一下 Google 大神，請它帶我們吃鍋去⋯⋯嘿嘿，有同學突然想到不如問一下住在當地的學長有沒有推薦的 CP 值破表的好鍋？

　　「食荐！」「食荐！」「食荐鍋物！」因為值得推薦所以說三次！

【圖1】店家外觀

🍲 發文脈絡 1

　1. 開宗明義介紹店家

　2. 吸引讀者好奇：

　　(1) 有沒有推薦的 CP 值破表好鍋？

　　(2)「食荐！」「食荐！」「食荐鍋物！」因為值得推薦所以說三次！

　　一進到店裡面，樸實的裝潢擺設、橢圓式的空間與座位安排，有一種親切的古早味，讓人懷念起小時候跟家人一起吃火鍋的時光啊！和現在市面上大品牌的連鎖火鍋店迥然不同哩！

　　不知道葫蘆裡賣什麼藥？呵呵……應該說不知道它鍋裡賣什麼特色？

【圖 2】店家的裝潢

發文脈絡 2

店家的裝潢介紹

　　看到我們一行人在這裡東張西望的傻愣樣，年輕的老闆走過來親切地招呼我們入座，老闆是一個年輕的大哥哥，他奉上菜單後簡單說明如何點餐，我們卻被菜單封面給吸引了：「營養師×設計師」。

【圖3】菜單封面

🍲 發文脈絡 3

介紹一行人看到菜單封面被吸引的緣由

　　菜單上面的內容讓我們大開眼界啊！哈哈哈，同學阿生大聲說：「我要點關門放狗鍋！」另一個同學跟著響應：「我要菇丈外遇鍋！哈哈哈……」什麼啊？「我吃素ㄟ，那我要吃什麼啊？嗚嗚嗚……」老闆快速翻閱菜單，為我指出鍋物名稱後頭的素食圖示，還微笑告訴我：「我們店裡研發的鍋物，大多是讓素食者也可以享用的喔！」哈哈哈……太棒了，這裡就是素食者的天堂啊！

【圖 4】菜單內頁:「關門放狗鍋」讓人很好奇

🍲 **發文脈絡 4**

1. 介紹菜單上特殊火鍋名稱

2. 介紹素食湯頭

　　突然,我們眼睛一亮,基本鍋物的湯底都有標上熱量ㄟ,實在太貼心了,素食蔬果 45 大卡、南瓜牛奶鍋最邪惡了,竟然是 230 大卡,正當我們三個人瞪大眼睛嘰哩呱啦聊得不可開交時,另一個可愛的甜心姊姊出來

跟我們介紹湯底熱量。原來菜單上的「設計師」就是剛剛的老闆，現在在我們面前的甜心姐姐就是「營養師」，難怪熱量可以算得這麼精準。

基本鍋物

🥬 可素食　🌶 香辣口味　👍 人氣推薦

湯底擇一 湯頭先煮三分鐘，味道更有層次、更鮮甜

營養師親自研發湯底，讓你喝到食材最天然的原味，絕對不會讓你口乾舌燥
好好跟自己的寶貝身體約個會吧，它的好身體真的會告訴你！

元氣蔬果 55大卡/鍋
使用新鮮蔬果、讓心功臣洋蔥、日本北海道的昆布
堅持不用大骨熬湯，降低攝取到重金屬的風險，且不含任何的油脂，清爽無負擔

🥬 **素食蔬果** 45大卡/鍋
嚴選新鮮蔬果與甘蔗原汁熬製而成，清甜爽口有層次

👍🥬 **番茄** +40元 110大卡/鍋 限量
選用新鮮牛番茄，富含茄紅素，有助於心血管健康、抗氧化養顏美容

👍🥬 **南瓜牛奶** +50元 230大卡/鍋 限量
富含B胡蘿蔔素、維生素C、維生素E的香甜南瓜
搭配全脂鮮奶增加鈣質攝取量，提高B胡蘿蔔素的人體吸收利用率
香濃順口，讓皮膚水噹噹

👍🥬 **起司** +40元 225大卡/鍋
選用美國進口低脂起司片，搭配香濃乳酪絲，享受濃郁奶香也增加鈣質的攝取量

🥬 **檸檬香茅** +30元 50大卡/鍋
選用泰國進口香茅、檸檬葉與台灣原生種香檬汁，愈煮愈有層次，熱量低口感清爽

【圖5】菜單上的火鍋熱量圖

🍲 **發文脈絡 5**

介紹火鍋熱量

接下來重頭戲來囉！火鍋出場了，「菇丈外遇鍋」來囉！這鍋湯到底葫蘆裡賣什麼藥？原來是香濃的起士湯底搭配新鮮菇類、鮮嫩豆腐，老闆

接著跟我們介紹名稱的由來「姑丈外遇會氣死（起司）姑姑」，大家這才恍然大悟，火鍋名稱取得真有創意啊！

菇丈外遇鍋 👍 🌱
NT$260
香濃起司湯底與新鮮菇類、鮮嫩豆腐的搭配，鈣質給好給滿

※ 貼心小提醒 ※
乳酪絲三吃：
可加入湯裡一起煮、可食材煮好沾著吃、拌入主食也很讚

【圖 6】「菇丈外遇鍋」

🍲 發文脈絡 6

介紹「菇丈外遇鍋」

我們三人就在熱氣騰騰的火鍋中拼命一口接一口，完全忘記彼此的存在，哈哈哈……真的好好吃啊，尤其是火鍋的擺盤、火鍋菜色的呈現，嗯

嗯，看起來都是精挑細選，店家有好好刷洗過食材哩，讓我們吃起來很安心呀，好吃到忘記要聊天ㄟ！

對了對了，我點的是「一路花鍋」，真是美呆了呀，我都捨不得吃了，應該就叫秀色可餐啦！呵呵呵……我拍完照就要大快朵頤囉！這樣就不辜負它的美了。

【圖7】「一路花鍋」

🍲 **發文脈絡 7**

介紹火鍋擺盤及「一路花鍋」

不到一會時間，我們已經吃到汗流浹背了，老闆建議我們來點清涼飲料均衡一下，我們三人不約而同都點了「黑木耳露」，因為「古早味酸梅湯」是夏季限定無法點，桂圓紅棗茶不適合現在汗流浹背的我們。

剛從冰箱出來的「黑木耳露」清涼甘甜又不會太甜膩，滑順鮮甜，很適合當火鍋的結尾，「嘩！滿足啊！」我摸摸鼓起來的肚子，「好吃好吃！」其他兩位同行的老饕也拼命附和。

限量手作飲品

養生黑木耳露 $35 　55 大卡 / 罐．膳食纖維 2.5 公克 / 罐

慢火精心熬煮．Q 彈有嚼勁
黑木耳富含膳食纖維，能夠降低膽固醇，控制血糖；幫助排便、預防便祕；
增加飽足感，有助於體重控制

古早味酸梅湯（夏日限定） $35 　70 大卡 / 罐

選用多種中藥材熬製而成，酸甜好滋味
本草經：主下氣，除熱煩滿，安心。本草拾遺：止渴調中，止吐逆

桂圓紅棗茶（冬季限定） $35 　60 大卡 / 罐

嚴選香甜龍眼乾與蘋果紅棗小火慢熬，香醇不甜膩
中醫領域見解：補氣養血、安神

【圖 8】黑木耳露

📝 發文脈絡 8

介紹飲料「黑木耳露」

　　買單囉！火鍋加黑木耳露一人平均大約都在三百多元上下，在物價不斷高漲的年代，這趟火鍋大餐的 CP 值果然值得啊！學長不愧是當地人，食荐鍋物果然是靜宜人的好朋友！

　　對了，別忘了幫「設計師×營養師」拍一張照片，這家「食荐鍋物」是兄妹倆為了實踐初心所開設的店！「推廣健康飲食，用食材原味打造的美味鍋物！」創業的路上面臨重重考驗後，現在果然完成了當初的理想

呀！親愛的靜宜人，來到沙鹿就去「食荐鍋物」飽餐一頓吧！CP 值破表喔！

【圖 9】兩位老闆照片

🍲 **發文脈絡 9**

1. 介紹價錢
2. 說明食荐鍋物的開店理念

🦉 貳、從開箱文到業配文

　　網路世界重視體驗與分享，在各大部落客、FB 社團、討論版、論壇都有很多版主分享產品使用心得，還會加上商品照片，這樣的開箱文很受

讀者、觀眾歡迎。這股風氣越來越盛行，也被廠商看到商機，有廠商會找有一定粉絲量的部落客、FB 人氣高的網紅寫商品使用心得，幫忙推銷商品，這樣的文章就被稱為業配文。部落客、各大 FB 社團、討論版、論壇已經出現大量的網紅寫手專門寫業配文，由廠商提供商品讓網紅寫手寫產品體驗開箱文，吸引粉絲跟風購買商品。為了確保雙方有合作共識，廠商甚至已經和合作的業配寫手們制定好寫作規範。

一、業配文寫作要訣

業配文其實就是開箱文的進階版，不過要特別注意的是在發文給讀者閱讀前，要經過廠商的審核，廠商就像是作者的老闆，老闆審核過才能在網路上發布與網友們分享自己的體驗心得，經過廠商認可後發文的業配文是可以拿到廠商給的薪資或相關贈品及福利，因此在寫業配文之前一定要先詳細閱讀完廠商的業配文規範，才能事半功倍，花最少的心力得到最大的效益。

二、常見的業配文格式

要和廠商合作寫業配型開箱文必須符合廠商規範，一定要遵守廠商提供的業配文寫作格式，否則無法通過廠商驗收，自然收取不到任何費用。下面提供兩則廠商業配文規範，分別是：3C 產品的業配型開箱文規範、一般產品的業配型開箱文規範。

(一) 3C 產品的業配型開箱文規範

1. 開箱圖
2. 產品特色（含實機圖）
3. 產品規格（含評測圖）
4. 體驗心得（含體驗圖）
5. 訂購資訊（含導購網址）

(二) 一般產品的業配型開箱文規範

1. 開箱文須包含字數約為 500～700 字（或以上）
2. 文章中須出現 3 次品牌名稱（須加上連結至官網）
3. 文章中須出現 3 次關鍵字（須加連結至官網產品）
4. 文章末端需要有產品或品牌的網站或網址
5. 圖片部分需要加上品牌、產品名稱或關鍵字
6. 一則開箱文內圖片和文字要互為搭配，不能出現違和感

　　從上面兩則業配文規範可知，和廠商合作寫業配文不能只靠作者個人創意和想法取勝，一定要符合廠商的標準規範，才能通過考核，也才能收到廠商給的款項或相關福利。另外，一則業配文從無到有可得耗費不少時間和心思，從洽談、體驗、寫文、驗收到請款最少要花一至兩週，若還不是高人氣網紅，最後可能只能獲得 2000～3000 元的稿酬，所以怎麼減少心力，寫出符合廠商要求的業配文就變得很重要。首先在動筆前，務必要先參考一開始廠商規定的文章格式，先把該寫的基本內容，例如：開箱圖、評測圖、體驗圖、產品特色、規格明細、體驗心得，通通都先填寫上去，再順一下文字稿，通常在順稿時腦中就會浮出靈感了，這時再順著靈感、創意去添加或修改文字、照片，讓整篇業配文品質盡可能再好一點，寫業配文還是要追求高品質以便吸引讀者、觀眾閱讀，建立起好口碑，這對未來繼續接案是有莫大幫助的。

【牛刀小試】

　　下面是一則出現在網路的開箱文徵文訊息（廠商直接放在自己的官網），徵求商品愛用者成為業配文的合作作者，請先仔細看完文章規範後，試著寫一篇符合資格的業配文。

【吃麵達人開箱文徵文募集中】

文字格式

1. 文字字數 600 字以上（含成分、口味、營養、感想）
2. 愛吃麵緣起
3. 提供一道麵食料理食譜
4. 照片與文字要能引人入勝，提高產品購買率

照片格式

1. 圖片最少 6 張
2. 本公司產品包裝（最少 2 張）
3. 本公司麵條特色要拍出（麵條的樣子、色澤，最少 2 張）
4. 最少 2 張與產品的合照（正在享用麵條照片，最少 2 張）

交稿方式

1. 寫在自己的 FB、部落格上，將連結寄過來即可
2. 收到商品後 10 天內回傳稿件

實際回饋

1. 凡報名後文章按讚人數超過一百個即贈送本公司一年份產品（麵條任選）
2. 網路人氣前十名與本公司簽訂下年度撰寫開箱文合作機會

【業配文寫作範例】小魚家畫畫教室

　　寒假到了，兩個姪女都回阿嬤家「安親」，大姑姑也回梧棲放寒假，就這樣三個女生的安親班開張了（一個幼稚園大班、一個國二班，再加一個千百個不願意的老師），安親老師真難為，年齡不同、程度不同，國語、數學、作文沒問題，大姑姑一切可以搞定。睡完甜甜的午覺起來，大姪女綺綺拿出鉛筆要畫靜物素描，小姪女涵涵拿出紙黏土要做娃娃……大姑姑無言，只要是手作課就投降。

　　拿起萬能手機打開 FB，搜尋一下梧棲，立馬出現「梧棲串起來」社團，哈哈哈……這是一個萬事問網友的時代，「各位大大，請推薦梧棲畫畫教室」，很快地網友回覆「小魚家 Teacher 梁」。這是什麼啊？我只好複製貼上問 Google，然後我們三人親自來到小魚家畫畫教室了。

【圖1】小魚家教室門口外觀

【圖2】小魚家教室上課一角

　　我們簡單跟櫃檯老師說明來意，恰巧班主任走出來，就是小魚家 Teacher 梁啦！我們來得正是時候，遇到中間空堂時段，Teacher 梁看起來很親切，我們就直接問囉！

　　Teacher 梁為我們說明了小魚家課表後，兩個姪女互望一眼，再看著我，大姑姑只好開口問 Teacher 梁：「可以說說您的指導風格、畫畫理念嗎？」

　　Teacher 梁原本是梧棲一間大托兒所蒙特梭利班教學主任兼美術老師，將蒙特梭利的精神融入畫畫，教導孩子在畫畫的過程中也培養獨立、秩序、協調、專注。

　　聽到這裡大姑姑好心動，就直接把兩個姪女留在這裡就好了呀，尤其是幼稚園大班的涵涵，從頭教起應該會有好成績！說到這裡，牆上貼了好多獎狀啊，Teacher 梁看出我們的好奇，為我們介紹了「考藝術才能班」，這個班是為有意報考國高中美術班所開設的班級，聽說這個班級成績斐然，去年小魚家學生共 13 人報考美術科系，竟然有 12 人考取，一人備取，超高錄取率呀！Teacher 梁打開電腦讓我們看「小魚家文理才藝教室」，其中一篇關於白依玲同學的介紹，一個從小成績不出色的女孩卻因為美術才藝考上了清華大學美術系的傳奇故事……。

【圖 3】考上了清華大學美術系白依玲同學作品

看到立志女孩的故事，我馬上要寫報名表，沒想到綺綺和涵涵一起說「大姑姑你也要來上課才公平！」「有有有……我們還有小魚媽愛話畫」Teacher 梁笑瞇瞇地告訴我們。

　　就這樣我寫了三張報名表，這時 Teacher 梁又提供我們一個好康訊息：每年小魚家都會參加梧棲老街歲末迎新嘉年華會，Teacher 梁會準備兩、三百份小禮物和社區孩子同樂，攤位就在真武宮旁邊，歡迎大家一起來參加喔！綺綺和涵涵迫不及待地拿著活動宣傳單，摩拳擦掌已經準備要參加囉！

【圖 4】小魚家梧棲老家歲末迎新嘉年華會擺攤

　　臨走前，我們不忘加入小魚家臉書粉絲團，也把電話、地址輸入手機，這裡是畫畫教室，也是教育園地，更是串連起梧棲文創的起始點！對畫畫有興趣、有需求的朋友也歡迎洽詢上面小魚家相關資訊喔！

　　對了、對了！Teacher 梁也會為每個班別舉辦畫展，兒童繪畫班的優良作品會在梧棲童綜合醫院轉角藝術做展出，國高中學生的作品會在財政部中區國稅局沙鹿稽徵所大廳布展，而小魚媽的畫畫成果展就在浪漫優雅的時光咖啡廳舉辦。

【圖 5】小魚家師生畫展宣傳海報

【圖 6】小魚家於沙鹿稅捐機關布展

【圖 7】小魚家於梧棲童醫院布展

【圖 8】小魚媽畫畫班在咖啡廳舉辦畫展

　　哇！小魚家真的是愛畫人的天堂呀！你也喜歡畫畫嗎？小魚家招生中！

【牛刀小試】

上面業配文是作者分享了自己到小魚家畫畫教室的心得體驗，包含了：小魚家 Teacher 梁指導風格、小魚家畫畫班別、小魚家布展活動、小魚家參與梧棲老街嘉年華會擺攤活動。

有 3 個小作業請你來挑戰：

1. 請試著以業配文寫作格式分析這篇文章的段落重點。
2. 試著想想看小魚家畫畫教室還可以和哪些廠商合作，並說明為什麼？這篇業配文可以怎麼增添新段落？
3. 試著找一個你熟悉的店家，進行訪談、拍照後，動手寫一篇業配文。

 參、自我增能與延伸閱讀

地方行銷已是一門顯學，各地方首長無不卯足全力想藉由各種管道行銷地方，帶動觀光人潮，並迎接錢潮。那麼地方行銷究竟是什麼涵義？行銷大師 Kotler 在 1993 年提出看法，「將地區視為一個市場導向的企業，且將地區視為產品，藉由考慮地區的優勢、劣勢與機會、威脅的策略定位，鎖定地區發展的目標市場（Target Market），主動進行行銷，以促進地區發展。」如此說來各地的天然美景應該是地方行銷中最獨特、最有吸引力的優勢亮點，若能以此好好作為策略定位，推廣地方行銷，要為地方帶來觀光客和錢潮不是難事。

本單元所選的兩篇文章：袁宏道〈晚遊六橋待月記〉、吳德功〈遊龍目井記〉可說是上乘的地方行銷文章，袁宏道在文章中為大家介紹西湖獨特的秘境之旅，吳德功為臺灣的龍目井做了獨到的詮釋，這兩位作者堪稱地方行銷大使，而〈晚遊六橋待月記〉、〈遊龍目井記〉這兩篇文章可以當成最佳地方行銷業配文了，現在就邀請同學一起來精讀這兩篇文章。

一、袁宏道〈晚遊六橋待月記〉

 原文

　　西湖最盛，為春為月。一日之盛，為朝煙，為夕嵐。今歲春雪甚盛，梅花為寒所勒，與杏、桃相次開發，尤為奇觀。

　　石簣數為余言：「傅金吾園中梅，張功甫玉照堂故物也，急往觀之。」余時為桃花所戀，竟不忍去湖上。由斷橋至蘇堤一帶，綠煙紅霧，彌漫二十餘里。歌吹為風，粉汗為雨，羅紈之盛，多於堤畔之草，豔冶極矣。

　　然杭人遊湖，止午、未、申三時，其實湖光染翠之工，山嵐設色之妙，皆在朝日始出，夕春未下，始極其濃媚。月景尤不可言，花態柳情，山容水意，別是一種趣味。

　　此樂留與山僧、遊客受用，安可為俗士道哉！

 **導讀**

　　〈晚遊六橋待月記〉是明代文學家袁宏道在西元 1597 年首次拜訪西湖後寫的文章，作者認為西湖之美在春月、在朝煙、在夕嵐，尤其以月夜最美。作者在文章中著重描寫春天晚上西湖六橋（映波、鎖瀾、望山、壓堤、東浦、跨虹）一帶的特殊美景，從初春的梅、桃、杏相互爭豔，到西湖的朝煙、夕嵐、月下景色，是袁宏道推薦給讀者遊西湖時必訪、必體驗的西湖獨特之景。

語譯

西湖景色最美之時是春天、是月夜,一天中最美的是早晨煙霧,是傍晚的山嵐。今年春天白雪紛飛,梅花被寒氣抑制,和杏花、桃花次第開放,讓這裡的景致更顯奇特。

石簣多次告訴我:「傅金吾園中的梅花,是張功甫玉照堂中的舊物,非常難得,趕快去觀賞!」我當時迷戀著桃花,竟捨不得離開。從斷橋到蘇堤一帶,綠柳迎風飄,彷彿綠煙,桃花盛開如紅霧,瀰漫了二十多里。美妙的音樂隨風飄揚,帶粉香的汗水如雨灑落;穿著各色絲帛衣裳的遊客很多,比堤畔的草還多,真是豔麗極了。

杭州人遊覽西湖,大多集中在上午十一時到下午五時之間,其實西湖之美,在於山嵐顏色之妙,在旭日初升,夕陽未下之時,最為豔麗。而西湖月景之美,更是難以形容,那花的姿態、柳的柔情、山的顏色、水的意境,更是別有韻味。

這種快樂只留給山僧和遊客享受,怎能對凡夫俗子描述呢!

(一)〈晚遊六橋待月記〉開箱文(業配文)文章解析

這篇文章可以當成袁宏道對西湖這個旅遊景點(商品)的旅遊開箱文,甚至是西湖觀光局的業配文,讓讀者看完作者獨特的西湖體驗與旅遊方式,也想一訪西湖。

下一頁用表格分析法,分析袁宏道〈晚遊六橋待月記〉為何可以成為西湖旅遊觀光局的業配文的相關寫作技巧。

(二)〈晚遊六橋待月記〉開箱文(業配文)文章解析表

文章內容	解析
西湖最盛,為春為月。一日之盛,為朝煙,為夕嵐。今歲春雪甚盛,梅花為寒所勒,與杏、桃相次開發,尤為奇觀。	【第一段】先說明本篇主旨,指出春天月景、朝煙、夕嵐為西湖最美之景。 →說明要介紹的主題商品「西湖」
石簣數為余言:「傅金吾園中梅,張功甫玉照堂故物也,急往觀之。」余時為桃花所戀,竟不忍去湖上。由斷橋至蘇堤一帶,綠煙紅霧,彌漫二十餘里。歌吹為風,粉汗為雨,羅紈之盛,多於堤畔之草,豔冶極矣。	【第二段】詳細勾勒西湖的春遊圖,先寫西湖桃花之盛,再寫沿途賞花的遊客眾多。 →具體呈現「西湖」美景,讓讀者彷彿親臨現場
然杭人遊湖,止午、未、申三時,其實湖光染翠之工,山嵐設色之妙,皆在朝日始出,夕舂未下,始極其濃媚。月景尤不可言,花態柳情,山容水意,別是一種趣味。	【第三段】作者提出了自己與眾不同的見解——西湖的美景最適宜在「朝日始出,夕舂未下」時欣賞。 →提出自己對商品獨到的體會與見解
此樂留與山僧、遊客受用,安可為俗士道哉!	【第四段】說明這種快樂只能對山僧、遊客說,凡夫俗子是不懂的。 →說明這種對商品獨到的品味只有高層次的人才能體會,讓讀者覺得自己也可以跟上這樣的旅遊方式就是高品味的表現
(可補充西湖旅遊資訊)	如果在文末貼上西湖相關旅遊資訊,就是一篇不折不扣的西湖之旅開箱文,甚至是可以向西湖觀光局拿稿酬的業配文。

二、吳德功〈遊龍目井記〉

原文

　　辛酉初秋，予欲臺北搭火船往福州鄉試，途經大肚龍目井庄，停輿詢土人，以八景所稱龍井觀泉所在？土人曰，井在荒村竹叢中，常有士人來觀，皆云此景不甚佳，先生何必觀乎！予曰，不妨。爰令土人引導，滿徑多卵石，欹斜行里許，莿竹森密，見山麓草屋數間。不數武，土人指曰，井在此矣。

　　予止步觀之，井罩以樟木？兩巨石夾之；井面周圍有四尺許，一泓清澈於水泉由井底噴，上至水面始破，如萬斛明珠，纍纍魚貫而出，令人目不暇給焉。因憶前聞友人言，慕八景之勝，來觀此泉。

　　恆云此井在荊榛中，又少高臺傑閣以相掩映，只有相思樹裏，蟬琴與樵歌相和。至其地，惟兩石可少坐，餘無長物，洵所見不如所聞也。以余思之，何地無井，何井無泉，奚以取乎此井？奚以取乎此泉？蓋以他井之泉不如此泉之奇，一噴一珠，白亮如銀，可爽觀瞻，故古人選勝命名，而列於八景之中焉。不然，八卦山麓有古月紅毛二井，何不取以列八景耶！

　　土人聞余言，鼓掌而笑曰，微先生言，不幾埋沒此泉之美乎！爰即事而記之。評曰：得此篇龍井始見靈。

導讀

　　本文記敘作者吳德功於 1861 年（清朝咸豐 11 年），來到「龍目井」的見聞與感觸，此文描寫的「龍目井」是一個天然的地底湧泉，「龍井觀泉」是昔日彰化八景中的一景，龍目井也是該地地名，當時隸屬於彰化縣大肚西堡水裡社，現在屬於臺中市龍井區龍泉村龍目井巷弄裡。

吳德功（1850～1924）是臺灣彰化人，字汝能，號立軒，光緒十九年（1893 年）時曾受聘主修《彰化縣志》，於隔年完成採訪冊，卻在乙未戰爭期間散逸。吳德功於 1895 年時受臺灣府知府孫傳袞之邀，籌設「聯甲局」抗日，1899 年臺中師範學校開辦，應聘於該校任教，1900 年應臺灣總督之邀參加「揚文會」，1902 年獲頒紳章《臺灣士紳錄》評之曰：「忠誠悃篤，急公好義，邑中大小事件，人無不就謀，謀而莫不通。」1918 年創設彰化銀行。

　　吳德功精熟經、史、詩文，是臺灣傳統文學的重要作家，也熱衷參與文學社團，「荔譜吟社」、「古月吟社」、「觀月會」、「崇文社」等都曾參與並留下詩文。1992 年臺灣省文獻會為其出版《吳德功先生全集》。

　　吳德功的一生從 19 世紀橫跨到 20 世紀，在其著作中詳細記錄了清朝、日治時的臺灣人、臺灣事，以及時代巨變下一個臺灣舊知識份子的處境與心聲。

語譯

　　辛酉年初秋時，我想從臺北搭船到福州參加鄉試，途中經過大肚龍目井庄，我停下轎子詢問當地人，聽聞前人說彰化八景之一的「龍井觀泉」是不是在附近？當地人回答：「是啊！但是這口井在荒村竹叢中，常有一些讀書人來這邊看井，看完後都說這裡的景色不是很好，先生您何必再去看井呢？」我回答：「無妨！」我請當地人引領我，一路上山徑都是卵石，山路傾斜，莿竹密布，走了好久才看見山麓中有數間草屋，之後那位當地人指著前方說：「井就在這裡！」

　　我停下來看井，這口井是用樟木來罩住的嗎？旁邊還有兩個巨大的石頭；井面周圍大約有四尺多，有一泓清澈的水泉從井底噴出，噴到水面上

水珠才破裂，破裂的水珠像萬斛明珠，一顆顆魚貫而出，令人目不暇給。我這時才想起我是因為聽聞朋友說彰化有八景，我很想看看這八景到底有多殊勝，所以來此地觀看此泉。

大家都說這口井在荒山竹林中，附近又沒有高臺樓閣相互輝映，一旁只有相思樹，還有蟬琴與樵歌相和罷了，我現在真的在這口井前面，井邊只有兩塊石頭可稍微坐著休息，沒有多餘的東西了，眼前看到的實在不是好景色。後來我仔細想，什麼地方沒有井，哪個井沒有泉水，竟然會以此井當作八景之一？竟然會讚頌這裡的泉水？實在是因為其他井的泉水不如這口井的奇特，這裡是噴泉，且一噴一珠，白亮如銀，實在很奇特，值得好好觀看，所以古人才會以「龍目井」來命名，並將它列在八景之中。不然，八卦山麓有古月、紅毛二井，都很特別，為何不將它們也列入八景之一？

這位當地嚮導聽到我這麼說，鼓掌大笑說：「聽到先生您這番話，就不會埋沒這口井的美了！」我就把這件事記錄下來，若有人要點評，可說：「因為這篇文章才讓這口龍目井變得更透靈！」

 參考資料

1. 葉龍，《微信公眾號營運：100000+ 爆款業配文內容速成》，臺北：崧燁文化，2020。

2. Brittany Hennessy，蔡裴驊譯，《網紅這樣當：從社群經營到議價簽約，爆紅撇步、業配攻略、合作眉角全解析》，臺北：寶鼎，2019。

3. How How 陳孜昊，《How Fun！如何爽當 YouTuber：一起開心拍片接業配！》，臺北：高寶，2018。

第 8 章

從說一個好故事到
劇本寫作密技

不論是古代還是現代，東方人或西方人，人人都喜歡聽故事，不愛聽人說大道理。中國在春秋戰國時代，布衣可以為卿相，是一個允許階級流動的年代，許多懷抱理想又才華洋溢的人才到各國尋求發達的機會，因此出現了許多貢獻策略的素人政治家，這些素人如何獲取君王的信賴、躍上政治舞臺？他們必須藉由面見君王、分析天下局勢、提供策略計謀！如何化解初次見面的尷尬、獲取君王的注意力，最後提供策略計謀？最有效的方法是先為君王量身定做一個故事，在說故事的同時，把道理包裝在故事中。另外，西方也有《伊索寓言》、《安徒生童話》、《莎士比亞故事集》等等，都是流傳久遠、赫赫有名的故事集，每個故事都能直指人性，帶出深刻的反思，道理不言而喻。

有了故事文本後，再進一步就是把故事演出來，讓故事活靈活現展現在我們面前，戲劇可以跨越文字的藩籬，感動更多庶民階級。如何把好的故事文本帶到舞臺變成戲劇，中間需要做一個轉化——「劇本」寫作。因此，本章節中會帶領同學分析故事結構、劇本的結構，再帶領同學將故事改編成劇本，讓同學實際演出，一起體會故事與劇本的魅力！

壹、說故事與溝通

在日常生活中，只要生活在群體中，我們就離不開與人溝通，如何才能成為一個有效率的溝通者？西方哲學家亞里斯多德（Aristotle）在數千年前已提出三個關鍵要素——人格（Ethos）、情感（Pathos）、邏輯（Logos）。

一、人格、情感、邏輯

人格基本上是指說話者的信譽，是聽眾願意相信你的原因。情感則是說話者與聽眾建立情緒上的連結。

但是，如果聽眾只是基於相信說話者的人格，在情感上也能全力支持臺上的說話者，卻無法了解臺上的說話者在說什麼，或是不知道說話者是如何導出結論，那麼所有的相信與支持都無濟於事。如何聽懂說話者的談話內容？這就有賴於敘述邏輯。邏輯（Logos）是你用來訴諸人們理性的方式，也就是推理（Logic）。當說話者能清楚、有順序地呈現資料及說明問題時，就能讓聽眾從情緒上的支持進到理性的認同，唯有情感與理性並進的支持，才能帶來心裡的踏實。

人格、情感、邏輯這三項溝通基本要素相輔相成，這三項要素是完美溝通的必要條件，人格有賴於自己在生活中修練與累積，不在本文討論範圍，而情感與邏輯涵括在說話與寫作技巧中，本文將會對這些部分做分析討論。

二、情感、邏輯是說好故事的重點

一個好的故事包含了情感與邏輯。透過說故事帶領聽眾和主角一起經歷酸甜苦辣的事件，解決衝突與矛盾，進而與主角在思惟與人格上有所成長，在說故事與聽故事之間，聽眾不只與主角建立情感，也間接與說故事的人產生連結。

而在邏輯上可分為兩部分。一個部分是故事結構是否有邏輯，這包含角色、背景、情節的安排是否合情合理，令人信服。另一個部分是說完故事後，說故事者最後為故事帶來什麼結論，或是想告訴聽眾什麼道理。

貳、故事的結構

一般的文章結構大致分為兩種型式，一種是故事體文章，另一種是說明體文章，二者最大的差別在於「目的」。故事體文章的目的是講述一個故事，有其特有的文章結構，稱為「故事結構」。

一、故事結構

各學者提出的故事結構元素名稱不盡相同，但其實內容大同小異，可將故事結構元素定義為：人物（外貌和特質）、背景（時間和地點）、情節（開始、經過、結果）。

(一) 人物

描寫人物時，除了寫外表、外在行為之外，一個好的人物必須是有血有肉，他有自己的「內在」世界，不但有自己的性格、想法、意識，而且彼此是連貫、有邏輯的。因此只有內外兼顧，才能在故事中成功塑造出讓讀者深受感動的人物角色來。在動筆寫角色時，必須先想好以下四點：外表、內在、背景、目標。這四點都是塑造故事角色的基本元素。

(二) 背景

我們可將背景分為狹義背景、廣義背景。「狹義的背景」是指角色所在地點的場景，功能是營造出故事獨特的氛圍、推動劇情發展，如主角分手時獨自在黑暗的房內、農曆年前寒流來時主角一個人在機場遇到班機延誤。「廣義的背景」則是指角色的所在世界，包含了時代、社會、環境等狀況，如中國春秋戰國時代、日本幕府將軍時代、歐洲黑死病流行時代等等。

狹義的背景加上廣義的背景後，可以讓故事組合出無數可能的狀態。而好的故事背景應該是獨一無二的，且要能直接影響到角色的行為反應，幫助情節引發出最大的衝突，帶動故事的渲染力。

(三) 情節

作文的基本結構是「起、承、轉、合」，而故事的基本結構是「觸發、衝突、解決（高潮）、結尾」。有人說：沒有衝突，就沒有故事，那衝突如何製造？這需要作者特別用心，作者必須從一開始就帶領讀者進入預設好的情節中，從事件觸發逐漸堆疊，再一步步進入到衝突轉折後，就

是故事的高潮，最後交代結尾，故事唯有經過這樣的結構，才會帶給讀者從懸疑、好奇到滿足的感覺，享受閱讀的刺激忘我之感。

(四) 故事範例

顏回偷吃（《孔子家語‧在厄》節錄）

原文

孔子厄於陳、蔡，從者七日不食。子貢以所齎貨，竊犯圍而出，告糴於野人，得米一石焉。顏回、仲由炊之於壞屋之下，有埃墨墮飯中，顏回取而食之。子貢自井望見之，不悅，以為竊食也。入問孔子曰：「仁人廉士窮，改節乎？」孔子曰：「改節即何稱於仁廉哉？」子貢曰：「若回也，其不改節乎？」孔子曰：「然。」子貢以所飯告孔子。子曰：「吾信回之為仁久矣。雖汝有云，弗以疑也，其或者必有故乎？汝止，吾將問之。」召顏回曰：「疇昔予夢見先人，豈或啟佑我哉。子炊而進飯，吾將進焉。」對曰：「向有埃墨墮飯中，欲置之，則不潔；欲棄之，則可惜。回即食之，不可祭也。」孔子曰：「然乎！吾亦食之。」顏回出。孔子顧謂二三子曰：「吾之信回也，非待今日也。」二三子由此乃服之。

語譯

弟子們跟隨孔子被圍困在陳、蔡兩國的邊界已經絕糧七天了，子貢透過關係，費了好大的勁才買回一石米，顏回與子路兩人就在牆下生火煮飯，子貢在井邊遠遠望見顏回竟然伸手到鍋裡抓了一把米飯放進嘴裡吃，子貢很生氣，便跑去問孔子：「一個有仁德、清廉的人在窮困時也會改變自己的節操嗎？」孔子反問：「改變節操還能稱為仁人廉士嗎？」子貢

說：「老師您認為顏回不會改變節操嗎？」孔子說：「不會！」子貢把自己剛才看到的情況告訴孔子。孔子說：「我相信顏回的人品，你剛才說的事情必定有緣故，你等等，我去問他。」

孔子把顏回叫到身邊說：「昨夜我夢見過世的先人，大概是有什麼事情要指點我們吧！你把做好的飯呈上來，我們先來祭拜先人。」顏回趕緊對孔子說：「剛才有灰塵掉進飯裡，留在鍋裡不乾淨，丟掉又可惜了這得之不易的米飯，我就把它吃了，現在這鍋飯不適合拿來祭祀先人了。」孔子說：「原來如此啊！那叫大家來一起吃吧！」顏回出去後，孔子環顧了一下身邊的弟子說：「我一直都相信顏回的人品。」從此以後，顏回的人品更讓大家深信不疑了。

二、故事邏輯檢視與故事圖分析

故事內容包含人物（外貌和特質）、背景（時間和地點）、情節（開始、經過、結果），除此之外、在故事說完後，作者也會提出一些主觀意見、想法、評論，為了能更快掌握整個故事的脈絡和作者對故事的評論，可以用 Boulineau、Fore、Hagan-Burke、Burke 等學者的故事圖來為整篇故事做結構分析。

(一) 故事圖表格（參考上方學者理論後作者自行繪製）

主題（**Theme**）
背景（**Setting**）／時間（**Time**）

| 人物／主要角色（**Main Character**） |
| 事件（**Episode**）／問題（**Problem**） |
| 衝突與解決（**Solution**） |
| 結果（**Outcome**） |
| 感想（**Thoughts**） |

(二)〈顏回偷吃〉故事圖表格

| 主題（**Theme**）
孔子用方法探查真相，還給顏回公道。 |
| 背景（**Setting**）／時間（**Time**）
弟子們跟隨孔子被圍困在陳、蔡兩國的邊界已經絕糧七天。 |
| 人物／主要角色（**Main Character**）
孔子、子貢、顏回、子路、其他弟子。 |

事件（Episode）／問題（Problem）
絕糧七天，子貢買回一石米，子貢遠遠望見顏回竟然伸手到鍋裡抓了一把米飯吃，子貢很生氣，便跑去向孔子告狀。

衝突與解決（Solution）
孔子當著眾弟子面前，把顏回叫到身邊，要顏回把做好的飯呈上來祭拜先人，測試顏回反應。

結果（Outcome）
1. 顏回說出實情：剛才灰塵掉進飯裡，丟掉可惜，顏回就把它吃了。 2. 從此以後，顏回的人品更讓大家深信不疑了。

感想（Thoughts）
1. 不要只看表象就認定是事實真相，應該先冷靜思考，想辦法多方查證。 2. 當一個領導者不容易，內部若有紛爭矛盾時，要冷靜思考、查證，才能讓大家心服口服，內部才能更團結。

【牛刀小試】

　　讀完下面的故事後，請完成一個故事表格分析。

1. 狗國狗門（《晏子春秋‧內篇雜下》節錄）

 原文

　　晏子使楚，楚人以晏子短，為小門於大門之側而延晏子。晏子不入，曰：「使狗國者，從狗門入。今臣使楚，不當從此門入。」儐者更道，從大門入。見楚王。王曰：「齊無人耶？使子為使。」晏子對曰：「齊之臨淄三百閭，張袂成陰，揮汗成雨，比肩繼踵而在，何為無人？」王曰：「然則何為使子？」晏子對曰：「齊命使，各有所主，其賢者使使賢主，不肖者使使不肖主，嬰最不肖，故宜使楚矣。」

 **語譯**

　　晏子雖然其貌不揚、個子矮小，可是機智過人、口才極佳。有一次，晏子出使到楚國，楚王存心想羞辱晏子，便派人在城門旁邊挖了一個小門，讓負責接待的小官帶著晏子從這個小門進城，晏子看到四周都是等著看笑話的群眾，便露出十分驚訝的表情說：「啊呀，難道我今天是來到狗國嗎？為什麼現在我要進入狗門呢？」負責接待的小官滿臉尷尬，只好帶著晏子從大門進城去。

　　雖然晏子安全過了第一關，但第二關正等著他！晏子走進王宮，楚王高坐在王位上，傲慢無禮地看了晏子一眼，問道：「你們齊國都沒人了嗎？」晏子不慌不忙地回答：「怎麼會沒人才呢？臨淄有七、八千戶人家，房屋一間連間；街道上的行人肩碰著肩，腳尖踩著腳跟，街上的人揮動衣袖，就像烏雲遮蔽天空，揮揮汗水，就像下起大雨。怎麼會沒人？」楚王冷吭一聲後問道：「既然這樣，齊國就不能派一個比你強的人來嗎？」晏子堆起滿臉笑意答道：「我們齊國派任大使出國是有規矩的，有才幹的人派去見有才幹的國君，才能低下的人就派去見無能的國君，我是齊國最不才的人，就只好來這裡見您了。」

2.〈狗國狗門〉故事圖表格

主題（Theme）
背景（Setting）／時間（Time）

人物／主要角色（**Main Character**）
事件（**Episode**）／問題（**Problem**）
衝突與解決（**Solution**）
結果（**Outcome**）
感想（**Thoughts**）

 參、劇本的結構

　　劇本又稱腳本，是編劇為了舞臺劇、電影、電視劇而編寫的文本。劇本的寫作與小說形式不同，其最重要的功能是能夠在舞臺上被搬演，因此劇本完成只算完成一半，要透過演員在舞臺演完才算是完整呈現。一部戲劇能成功地展現在觀眾面前，是要經過一個團隊努力運作的，首先要經由

劇作家寫出劇本或改編文本，再由導演統籌安排、演員的精彩詮釋演出、舞臺設計者充分準備各項器材道具。唯有透過每個工作人員合作無間，讓彼此的生命經驗互相交融，才能成功讓臺下的觀眾「入戲」。

一、劇本的主要內容

　　劇本的內容可以是原創作品，也可以改編自現有的作品，如：小說、歷史事件、新聞、漫畫等等。改編劇本並不是全部都依據原始文本的內容，在原創者心中應該要有創新的精神，先用自己創新的想法賦予原始文本新的涵義，之後再轉化文本時還是得參考其他相關的資料，才能增添劇本豐富度。

　　劇本的語言不可能是日常生活的語言，因為平時人們在日常對話時口語化的表達方式是破碎的，邏輯非常跳躍，在當下的我們聽得懂，但是搬到舞臺或戲劇演出時就需要再做調整，所以改編文本時編劇須特別注意要如何呈現對話才能讓臺下的觀眾聽得懂，該怎麼刪減、怎麼增顯，或是怎麼轉譯，才能沒有違和感，讓觀眾看得清楚明白。

　　劇本在舞臺上搬演後依舊保持可變動性，劇本會依據不同舞臺、不同表演者、不同觀眾等因素，做適度的修改，以符合當下的需要，這樣的劇本被稱為「臺本」（Promptbook）、「提詞簿」、「演出本」。另外還有一種變動性更大的劇本被稱為「幕表」，編劇只寫出簡短的劇情大綱，演員間的對白與演出動作，全靠演員在場上臨機應變，考驗演員間的合作默契與臨場反應。

二、劇本的結構

　　戲劇最大的特色是講「故事」，但小說也是在呈現故事，不過兩者說故事的呈現方式有很大的不同，劇本是讓故事中的角色展現對話，讓人物用自己的口吻說話、行動，呈現出自己的思想、感情。小說是作者用第一人稱「我」的視角或第三人稱（旁觀者）的角度來講故事，不受時空限

制，比起戲劇自由多了，而且讀者若在情節上有哪個地方不清楚，隨時可以再回頭翻閱文本，但戲劇是在舞臺上演給觀眾看，很難讓觀眾回頭再看一次，且戲劇有演出時間的限制，如何在一定時間內讓觀眾掌握劇情、快速入戲是最大的挑戰。

　　重視情節安排的戲都離不開所謂「佳構劇」（Well-made Play）的基本架構，即情節發展合情合理、而又有奇峰突起的趣味。如何寫出「佳構劇」？要回到劇本的四項結構說起。

(一) 角色性格要能清楚設定

　　既然是要讓故事中的角色展現出自我特色，藉由角色的口白、動作，以及和其他角色的對話、行為互動呈現出故事情節，在劇本寫作前編劇就要先掌握住每個角色的樣貌與體型、身世背景、個性特質、特殊經歷，才能編寫出令人印象深刻的角色，在舞臺演出階段也才能選到適合的演員擔任演出。

(二) 故事情節要有邏輯又要有衝突

　　有了角色設定後，就要讓這些人物搬演出愛恨情仇，讓人物間產生關係事件，透過動機產生行動，這一連串的發展就成了故事情節，故事情節要合乎邏輯，又要帶給觀眾驚奇感與懸疑性，就需要在角色與角色間製造一些衝突，例如：莎士比亞《羅密歐與茱麗葉》。

1. 劇本摘要如下（作者翻譯改編自威廉‧莎士比亞《Romeo and Juliet》）

　　　羅密歐與茱麗葉兩人一見鍾情，卻因兩個家族的恩怨由來已久，無法獲得雙方父母親的祝福，茱麗葉的父親要她嫁給門當戶對的帕里斯伯爵，茱麗葉走投無路之下只能向勞倫斯修士求助，勞倫斯修士要茱麗葉喝下特製藥水，用詐死的方式逃離家族的掌控，修士在確定茱

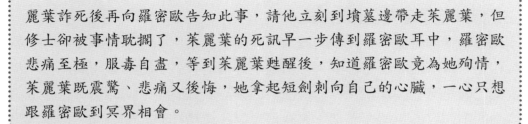

麗葉詐死後再向羅密歐告知此事，請他立刻到墳墓邊帶走茱麗葉，但修士卻被事情耽擱了，茱麗葉的死訊早一步傳到羅密歐耳中，羅密歐悲痛至極，服毒自盡，等到茱麗葉甦醒後，知道羅密歐竟為她殉情，茱麗葉既震驚、悲痛又後悔，她拿起短劍刺向自己的心臟，一心只想跟羅密歐到冥界相會。

2. 故事情節分析表

故事情節	分析
羅密歐與茱麗葉兩人相愛，卻遭遇雙方家族反對無法在一起	事件 1
茱麗葉的父親要她嫁給帕里斯伯爵	事件 2
茱麗葉走投無路之下只能向勞倫斯修士求助，勞倫斯修士要茱麗葉喝下特製藥水，用詐死的方式逃離家族的掌控，修士在確定茱麗葉詐死後再向羅密歐告知此事，請他立刻到墳墓邊帶走茱麗葉	合乎邏輯的劇情發展 （事件 1 ＋事件 2）→（茱麗葉喝下詐死的藥水）
但修士卻被事情耽擱了，茱麗葉的死訊早一步傳到羅密歐耳中，羅密歐悲痛至極，服毒自盡	令人震驚又合乎邏輯的衝突 衝突 1 的產生： （修士晚來一步，羅密歐聽到茱麗葉服毒身亡，竟為了茱麗葉服毒殉情）
茱麗葉醒來得知羅密歐為她殉情，茱麗葉拿起短劍刺向自己的心臟	合乎邏輯的劇情結尾 （呼應了兩個年輕人很相愛）

(三) 分幕（分場）的呈現方式

　　分幕就像是文章中分段的概念。劇場中最常用的分幕方式就是在一幕戲和另一幕戲之間將布幕落下，當成是分幕的方式，當布幕再展開後，舞臺上已經是另一個場景、另一批演員或是另一個時空。何時要分幕是依照編劇的創作目的及需要而定，有時也會因故事情節發展的時間、地點或事件的不同而分幕。

　　有的戲劇較短，不適合用分幕呈現，只用分場呈現不同段落。分場的方式是根據人物的上下場、地點的轉換。場與場的連接可以靠道具、對白來連結，也可以用演員間的對白與動作相互運用，或是靠口白的補述，也可以經由角色的回憶來鋪陳。

　　「場景」就像是一個「事件」或一個「情境」，例如：

　　茱麗葉因聽了勞倫斯修士的提議，喝下一種可以詐死的藥水，逐漸失去了呼吸、心跳，眾人緊急搶救，最後醫生出來宣告搶救失敗，茱麗葉的母親昏厥過去。

　　上面的故事情節以「場景」來分，可以分成一場或是兩場（喝詐死藥水、搶救失敗）。

《羅密歐與茱麗葉》「茱麗葉喝毒藥水詐死」場景分析圖

場次			
景：茱麗葉書房內	時：晚餐過後	天氣：寒冷的冬天	角色：茱麗葉、女僕、勞倫斯修士、茱麗葉母親
△茱麗葉自從遇到羅密歐後，整個心思都是他，兩人好不容易互訴情意了，茱麗葉卻在這時得知父親已經將她許配了一門婚事。		口白（交代劇情大綱）	

茱麗葉的母親輕輕拍著茱麗葉的肩膀，柔聲說道：「乖女兒，好好準備你的人生大事吧！你要當最美麗的新娘！」	茱麗葉母親的動作、臺詞
茱麗葉咬了咬牙，她知道再不為自己想辦法就來不及了，茱麗葉請女僕把勞倫斯修士帶到書房來，看到勞倫斯修士手上拿了一個盒子，茱麗葉揮手叫女僕退下，再從勞倫斯修士神祕的盒子取出了一瓶透明藥水。	茱麗葉的動作、臺詞 女僕的動作、臺詞 勞倫斯修士的動作、臺詞
茱麗葉疑惑地看著修士，雙手拿著透明藥水，顫抖著問道：「我喝下藥水後真的只是暫時失去知覺嗎？醒來就可以跟我心愛的羅密歐相守一生嗎？您可以跟我保證嗎？」	茱麗葉的動作、臺詞
勞倫斯修士信心滿滿地回答：「我的能力是眾所皆知的，你還不能信任我嗎？你放心喝吧！我會達成你的願望。」	勞倫斯修士的表情、口氣、臺詞
茱麗葉腦中不斷出現羅密歐深情的影像，深深吸了一口氣後，將透明藥水一飲而盡，最後緩緩地說出最後一句請求：「修士啊，一切有勞您了。」之後，茱麗葉就不省人事了。	茱麗葉的動作、口氣、臺詞

(四) 劇本寫作的基本技巧──情感、動作補充

　　編寫劇本除了要有人物、劇情、分幕（或分場）外，最重要的是要讓觀眾看了戲後能入戲，這部分就要靠演員生動的演出，演員是否能將角色

的個性活靈活現地搬演在觀眾面前，就得依靠編劇者在編寫劇本上添加角色的情感及動作補充了。我們看看下面不同的動作補充，就可以呈現出角色不同的心情。

下面幾個不同的情境，請同學分析看看「羅密歐是不是不愛我了？」這句臺詞可以怎麼安排茱麗葉的動作、臺詞、表情。

情境	臺詞、動作、表情
【範例】 茱麗葉對羅密歐的愛有了不確定感	【範例】 茱麗葉：「羅密歐是不是不愛我了？」（抬頭，望著窗外的月亮）
茱麗葉好幾日沒有羅密歐的消息，對羅密歐有愛、有怨	
茱麗葉太思念羅密歐了，夢裡都是羅密歐，連說出來的夢話也是羅密歐	
茱麗葉一個人在花園百無聊賴地想著羅密歐	
茱麗葉無法再一個人孤單地想著羅密歐，她跟女僕訴說心事	

雖然是同一句臺詞，但是場景不同、角色的動作不一樣、語氣也不一樣，表現出來的情感便會不同。好的編劇會依照不同的場景需要、演員個性特質等因素而編寫出不一樣的動作、情感，讓演員能在觀眾面前將戲劇張力展現到最佳的效果。

【牛刀小試】

請試著將「茱麗葉死去的消息傳到羅密歐耳中，悲痛萬分的羅密歐竟為了茱麗葉選擇服毒殉情」這一段寫成一幕劇。

提醒：可參考前面「茱麗葉喝毒藥水詐死」場景分析圖，再添加人物角色、時間、場景，最重要的是要將人物角色的臺詞、動作、情感也加入。

《羅密歐與茱麗葉》「羅密歐得知茱麗葉身亡也打算殉情」場景分析圖

場次		
景：	時：	天氣：
角色：		
		（口白）劇情交代

肆、自我增能與延伸閱讀

　　英雄旅程（Hero's Journey）不只是一種譁眾取寵說故事公式，每一個人都應該有自覺地離開舒適圈，為了夢想啟航，完成屬於自己的英雄之旅。追逐夢想的過程會有冒險犯難的時刻，但每個階段都是自我探索、激發潛能的最佳時機，也是認識身旁朋友真實心性的時候，所謂「路遙知馬力，日久見人心」就是這個道理。

　　在旅程中，勢必會遇到重重危機與考驗，在每次的危機中都需要耗盡心力，才能得到新的本事或帶著戰利品回到原來的世界，完成一次又一次的英雄之旅，就是一次又一次提升自我的進化史。

　　本單元為同學選讀了兩篇文章，分別是《孔子家語‧在厄》、《左傳‧晉公子重耳之亡》。故事中的孔子、重耳在旅程中都歷經千辛萬苦，並在其中達成自我深層探索與能力的再次提升。

　　請同學閱讀完後找其中精采段落編出幾幕劇本，上臺演出，一起感受劇中人物在英雄之旅、冒險犯難當時的性格、當下心靈狀態吧！

一、《孔子家語‧在厄》

 原文

> 　　楚昭王聘孔子，孔子往拜禮焉，路出于陳、蔡。陳、蔡大夫相與謀曰：「孔子聖賢，其所刺譏，皆中諸侯之病。若用於楚，則陳、蔡危矣。」遂使徒兵距孔子。
>
> 　　孔子不得行，絕糧七日，外無所通，黎羹不充，從者皆病，孔子愈慷慨講誦，絃歌不衰。乃召子路而問焉，曰：「《詩》云：『匪兕匪虎，率彼曠野。』吾道非乎？奚為至於此？」

子路慍，作色而對曰：「君子無所困。意者夫子未仁與？人之弗吾信也；意者夫子未智與？人之弗吾行也。且由也，昔者聞諸夫子：『為善者，天報之以福；為不善者，天報之以禍。』今夫子積德懷義，行之久矣，奚居之窮也？」

　　子曰：「由未之識也！吾語汝。汝以仁者為必信也，則伯夷、叔齊不餓死首陽；汝以智者為必用也，則王子比干不見剖心；汝以忠者為必報也，則關龍逢不見刑；汝以諫者為必聽也，則伍子胥不見殺。夫遇不遇者，時也；賢不肖者，才也。君子博學深謀，而不遇時者，眾矣。何獨丘哉！且芝蘭生於深林，不以無人而不芳；君子修道立德，不為窮困而敗節，為之者人也，生死者命也。是以晉重耳之有霸心，生於曹、衛；越王句踐之有霸心，生於會稽。故居下而無憂者，則思不遠；處身而常逸者，則志不廣。庸知其終始乎？」

　　子路出。召子貢，告如子路。子貢曰：「夫子之道至大，故天下莫能容夫子，夫子蓋少貶焉？」子曰：「賜！良農能稼，不必能穡；良工能巧，不能為順；君子能修其道，綱而紀之，不必其能容。今不修其道，而求其容，賜，爾志不廣矣！思不遠矣！」子貢出。顏回入，問亦如之。顏回曰：「夫子之道至大，天下莫能容。雖然，夫子推而行之，世不我用，有國者之醜也。夫子何病焉！不容然後見君子。」孔子欣然歎曰：「有是哉，顏氏之子！吾亦使爾多財，吾為爾宰。」

導讀

　　孔子和弟子們周遊列國時，在陳國、蔡國之間被團團圍困住，已經七天沒有進食了，人在身心都最困難的時刻，就是面對自己內在最真實的時刻。孔子分別和三位弟子（子路、子貢、顏回）對話，在對話中有學生對孔子的道已產生動搖、有學生要孔子修正自己的道，也有學生自始至終都能掌握孔子之道的精髓，即使在最困頓的時刻仍然無損這份信心。

十多年的周遊列國經歷，對孔子及弟子而言不只是尋求政治出路的尋夢之旅，也是弟子對儒家之道的考驗之路。

楚昭王想禮聘孔子到楚國任官，孔子前往楚國的路上，經過陳國、蔡國邊境時，陳國、蔡國的大夫們一起討論著孔子一行人的事，其中一人說道：「孔子是聖賢之士，他能精準地剖析諸侯的病根，一旦他被楚國任用，那麼我們陳國、蔡國可就危在旦夕了。」於是兩國決定派兵圍困住孔子一行人，阻攔孔子師生到楚國去。

孔子一行人被圍困在邊境，斷糧七天，學生們都餓到病懨懨的，孔子依然講學奏樂，不曾停止，看到學生們各個無精打采，孔子問了子路：「詩云：『匪兕匪虎，率彼曠野。』我的道怎麼會到今天這地步呢？」

子路臉上露出不悅，回答：「有德的君子是不會被圍困的，我們今天變成這樣，是夫子您還未到達仁的境界？還是還未達到智慧的境界？所以別人把我們圍困在這裡。若是您的道夠高夠好，我們怎麼會落到這麼困窘的局面呢？」

孔子嘆了口氣說：「看來你還不理解事情的真相，你以為仁者就能被別人信服嗎？那麼伯夷、叔齊就不會餓死在首陽山了；你以為智者一定會被國君任用嗎？那麼比干就不會被剖心了；你以為忠者一定會得到好報嗎？那麼關龍逢就不會受刑了；你以為成心勸諫的人一定會被採用嗎？那麼伍子胥就不會被殺了。關於遇不遇，這是時運問題；賢能或是不肖，這是個人才能問題。君子有博學且深謀遠慮卻沒有遇到時運的人很多，哪會只有我一個？你看芝蘭生在深林中，並不會因為無人欣賞就不芳香，君子修道立德，也不會因為窮困而改變志節，至於生死與機運，是天命問題。你看史書上記載晉國重耳當時有雄霸之心，卻困於曹衛差點餓死；越王勾

踐也有雄霸之心，也曾困於會稽，所以有志之士位居卑下卻沒有憂慮，那他的思慮不會遠大；若是常處在安逸的環境中，志向就不會遠大，當時有人知道重耳、勾踐後來真的成為一方之霸嗎？」

　　子貢進來，孔子再把問子路的話又問了子貢一遍。子貢回答：「夫子之道至大，所以天下無法容得下您，您何必看低自己？」孔子說：「子貢啊，好的農人能夠種莊稼，但不一定能收穫；好的工匠手藝巧妙，卻不一定能迎合所有人；君子能夠修己行道，立下綱紀規範，卻不一定能被世人接受。如今你不想著好好修道，卻只求能夠被世人接受就好，子貢啊，看來你的志向不夠遠大、思想也不夠寬廣啊。」

　　最後顏回進來拜見孔子，孔子問了一樣的問題。顏回答道：「夫子您的道很高深，世人未必都能理解，即使是這樣，夫子仍努力推行，各國君王卻不能任用夫子，那是各國君王沒有識人之明，夫子又有什麼錯？不被世人接受，才顯現出夫子是真正的君子啊。」孔子欣慰地說道：「能說出這樣一番話，顏回啊，你真的很不容易！」

二、《左傳·晉公子重耳之亡》

 原文

　　初，晉獻公欲以驪姬為夫人，卜之不吉，筮之吉，公曰：「從筮。」卜人曰：「筮短龜長，不如從長。且其繇（ㄓㄡˋ）曰：『專之渝，攘公之羭（ㄩˊ），一薰一蕕，十年尚猶有臭。』必不可。」弗聽，立之。生奚齊。其娣生卓子。

　　及將立奚齊，既與中大夫成謀。姬謂大子曰：「君夢齊姜，必速祭之。」大子祭於曲沃，歸胙（ㄗㄨㄛˋ）於公。公田。姬寘（ㄓˋ）諸宮六日，公至，毒而獻之。公祭之地，地墳。與犬，犬斃。與小臣，小臣亦斃。姬泣曰：「賊由大子。」大子奔新城，公殺

其傳杜原款。

　　或謂大子：「子辭，君必辯焉。」大子曰：「君非姬氏，居不安，食不飽。我辭，姬必有罪。君老矣，吾又不樂。」曰：「子其行乎？」大子曰：「君實不察其罪，被此名也以出，人誰納我。」十二月，戊申，縊於新城。姬遂譖（ㄗㄣˋ）二公子，曰：「皆知之。」重耳奔蒲，夷吾奔屈。

　　晉公子重耳之及於難也，晉人伐諸蒲城。蒲城人欲戰，重耳不可，曰：「保君父之命而享其生祿，於是乎得人。有人而校，罪莫大焉。吾其奔也。」遂奔狄。從者狐偃、趙衰、顛頡（ㄐㄧㄝˊ）、魏武子、司空季子。

　　狄人伐廧咎（ㄑㄧㄤˊㄐㄧㄡˋ）如，獲其二女叔隗（ㄨㄟˊ）、季隗，納諸公子。公子取季隗，生伯儵、叔劉。以叔隗妻趙衰，生盾。將適齊，謂季隗曰：「待我二十五年，不來而後嫁。」對曰：「我二十五年矣，又如是而嫁，則就木焉。請待子。」處狄十二年而行。

　　過衛，衛文公不禮焉。出於五鹿，乞食於野人，野人與之塊。公子怒，欲鞭之。子犯曰：「天賜也。」稽首受而載之。

　　及齊，齊桓公妻之，有馬二十乘。公子安之，從者以為不可。將行，謀於桑下。蠶妾在其上，以告姜氏。姜氏殺之，而謂公子曰：「子有四方之志，其聞之者，吾殺之矣。」公子曰：「無之。」姜曰：「行也！懷與安，實敗名。」公子不可。姜與子犯謀，醉而遣之。醒，以戈逐子犯。

　　及曹，曹共公聞其駢脅，欲觀其裸。浴，薄而觀之。僖負羈之妻曰：「吾觀晉公子之從者，皆足以相國。若以相，夫子必反其國。反其國，必得志於諸侯。得志於諸侯，而誅無禮，曹其首也。子盍蚤自貳焉！」乃饋盤飧、寘璧焉。公子受飧反璧。

　　及宋，宋襄公贈之以馬二十乘。

　　及鄭，鄭文公亦不禮焉。叔詹諫曰：「臣聞天之所啟，人弗及也。晉公子有三焉，天其或者將建諸，君其禮焉！男女同姓，其生不

蕃。晉公子，姬出也，而至於今，一也。離外之患，而天不靖晉國，
殆將啟之，二也。有三士足以上人，而從之，三也。晉、鄭同儕，其
過子弟固將禮焉，況天之所啟乎？」弗聽。

　　及楚，楚子饗之曰：「公子若反晉國，則何以報不穀？」對曰：
「子女玉帛，則君有之；羽毛齒革，則君地生焉。其波及晉國者，君
之餘也，其何以報君？」曰：「雖然，何以報我？」對曰：「若以君
之靈得反晉國，晉、楚治兵，遇於中原，其辟君三舍。若不獲命，其
左執鞭弭，右屬櫜（ㄍㄠ）鞬（ㄐㄧㄢ），以與君周旋。」子玉請殺
之。楚子曰：「晉公子廣而儉，文而有禮。其從者肅而寬，忠而能
力。晉侯無親，外內惡之。吾聞姬姓，唐叔之後，其後衰者也，其將
由晉公子乎！天將興之，誰能廢之？違天必有大咎。」乃送諸秦。

　　秦伯納女五人，懷嬴與焉。奉匜（ㄧˊ）沃盥（ㄍㄨㄢˋ），既
而揮之。怒曰：「秦、晉匹也，何以卑我？」公子懼，降服而囚。

　　他日，公享之。子犯曰：「吾不如衰之文也，請使衰從。」公子
賦〈河水〉。公賦〈六月〉。趙衰曰：「重耳拜賜！」公子降，拜，
稽首，公降一級而辭焉。衰曰：「君稱所以佐天子者命重耳，重耳敢
不拜？」

　　二十四年，春，王正月，秦伯納之。不書，不告入也。及河，子
犯以璧授公子，曰：「臣負羈絏從君巡於天下，臣之罪甚多矣！臣猶
知之，而況君乎？請由此亡。」公子曰：「所不與舅氏同心者，有如
白水！」投其璧於河。

　　濟河，圍令狐。入桑泉，取臼衰。二月甲午，晉師軍於廬柳。秦
伯使公子縶如晉師。師退，軍於郇。辛醜，狐偃及秦、晉之大夫盟於
郇。壬寅，公子入於晉師。丙午，入於曲沃。丁未，朝於武宮。戊
申，使殺懷公於高梁。不書，亦不告也。

　　呂郤（ㄒㄧ）畏偪（ㄅㄧ），將焚公宮而弒晉侯。

　　寺人披請見。公使讓之，且辭焉，曰：「蒲城之役，君命一宿，
女即至。其後，余從狄君以田渭濱，女為惠公來求殺余，命女三宿，
女中宿至。雖有君命，何其速也？夫袪猶在。女其行乎！」對曰：

「臣謂君之入也，其知之矣！若猶未也，又將及難。君命無二，古之制也。除君之惡，唯 是視。蒲人、狄人，余何有焉？今君即位，其無蒲、狄乎！齊桓公置射鉤，而使管仲相。君若易之，何辱命焉？行者甚眾，豈唯刑臣。」公見之，以難告。

三月，晉侯潛會秦伯於王城。己醜晦，公宮火。瑕甥、郤（ㄒㄧ）（ㄖㄨㄟˋ）不獲公，乃如河上。秦伯誘而殺之。晉侯逆夫人嬴氏以歸。秦伯送衛於晉三千人，實紀綱之僕。

初，晉侯之豎頭須，守藏者也。其出也，竊藏以逃，盡用以求納之。及入，求見，公辭焉以沐。謂僕人曰：「沐則心覆，心覆則圖反，宜吾不得見也。居者為社稷之守，行者為羈絏之僕，其亦可也，何必罪居者？國君而讎匹夫，懼者甚眾矣。」僕人以告，公遽見之。

狄人歸季隗於晉，而請其二子。文公妻趙衰，生原同、屏括、樓嬰。趙姬請逆盾與其母，子餘辭。姬曰：「得寵而忘舊，何以使人？必逆之！」固請，許之。來，以盾為才，固請於公，以為嫡子，而使其三子下之，以叔隗為內子，而己下之。

導讀

〈晉公子重耳出亡記〉，選自《左傳》僖四年、僖二十三年、僖二十四年三處，敘述晉文公即位之前，因驪姬之亂出外流亡十九年，奔波了八個國家，一路顛沛流離的過程。

文章詳實地記錄了重耳在不同國家、面對不同考驗時，能力如何慢慢的展現、性格如何在不斷打磨中漸漸成熟，從文章中可以看到重耳從一個不經風霜的貴公子，成為一位春秋時代叱吒風雲的霸主，完成了一頁傳奇。

　　當年，晉獻公想立驪姬為夫人，請人用龜甲占卜，結果不吉祥；再請人用蓍草占卜，結果是吉祥。晉獻公說：「就依蓍草占筮的結果。」卜人說：「蓍草不會比龜卜靈驗，而且卜筮的卦辭說：『對一個女子專寵過分就會生叛亂，會奪去您的所愛。香草和臭草放在一起，過了十年還會有臭味。』陛下千萬不能立驪姬為夫人。」晉獻公還是執意驪立姬為夫人，之後驪姬生了兒子，取名為奚齊，她隨嫁的侍女也生了兒子，取名為卓子。

　　驪姬想要晉獻公立自己的兒子奚齊為太子，她先和中大夫預謀一切。驪姬對太子申生說：「國君夢見了你母親齊姜，你應該要去祭拜她。」太子到了曲沃去祭拜後，把祭拜的酒肉帶回來獻給晉獻公。恰好晉獻公外出打獵，驪姬把這些酒肉放在宮中六天，驪姬暗中在酒肉中下了毒，等晉獻公回來後，再拿給獻公，晉獻公覺得酒肉看起來都很奇怪，他先灑酒祭地，沒想到地上的土凸起成堆；拿肉給狗吃，狗卻暴斃；給僕人吃，僕人口吐白沫而死。驪姬哭著說：「這一定是太子想謀害您。」太子聽到消息後驚恐萬分，趕緊逃到新城，晉獻公一怒之下殺了太子的老師杜原款。

　　有人對太子說：「您要說出事情的原委、要為自己申辯，國君一定會辨明是非、還您公道。」太子說：「君王如果沒有驪姬，會睡不安、吃不飽。我一說出實情，驪姬必定會有罪，父親老了，我又不能使他快樂。」那人說：「那您想逃出國去嗎？」太子說：「君父還沒有明察驪姬的罪，我若帶著殺父之罪出走，有誰敢接納我呢？」十二月二十七日，太子申生竟然選在新城上吊自盡。驪姬又誣陷重耳和夷吾兩位公子，說：「他們都知道申生的陰謀，也都參與。」兩位公子驚嚇連連，重耳趕緊逃到了蒲城，夷吾逃到了屈城。

　　重耳逃到了自己的封地蒲城，晉國軍隊到蒲城去討伐他。蒲城人打算抵抗，重耳卻說：「我是依靠君父的命令才享有俸祿，得到百姓的擁護。

有了百姓擁護後卻和君父抗爭，這不是罪過嗎？還是逃走吧！」重耳於是逃到了母親出生的國度——狄國。跟隨他逃亡的人有狐偃、趙衰、顛頡、魏武子和司空季子等。

狄國人攻打廧咎如部落，俘獲了兩個公主：叔隗和季隗，把她們送給了公子重耳。重耳娶了妹妹季隗，生下伯鯈和叔劉。他把叔隗送給了趙衰當妻子，生下趙盾。幾年後重耳想到齊國去，他對季隗說：「等我二十五年，若我沒有回來，你再改嫁吧！」季隗苦笑說：「我現在已經二十五歲了，再過二十五年再改嫁，就老到要進棺材了，我還是等您回來吧。」

重耳到了衛國，衛王不依禮待他。重耳一行人走到五鹿，飢腸轆轆，便向鄉下農人討飯糰吃，農人卻丟給他一塊泥土。重耳大怒，想用鞭子抽他。狐偃趕緊說：「這是上天的恩賜，所謂的皇天后土，這是老天爺提醒您可以掌管土地呀！」狐偃要重耳叩頭表示感謝，再把泥塊收好放到車上。

重耳到了齊國，齊桓公讓他娶一個妻子，還送他二十輛馬車。重耳對齊國的安逸生活感到很滿足，但隨行的人認為不應這樣待下去，應該要再去別的國家，臣子們便在桑樹下商量這件事，有個養蠶的女僕正在桑樹上，回去後就把聽到的話報告了重耳的妻子姜氏。姜氏聽完後把女僕殺了，並對重耳說：「你有遠行四方的打算吧，偷聽到這件事的人，我已經把她殺了，你放心吧！」重耳說：「沒有這回事，我不想離開這裡！」姜氏說：「你走吧，依戀妻子、安於現狀，會毀壞你的功名。」重耳還是不想走。姜氏與狐偃商量後用酒把重耳灌醉，趁他醉酒昏睡時，把他送出了齊國。等重耳酒醒之後，氣憤難耐，直接拿起戈就去追擊狐偃。

到了曹國，曹共公聽說重耳胸前的肋骨是連在一起，曹共公想看看這種特殊體相。等重耳洗澡時，曹共公突然走近重耳身邊，想去看他的肋骨，這個奇怪無禮的舉動把重耳嚇一大跳。曹國大夫僖負羈的妻子對丈夫說：「我看晉國公子的隨從人員，都可以擔當治國的大任。如果讓他們輔佐公子，公子一定能回到晉國當國君。回到晉國當國君後，一定能在諸

侯中稱霸。在諸侯中稱霸後就會討伐對他無禮的國家，曹國恐怕就是頭一個。你為什麼不趁早向重耳表示我們對他是禮遇的，我們與曹君不同呢？」於是僖負羈就送了一盒飯菜給重耳，並在飯中藏了一塊寶玉。重耳接受了飯食，將寶玉退還了。

到了宋國，宋襄公送給了重耳二十輛馬車。

到了鄭國，鄭文公看不起重耳，不願以禮接待重耳。大夫叔詹勸鄭文公說：「臣下聽說上天所贊助的人，其他人是比不上的。晉國公子有三件不同尋常的事，或許上天要立他為國君，您還是依禮款待他吧！同姓的男女結婚，子孫後代應該是不能昌盛的，但晉公子重耳的父母都姓姬，他一直活到今天，這是第一件不同尋常的事。重耳流亡在外，上天卻不讓晉國安定下來，大概是要為他開出一條路吧，這是第二件不同尋常的事。有三位才智過人的賢士跟隨他，這是第三件不同尋常的事。再說晉國和鄭國以前就是相互友好的國家，晉國子弟路過鄭國，本來應該以禮相待，何況晉公子是上天所贊助的人呢？」鄭文公卻沒有聽從叔詹的勸告，沒有對重耳以禮相待。

到了楚國，楚成王設宴款待重耳，並問道：「如果公子借助我們楚國的力量返回晉國，您要拿什麼來報答我呢？」重耳回答說：「美女、寶玉和絲綢您都有了；鳥羽、獸毛、象牙和皮革，都是貴國的特產。那些流散到我們晉國的寶貝，都是您們國家剩下不要的。我還能拿什麼來報答您呢？」楚成王說：「儘管如此，總得拿什麼來報答我吧？」重耳回答：「如果托您的福，我能返回晉國，一旦晉國和楚國交戰，雙方軍隊在中原碰上了，我就讓晉軍退避九十哩地。如果得不到您退兵的命令，我只好左手拿著馬鞭和弓梢，右邊掛著箭袋和弓套陪您較量一番。」楚國大夫子玉聽完重耳的回答，馬上請求楚成王殺掉公子重耳。楚成王卻說：「晉公子志向遠大而生活儉樸，言辭文雅而合乎禮儀。他的隨從態度恭敬而待人寬厚，忠誠而盡力。現在晉惠公沒有親近的人，國內外的人都憎恨他。我聽說姓姬的一族中，唐叔的一支是衰落得最遲的，恐怕要靠晉公子來振興

吧？上天要讓他興盛，誰又能廢除他呢？違背天意，必定會遭大禍。」於是楚成王就派人把重耳送去了秦國。

秦穆公把五個女子送給重耳作妻妾，秦穆公的女兒懷嬴也在其中，有一天，懷嬴捧著盛水的器具讓重耳洗手，重耳洗完手便揮揮手讓懷嬴退下，還把水花濺到懷嬴身上去。懷嬴生氣地說：「秦國和晉國是同等級的國家，你為什麼瞧不起我？」重耳一聽害怕了，知道懷嬴出身不凡，趕緊脫去衣服把自己綁起來表示謝罪。

過幾天，秦穆公要宴請重耳。狐偃說：「我比不上趙衰那樣擅長辭令，讓趙衰陪你去吧。」在宴會上，公子重耳引用《詩經》中的〈河水〉詩，秦穆公也立即引用《詩經》中的〈六月〉這首詩作為回禮。趙衰趁此機會說：「重耳拜謝君王恩賜！」公子重耳走下臺階，拜謝，叩頭。秦穆公也走下一級臺階表示不敢接受叩謝的大禮。趙衰說：「剛才秦王吟誦的〈六月〉一詩，已經提出要重耳擔當輔佐周天子使命，重耳怎麼敢不拜謝？」

魯僖公二十四年，春天，周曆正月。秦穆公派人護送重耳回到晉國，到了黃河邊上，子犯拿了一塊寶玉獻給重耳，並說：「我這些年來服侍您走遍天下各國，得罪您的地方太多了。連我自己都知道有罪，何況您呢？讓我趁這時候走開，到別國去吧。」公子重耳說：「我要是不和舅舅一條心，就請白水作證。」說完就把那塊寶玉扔到了河裡，表示求河神作證。

（重耳在秦軍的護送下）過了黃河後，（進入晉國國境，接著）圍困令狐，攻入桑泉，又拿下臼衰。同年二月初四，晉懷公的部隊駐紮在盧柳，秦穆公派遣公子縶到晉國勸他們退兵。晉軍後退，駐紮在郇城。十一日，狐偃同秦、晉兩國的大夫在郇城簽訂盟約。十二日，重耳接管了晉國軍隊。十六日，（重耳）進入曲沃城。十七日，（重耳）到（祖父）武公的宗廟朝拜。十八日，（重耳）派人到高梁殺死了晉懷公。

呂甥、郤芮害怕重耳回到晉國重掌大權後受到迫害，想先放火燒毀晉文公的宮室，殺掉文公。這時有個叫披的小臣求見文公。文公拒絕接見，

還請人傳話給披：「蒲城戰役，獻公命你隔天到達，你卻當天便趕到了。後來我逃到狄國跟狄君在渭水旁打獵，你替惠公來謀殺我，他命令你第三天到達，你卻第二天就到了。雖然有國君的命令，為什麼這樣迫不及待要殺我呢？在蒲城被你斬斷的那隻袖子我還保存著，你還是走吧！」披卻回答說：「小臣以為君王這次返國，大概已懂得了君臣之間的道理。如果還沒有懂，又要遇到災難。臣子對國君的命令是沒有二心，這是古代的制度。除掉國君所憎惡的人，就看自己有多大的力，就要盡多大的力。至於他是蒲人，還是狄人，關我什麼事？現在君王即位後，就能保證不會再有蒲狄那樣的事嗎？齊桓公當年還不是寬容大度，拋下管仲對自己的射鉤之仇，讓管仲輔佐自己，您如果不能像齊桓公拋下私人恩怨，以國家大事為要，那您如何掌管晉國？您遇難出奔時，離您而去的人很多，豈只是我一人？」重耳聽完這番話後馬上接見了披，披把有人想放火的事報告了重耳，替他阻擋了一場災難。晉文公重耳暗地裡和秦穆公在秦國的王城會晤。

三月的最後一天，晉文公的宮殿果然被燒了，不過呂甥、郤芮卻沒有捉到文公，他們跑到黃河邊上，秦穆公趁此機會引誘他們過河而殺了他們，晉國的內亂就此平定。晉國內亂平定後，晉文公迎接夫人懷嬴回國，秦穆公贈送給晉國衛兵三千人，都是一些得力的臣僕，護送懷嬴到晉國。

當初，晉文公有個侍臣名叫頭須，是專門管理財物的，當晉文公在國外的時候，頭須偷了財物潛逃。等到晉文公回來，頭須請求進見，晉文公不想見他，推托正在洗頭。頭須對僕人說：「洗頭的時候心就倒過來，心倒了意圖就反過來，難怪我不能被晉文公接見。留在國內的人是國家的守衛者，跟隨在外的是拉著馬韁繩的僕人，不都一樣在幫忙嗎？何必要怪罪留在國內的人？身為國君而仇視自己身邊的僕人，怕國君的人就多了，這樣就不好了吧。」僕人把這些話告訴晉文公，晉文公聽完立即接見了頭須。

晉文公重耳平定了內亂外患後，遲遲不見他到狄國去接回妻與子，狄

人就先把季隗送回晉國，而請求留下她的兩個兒子。晉文公重耳後來又把女兒嫁給趙衰，生了原同、屏括、樓嬰。趙姬請求迎接盾和他的母親叔隗，趙衰辭謝不肯。趙姬說：「得到新寵而忘記舊好，以後還會怎樣利用別人？一定要把叔隗、趙盾母子接回來。」趙衰同意了。叔隗和趙盾回來以後，趙姬認為趙盾有才華，向趙衰請求把趙盾立為嫡長子，而讓自己生的三個兒子居於趙盾之下，讓叔隗作為正妻，而自己居於她之下。

【牛刀小試】

請以組別為單位，從下面五幕劇中選一幕劇，試著寫出劇本。

1. 重耳與狄國季隗二十五年之約，事後叔隗與季隗對比。
2. 重耳與齊姜：殺蠶婦、灌醉送出國。
3. 重耳與曹國僖負羈之妻：危難中的賞識、送晚餐與美玉、受與還。
4. 重耳與秦懷嬴：輕忽水濺身、認錯、回晉國後的情形。
5. 重耳與大臣的故事（子犯、趙衰、介之推）。

範例 1

主題：割股奉君——介之推不言祿
人物：重耳、介之推、大臣 1、大臣 2、大臣 3、旁白

第一幕：逃亡途中（衛國深山）
場景：山谷小徑
出場人物：重耳、介之推
〈旁白〉　重耳與忠臣賢士在各國間輾轉逃亡，歷經了艱辛險阻，在逃入衛國深山時食糧早已被偷光……
〈重耳〉　唉……肚子好餓啊……快走不動了……（*越走越慢，倒在路旁*）我想要吃肉！我要吃肉！
〈旁白〉　介之推自己躲到石頭後面，深吸一口氣，閉著眼睛拿著刀子在腿上割下一塊肉……

〈介之推〉	陛下，我這有一塊肉，馬上為您烹煮。（介之推咬牙忍耐著）
〈旁白〉	過了一會兒……介之推端來一碗肉湯……
〈重耳〉	好吃！好吃！真好吃！喝了肉湯我整個人都有元氣了！（接過碗後大口吃）
〈介之推〉	能夠侍奉陛下是奴才的榮幸。

第二幕：重耳歸國後（晉國領土內）
場景：晉國宮殿
出場人物：重耳、介之推、大臣 1、大臣 2、大臣 3

〈旁白〉	幾年之後，重耳順利回到晉國，成功地登上王位，準備論功行賞。
〈重耳〉	各位助我歸國繼位，都來領功吧！我每個都有賞。
〈重耳〉	大臣 1 在我四處奔波時替我駕馬車，賞！
（大臣 1 走到重耳前面）	
〈大臣 1〉	謝陛下！
〈重耳〉	大臣 2 在我寒冷時替我添加衣物，賞！
（大臣 2 走到重耳前面）	
〈大臣 2〉	謝陛下！
〈重耳〉	大臣 3 替我煮了香噴噴的肉湯有功，賞！
（大臣 3 走到重耳前面）	
〈大臣 3〉	謝陛下！
〈旁白〉	就這樣，重耳把身邊的人都賞賜了一番，卻遺忘那位當年飢餓時割肉給他，差點得到蜂窩性組織炎的那個臣子……
〈介之推〉	這也太誇張了吧！重耳連當年幫他煮肉湯的人都獎賞了，卻忘了我這割肉給他的！唉……我真後悔當年為了這個不知感恩的君王差點送掉小命，我還不如隱居山林種田去。
〈旁白〉	氣憤難平的介之推，帶著母親隱居山林耕田了。

231

第三幕：民間傳說（放火燒山）
場景：綿山
出場人物：重耳、介之推、大臣1、大臣2

〈旁白〉	得知介之推隱居綿山後，晉文公重耳非常懊悔，決定親自去綿山找他，好好彌補他，但介之推好像有意躲著他。
〈大臣1〉	陛下，我想到一個好主意，不如我們放火燒山，介之推就自己出來了。
〈重耳〉	唉呀！這麼好的辦法怎麼現在才說？來人啊！放火燒了綿山，我要見到介之推！
〈大臣2〉	奴才立馬派人準備。
〈旁白〉	過不了多久，綿山四周成了熊熊火海，但始終見不到介之推的身影……
〈介之推〉	（痛苦地抱著一棵柳樹咒罵）現在要逼死誰啊？
〈旁白〉	火燒了一整晚，綿山已燒得焦黑一片。
隔天天一亮。	
〈重耳〉	（看著焦黑的柳樹與焦黑的介之推，悲痛萬分）介之推啊……你怎麼不跑呢？怎麼不離開這座山呀？來人呀，把燒焦的柳木帶回宮中……
〈旁白〉	回到宮中，重耳命令臣子將柳木製成木屐，紀念介之推。
〈重耳〉	唉，悲哉足下……唉呀，可憐的介之推怎麼就這樣死了呀……（看著腳上的木屐）

範例2

主題：曹國之行──重耳的屈辱與賞識

人物：旁白、曹共公、重耳、僖負羈的妻子、僖負羈

序幕：抵達曹國
〈旁白〉　　重耳與隨從來到了曹國，沒想到在這裡會有人對重耳伸出鹹豬手。

第一幕
場景：浴室
出場人物：旁白、曹共公、重耳
〈旁白〉　　重耳到了曹國，曹共公聽說重耳的肋骨連在一起，想看看他的裸體。所以重耳洗澡時（*傳出重耳唱歌聲*），曹共公躲在簾幕後面，想看他的肋骨。 〈曹共公〉（*走向浴室偷看*）聽說重耳的肋骨連在一起，不知道長什麼樣子？好想親眼看看啊！ （*重耳邊洗澡邊唱歌*） 〈曹共公〉（*衝過去摸重耳肋骨*）唉呀，我忍不住啦！好特別啊，讓我摸摸看吧！ 〈重耳〉　　（*嚇到彈起來*）嚇死我啦！你在做什麼？ 〈曹共公〉哇！好特別的肋骨啊，讓我摸摸看啦！（*摸完逃跑出浴室*） 〈重耳〉　　（*懷疑狀*）什麼？（*憤怒狀*）您身為一國之君，您在做什麼？ （*重耳既驚嚇又憤怒*） 〈旁白〉　　曹共公得逞後隨即跑了出去，留下了驚魂未定的重耳。面對如此荒唐無禮的曹共公，重耳又驚又怒。

第二幕
場景：花園
出場人物：旁白、僖負羈的妻子、僖負羈
〈旁白〉　　這一天，天氣晴朗，僖負羈與妻子在花園散步。 〈僖負羈的妻子〉　我看晉國公子（重耳）的隨從人員，都可以擔當治國的大任。如果讓他們輔佐公子，公子一定能回到晉國當國君，且能在諸侯中稱霸。到時候就會討伐對他無禮的國家，而曹國恐怕就是頭一個。你為什麼不趁早向他表示自己對他與曹君不同呢？ 〈僖負羈〉　　（*躊躇思考*）這話不無道理，讓我想想。

第三幕
場景：宮廷房間
出場人物：旁白、僖負羈、僖負羈的妻子、重耳
〈旁白〉　　經過一天的思考，僖負羈決定給重耳送去豐盛的晚餐，並在飯裡藏了一塊寶玉。 〈僖負羈〉　　公子，吃飯時間到了，我請廚房的人特別替你準備了餐點，快吃吧！吃飽才有力氣。 〈重耳〉　　多謝大人及夫人的款待。（*收下飯*） 〈旁白〉　　吃完晚飯完後，重耳隨即離開。在重耳離開後，僖負羈夫婦連忙確認重耳的碗，發現重耳將食物吃完，卻把美玉留在碗裡，看到這一刻，僖負羈夫婦趕緊跑出去尋找重耳。 （*重耳慢慢走，離開僖負羈夫婦*） 〈僖負羈夫婦〉　重耳啊，我們會等到你重返榮耀的時刻！那時，可別忘了我們啊！ 〈旁白〉　　只見重耳踏著篤定沉穩的步伐，猶如王者般的風采，頭也不回地離開了曹國，重耳的旅程將會持續著，直到重返晉國稱霸諸侯國的那一刻來臨。

參考資料

1. Robert McKee，黃政淵、戴洛棻、蕭少嶔譯，《故事的解剖》，臺北：漫遊者文化，2014。

2. Viki King，周舟譯，《21 天搞定你的劇本》，臺北：原點出版，2015。

3. Tim Grierson，黃政淵譯，《編劇之路：世界級金獎編劇告訴你好劇本是怎麼煉成的》，臺北：漫遊者文化，2014。

職場型作文

第 9 章

從人物傳記到
訪談稿寫作密技

訪談法在社會科學研究中是一個重要的研究方法，像是焦點訪談、專家會議、田野調查等等，都需要藉由訪談技巧蒐集場域中的資料。

訪談法是以受訪者為主體，應先根據研究主題擬定訪談大綱，並在訪談前數天，將訪談大綱交予受訪者，可以讓受訪者有心理準備，並事先準備好相關佐證資料，讓訪談當天更有效率。

當實地的深度訪談工作開始進行時，可採用開放式的談話方式，接受受訪者以個人為主體的方式回答，並依循半結構式的問題進行訪談。所謂的半結構式是先擬好一份訪談大綱（Discussion Guide），提問順序較無固定，只要確認大方向即可，比較重視現場互動，以及現場靈活的提問方式。

等訪談結束後再根據錄音內容做成逐字稿，藉由系統的資料蒐集與整理後，就可以變成有意義的主體內容。

 ## 壹、訪談稿寫作重點

訪談，是透過人與人之間的言語互動與交流，進而蒐集相關資料的一種方法。透過深度訪談（In-depth Interview），可以讓我們進入被訪談者的內在思惟與心靈世界，了解他的價值觀、認知、做事方法、動機和人生中重要時刻的小故事。

訪談，通常是訪問者（Interviewer）根據自己要向被訪談者蒐集的資訊，事先擬定訪談大綱後，向受訪者（Respondent）提出開放式問題。

訪談通常是一對一，訪談的方式可以是在同一個空間面對面互動對話，也可以是透過視訊（Zoom、Google Meet 等）或電話訪談。

一、訪談的流程

擁有不同個性、不同資歷的訪談者，就算拿著同一份訪談大綱，訪問

同一個人，所訪談出的內容也不會全然相同，一個成功的訪談包含事前充分的準備、訪談當時良好輕鬆的互動氛圍，以及訪談後詳實的紀錄與雙方精準的核對內容。這就需要在訪談前以最嚴謹的態度做好訪談大綱，也要保留並賦予訪談大綱所需的彈性與創意，接下來就來說明訪談的三個流程。

(一) 訪談前——充分的準備

訪談是否能成功取得自己要的關鍵資訊，問對問題就是訪談過程中最核心的部分，因此在訪談前要先做足準備，列出關鍵問題。關鍵問題就像是開啟門扉的鑰匙，關係著能否打開受訪者的心門，拿到我們需要的重要訊息，因此事前準備就顯得相當重要。關於訪談的事前準備工作，以下分幾個步驟說明。

1. 蒐集資料

先思考自己研究的主題和受訪者間的關係，蒐集受訪者的資料，增加對受訪者和題目的認識，才能系統性思考，羅列出適合提問的問題。

2. 羅列問題

列出問題後要加以分類整理，每個問題都要適當地引導受訪者提供豐富的資料，因此要避免使用是非題，才能讓受訪者侃侃而談。所有的問題都確認後，要安排適當的發問順序，在訪談時務必讓訪談者與受訪者能流暢地互動交流。最後應把確認好的問題與順序做成一份訪問大綱，這份訪談大綱可以讓訪談者與受訪者在正式訪談時提前做溝通，建立彼此的共識，也能讓訪談更順暢。

3. 訪談預約

訪問前應先以 e-mail、Facebook、Line 私訊或電話等方式聯絡受訪者，說明訪談目的，得到受訪者同意後，需要排定訪問的時間和地點，之後先把訪談大綱寄給受訪者，確保正式訪談時流暢順利。

4. 分工默契

　　若是一個小組進行訪談，組員間應該取得分工合作的共識，定出每個人的工作權責，例如誰是做各面向協調溝通的領隊、誰負責開場白和控制時間、誰負責問哪部分的問題、誰負責錄音和記錄等等，最好都寫在訪談大綱上，讓組員們彼此確認清楚。

(二) 訪談時——營造輕鬆氛圍

　　訪談的提問技巧很重要，從和訪談者見面那一刻開始就要謹慎，所謂好的開始是成功的一半，禮貌和尊重是訪問最重要的，應該要真誠地感謝對方願意接受訪問。訪談時放鬆心情，面帶笑容，與受訪者保持眼神接觸，若訪談時很緊張或彼此不熟悉，氣氛還有些僵硬，不妨按照事先準備的訪談大綱內容，逐一提出問題，若氣氛慢慢變輕鬆後，就可以靈活運用訪談技巧，讓訪談大綱作為訪談的寬鬆引導，主要為提醒作用即可，太多繁瑣、制式化的內容，反而會綑綁了雙方現場精彩的對話，以及訪談者在訪談時對重點及實際議題的掌握能力。

　　訪問的時間要掌握得好，還要細心聆聽受訪者的話語，並寫下其中的重點，這時錄音、錄影的部分就變得很重要了。不過，這部分應預先獲得受訪者同意，並熟習錄音機的操作。

　　訪談時要仔細思考並反問自己是否了解受訪者話語真實的涵義，若有疑惑應誠懇地再向受訪者請教，請他進一步解釋，若是遇到不同意受訪者意見時，也可以引述不同的觀點意見，再以禮貌謙虛的態度，邀請受訪者再給予想法和意見。

(三) 訪談後——詳實記錄確認

　　訪談後，應在二十四小時內把訪問重點做好初步的整理，可配合現場的錄音、錄影紀錄，重複聆聽、觀看後，確認是否有不清楚或遺漏之處，最後再寄出感謝信，感謝受訪者提供寶貴時間、經驗和意見，另外，為了慎重起見，可以把自己整理好的訪談稿一併寄出，讓訪談者確認內容是否

正確，或是有無其他意見做補充，如此一來就可以讓訪談稿更完整詳實，也是表示對訪談者的禮貌與尊重。

二、正式訪談的要點

(一) 穿著得體

　　若訪問一般民眾時，可穿著正式偏休閒風的服裝，若訪問律師、企業高階經理、會計師等專業人士就應該穿著正式服裝，重點是穿著要符合受訪時的場合、受訪者的穿衣風格，才不會顯得太輕浮隨便，或讓自己與整個環境格格不入。

(二) 肢體動作

1. 微笑化解尷尬

　　笑容能降低彼此的壓力、化解尷尬氣氛，讓彼此能在輕鬆的氛圍下敞開心胸暢快討論問題。

2. 少說話多傾聽

　　良好的溝通來自傾聽，但傾聽不限耳朵，可以直視受訪者，代表重視他的說法，但不斷的直視也會讓人不舒服，30%～60% 的直視時間為佳，另外可以配合身體動作，讓對方知道自己正在專注聆聽，例如：適時地讓自己的身體向前傾，適時地點頭回應、表示認可或專注聆聽回應的語氣聲調和動作，最重要的是讓受訪者能放鬆地表達自己內心的想法。

3. 調整自己的高度

　　若受訪者坐著，訪談時也應該坐著，盡量調整到受訪者的高度、姿態，不但能降低威脅感，也能讓受訪者感受到訪談者願意真誠地走入自己的世界。

(三) 提問技巧

1. 提問問題簡單明確

要用淺白字詞，避免太多文謅謅的艱澀用語，且避免過長問句，太複雜、太長的問句不容易理解。不過為了拉近與受訪者的距離，可以事前做功課，先學習受訪者的行話、術語。

2. 不要引導受訪者

在訪談時避免引導性問題，例如：「○○○不是這樣嗎？」或「○○○有多重要？」在訪談時要讓受訪者了解，你重視他的想法，他可以自由自在地表達。

3. 滾雪球式的提問

留意受訪者的用字遣詞，並適時反應，也可以從受訪者的談話中找出重要線索，邀請受訪者繼續深入回答問題。

三、訪談大綱範例

根據不同的目的就會有不同的受訪對象及訪談大綱，因此在正式邀請受訪者進行訪談前應該先想好，自己想從受訪者那邊得到什麼資訊？該怎麼提問才能讓受訪者流暢地表達想法、闡述經驗？這些就有賴於事前擬定好訪談大綱。下面即以兩個例子做說明，第一個是商業類訪談大綱，第二個是論文的深度訪談大綱。

(一) 商業類訪談──以「咖啡」市場調查為例

步驟	內容
前言與自我介紹	您好，我是甲品牌咖啡公司負責市調研究的 Coco。感謝您參與本次咖啡市場調查的訪談。
說明訪談時間、訪談方向	訪談時間大約 40 分鐘，請您分享「喝咖啡」的經驗，並請您品嘗我們甲牌咖啡，過程中會問您「最喜歡的品牌咖啡」相關問題，請表達您的經驗與看法。
說明會有錄音（錄影），並徵求當事人同意	訪談過程我們會拍照、錄音（錄影），以便後續的分析與整理，僅供我們研究使用，不做其他用途，而且我們也會先讓您看過相關的照片、影音檔，沒有獲得您的同意前，我們一律不會使用，請放心。
【探勘式問題】詢問受訪者「喝咖啡的習慣」	1.您通常何時會喝咖啡？ 2.您一週喝幾次咖啡？ 3.您在喝咖啡前有哪些考量？
【深度探索問題】詢問受訪者「為何會買此咖啡的理由」、「甲品牌咖啡與此品牌咖啡的比較」	4.您最喜歡的咖啡品牌是哪一家？ 5.為什麼您會買此品牌咖啡？ 6.您是從哪裡第一次聽到此品牌咖啡？ 7.購買此品牌咖啡之前，您還有考慮過哪些品牌？ 8.在哪裡購買此品牌咖啡？自己一個人或是和誰呢？ 9.您認為此品牌咖啡有哪些優、缺點？ 10.除了此品牌咖啡，您曾經選購哪些品牌的咖啡？優點？缺點？ 11.您心目中「一百分」的咖啡是什麼樣子？ 12.請試看看我們甲牌咖啡，請問您喜歡哪方面？不喜歡哪方面？有購買的可能性嗎？為什麼？

步驟	內容
邀請受訪者補充說明	我們的訪談問題已經告一段落，有沒有什麼是我們應該討論，剛剛卻沒有談到的？或是您還有什麼想法要補充？
提示後續：領取禮品、訪談稿確認	非常感謝您的參與！大約一週後會將訪談稿寄給您，再請您做確認或補充。 （可附上有關車馬費、酬勞、禮品等的領取方式。）

(二) 碩士論文訪談大綱擬定範例

卓素絹〈探討節慶活動促進地方行銷之資源整合模式——
以「大甲媽祖國際觀光文化節」為例〉

研究主要訪談對象為三位，分別為大甲鎮瀾宮副董事長鄭銘坤、臺中縣（現為臺中市）文化局局長陳志聲、文史工作者暨鎮瀾宮宮誌撰寫人黃晨淳。對這三位重點人物進行深入訪談，期望能從訪談中歸納出「大甲媽祖國際觀光文化節」舉辦活動期間，各單位是如何成功做到「資源整合」、如何找出彼此的組織平臺，以及「組織平臺」的運作情形。

正式訪談前要先整理出訪談表，內容包含：訪談對象、訪談時間、地點，如下圖。

訪談單位	訪談對象	訪談時間與地點	備註
1.鎮瀾宮	鄭銘坤副董事長	時間：2006 年 1 月 19 日 地點：大甲鎮鎮瀾宮辦公室內	
2.臺中縣政府	陳志聲文化局局長	時間：2006 年 5 月 12 日 地點：臺中縣文化局局長辦公室	1～3 為主要訪談對象
3.文史工作者	黃晨淳（「媽祖的故事」暨鎮瀾宮宮誌撰稿人）	時間：2006 年 1 月 11 日 地點：臺中市某茶藝館安靜的包廂內	

　　最後還要根據不同對象、不同目的羅列出訪談大綱。訪談大綱分為兩大部分，左邊為研究的核心問題，右邊為實際問訪談者的訪談問題。核心問題就像是目標；實際的訪談問題則是逐步引導受訪者提供符合研究所需的資料與資訊。

1.大甲鎮瀾宮副董事長——鄭銘坤之訪談大綱

核心問題	細部問題
節慶活動之歷史淵源	1. 鎮瀾宮參與進香活動的歷史淵源？
內部組織架構	2. 鎮瀾宮的組織架構為何？比如說有多少人？多大陣容？可以一起出去？
節慶活動管理問題	3. 每次參與進香人數如此眾多，鎮瀾宮如何管理？ 4. 是什麼原因讓每一年參與的人數如此多？有分種類嗎？譬如信徒？看熱鬧民眾？健行民眾？ 5. 每一年參與進香活動的日期、行程規劃、順序、參與對象、活動規劃如何去做安排呢？

核心問題	細部問題
資源整合──組織平臺的運用方式	6. 每一年參與的對象中，其中有個要角就是「陣頭」表演，請問他們是透過何種管道組織而成的？他們又是如何安排訓練活動？經費又是怎麼來的？他們與鎮瀾宮的關係又是如何？ 7. 臺中縣政府是從哪一年開始參與舉辦此一盛會呢？他們參與的目的為何？他們分擔了何種工作？臺中縣政府參與後有何不一樣的新作為嗎？ 8. 在此一節慶活動中是否有安排深具地方特色的文化活動？ 9. 這些深具地方特色的文化活動如何與此一節慶活動做結合？ 10. 鎮瀾宮在每一年大甲媽祖遶境之前的活動規劃牽涉到的單位層級很廣，如果有些事情各方意見不同時，如何做協調？
未來展望	11. 鎮瀾宮往後有何規劃？未來展望是什麼？

2. 臺中縣文化局長──陳志聲之訪談大綱

核心問題	細部問題
參與的目的、參與後要達到的目標	1. 請局長介紹一下您是如何與鎮瀾宮開始做接觸的，當初文化局參與「大甲媽祖國際觀光文化節」的舉辦，目的是什麼呢？
	2. 文化局參與了「大甲媽祖國際觀光文化節」剛開始設定的目標是什麼？最近這幾年的目標有改變嗎？

核心問題	細部問題
整合的核心能力——文化局舉辦「大甲媽祖國際觀光文化節」的核心能力與整合各資源的能力	3. 請您介紹一下文化局在舉辦「大甲媽祖國際觀光文化節」時提供了什麼樣的資源給鎮瀾宮？
	4. 就您的觀察，請說明您覺得鎮瀾宮是以什麼樣的能力在舉辦這場年度大事。
	5. 當文化局進入協助後，文化局和鎮瀾宮是否有開始做分工合作呢？譬如說哪些工作範圍是文化局的？哪些又是鎮瀾宮的工作？
	6. 文化局和鎮瀾宮會定期開會嗎？從哪個時候就要開會了？有專門負責的人嗎？如果雙方各有意見、看法僵持不下時，最後會有一個依循的準則嗎？或者會怎麼處理呢？
	7. 在這個活動的參與過程裡，有什麼是您覺得印象最深刻的事？可以跟我們分享嗎？
整合的過程——參與的初期到現在經歷過的困難與蛻變	8. 可否請局長告訴我們文化局和鎮瀾宮從剛開始合作到現在有多少的時間了？
	9. 從剛開始合作到現在，是否已發展出一套簡便、快速的合作模式了？譬如可以知道固定哪些時間該討論什麼事？透過哪種方式很快就可以達到什麼樣的共識？
整合的方法組織平臺的運用	10. 雙方合作到現在是否有發展出一套流程？或者說一個組織平臺，讓彼此的訊息、意見、決策很快做交流？
未來展望	11. 局長辦活動多年了，您覺得目前在這場節慶活動的潛在問題是什麼？ 12. 局長認為這場活動未來該努力的方向是什麼呢？

從學霸到職場高「財」生的寫作課

3. 地方文史工作者——〈媽祖的故事〉暨鎮瀾宮宮誌撰稿人黃晨淳之訪
   談大綱

核心問題	細部問題
鎮瀾宮出版宮誌的目的	1. 請您介紹一下您是如何與鎮瀾宮接觸的，又是在怎樣的機緣下開始寫鎮瀾宮的宮誌？在寫宮誌時有遇到什麼問題？
	2. 您認為鎮瀾宮為何要出版這本宮誌？是希望它發揮出什麼效果？在宮誌發表會上有產生預期效果嗎？
	3. 宮誌發表會的舉行有什麼目的？它與鎮瀾宮的年度大事——「大甲媽祖國際觀光文化節」的舉辦是否有關係？
鎮瀾宮舉辦「大甲媽祖國際觀光文化節」的核心能力	4. 請您介紹一下您對「大甲媽祖國際觀光文化節」的感想，在這個活動的參與過程裡，有什麼是您覺得印象最深刻的事？可以跟我們分享嗎？
	5. 就您的觀察，請說明您覺得鎮瀾宮是以什麼樣的能力在舉辦這場年度大事？
參與對象、層級	6. 在這場節慶活動中會有多少人參與？他們屬於哪些單位？哪些層級？
整合各方資源的能耐	7. 您覺得鎮瀾宮是以何種方式來管理這些單位、這些人？
	8. 您對這些管理方式的看法呢？
這場節慶活動的問題點	9. 您覺得在這場節慶活動的潛在問題是什麼？

【牛刀小試】

　　為了調查大學生理想的住宿環境與合理的住宿費用，請依據上面範例，整理出訪談名單，並擬定相關訪談大綱。

　　【注意】訪談大綱中要有核心問題（研究想探討的問題）、細部問題（提供給受訪者的問題）。

一、訪談名單

訪談單位	訪談對象	訪談時間與地點	備註

二、訪談大綱

核心問題	細部問題

貳、人物傳記寫作重點

　　傳記（Biography）是文學體裁的一種，中國古代的人物傳記體裁創始於漢代司馬遷所著的《史記》一書，在此之前的史書都是以編年體為主，要知道一個人物的全貌必須靠自己透過人物及事件年表，才能大致拼湊出人物的生命輪廓。司馬遷在《史記》中首創「記傳體」，是以人物傳記為中心編輯而成，他還把人物傳記依照不同身分別分為三大類：記述帝王事蹟歸類在「本紀」；記述諸侯或特殊人物的事蹟列於「世家」；記錄一般人臣或庶民事蹟則放置於「列傳」。司馬遷在寫人物傳記中為了呈現特殊效果，在人物傳記描述中會運用誇飾或神鬼情節等側面描寫效果。而在現代文學中，我們可以理解為傳記內容所記載的，都應該是真實的事件。

　　傳記若以作者為區分，一種是自傳，另一種是他人撰寫。自傳式傳記是透過自己的筆觸記錄自己的人生故事，分享自己的人生體驗，以及對人、事、物的情感與觀點，如張愛玲的《小團圓》。而採訪體傳記靠的是透過撰寫人採訪被立傳者周邊的親友、相關人士，蒐集被立傳者的各種資料，經過作者取捨、創造，形成傳記，如羅曼·羅蘭的《名人傳》。

一、自傳寫作重點

　　自傳會依據不同的目的而有不同的取材，例如：為了求職而寫的自傳就必須要依據此職位要求的能力量身訂做，寫一份符合職缺能力的內容，如果要應徵一份會計工作，必須寫自己具備數字概念、細心謹慎等特質，還需要提供相關學歷、經歷、證照做說明。如果是投考大學、碩士的自傳，內容主軸就必須依照要投考的科系量身訂做，說明自己為何想考此科系，相關的能力、經歷說明，並附上畢業證書或相關證照作為證明文件。本文的自傳偏向文學式的自傳，和上述的求職、求學自傳等文體有所區

別，在此先做說明。

(一) 回顧生命歷程並列出清單

　　要寫自傳，就必須檢視回顧自己的生命歷程，找尋重要的經歷或重要人物，在回顧的過程應該同時列出一張生命歷程清單，將所有重要的事件做歸類，可以在寫作階段時更有條理、更有邏輯地整理自己的思緒、更客觀地選擇主題。

(二) 構思輪廓並擬定寫作大綱

　　如果寫作前沒有先想清楚主體架構，整個篇章會變得破碎凌亂，事後需要花很多時間整理修改，因此寫作前要先構思輪廓，再去蒐集素材，可以用表格的形式將文章的架構先描摹出來，在下筆之前，下面問題可以幫助自己更有效率地進行構思。

1. 為何選這一段記憶來撰寫自傳？想分享什麼心情？或想喚醒讀者什麼樣的感覺？
2. 這個事件或人物之後對自己的人生發生了什麼變化？自己從中學習到什麼道理或得到什麼啟示？
3. 這個事件或人物有哪些好的面向？哪些是負面的經驗？還有哪些細節是值得讀者關注的？先釐清楚自己內在想法後，才能適當取材。

(三) 具備獨到觀點並創建個人世界

　　如何從自己的生命歷程萃取出獨特的內容，讓讀者願意投注時間閱讀？大部分的讀者都喜歡閱讀一篇好故事，因此好的自傳應該要是一個好故事，在故事中包含著人物的性格、有意義的情節，最後是故事背後所呈現的啟示。

　　把這三個要素移置到自傳中，這就是一篇吸引讀者的自傳了，可以藉由展示自己的特質，描述自己人生中特殊的事件，以及事件中細部精彩的情節，最後寫出自己的感受和反思，讀者就能逐步了解作者所建構的獨特

價值觀的樣貌。而且讀者在閱讀的過程，也可以感受到某些觀念及背後作者所要傳達更深層的涵義，能做到這樣就是一篇能吸引讀者閱讀的自傳了。

(四) 適當剪裁並讓文句簡潔生動

自傳內容必須是自己真實的人生，雖然適度的包裝是必需的，但是太過於誇張會引起讀者的質疑，甚至覺得是作者杜撰、捏造不實情節，這是寫自傳時要竭力避免的部分。

寫自傳時也不能為了真實呈現，就不加揀擇將內容完整呈現，這樣會寫成流水帳，或是個人日記。好的自傳必須對內容做適當裁剪，細節描述不要太瑣碎，篇幅不要太長，要讓讀者在閱讀的過程是愉悅的，而不是沉悶、無聊、繁瑣，所以在描述生活中遭遇的一些困難時，可以著墨在自己是如何採取行動應對它的過程，以及克服困難的過程、經驗在日後又是如何深刻地影響自己在其他方面的表現。

自傳屬於正式文體，應該盡量避免口語及網路用語，要用正式的文書用語寫作，撰寫時文句簡潔生動，才能讓讀者在閱讀時更順暢地抓取內容重點。

(五) 校對自傳與獲取反饋

自傳初稿完成後，必須先自己檢查文章是否有錯別字、遣詞用字是否有疏漏、樣式和標點符號是否正確，之後還要把自傳給親友、同學們看，請他們提供給你一些回饋、建議與補充，或是幫忙改進內容、修正錯誤，從不同的角度再做一次檢查與核對，即可提升自傳內容的正確性及可讀性。

【自傳範例】

陸羽〈陸文學自傳〉

 原文

　　陸子，名羽，字鴻漸，不知何許人也。或雲字羽名鴻漸，未知孰是。有仲宣、孟陽之貌陋，相如、子雲之口吃，而為人才辯，為性褊躁，多自用意，朋友規諫，豁然不惑。凡與人宴處，意有所適（一作擇。）不言而去，人或疑之，謂生多瞋。及與人為信，縱冰雪千里，虎狼當道，而不愆（ㄑㄧㄢ）也。

　　上元初，結廬於苕溪之湄，閉關讀書，不雜非類，名僧高士，談讌永日。常扁舟往來山寺，隨身唯紗巾、藤鞋、短褐、犢鼻。往往獨行野中，誦佛經，吟古詩，杖擊林木，手弄流水，夷猶徘徊，自曙達暮，至日黑興盡，號泣而歸。故楚人相謂，陸子蓋今之接輿也。

　　始三歲（一作載。）惸（ㄑㄩㄥˊ）露，育於竟陵大師積公之禪院。自九歲學屬文，積公示以佛書出世之業。子答曰：「終鮮兄弟，無復後嗣，染衣削髮，號為釋氏，使儒者聞之，得稱為孝乎？羽將授孔聖之文。」公曰：「善哉！子為孝，殊不知西方染削之道，其名大矣。」公執釋典不屈，子執儒典不屈。公因矯憐無愛，歷試賤務，掃寺地，潔僧廁，踐泥圬牆，負瓦施屋，牧牛一百二十蹄。

　　竟陵西湖無紙，學書以竹畫牛背為字。他日於學者得張衡《南都賦》，不識其字，但於牧所傚青衿小兒，危坐展卷，口動而已。公知之，恐漸漬外典，去道日曠，又束於寺中，令芟（ㄕㄢ）剪卉莽，以門人之伯主焉。或時心記文字，懵然若有所遺，灰心木立，過日不作，主者以為慵墮，鞭之。因歎雲：「恐歲月往矣，不知其書。」嗚呼不自勝。主者以為蓄怒，又鞭其背，折其楚乃釋。因倦所役，捨主者而去。卷衣詣伶黨，著《謔談》三篇，以身為伶正，弄木人、假

253

吏、藏珠之戲。公追之曰：「念爾道喪，惜哉！吾本師有言：我弟子十二時中，許一時外學，令降伏外道也。以吾門人眾多，今從爾所欲，可捐樂工書。」

天寶中，郢人酺於滄浪，邑吏召子為伶正之師。時河南尹李公齊物黜守，見異，提手撫背，親授詩集，於是漢沔之俗亦異焉。後負書於火門山鄒夫子別墅，屬禮部郎中崔公國輔出守竟陵，因與之遊處，凡三年。贈白驢烏犎（ㄈㄥˊ）（一作犁，下同。）牛一頭，文槐書函一枚。「白驢犎牛，襄陽太守李憕（一雲澄，一雲悵。）見遺；文槐函，故盧黃門侍郎所與。此物皆己之所惜也。宜野人乘蓄，故特以相贈。」

洎至德初，秦人過江，子亦過江，與吳興釋皎然為緇素忘年之交。少好屬文，多所諷諭。見人為善，若己有之；見人不善，若己羞之。忠言逆耳，無所迴避，縣是俗人多忌之。

自祿山亂中原，為《四悲詩》，劉展窺江淮，作《天之未明賦》，皆見感激，當時行哭涕泗。著《君臣契》三卷，《源解》三十卷，《江表四姓譜》八卷，《南北人物誌》十卷，《吳興歷官記》三卷，《湖州刺史記》一卷，《茶經》三卷，《占夢》上、中、下三卷，並貯於褐布囊。

上元辛丑歲子陽秋二十有九日。

導讀

陸羽（733～804 年），出生在唐代，字鴻漸，自號桑翁，又號竟陵子，復州竟陵（今湖北天門）人。

陸羽被後世尊稱為「茶聖」，是源於他對茶的熱情，與畢生心血投入，從茶樹栽培、茶葉烘烤、泡茶功夫，到品茗之道，無一不專精，還將茶的相關知識學問寫成了《茶經》一書，這本書是世界上第一本以茶學為

主題的專書。

　　陸羽通過《陸文學自傳》敘述自己前半生的事蹟和心情，在文章中說明了自己身為孤兒，也訴說自己個性鮮明、行為特異及志趣高潔的種種事蹟。其中寫了自己在寺廟中成長，從學習佛道之後轉入儒道，一路上不為人知的辛酸血淚，最是感人，文章後半段寫自己歷經磨難但靠著自學有成，成就還是多面向的，有詩文、戲劇、茶，最後也表達自己關心國家大事。

　　陸羽，字鴻漸，不知是哪裡人，還有人說他字羽，名鴻漸，也不知誰說的才對。他相貌醜陋，和三國時的王粲、晉朝時的張載差不多。他有口吃的毛病，和漢代司馬相如、揚雄相似。陸羽這個人多才善辯，不過氣量小、性情急躁，喜歡自己做主，若有朋友好言規勸，心胸就會開朗。與別人相處時，一旦心裡想到一些重要的事情，往往不說一聲就自己先離開，有人說他性情善變多怒，不過陸羽一旦與別人有約，即便是相隔千里，風雪擋路或虎狼擋道，他都不會失約。

　　在唐肅宗上元初年，陸羽在湖州苕溪邊搭建了一座茅屋，閉門讀書，不想跟一般閒雜人士交往，只願和和尚、隱士談天飲酒，常常可看到陸羽乘一艘小船往來於山寺之間，身上只有紗巾、藤鞋、短衣、短褲。陸羽常獨自一人走在山中，朗讀佛經、古詩，有時用手杖敲敲樹木，有時用手撥撥流水，直至天黑了，遊興盡了才回家去，因為這怪異的行徑讓楚地人都說陸先生大概是現代的楚狂接輿吧！

　　陸羽三歲就成了孤兒，被收養在竟陵的寺廟中。從九歲開始學習寫文章，讓他看佛經，他回答說：「我無兄弟，也無後代，穿僧衣，剃頭髮，像個和尚，讓儒士們看到我這樣子，他們會覺得我是會盡孝道之人嗎？我

想學孔聖人的文章。」積公說：「你根本不知道佛經的道理，那學問可大呢！」積公堅持讓陸羽學佛教經典，陸羽堅持學儒家經典。積公想改變陸羽的心意，用各種辛勞的俗務考驗陸羽：打掃寺院、清潔茅廁……。

沒有紙可以用來學習寫字，陸羽就用竹子在牛背上寫字。有一天，陸羽從一位書生那裡得到張衡的《南都賦》，但不認識賦裡的字，就一邊放牛一邊模仿小學童，端坐在那裡打開書本，假裝讀書。積公知道了這件事，深怕陸羽離開佛教經典與戒規越來越遠，規定他只能待在寺院裡，讓他修剪草木，並讓師兄看管著他。陸羽常精神恍惚，整個人槁木死灰般，看管他的師兄認為他偷懶不做事，就用鞭子抽打他，陸羽感嘆地說：「我怕歲月流逝，不理解書中的意思。」說完悲泣不已。看管的師兄又用鞭子抽打他，直到鞭子斷了才停手。陸羽因而厭倦做這些勞役，他決定逃離寺院，投奔到戲班去，在那裡寫了三篇《謔談》，還擔任主角，演了幾齣戲。積公找到陸羽後對他說：「看看你佛道都喪失了，多可惜啊！我們的祖師曾說過，弟子可在十二個時辰中，允許一個時辰學習佛教以外的知識，這是為了讓他們以後制伏其他的異教邪說，我現在弟子眾多，現在我可以順從你的願望，讓你學你感興趣的事了。」

唐玄宗天寶年間，楚地人在滄浪水邊舉辦宴會，縣官召見陸羽，讓他擔任伶人的老師。河南府太守李齊物見到陸羽，非常欣賞他，還親手把自己的詩集送給他，後來陸羽來到火門山鄒先生的住處，遇到了禮部郎中崔國輔，崔國輔也很欣賞陸羽。之後還有襄陽太守李憕贈送陸羽白驢、烏犎牛，盧黃門侍郎送給陸羽文槐書套。

到唐肅宗至德初年，淮河一帶人們為了躲避戰亂渡過長江，陸羽也跟著渡江到達南方，來到南方後陸羽與釋皎然和尚結為忘年之交。陸羽從小喜愛寫文章，文章中多有諷諭之詞。陸羽看到別人做好事，就像自己也做好事；見到別人做壞事，就像自己也做了壞事而感到羞愧，陸羽總是勇於說出自己的看法，卻因忠言逆耳，讓大多數人嫉恨他。安史之亂時，陸羽寫了《四悲詩》；劉展造反時，他寫了《天之未明賦》，都是有感於當時

社會亂象而心有感懷所做的詩。陸羽還著有《君臣契》三卷、《源解》三十卷、《江表四姓譜》八卷、《南北人物誌》十卷、《吳興歷官記》三卷、《湖州刺史記》一卷、《茶經》三卷、《占夢》上中下三卷，這些著作都被收藏在粗布袋裡。

陸羽寫這篇前半生的傳記時是在唐肅宗上元二年，當時陸羽二十九歲。

二、採訪體傳記寫作重點

人物傳記分為兩種。一種是自己寫自己生平事蹟的自傳，另一種就是為人物寫傳記，也可以稱為採訪體傳記。為人物寫傳記和自傳最大的不同，是在動筆之前需要做足功課、蒐集傳記主角的相關材料，畢竟傳記內容是要真實的事件。除此之外，記敘一個人物的生平事蹟還需要注意哪些寫作重點？下文我們將一併說明。

(一) 蒐集資料並深入細節

動筆寫自傳前要能大量地蒐集當事人的故事，才能營造出有趣的自傳。不過人物傳記是要依據客觀事實做真實的記錄，作者不能為了讓文章精彩就隨意編造情節，不妨在訪談階段主動問對方成長的故事、最難忘的經歷等問題，且在訪談時要能掌握相關重點，才能深入挖掘有意義的細節，可以先問當事人：發生了何事？對日後造成什麼影響？當時情緒有何變化？對後來的事業發展有什麼影響？相關細節蒐集得越多，之後文字描述時也會越生動。

有時候當事人已經離世了，就必須蒐集相關的書面資料，或是訪談傳記主角周邊的相關人物，譬如：想知道主角幼年時的成長狀態，可以訪談他小時候的鄰居、兒時玩伴、國小老師；想知道主角在事業打拼階段的情形，可以訪談他的同事、主管、客戶、廠商等等。

(二) 掌握時間軸架構相關內容

經過訪談或其他相關的書面文字蒐集後，就會有大量的資料，如何整理資料動筆敘述人物故事？首先要有時間軸的概念，有了時間軸，人物的傳記就有了基本的骨架，可以用時間順序將人物的成長歷程串接起來。因此在動筆前，要先能掌握受訪者過去重要的人、事、物對於受訪者目前的現狀有什麼樣的影響？是現實層面的影響？還是心理層面的刺激？或是人格成長的啟發？最後還要讓受訪者談談未來的夢想，以及短期目標、長期目標等。

用時間軸串起與傳記主角相關的人、事、物後，動筆後就能順利開篇成章，讀者也比較能釐清楚事件脈絡，順利啟動閱讀狀態，進到人物與事件的環節中。

(三) 找出敘述理念建構核心價值

傳記是透過環環相扣的事件、故事等內容，來呈現主角的貢獻、成就外，最主要的是藉由事件內容呈現主角的人生理念、價值觀，之後加入作者或其他人對主角的評價，就完成一部採訪體傳記。

當蒐集好相關資料，用時間軸架構起相關內容後，在動筆前還要想想整個傳記要呈現什麼理念？主角的人生故事、價值觀、一生的成就要傳達出什麼想法呢？用一個理念、一個概念當整個敘事的軸心，就可以讓整部傳記散發獨特的魅力，因為這個理念也是整部傳記的靈魂所在。

整部傳記的理念會在導言的部分先向讀者做傳達，讓讀者在閱讀整個傳記前先建構起初步的印象，因此在動筆撰寫時需要謹慎地思考整部傳記要傳達給讀者的理念是什麼，除此之外，傳記的結尾必須和前面導言相互呼應，除了可以讓整體文章順暢外，也讓讀者更能掌握整部傳記的核心主題。

(四) 發現新視角活化人事物

透過新的詮釋角度可以讓傳記中的人、事、物更鮮明、更活化，譬如

敘述主角兒時物質生活匱乏，卻激發幼年時代的主角學習如何運用創意，將身邊的小木頭改造成木陀螺，從這些經驗形塑主角日後看事情的樂觀面、積極面，不被眼前的困窘所侷限。在傳記中可透過全新的視角描寫人物的重要經歷和事蹟，去反映出人物在惡劣環境中的積極思惟，進而展現主角的人格魅力，並讓讀者真正了解傳記中的主角價值觀與看法是怎麼形塑出來的。

　　另外在傳記中對人物的描寫部分可以綜合運用各種描寫方法，如：外貌、言語、動作、心理狀態等，才能更完整勾勒出主角的樣貌、神態和性格特點，讓讀者在閱讀傳記時可以感受到生動、立體的人物形象。

(五) 圖表照片會說話

　　寫人物傳記前會先蒐集相關資料、訪談人物，並運用這些資料製作成圖表、照片，配合文字敘述後，就能增添採訪傳記的生動度、精彩度，也能讓讀者更能掌握此篇採訪傳記所要傳達的理念與價值。圖表照片的呈現方式包含下面幾種類型。

1. 人物年表、簡歷表：讓讀者快速了解傳記中主要人物一生經歷的輪廓。
2. 人物精彩語錄：讓讀者快速了解人物的性格、價值觀，以及自己可學習效仿的部分。
3. 補充說明的圖片：可放入主角的相關照片，不但會吸引讀者深入閱讀，也能讓整篇採訪傳記內容更真實、豐富、有趣。

【採訪體傳記範例】

【人物專訪】茶道老師——蔡玉釵老師訪談

第一階段：確定訪談時間、地點、蒐集訪談人物相關資料並擬定好問題
訪談時間：2021 年 12 月 4 日
訪談地點：清水港區藝術中心茶道教室
蔡玉釵老師簡歷 經歷： 1. 中華方圓茶文化學會創會理事長 2. 第四屆臺中市茶藝促進會理事長 3. 日本煎茶道方圓流前臺灣支部支部長 4. 韓國慶州世界茶文化組織委員會中國會會長 現任： 1. 港區藝術中心，進駐藝術家 2. 佛光山人間大學講師 3. 南開科技大學、國立彰化師範大學人文茶道講師 4. 方圓廣舍人文空間總監

第二階段：親自訪談並拍照、錄音、錄影、整理訪談相關內容

【訪談照片 1】作者與蔡玉釵老師合影

【訪談照片 2】蔡玉釵老師示範泡茶流程

【訪談照片 3】茶道教室一景

【訪談照片 4】茶道教室一景

提問	回答
1.什麼因緣走入茶道？	1.茶道源於小時候跟長輩喝茶相關，熟悉也喜歡，從小也跟長輩在寺廟中拜佛，18 歲時想學花道，以此供佛。 2.2000 年參加中友百貨舉辦的茶道，很喜歡，開啟茶道因緣，後來有因緣接觸日本煎茶道感覺到器具高雅名貴，是故宮博物院才有的，深深感受藝術品可以與生活結合，可以

	在喝茶時把玩藝術精品，也對日本煎茶道生起了學習的心。
2. 茶如何與道、與人生相結合？	藉由學習茶文化接觸了禪精神，所謂的以禪入茶，進入靜心的狀態，佛有八萬四千法門，茶也許也是進入佛法一個很好的入門方便。
3. 臺灣的茶與日本茶有什麼關係？老師學日本茶道，如何在臺灣發揚光大？茶道如何走向世界？（茶博覽會、茶的跨界可能性：茶與陶，茶與花）	1. 對臺灣茶藝也不陌生，從小就跟著長輩喝茶，學習日本茶道後感覺到臺灣茶有不圓滿之處，茶湯好喝卻缺少喝茶的儀式感，若能把儀式感帶入臺灣茶，應該會是很棒的結合。 2. 2012 年有一個因緣進入港區藝術中心清風館，這裡的閩式建築很有特色，適合在這裡辦茶會，在舉辦茶會過程有機會與茶道相關各領域達人交流，見識到各式各樣精緻茶器具，感到興味盎然。 3. 2016 有因緣到廣州參加茶文化論壇，這是跨海峽兩岸茶文化交流盛宴，除了介紹臺灣茶文化，也了解潮汕功夫茶的內涵，這些都是重要的學習。 4. 從 2013 年起在港藝持續舉辦清風茶會宴受到臺中市文化局重視，也有機會藉由茶宴這個平臺讓東方茶文化能有完整性、系統性的整合，也能讓民眾們有機會接觸茶文化。

	5. 茶的儀式感可讓人的身心靈安住在當下,使用茶器泡茶、喝茶都要安住在當下,直下承擔,不能慌亂,對茶器使用要專注茶湯滋味表現才能完整。泡茶時要能體會季節聲音,四季不同對水的溫度,茶葉選擇都需要些微調整,敏銳度很重要。
	6. 茶道是待客之道,要讓客人感到盛情與貼心,就像雨天備傘,雪天起炭盆一樣,需要關照。
	7. 茶道藝術是精緻藝術的整合,如桌子是木雕藝術,陶、銀、鐵壺都是精工藝術,茶盤是竹編藝術,因此茶道就是整合性藝術的表現。
	8. 漆藝家也要學茶道,藝術家、建築師也有很多名家是從茶道中體會到創作精髓,如:三宅一生、無印良品、安藤忠雄。
	9. 在世界級的茶宴交流學習中是品味提升,眼界拓展的過程。
4. 老師發揚日本茶道過程中有遇到難關想放棄嗎?	1. 日本茶道嚴謹,臺灣茶道自在隨性,兩者有很大不同,剛開始要融合兩者很難。
	2. 一開始常力不從心,不過日本茶道啟蒙老師米岡老師總是在身邊支持鼓勵,才有機會讓我繼續在這條路不斷向前進。

	3. 一路上難關和難忘的事情太多了，最大的難處在於學生一波來一波去，真正深入學習的不多，這是一個很挫折的地方，茶道需要長時間系統性學習，也很慶幸有少數學生在身邊學習了十多年。
5. 茶道教學中有什麼難忘的經驗嗎？	太多難忘的經驗，有一年清風茶宴要舉辦臺日韓茶會文化交流，後來有各國對茶文化喜好的朋友共相盛舉，有美國、西班牙朋友，我們一起從中國唐宋時期開始探討茶文化、宜興壺、陸羽、各式精緻茶具……是一場跨越時空茶文化交流。
6. 未來對茶道教學、茶道發揚有什麼期許或規劃？	未來希望有學生能接棒，繼續在茶道上耕耘，尋水望山是我的目標，是桃花源的境界，是身心靈的極致，如果人人能進入自己心中的桃花源那就離世界大同、世界和平不遠了，不是嗎？

第三階段：完成訪談篇章（並請受訪者確認內容）

尋水望山，茶禪一味──茶道老師蔡玉釵訪談

一、茶與花供佛，茶禪一味

　　2021 年 12 月 4 日，冬天的早上，陽光灑滿了清水港區藝術中心的清風樓茶道教室，一推開教室的門，有縷縷茶香氤氳著，蔡玉釵老師已專注地煮著茶，以茶香迎接訪客到來。在溫潤的茶湯中，訪談正式展開。

　　蔡玉釵老師的茶道因緣起於小時候跟著長輩喝茶，在童年時光喝茶的體驗中感覺熟悉、溫馨，也喜歡上品茗的感覺。值得一提的是蔡老師從小也跟長輩在寺廟中拜佛、禮佛，18 歲時想學花道，以花供佛，開始一路不間斷地學習日本花道，進入「華道家元池坊」研習後，對日本文化與器物之美有了很深的體會，沒想到這些點點滴滴的童年生活體驗種下日後學習茶道的種子。

　　2000 年在中友百貨舉辦的茶道，蔡老師擔任協辦，負責臺灣茶席，與各界茶人互動的過程讓人很歡喜，後來有因緣接觸日本煎茶道，感覺到茶道器具高雅名貴，應該是故宮博物院才有的，當時深深感受到原來藝術品可以與生活結合，可以在喝茶時把玩藝術精品，從那時刻也對日本茶道生起了學習的心。

　　之後有因緣接觸了日本煎茶道茶人米岡老師，蔡老師深感茶道文化如此博大精深，從此跟在米岡老師身邊學習煎茶道，沒想到藉由學習茶文化接觸了佛禪精神，所謂的以禪入茶，進入靜心的狀態，佛有八萬四千法門，茶也許也是進入佛法一個很好的入門方便。茶禪合一的概念讓蔡老師回憶起童年時光禮佛、拜佛的印象，感覺熟悉又美好。

二、日本煎茶道與臺灣茶的交會與融合之路

　　蔡老師對臺灣茶藝不陌生，從小就跟著長輩喝茶，喝臺灣茶已經是日常生活的一部分，直到學習日本茶道後，感覺到臺灣茶有不圓滿之處，臺灣茶的茶湯滋味很好，卻缺少喝茶的儀式感，當時蔡老師就想著若能把儀式感帶入臺灣茶，應該是很棒的結合。

　　日本茶道嚴謹，臺灣茶道自在隨性，兩者有很大不同，剛開始要融合兩者很難。一開始常力不從心，不過日本茶道啟蒙老師米岡老師總是在身邊支持鼓勵，才有機會讓蔡老師繼續在茶道這條路不斷前進。

三、茶道是精緻藝術的綜合呈現

　　茶道藝術是精緻藝術的整合，如桌子是木雕藝術；陶、銀、鐵壺都是金工藝術；茶盤是竹編藝術，因此茶道就是整合性藝術的表現。

　　漆藝家也要學茶道，藝術家，也有很多名建築師是從茶道中體會到創作精髓，如三宅一生、無印良品、安藤忠雄。

四、茶道是安頓自我身心與體貼入微的待客之道

茶的儀式感可讓人的身心靈安住在當下，使用茶器泡茶、喝茶都要安住在當下，直下承擔，不能慌亂，對茶器使用要專注，茶湯滋味表現才能完整。泡茶時要能體會季節聲音，四季不同對水的溫度、茶葉選擇都需要些微調整，敏銳度很重要。茶道是代客之道，要讓客人感到盛情與貼心，就像雨天備傘、雪天起炭盆一樣，需要關照。學茶道的過程也是學佛的過程，更是學習做人處事的智慧。

五、風雨中挺進的茶道之路

2012 年蔡老師進入港區藝術中心清風樓成為進駐藝術家，這裡的閩式建築很有特色，適合在這裡辦茶會，在舉辦茶會過程，又有機會與茶道相關各領域達人交流，見識到各式各樣精緻茶器具，每個過程都讓蔡老師感到興味盎然。

從 2013 年起在港藝持續舉辦清風茶宴受到臺中市文化局重視，也有機會藉由茶宴這個平臺讓東方茶文化能有完整性、系統性的整合，也能讓民眾們有機會接觸茶文化。

2016 年有因緣到廣州參加「澳海茶會」的「我們的精神家園——工夫茶論壇」，論述探討潮汕工夫茶和與本煎茶道的淵源，這是跨海峽兩岸茶文化交流盛宴，除了介紹臺灣茶文化，同時也了解潮汕功夫茶的內涵，這些都是重要的學習。

在學茶道、推廣茶道的歷程有太多難忘的經驗，有太多挫折與風風雨雨的過程就不再詳述了，不過風雨挫敗過後，總是一次次深刻的學習。記得有一年清風茶宴要舉辦臺日韓茶會文化交流，後來有其他各國對茶文化喜好的朋友也來共相盛舉，有美國、西班牙朋友，我們一起從中國唐宋時期開始探討茶文化、宜興壺、陸羽、各式精緻茶具……是一場跨越時空茶文化交流。

在世界級的茶宴交流學習是品味提升，也是眼界拓展的過程，每次的經驗都很寶貴。

六、尋水望山與未來期許

蔡老師未來希望有學生能接棒，繼續在茶道上耕耘，尋水望山是一個美好的詞句，也就是桃花源的境界，這是身心靈諧和的極致，如果人人能進入自己

心中的桃花源，可以感受到身心靈的安頓諧和，那就離世界大同、世界和平不遠了，不是嗎？這應該是蔡玉釵老師推廣茶道的終極目標吧！

　　謝謝蔡老師接受這次專訪，在訪談中也感謝蔡老師親自泡茶款待，茶湯之美、茶器的精緻，加上茶道教室營造出寧靜祥和的氛圍，這是一個美好的早晨時光，才說著感謝的話語時，茶道教室的門扉已被輕輕開啟，有幾個學生魚貫而入，茶道課程要開始了。

 ## 參、自我增能與延伸閱讀

　　我們如何看待「工作」、「職業」、「志業」這三者間的關係？一般人都停留在「工作」、「職業」層次上，只有少數人會在「志業」的層次。能把工作視為志業的人要能有自信地說：「我的工作讓世界變得更好。」同樣地，他們對工作和整體生活的滿意度也會比其他兩者高。職業不分貴賤，無論是哪一種職業，都可以是工作、職業或志業，端看自己如何界定。而在職場中是否有較高的滿意度，更是需要靠自己不斷提升人際情商。

　　本單元選了《史記》中的兩篇文章〈太史公自序〉和〈淮陰侯列傳〉。司馬遷在〈太史公自序〉中說明自己以太史公為終生志業，並自發性地寫下《史記》。〈淮陰侯列傳〉則記錄了韓信如何從一位卑微的小人物到建功立業，卻因功高震主，加上自己在官場職涯上不懂得進退，而釀成被誅殺三族的慘案。

　　請同學看完兩篇文章後，思考在職場中如何才能有較高的滿意度，現代的職場達人又是如何看待自己的職業？想好要訪問的職場達人了嗎？讓我們一起來進行職場達人訪談吧！

一、《史記・太史公自序》

 原文

太史公曰：「先人有言：『自周公卒五百歲而有孔子。孔子卒後至於今五百歲，有能紹明世，正《易傳》，繼《春秋》，本《詩》、《書》、《禮》、《樂》之際？』意在斯乎！意在斯乎！小子何敢讓焉。」

上大夫壺遂曰：「昔孔子何為而作《春秋》哉？」太史公曰：「余聞董生曰：『周道衰廢，孔子為魯司寇，諸侯害之，大夫壅之。孔子知言之不用，道之不行也，是非二百四十二年之中，以為天下儀表，貶天子，退諸侯，討大夫，以達王事而已矣。』子曰：『我欲載之空言，不如見之於行事之深切著明也。』夫《春秋》，上明三王之道，下辨人事之紀，別嫌疑，明是非，定猶豫，善善惡惡，賢賢賤不肖，存亡國，繼絕世，補敝起廢，王道之大者也。《易》著天地、陰陽、四時、五行，故長於變；《禮》經紀人倫，故長於行；《書》記先王之事，故長於政；《詩》記山川、谿谷、禽獸、草木、牝牡、雌雄，故長於風；《樂》樂所以立，故長於和；《春秋》辯是非，故長於治人。

是故《禮》以節人，《樂》以發和，《書》以道事，《詩》以達意，《易》以道化，《春秋》以道義。撥亂世反之正，莫近於《春秋》。《春秋》文成數萬，其指數千。萬物之散聚皆在《春秋》。《春秋》之中，弒君三十六，亡國五十二，諸侯奔走不得保其社稷者不可勝數。察其所以，皆失其本已。故《易》曰『失之毫釐，差以千里』。故曰『臣弒君，子弒父，非一旦一夕之故也，其漸久矣』。故有國者不可以不知《春秋》，前有讒而弗見，後有賊而不知。為人臣者不可以不知《春秋》，守經事而不知其宜，遭變事而不知其權。為人君父而不通於《春秋》之義者，必蒙首惡之名。為人臣子而不通於

《春秋》之義者，必陷篡弒之誅，死罪之名。其實皆以為善，為之不知其義，被之空言而不敢辭。夫不通禮義之旨，至於君不君，臣不臣，父不父，子不子。夫君不君則犯，臣不臣則誅，父不父則無道，子不子則不孝。此四行者，天下之大過也。以天下之大過予之，則受而弗敢辭。故《春秋》者，禮義之大宗也。夫禮禁未然之前，法施已然之後；法之所為用者易見，而禮之所為禁者難知。」

壺遂曰：「孔子之時，上無明君，下不得任用，故作《春秋》，垂空文以斷禮義，當一王之法。今夫子上遇明天子，下得守職，萬事既具，咸各序其宜，夫子所論，欲以何明？」

太史公曰：「唯唯，否否，不然。余聞之先人曰：『伏羲至純厚，作《易》八卦。堯舜之盛，《尚書》載之，禮樂作焉。湯武之隆，詩人歌之。《春秋》采善貶惡，推三代之德，褒周室，非獨刺譏而已也。』漢興以來，至明天子，獲符瑞，封禪，改正朔，易服色，受命於穆清，澤流罔極，海外殊俗，重譯款塞，請來獻見者，不可勝道。臣下百官力誦聖德，猶不能宣盡其意。且士賢能而不用，有國者之恥；主上明聖而德不布聞，有司之過也。且余嘗掌其官，廢明聖盛德不載，滅功臣世家賢大夫之業不述，墮先人所言，罪莫大焉。余所謂述故事，整齊其世傳，非所謂作也，而君比之於《春秋》，謬矣。」

於是論次其文。七年而太史公遭李陵之禍，幽於縲紲。乃喟然而嘆曰：「是余之罪也夫！是余之罪也夫！身毀不用矣。」退而深惟曰：「夫《詩》、《書》隱約者，欲遂其志之思也。昔西伯拘羑里，演《周易》；孔子戹陳蔡，作《春秋》；屈原放逐，著《離騷》；左丘失明，厥有《國語》；孫子臏腳，而論兵法；不韋遷蜀，世傳《呂覽》；韓非囚秦，《說難》、《孤憤》；《詩》三百篇，大抵賢聖發憤之所為作也。此人皆意有所郁結，不得通其道也，故述往事，思來者。」於是卒述陶唐以來，至于麟止，自黃帝始。

導讀

　　《史記》是一部橫跨三千多年的通史，作者司馬遷（約西元前 145～86 年）是西漢時期著名的歷史學家、文學家，整部《史記》記錄了從遠古的黃帝時代到西漢武帝太初年間的歷史變遷，內容包含：政治、經濟、哲學、文學、美學、天文、地理、醫學、占卜，涉及了各個時代的社會活動，可說是一部類似百科全書式的史學巨擘。

　　司馬遷家族世代掌典周史，精通文、史、星、卜，司馬遷十歲起誦讀古文，二十歲開始壯遊，足跡踏遍大江南北，之後繼任父親職位為太史令，司馬遷卻因替李陵投降匈奴之事辯解，而受「腐刑」（宮刑）之辱，這件事讓司馬遷一度想自盡，但他想起了父親的遺志，又想起古代聖哲孔子、屈原、左丘明、孫子、韓非等人也都在逆境中發憤立志，司馬遷大約在五十五歲時忍辱負重地完成了「究天人之際，通古今之變，成一家之言」的巨著──《史記》。這篇〈太史公自序〉就是司馬遷敘述自己當時寫《史記》的心情，也寫出自己身為史官的種種事情，可說是司馬遷自己前半生的傳記。

語譯

　　太史公（司馬遷）說：「我的父親生前曾經說過：『自周公死後，過了五百年才誕生了孔子，孔子死後，到今天也經過五百年了，有誰能繼承大業，編修《易傳》，續寫《春秋》，整理《詩經》、《尚書》、《禮記》、《樂經》？』父親的意思是希望我能承擔此事呀！我怎麼敢推辭呢！」

　　上大夫壺遂說：「孔子為什麼要編寫《春秋》呢？」太史公（司馬

遷）回答：「我曾聽董生說：『周朝的政治衰落時，孔子擔任魯國司寇，諸侯、大夫們陷害他，孔子知道自己的政治理念不會被接受，於是寫《春秋》一書評論春秋時代二百四十二年歷史，闡明王道，以此作為天下人行動準則。』孔子說：『我想把我的思想記載下來，不如以具體的歷史事件來呈現更為深刻。』《春秋》闡明了夏禹、商湯、周文王的政治原則，也辨明為人處事綱紀，釐清疑惑難明之事，指出是非界限，讓猶豫不決的人拿定了主意，褒善貶惡，敬賢抑不肖，補救政治弊端，興盛荒廢事業。《易經》揭示了天地、陰陽、四時、五行的關係，對變化的道理闡釋得很清楚；《儀禮》說明了人與人間的互動關係，對於個人行動準則有清楚的說明；《尚書》記載了上古先王事跡，在政治上可以給予啟發；《詩經》記載了山川、草木、禽獸、男女之事理，對於教化方面的道理有所揭示；《樂記》記錄著關於音樂的根據、原理，對於調和性情是有幫助的；《春秋》一書教人明辨是非，對於治理百姓有其助益。

　　《儀禮》用來節制人的行為，《樂記》用來和諧人的情感，《尚書》用來指導政事，《詩經》用來表達內心情意，《易經》用來說明變化，《春秋》用來闡明正義。若要把一個混亂的社會導向正確軌道，沒有比《春秋》更有用了。《春秋》一書有數萬字，其中的重點也有數千條。萬事萬物的聚散，都記在《春秋》裡了。《春秋》一書中，記錄臣殺君的有三十六則，亡國的有五十二則，諸侯四處奔走仍不能保住國家政權的不計其數。觀察其中緣故，都在於失去了根本啊！所以《周易》說失之毫釐，差之千里。臣殺君，子殺父，不是一朝一夕，是長時期累積下來的，所以一國之君不可不知道《春秋》，否則，身邊有人進讒言他看不見，背後有竊國之賊也不知道。身為國家大臣不可以不知道《春秋》，否則，處理一般事務不知怎樣才合適，遇到出乎意料的事情也不知變通權宜。若一國之君和一家之長不懂《春秋》的道理，一定會遭受到罪魁禍首的惡名。身為大臣之子不懂《春秋》的道理，就會因陰謀篡位和殺害君父而被誅殺，得一個死罪。其實，大家都以為自己在做好事，卻不知道該怎麼做才對，

受了不實的批評卻不敢反駁。因為不通禮義要點，才會讓當國君的不像國君，當大臣的不像大臣，當父親的不像父親，當兒子的不像兒子。若是當國君的不像國君，大臣們就會犯上作亂；當大臣的不像大臣，就會遭到殺身之禍；當父親的不像父親，就沒有倫理道德；當兒子的不像兒子，就是不孝敬父母。這四種錯誤行為，是最大的過錯。若把這四種過錯加在這些人身上，他們也只能承受而不敢反駁。所以《春秋》這部書，是關於禮義的主要經典著作。禮的作用在防患未然，法的作用是除去已發生的惡；法在除惡上顯而易見，而禮在防患未然的作用上卻難以被人們所理解。」

壺遂說：「孔子的時代，國家沒有英明的國君，賢能之士得不到重用，孔子這才寫《春秋》，闡明禮義，代替周王朝法典。現在，太史公您遇到的是英明皇帝，萬事皆已具備，都依照順序進行著，太史公想要說明什麼呢？」

太史公（司馬遷）說：「對，對！不對，不對！不是這樣的。我曾從先父那裡聽說：『伏羲為人最純厚了，他創了《周易》中的八卦。唐堯、虞舜時代政治昌盛，《尚書》上記載了，禮樂就是那時制作的。商湯、周武王時代政治興隆，古代詩人已經歌頌過了。《春秋》讚揚善人，貶斥惡人，推崇夏、商、周三代的德政，讚頌周王朝，並非全是批判。』從漢朝建國以來，到當今的天子英明，捕獲白麟，到泰山祭祀，改正曆法，更換車馬、祭牲的顏色。受命於上天，德澤流布遠方，四海之外的外族也紛紛前來進貢，這些事說也說不完。大臣百官歌頌天子聖明。況且，賢士不被任用，這是國君的恥辱；皇上英明而他的美德卻不能流傳久遠，這是史官的過錯。我曾經擔任太史令，如果皇上聖明卻不去記載，埋沒功臣、事跡不記述，丟棄先父生前囑托，那就是我的罪過。我只是記述過去的事情，整理一些史料，談不上創作，若您要把這部著作拿來和孔子所作的《春秋》相提並論，我就不敢當了。」

我編寫《史記》，過了七年卻因「李陵事件」而大禍臨頭，被關進了監獄。只能喟然長嘆，這是我的罪過啊！我的身體已被摧毀了，不會再被

任用了！之後又想到《詩經》和《尚書》辭意隱約，這是作者要表達他們內心的思想。從前文王被囚禁在羑里，推演了《周易》；孔子在陳國和蔡國受到困厄，就寫下《春秋》；屈原被懷王放逐，寫了《離騷》；左丘明眼睛瞎了，還能寫下《國語》；孫臏遭受臏刑之苦，還能研究兵法；呂不韋謫遷蜀地，卻留下《呂氏春秋》；韓非子被囚禁在秦國，也寫下《說難》、《孤憤》；《詩經》三百零五篇，大多是古代的聖賢之士為抒發胸中的憤懣之情而創作的。這些人都是意氣有所鬱結，沒有地方抒發，才追述往事，思念將來，寫下不朽名作傳世。於是，我也在獄中繼續創作，記述了歷史，從黃帝開始，一直寫到西漢時代漢武帝獵獲白麟的元狩元年為止。

二、《史記‧淮陰侯列傳》

原文

　　淮陰侯韓信者，淮陰人也。始為布衣時，貧無行，不得推擇為吏，又不能治生商賈，常從人寄食飲，人多厭之者，常數從其下鄉南昌亭長寄食，數月，亭長妻患之，乃晨炊蓐食。食時信往，不為具食。信亦知其意，怒，竟絕去。

　　信釣於城下，諸母漂，有一母見信饑，飯信，竟漂數十日。信喜，謂漂母曰：「吾必有以重報母。」母怒曰：「大丈夫不能自食，吾哀王孫而進食，豈望報乎！」

　　淮陰屠中少年有侮信者，曰：「若雖長大，好帶刀劍，中情怯耳。」眾辱之曰：「信能死，刺我；不能死，出我袴下。」於是信孰視之，俛出袴下，蒲伏。一市人皆笑信，以為怯。

　　及項梁渡淮，信杖劍從之，居戲下，無所知名。項梁敗，又屬項羽，羽以為郎中。數以策干項羽，羽不用。漢王之入蜀，信亡楚歸漢，未得知名，為連敖。坐法當斬，其輩十三人皆已斬，次至信，信

乃仰視，適見滕公，曰：「上不欲就天下乎？何為斬壯士！」滕公奇其言，壯其貌，釋而不斬。與語，大說之。言於上，上拜以為治粟都尉，上未之奇也。

信數與蕭何語，何奇之。至南鄭，諸將行道亡者數十人，信度何等已數言上，上不我用，即亡。何聞信亡，不及以聞，自追之。人有言上曰：「丞相何亡。」上大怒，如失左右手。居一二日，何來謁上，上且怒且喜，罵何曰：「若亡，何也？」何曰：「臣不敢亡也，臣追亡者。」上曰：「若所追者誰何？」曰：「韓信也。」上復罵曰：「諸將亡者以十數，公無所追；追信，詐也。」何曰：「諸將易得耳。至如信者，國士無雙。王必欲長王漢中，無所事信；必欲爭天下，非信無所與計事者。顧王策安所決耳。」王曰：「吾亦欲東耳，安能郁郁久居此乎？」何曰：「王計必欲東，能用信，信即留；不能用，信終亡耳。」王曰：「吾為公以為將。」何曰：「雖為將，信必不留。」王曰：「以為大將。」何曰：「幸甚。」於是王欲召信拜之。何曰：「王素慢無禮，今拜大將如呼小兒耳，此乃信所以去也。王必欲拜之，擇良日，齋戒，設壇場，具禮，乃可耳。」王許之。諸將皆喜，人人各自以為得大將。至拜大將，乃韓信也，一軍皆驚。

信拜禮畢，上坐。王曰：「丞相數言將軍，將軍何以教寡人計策？」信謝，因問王曰：「今東鄉爭權天下，豈非項王邪？」漢王曰：「然。」曰：「大王自料勇悍仁彊孰與項王？」漢王默然良久，曰：「不如也。」信再拜賀曰：「惟信亦為大王不如也。然臣嘗事之，請言項王之為人也。項王喑噁叱咤，千人皆廢，然不能任屬賢將，此特匹夫之勇耳。項王見人恭敬慈愛，言語嘔嘔，人有疾病，涕泣分食飲，至使人有功當封爵者，印刓敝，忍不能予，此所謂婦人之仁也。項王雖霸天下而臣諸侯，不居關中而都彭城。有背義帝之約，而以親愛王，諸侯不平。諸侯之見項王遷逐義帝置江南，亦皆歸逐其主而自王善地。項王所過無不殘滅者，天下多怨，百姓不親附，特劫於威彊耳。名雖為霸，實失天下心。故曰其彊易弱。今大王誠能反其

道：任天下武勇，何所不誅！以天下城邑封功臣，何所不服！以義兵從思東歸之士，何所不散！且三秦王為秦將，將秦子弟數歲矣，所殺亡不可勝計，又欺其眾降諸侯，至新安，項王詐阬秦降卒二十餘萬，唯獨邯、欣、翳得脫，秦父兄怨此三人，痛入骨髓。今楚彊以威王此三人，秦民莫愛也。大王之入武關，秋豪無所害，除秦苛法，與秦民約，法三章耳，秦民無不欲得大王王秦者。於諸侯之約，大王當王關中，關中民咸知之。大王失職入漢中，秦民無不恨者。今大王舉而東，三秦可傳檄而定也。」於是漢王大喜，自以為得信晚。遂聽信計，部署諸將所擊。

八月，漢王舉兵東出陳倉，定三秦。漢二年，出關，收魏、河南，韓、殷王皆降。合齊、趙共擊楚。四月，至彭城，漢兵敗散而還。信復收兵與漢王會滎陽，復擊破楚京、索之閒，以故楚兵卒不能西。

漢之敗卻彭城，塞王欣、翟王翳亡漢降楚，齊、趙亦反漢與楚和。六月，魏王豹謁歸視親疾，至國，即絕河關反漢，與楚約和。漢王使酈生說豹，不下。其八月，以信為左丞相，擊魏。魏王盛兵蒲阪，塞臨晉，信乃益為疑兵，陳船欲度臨晉，而伏兵從夏陽以木罌缻渡軍，襲安邑。魏王豹驚，引兵迎信，信遂虜豹，定魏為河東郡。漢王遣張耳與信俱，引兵東，北擊趙、代。後九月，破代兵，禽夏說閼與。信之下魏破代，漢輒使人收其精兵，詣滎陽以距楚。

信與張耳以兵數萬，欲東下井陘擊趙。趙王、成安君陳餘聞漢且襲之也，聚兵井陘口，號稱二十萬。廣武君李左車說成安君曰：「聞漢將韓信涉西河，虜魏王，禽夏說，新喋血閼與，今乃輔以張耳，議欲下趙，此乘勝而去國遠鬬，其鋒不可當。臣聞千里餽糧，士有饑色，樵蘇後爨，師不宿飽。今井陘之道，車不得方軌，騎不得成列，行數百里，其勢糧食必在其後。願足下假臣奇兵三萬人，從閒道絕其輜重；足下深溝高壘，堅營勿與戰。彼前不得，退不得還，吾奇兵絕其後，使野無所掠，不至十日，而兩將之頭可致於戲下。願君留意臣之計。否，必為二子所禽矣。」成安君，儒者也，常稱義兵不用詐

謀奇計，曰：「吾聞兵法十則圍之，倍則戰。今韓信兵號數萬，其實不過數千。能千里而襲我，亦已罷極。今如此避而不擊，後有大者，何以加之！則諸侯謂吾怯，而輕來伐我。」不聽廣武君策，廣武君策不用。

韓信使人間視，知其不用，還報，則大喜，乃敢引兵遂下。未至井陘口三十里，止舍。夜半傳發，選輕騎二千人，人持一赤幟，從閒道萆山而望趙軍，誡曰：「趙見我走，必空壁逐我，若疾入趙壁，拔趙幟，立漢赤幟。」令其裨將傳飧，曰：「今日破趙會食！」諸將皆莫信，詳應曰：「諾。」謂軍吏曰：「趙已先據便地為壁，且彼未見吾大將旗鼓，未肯擊前行，恐吾至阻險而還。」信乃使萬人先行，出，背水陳。趙軍望見而大笑。平旦，信建大將之旗鼓，鼓行出井陘口，趙開壁擊之，大戰良久。於是信、張耳詳棄鼓旗，走水上軍。水上軍開入之，復疾戰。趙果空壁爭漢鼓旗，逐韓信、張耳。韓信、張耳已入水上軍，軍皆殊死戰，不可敗。信所出奇兵二千騎，共候趙空壁逐利，則馳入趙壁，皆拔趙旗，立漢赤幟二千。趙軍已不勝，不能得信等，欲還歸壁，壁皆漢赤幟，而大驚，以為漢皆已得趙王將矣，兵遂亂，遁走，趙將雖斬之，不能禁也。於是漢兵夾擊，大破虜趙軍，斬成安君泜水上，禽趙王歇。

信乃令軍中毋殺廣武君，有能生得者購千金。於是有縛廣武君而致戲下者，信乃解其縛，東鄉坐，西鄉對，師事之。諸將效首虜，（休）畢賀，因問信曰：「兵法右倍山陵，前左水澤，今者將軍令臣等反背水陳，曰破趙會食，臣等不服。然竟以勝，此何術也？」信曰：「此在兵法，顧諸君不察耳。兵法不曰『陷之死地而後生，置之亡地而後存』？且信非得素拊循士大夫也，此所謂『驅市人而戰之』，其勢非置之死地，使人人自為戰；今予之生地，皆走，寧尚可得而用之乎！」諸將皆服曰：「善。非臣所及也。」

於是信問廣武君曰：「仆欲北攻燕，東伐齊，何若而有功？」廣武君辭謝曰：「臣聞敗軍之將，不可以言勇，亡國之大夫，不可以圖存。今臣敗亡之虜，何足以權大事乎！」信曰：「仆聞之，百里奚居

虞而虞亡，在秦而秦霸，非愚於虞而智於秦也，用與不用，聽與不聽
也。誠令成安君聽足下計，若信者亦已為禽矣。以不用足下，故信得
侍耳。」因固問曰：「仆委心歸計，願足下勿辭。」廣武君曰：「臣
聞智者千慮，必有一失；愚者千慮，必有一得。故曰『狂夫之言，聖
人擇焉』。顧恐臣計未必足用，願效愚忠。夫成安君有百戰百勝之
計，一旦而失之，軍敗鄗下，身死泜上。今將軍涉西河，虜魏王，禽
夏說閼與，一舉而下井陘，不終朝破趙二十萬眾，誅成安君。名聞海
內，威震天下，農夫莫不輟耕釋耒，褕衣甘食，傾耳以待命者。若
此，將軍之所長也。然而眾勞卒罷，其實難用。今將軍欲舉倦獎之
兵，頓之燕堅城之下，欲戰恐久力不能拔，情見勢屈，曠日糧竭，而
弱燕不服，齊必距境以自彊也。燕齊相持而不下，則劉項之權未有所
分也。若此者，將軍所短也。臣愚，竊以為亦過矣。故善用兵者不以
短擊長，而以長擊短。」韓信曰：「然則何由？」廣武君對曰：「方
今為將軍計，莫如案甲休兵，鎮趙撫其孤，百里之內，牛酒日至，以
饗士大夫醳兵，北首燕路，而後遣辯士奉咫尺之書，暴其所長於燕，
燕必不敢不聽從。燕已從，使諠言者東告齊，齊必從風而服，雖有智
者，亦不知為齊計矣。如是，則天下事皆可圖也。兵固有先聲而後實
者，此之謂也。」韓信曰：「善。」從其策，發使使燕，燕從風而
靡。乃遣使報漢，因請立張耳為趙王，以鎮撫其國。漢王許之，乃立
張耳為趙王。

　　楚數使奇兵渡河擊趙，趙王耳、韓信往來救趙，因行定趙城邑，
發兵詣漢。楚方急圍漢王於滎陽，漢王南出，之宛、葉間，得黥布，
走入成皋，楚又復急圍之。六月，漢王出成皋，東渡河，獨與滕公
俱，從張耳軍修武。至，宿傳舍。晨自稱漢使，馳入趙壁。張耳、韓
信未起，即其臥內上奪其印符，以麾召諸將，易置之。信、耳起，
乃知漢王來，大驚。漢王奪兩人軍，即令張耳備守趙地。拜韓信為相
國，收趙兵未發者擊齊。

　　信引兵東，未渡平原，聞漢王使酈食其已說下齊，韓信欲止。范
陽辯士蒯通說信曰：「將軍受詔擊齊，而漢獨發間使下齊，寧有詔止

將軍乎？何以得毋行也！且酈生一士，伏軾掉三寸之舌，下齊七十餘城，將軍將數萬眾，歲餘乃下趙五十餘，為將數歲，反不如一豎儒之功乎？」於是信然之，從其計，遂渡河。齊已聽酈生，即留縱酒，罷備漢守御。信因襲齊歷下軍，遂至臨菑。齊王田廣以酈生賣己，乃亨之，而走高密，使使之楚請救。韓信已定臨菑，遂東追廣至高密西。楚亦使龍且將，號稱二十萬，救齊。

齊王廣、龍且并軍與信戰，未合。人或說龍且曰：「漢兵遠窮戰，其鋒不可當。齊、楚自居其地戰，兵易敗散。不如深壁，令齊王使其信臣招所亡城，亡城聞其王在，楚來救，必反漢。漢兵二千里客居，齊城皆反之，其勢無所得食，可無戰而降也。」龍且曰：「吾平生知韓信為人，易與耳。且夫救齊不戰而降之，吾何功？今戰而勝之，齊之半可得，何為止！」遂戰，與信夾濰水陳。韓信乃夜令人為萬餘囊，滿盛沙，壅水上流，引軍半渡，擊龍且，詳不勝，還走。龍且果喜曰：「固知信怯也。」遂追信渡水。信使人決壅囊，水大至。龍且軍大半不得渡，即急擊，殺龍且。龍且水東軍散走，齊王廣亡去。信遂追北至城陽，皆虜楚卒。

漢四年，遂皆降平齊。使人言漢王曰：「齊偽詐多變，反覆之國也，南邊楚，不為假王以鎮之，其勢不定。願為假王便。」當是時，楚方急圍漢王於滎陽，韓信使者至，發書，漢王大怒，罵曰：「吾困於此，旦暮望若來佐我，乃欲自立為王！」張良、陳平躡漢王足，因附耳語曰：「漢方不利，寧能禁信之王乎？不如因而立，善遇之，使自為守。不然，變生。」漢王亦悟，因復罵曰：「大丈夫定諸侯，即為真王耳，何以假為！」乃遣張良往立信為齊王，徵其兵擊楚。

楚已亡龍且，項王恐，使盱眙人武涉往說齊王信曰：「天下共苦秦久矣，相與力擊秦。秦已破，計功割地，分土而王之，以休士卒。今漢王復興兵而東，侵人之分，奪人之地，已破三秦，引兵出關，收諸侯之兵以東擊楚，其意非盡吞天下者不休，其不知厭足如是甚也。且漢王不可必，身居項王掌握中數矣，項王憐而活之，然得脫，輒倍約，復擊項王，其不可親信如此。今足下雖自以與漢王為厚交，為之

盡力用兵，終為之所禽矣。足下所以得須臾至今者，以項王尚存也。當今二王之事，權在足下。足下右投則漢王勝，左投則項王勝。項王今日亡，則次取足下。足下與項王有故，何不反漢與楚連和，參分天下王之？今釋此時，而自必於漢以擊楚，且為智者固若此乎！」韓信謝曰：「臣事項王，官不過郎中，位不過執戟，言不聽，畫不用，故倍楚而歸漢。漢王授我上將軍印，予我數萬眾，解衣衣我，推食食我，言聽計用，故吾得以至於此。夫人深親信我，我倍之不祥，雖死不易。幸為信謝項王！」

　　武涉已去，齊人蒯通知天下權在韓信，欲為奇策而感動之，以相人說韓信曰：「僕嘗受相人之術。」韓信曰：「先生相人何如？」對曰：「貴賤在於骨法，憂喜在於容色，成敗在於決斷，以此參之，萬不失一。」韓信曰：「善。先生相寡人何如？」對曰：「願少閒。」信曰：「左右去矣。」通曰：「相君之面，不過封侯，又危不安。相君之背，貴乃不可言。」韓信曰：「何謂也？」蒯通曰：「天下初發難也，俊雄豪桀建號壹呼，天下之士雲合霧集，魚鱗襍遝，熛至風起。當此之時，憂在亡秦而已。今楚漢分爭，使天下無罪之人肝膽涂地，父子暴骸骨於中野，不可勝數。楚人起彭城，轉鬥逐北，至於滎陽，乘利席卷，威震天下。然兵困於京、索之閒，迫西山而不能進者，三年於此矣。漢王將數十萬之眾，距鞏、雒，阻山河之險，一日數戰，無尺寸之功，折北不救，敗滎陽，傷成皋，遂走宛、葉之閒，此所謂智勇俱困者也。夫銳氣挫於險塞，而糧食竭於內府，百姓罷極怨望，容容無所倚。以臣料之，其勢非天下之賢聖固不能息天下之禍。當今兩主之命縣於足下。足下為漢則漢勝，與楚則楚勝。臣願披腹心，輸肝膽，效愚計，恐足下不能用也。誠能聽臣之計，莫若兩利而俱存之，參分天下，鼎足而居，其勢莫敢先動。夫以足下之賢聖，有甲兵之眾，據彊齊，從燕、趙，出空虛之地而制其後，因民之欲，西鄉為百姓請命，則天下風走而響應矣，孰敢不聽！邦大弱彊，以立諸侯，諸侯已立，天下服聽而歸德於齊。案齊之故，有膠、泗之地，懷諸侯以德，深拱揖讓，則天下之君王相率而朝於齊矣。蓋聞天與弗

取，反受其咎；時至不行，反受其殃。願足下孰慮之。」

韓信曰：「漢王遇我甚厚，載我以其車，衣我以其衣，食我以其食。吾聞之，乘人之車者載人之患，衣人之衣者懷人之憂，食人之食者死人之事，吾豈可以鄉利倍義乎！」蒯生曰：「足下自以為善漢王，欲建萬世之業，臣竊以為誤矣。始常山王、成安君為布衣時，相與為刎頸之交，後爭張黶、陳澤之事，二人相怨。常山王背項王，奉項嬰頭而竄，逃歸於漢王。漢王借兵而東下，殺成安君泜水之南，頭足異處，卒為天下笑。此二人相與，天下至驩也。然而卒相禽者，何也？患生於多欲而人心難測也。今足下欲行忠信以交於漢王，必不能固於二君之相與也，而事多大於張黶、陳澤。故臣以為足下必漢王之不危己，亦誤矣。大夫種、范蠡存亡越，霸句踐，立功成名而身死亡。野獸已盡而獵狗亨。夫以交友言之，則不如張耳之與成安君者也；以忠信言之，則不過大夫種、范蠡之於句踐也。此二人者，足以觀矣。願足下深慮之。且臣聞勇略震主者身危，而功蓋天下者不賞。臣請言大王功略：足下涉西河，虜魏王，禽夏說，引兵下井陘，誅成安君，徇趙，脅燕，定齊，南摧楚人之兵二十萬，東殺龍且，西鄉以報，此所謂功無二於天下，而略不世出者也。今足下戴震主之威，挾不賞之功，歸楚，楚人不信；歸漢，漢人震恐：足下欲持是安歸乎？夫勢在人臣之位而有震主之威，名高天下，竊為足下危之。」韓信謝曰：「先生且休矣，吾將念之。」

後數日，蒯通復說曰：「夫聽者事之候也，計者事之機也，聽過計失而能久安者，鮮矣。聽不失一二者，不可亂以言；計不失本末者，不可紛以辭。夫隨廝養之役者，失萬乘之權；守儋石之祿者，闕卿相之位。故知者決之斷也，疑者事之害也，審豪氂之小計，遺天下之大數，智誠知之，決弗敢行者，百事之禍也。故曰『猛虎之猶豫，不若蜂蠆之致螫；騏驥之蹰躅，不如駑馬之安步；孟賁之狐疑，不如庸夫之必至也；雖有舜禹之智，吟而不言，不如瘖聾之指麾也』。此言貴能行之。夫功者難成而易敗，時者難得而易失也。時乎時，不再來。願足下詳察之。」韓信猶豫不忍倍漢，又自以為功多，漢終不奪

我齊，遂謝蒯通。蒯通說不聽，已詳狂為巫。

漢王之困固陵，用張良計，召齊王信，遂將兵會垓下。項羽已破，高祖襲奪齊王軍。漢五年正月，徙齊王信為楚王，都下邳。

信至國，召所從食漂母，賜千金。及下鄉南昌亭長，賜百錢，曰：「公，小人也，為德不卒。」召辱己之少年令出胯下者以為楚中尉。告諸將相曰：「此壯士也。方辱我時，我寧不能殺之邪？殺之無名，故忍而就於此。」

項王亡將鐘離眛家在伊廬，素與信善。項王死後，亡歸信。漢王怨眛，聞其在楚，詔楚捕眛。信初之國，行縣邑，陳兵出入。漢六年，人有上書告楚王信反。高帝以陳平計，天子巡狩會諸侯，南方有雲夢，發使告諸侯會陳：「吾將游雲夢。」實欲襲信，信弗知。高祖且至楚，信欲發兵反，自度無罪，欲謁上，恐見禽。人或說信曰：「斬眛謁上，上必喜，無患。」信見眛計事。眛曰：「漢所以不擊取楚，以眛在公所。若欲捕我以自媚於漢，吾今日死，公亦隨手亡矣。」乃罵信曰：「公非長者！」卒自剄。信持其首，謁高祖於陳。上令武士縛信，載後車。信曰：「果若人言，『狡兔死，良狗亨；高鳥盡，良弓藏；敵國破，謀臣亡。』天下已定，我固當亨！」上曰：「人告公反。」遂械系信。至雒陽，赦信罪，以為淮陰侯。

信知漢王畏惡其能，常稱病不朝從。信由此日夜怨望，居常鞅鞅，羞與絳、灌等列。信嘗過樊將軍噲，噲跪拜送迎，言稱臣，曰：「大王乃肯臨臣！」信出門，笑曰：「生乃與噲等為伍！」上常從容與信言諸將能不，各有差。上問曰：「如我能將幾何？」信曰：「陛下不過能將十萬。」上曰：「於君何如？」曰：「臣多多而益善耳。」上笑曰：「多多益善，何為為我禽？」信曰：「陛下不能將兵，而善將將，此乃言之所以為陛下禽也。且陛下所謂天授，非人力也。」

陳豨拜為鉅鹿守，辭於淮陰侯。淮陰侯挈其手，辟左右與之步於庭，仰天嘆曰：「子可與言乎？欲與子有言也。」豨曰：「唯將軍令之。」淮陰侯曰：「公之所居，天下精兵處也；而公，陛下之信幸臣

也。人言公之畔，陛下必不信；再至，陛下乃疑矣；三至，必怒而自將。吾為公從中起，天下可圖也。」陳豨素知其能也，信之，曰：「謹奉教！」漢十年，陳豨果反。上自將而往，信病不從。陰使人至豨所，曰：「弟舉兵，吾從此助公。」信乃謀與家臣夜詐詔赦諸官徒奴，欲發以襲呂后、太子。部署已定，待豨報。其舍人得罪於信，信囚，欲殺之。舍人弟上變，告信欲反狀於呂后。呂后欲召，恐其黨不就，乃與蕭相國謀，詐令人從上所來，言豨已得死，列侯群臣皆賀。相國紿信曰：「雖疾，彊入賀。」信入，呂后使武士縛信，斬之長樂鐘室。信方斬，曰：「吾悔不用蒯通之計，乃為兒女子所詐，豈非天哉！」遂夷信三族。

高祖已從豨軍來，至，見信死，且喜且憐之，問：「信死亦何言？」呂后曰：「信言恨不用蒯通計。」高祖曰：「是齊辯士也。」乃詔齊捕蒯通。蒯通至，上曰：「若教淮陰侯反乎？」對曰：「然，臣固教之。豎子不用臣之策，故令自夷於此。如彼豎子用臣之計，陛下安得而夷之乎！」上怒曰：「亨之。」通曰：「嗟乎，冤哉亨也！」上曰：「若教韓信反，何冤？」對曰：「秦之綱絕而維弛，山東大擾，異姓并起，英俊烏集。秦失其鹿，天下共逐之，於是高材疾足者先得焉。蹠之狗吠堯，堯非不仁，狗因吠非其主。當是時，臣唯獨知韓信，非知陛下也。且天下銳精持鋒欲為陛下所為者甚眾，顧力不能耳。又可盡亨之邪？」高帝曰：「置之。」乃釋通之罪。

太史公曰：吾如淮陰，淮陰人為余言，韓信雖為布衣時，其志與眾異。其母死，貧無以葬，然乃行營高敞地，令其旁可置萬家。余視其母冢，良然。假令韓信學道謙讓，不伐己功，不矜其能，則庶幾哉，於漢家勳可以比周、召、太公之徒，後世血食矣。不務出此，而天下已集，乃謀畔逆，夷滅宗族，不亦宜乎！

導讀

〈淮陰侯列傳〉出自《史記卷九十二・淮陰侯列傳第三十二》，記載了西漢開國功臣韓信一生跌宕起伏的事跡，從韓信出身卑微到幫助漢高祖劉邦征戰沙場，最後卻因為功高震主，落到被誅殺三族的下場。文中也可看到作者司馬遷對韓信的命運注入了無限感慨。

語譯 （註：此篇僅針對文章重點內容釋譯）

淮陰侯韓信，是淮陰人。當時身為平民時，家裡貧窮，也沒有好的品行，無法被推選當官，又不能做買賣生意，常到別人家裡吃閒飯，大家都厭惡他。他曾多次到南昌亭亭長家吃閒飯，亭長的妻子嫌惡他，就提早做好飯，端到內室床上吃。等開飯時間到了，韓信看到沒有準備飯食，就明白他們的用意，他憤然離開。

韓信在城下釣魚，有幾位大娘在河邊洗衣服，其中一位看見韓信餓了，就拿出飯糰給韓信。韓信感激地說：「我以後一定好好報答您。」大娘生氣地說：「我是可憐你才給你飯吃，難道還希望你報答？」

有個屠戶辱罵韓信：「你雖然高大，還帶刀佩劍，其實只是個膽小鬼罷了。」又當眾侮辱他：「你要不怕死，就拿劍刺我；如果怕死，就爬過我的胯下。」韓信最後低下身去，從他的胯下爬了過去。滿街的人都嘲笑韓信，認為他膽小。

等到項梁率軍渡過淮河，韓信也想追隨他，但在項梁部下，卻沒有受到重用。項梁戰敗，韓信又投靠項羽，項羽讓他做了郎中。他屢次向項羽獻策，以求重用，但項羽都沒採納。等漢王劉邦入蜀，韓信歸順了漢王。韓信因為沒什麼名聲，只做了接待賓客的小官。後來韓信還因犯法被處刑，同夥十三人都被殺了，輪到韓信時，他仰頭長嘆說：「漢王不是想成

就統一天下的功業嗎？為什麼要斬壯士！」正好滕公看見了，滕公看他相貌堂堂，就放了他。滕公和韓信交談後，很欣賞他，把這事報告漢王，漢王任命韓信為治粟都尉，但漢王並沒有察覺韓信有什麼才能。

蕭何多次跟韓信談話，認為他是位奇才。到南鄭半路上，各路將領逃跑的有幾十人。韓信心想蕭何已多次向漢王推薦自己，漢王卻不任用，也跟著逃走了。蕭何聽說韓信逃跑了，來不及報告漢王，親自追回他。有人報告漢王說：「丞相蕭何逃跑了。」漢王大怒，如同失去了左右手。過了一兩天，蕭何來拜見漢王，漢王又是惱怒又是高興。罵蕭何：「你為什麼逃跑？」蕭何說：「我不敢逃跑，我是去追趕逃跑的人。」漢王說：「你追趕誰？」蕭何回答說：「是韓信。」漢王又罵道：「各路將領逃跑了幾十人，您沒去追，卻去追韓信？」蕭何說：「像韓信這樣的傑出人物，普天之下找不出第二個人。大王果真要長期在漢中稱王，自然用不著韓信，如果一定要爭奪天下，除了韓信就再沒有人了。」漢王說：「我怎麼能長期待在這裡呢？」蕭何說：「大王決意向東發展，能夠重用韓信，韓信就會留下來，不能重用，韓信終究要逃跑的。」漢王說：「那就讓他當將軍。」蕭何說：「只是將軍，韓信一定不肯。」漢王說：「任命他當大將軍。」蕭何說：「太好了。」於是漢王就要把韓信召來任命他。蕭何說：「大王向來對人輕慢，不講禮節，任命大將軍就像呼喊小孩兒一樣，這就是韓信要離去的原因啊。大王若決心要任命他，就要選良辰吉日，親自齋戒，禮儀要完備才行。」漢王答應了蕭何的要求。眾將聽到要拜大將都很高興，都以為自己要當大將軍了，等到任命大將時，被任命的竟然是韓信，大家都感到不可置信。

儀式結束後，漢王說：「大將軍，您有什麼計策？」韓信趁勢問漢王說：「您爭奪天下，最大的敵人不是項王嗎？」漢王說：「是。」韓信說：「大王自己估計在勇敢、強大、仁厚、兵力等方面與項王比，誰強？」漢王沉默了好久才說：「我不如項王。」韓信拜了兩拜才說：「我也認為大王比不上他呀。不過我曾在他旗下做過事，請讓我說說項王的為

人吧。項王震怒時，嚇得千百人不敢稍動，但他卻不能放手任用有才能的將領，項王只是匹夫之勇罷了。項王待人恭敬慈愛，言語溫和，將士生病，他還會心疼流淚，將自己的食物分給他，但等到有人立下戰功，應該加封進爵時，他把刻好的大印放在手裡把玩，磨到失去了稜角，還捨不得給人，項王這就是婦人之仁啊。項王當時可說是稱霸天下，諸侯臣服了，但他竟然放棄關中的有利地形，而建都彭城。又違背了義帝的約定，將自己的親信分封為王，使得諸侯們憤憤不平。諸侯們看到項王把義帝遷移到江南偏僻之處，也都回去驅逐自己的國君，自立為王。項王軍隊所經過之處，都是燒殺擄掠，天下人都心懷怨恨，勉強服從罷了。項王雖然名義上是霸主，實際上卻失去了民心。項王的優勢很快就轉為劣勢。大王若能反其道而行，任用英才，並分封功臣，以正義之師，攻打敵人，還有什麼不能擊潰呢？況且項羽分封的三個王，原都是秦朝的將領，率領秦地的子弟打了好幾年仗，被殺死和逃跑的多到沒法計算，又欺騙部下向諸侯投降。到達新安，項王竟然活埋了已投降的秦軍二十多萬人，只有章邯、司馬欣和董翳得以留存，秦地的百姓對這三個人恨入骨髓。而今項王強行封立這三個人為王，秦地百姓都憤怒難平。而今天大王您進入武關後，廢除了秦朝的苛酷法令，與秦地百姓約法三章，秦地百姓都希望大王在秦地當王。根據諸侯的約定，大王理當在關中做王，關中的百姓都知道這件事。」漢王聽完後很高興，認為得到韓信太晚了，就聽從韓信的謀劃。

八月，漢王出兵經過陳倉向東前進，很快平定了三秦。漢二年（西元前 205 年），兵出函谷關，降服了魏王、河南王，韓王、殷王也投降了，漢王又聯合齊王、趙王共同攻打楚軍。四月，到彭城，漢軍兵敗。韓信又集結潰散的人馬與漢王在滎陽會合，在京縣、索亭之間又擊垮楚軍。因此楚軍始終不能西進。

漢軍在彭城兵敗後，塞王司馬欣、翟王董翳叛漢降楚，齊國和趙國也背叛漢王跟楚國和解。六月，魏王豹以探望母親疾病為由請假回鄉，一到封國，立刻切斷黃河渡口臨晉關的交通要道，反叛漢王，還與楚軍訂約講

和。漢王派酈生遊說魏豹，沒有成功。這年八月，漢王任命韓信為左丞相，攻打魏王。魏王把主力部隊駐紮在蒲坂，堵塞了黃河渡口。韓信假裝要在臨晉渡河，卻偷襲安邑。魏王驚慌失措地帶領軍隊迎擊，韓信迅速地俘虜了魏豹，平定魏地，改制為河東郡。漢王派張耳和韓信，一起向東前進，並攻擊趙國和代國。在同一年的閏九月打垮了代國軍隊。在閼與生擒了夏說。韓信攻打魏國、代國都贏得勝利後，漢王就派人調走韓信的精銳部隊，往滎陽去抵禦楚軍。

韓信和張耳率領幾十萬人馬，想要突破井陘口，攻擊趙國。趙王、成安君聽說漢軍要來攻打趙國，趕緊在井陘口聚集兵力，廣武君李左車向成安君說：「聽說韓信渡過西河，俘虜魏豹，生擒夏說，還攻打閼與，現在又得到張耳輔助，想奪取趙國。我聽說千里運送軍糧，士兵們就會吃不飽，臨時砍柴割草燒火做飯，軍隊就會挨餓。井陘這條路狹小，運糧的隊伍勢必落後時辰，希望您撥給我奇兵三萬人，我要攔截他們的糧草，您這邊就先挖戰壕，築營壘，先不要交戰。韓信向前不能爭戰，向後又沒有退路，我再截斷他們的後路，讓韓信的軍隊搶不到糧食，不用十天，我就可以拿下韓信的人頭。希望您同意我的計策。否則，我們一定會被他二人俘虜。」成安君，是腐朽不知變通的儒生，經常說正義的軍隊不會用詭計，還說：「兵書上說兵力若十倍於敵人，就包圍敵人，若超過敵人一倍就可以與敵人交戰。韓信現在的軍隊人馬號稱數萬，實際上只有數千。他們跋涉千里來襲擊我們，已經疲憊不堪。」成安君不採納廣武君的計謀。

韓信派人暗中打聽，知道沒有採納廣武君的計謀，韓信大喜，馬上率兵攻進井陘狹道，利用半夜選了兩千名騎兵，從隱蔽小道上山，韓信告誡他們說：「交戰時，趙軍見我軍敗逃，一定會派兵追趕我們，這時你們就火速衝進趙軍的軍營，拔掉他們的旗幟，換上我們漢軍的紅旗。」又讓副將傳達開飯的命令：「今天打敗了趙軍後我們正式餐會。」韓信又對手下軍官說：「趙軍已先占據了有利地形，他們看不到我們的旗幟、儀仗，就不肯攻擊我們的先鋒部隊，怕我們到了險要的地方又退回去。」韓信派出

先鋒部隊，出了井陘口，背靠河水擺開戰鬥隊列。趙軍遠遠望見，大笑不止。天剛亮，韓信設置起大將的旗幟和儀仗，趙軍開打，兩軍激戰了很長時間。這時，韓信和張耳假裝戰敗，逃回河邊陣地。這時趙軍果然傾巢出動，追逐韓信、張耳。韓信預先派出的兩千騎兵火速衝進趙軍的軍營，把趙軍的旗幟換成漢軍的兩千面紅旗。這時，趙軍無法擒獲韓信，只能退回軍營，卻看到軍營插滿了漢軍的紅旗，大為震驚，紛紛落荒潛逃，於是漢軍前後夾攻，徹底摧垮了趙軍。

韓信傳令活捉廣武君，有人捆著廣武君送到軍營，韓信親自為他解開繩索，像對待老師那樣請教他問題。眾將向韓信祝賀，趁機說：「兵法上說：『行軍布陣應該右邊和背後靠山，前邊和左邊臨水』。這次將軍反而讓我們背水列陣，還說『打垮了趙軍就正式用餐』，我們一開始都不信服，最後竟然真的打贏了，這是什麼戰術啊？」韓信回答：「這也是兵法上的招數，只是諸位平常沒留心。兵法上不是說『置之死地而後生』嗎？我平常也沒有機會訓練諸位，這就是所謂的『趕著街道上的百姓去打仗』，這種情形下只好把將士們置之死地了，如果讓大家覺得自己還有生路，就都逃跑了。」將領們都佩服韓信的戰略。

韓信請教廣武君：「我要向北攻打燕國，向東討伐齊國，該怎麼做？」廣武君說：「我聽說『打了敗仗的將領，沒資格談論勇敢，亡國的大夫沒有資格談謀略。』如今我只是兵敗亡國的俘虜，有什麼資格說話呢？」韓信說：「我聽說，百里奚在虞國而虞國滅亡了，在秦國而秦國卻能稱霸，這不是因為他在虞國愚蠢，到了秦國變聰明了，而是看國軍是否採納他的意見。如果當時成安君採納了您的計謀，我韓信也早被抓了。」韓信繼續請教說：「我聽從您的計謀，希望您不要推辭。」廣武君說：「我聽說：『智者千慮，必有一失；愚者千慮，必有一得。』只恐怕我的計謀不足以採用，但我願為您效力。成安君本來有勝算，一旦失去良機，軍隊戰敗，自己也在泜水身亡。而將軍您能橫渡西河，俘虜魏王，在閼與生擒夏說，一舉攻克井陘，不到一早晨的時間就打垮了趙軍二十萬人，誅

殺了成安君，您的名聲傳遍四海。但現在百姓勞苦，士卒疲憊，很難作戰。如果您執意發動疲憊的軍隊，戰爭恐怕會耗時過長，力量也不足以攻克，曠日持久，糧食耗盡，燕、齊兩國又堅持不肯投降，那麼勝負就很難論斷。我私下認為攻燕伐齊不是好方法。」韓信說：「那我應該怎麼辦呢？」廣武君回答：「不如按兵不動，先撫恤陣亡將士的遺孤，犒勞將士，再派出說客，燕國必不敢不聽從。等燕國順從之後，再派說客勸降齊國，齊國會降服的。」韓信聽從了他的計策，燕國果然立刻降服。於是韓信派人報告漢王，請求立張耳為趙王，用以鎮撫趙國，漢王答應了。

楚軍把漢王緊緊地圍困在滎陽，漢王逃出成皋，向東渡過黃河，只有滕公相隨，到達張耳軍隊在修武的駐地。第二天早晨，他自稱是漢王的使臣，騎馬奔入趙軍的營壘。韓信、張耳還沒有起床，漢王就奪取了他們的印信和兵符，更換了他們的職務。韓信、張耳大為震驚。漢王奪取了二人統率的軍隊，命令張耳防守趙地，任命韓信為國相，讓他去攻打齊國。

韓信領兵向東前進時，聽說漢王派酈食其說服齊王歸順了。韓信打算停止進軍。范陽說客蒯通規勸韓信：「將軍是奉詔攻打齊國，漢王暗中派遣一個密使遊說齊國投降，難道有詔令停止將軍進攻嗎？為什麼不進軍呢？酈生只不過是個讀書人，鼓動三寸之舌，就收服齊國七十多座城邑。將軍您率領數萬大軍，一年多的時間才攻下趙國五十多座城邑。為將多年，反不如一個讀書人的功勞嗎？」韓信認為他說得對，就率軍渡過黃河。齊王聽從酈生的勸降後，與酈生暢飲，韓信竟然乘機突襲齊國，一路打到國都臨菑。齊王田廣認為被酈生出賣，就烹煮酈生洩恨，韓信平定臨淄以後，向東追趕田廣，一路追到高密城西。楚國也派龍且率領兵馬，前來救援齊國。

齊王田廣和司馬龍且兩支部隊合力後與韓信作戰，有人勸龍且說：「漢軍遠離國土，拼死作戰，其鋒芒銳不可擋。齊楚兩軍在這裡作戰，士兵容易逃散。不如堅守不出。讓齊王派親信大臣，去安撫已經淪陷的城邑，這些城邑的官吏和百姓知道他們的君王還在，又有楚軍來援救，一定

會反叛漢軍。漢軍客居兩千里之外，齊國城邑的人都紛紛起來反叛他們，勢必得不到糧食，就可以迫使他們不戰而降。」龍且說：「我一向了解韓信的為人，而且救齊國，不戰就使韓信投降，我有什麼功勞？不如戰勝他，齊國一半土地就會分封給我，為什麼不打？」於是決定開戰，與韓信隔著濰水擺開陣勢。韓信下令連夜趕堵住上游，帶領一半軍隊渡河，攻擊龍且，假裝戰敗，龍且高興地說：「我本來就知道韓信膽小。」就渡河追趕韓信，韓信下令挖開堵水的沙袋，龍且的軍隊超過一半還沒渡河，韓信立即猛烈反擊，殺死了龍且，尚未渡河的部隊都逃跑了，韓信追趕敗兵到城陽，把楚軍士兵全都俘虜了。

漢四年（西元前 203 年）韓信平定了齊國。派人向漢王上書，說：「齊國反覆無常，不設立一個暫時代理的王來鎮壓不能穩定局面，希望能讓我暫時代理齊王一職。」這時，漢王正被楚軍圍困在滎陽，漢王看到書信勃然大怒，罵道：「我被圍困在這兒，日夜盼你來救援，你卻想自立為王！」張良、陳平暗中踩漢王的腳，提醒漢王：「目前漢軍處境不利，不如趁機冊立韓信為王，讓他鎮守齊國，不然可能發生變亂。」漢王又故意罵道：「大丈夫要做就做真王罷了，何必做個暫時代理的？」就派遣張良冊立韓信為齊王，徵調他的軍隊攻打楚軍。

楚軍失去龍且後，項王害怕了，派人規勸韓信說：「天下人對秦朝痛恨已久，大家才合力攻打它。秦朝滅亡後，按功分封，各自為王，如今漢王意圖吞併天下，他貪心不足，太過份了，況且漢王不可信任，他多次落到項王手中，是項王憐憫他讓他活下來，但漢王一脫身，馬上背棄盟約，再次攻打項王，這種人不可信任，您自認和漢王交情深厚，替他竭盡全力作戰，您能延續到今天，是因為項王還在啊。現在漢王、項王爭奪天下，您占有舉足輕重的地位，您向著漢王，漢王就勝了，您向著項王，項王就勝了，若項王被消滅，下一個就該消滅您了。您和項王有舊交情，為什麼不三分天下自立為王呢？不要放過這個時機！」韓信辭謝說：「我侍奉項王時，言不聽，計不用，所以我才歸附漢王。漢王對我言聽計用，我有今

天的一切。人家信賴我，我卻背叛他是不吉祥的，希望您替我辭謝項王的盛情！」

武涉走後，齊國人蒯通知道天下勝負的關鍵在於韓信，想出奇計打動他，就用看相的身分規勸韓信，說：「我曾經學過看相。」韓信說：「您看相用什麼方法？」蒯通回答：「人的高貴卑賤在於骨骼，憂愁、喜悅在於面色，成功失敗在於決斷。用這三項驗證人相很準確。」韓信說：「好，您看我的相如何？」蒯通回答：「希望隨從人員暫時迴避一下。」韓信說：「周圍的人離開吧。」蒯通說：「您的面相，只不過封侯，還危險不安全。看您的背相，顯貴不可言。」韓信說：「什麼意思？」蒯通說：「當初，天下舉兵起義時，大家關心的只是消滅秦朝，而今楚漢分爭，天下無辜百姓屍骨暴露在荒郊野外，數不勝數。當今劉、項二王的命運都掌握在您手裡，若您和他們三分天下，鼎足而立，形成那種局面，就沒有誰敢輕舉妄動，希望您仔細考慮這件事。」

韓信說：「漢王給我的待遇很優厚，吃人家的俸祿要為人家的事業效死，我怎麼能夠圖謀私利而背信棄義呢！」蒯通說：「您自認為和漢王友好，想建立流傳萬世的功業，我私下認為這種想法錯了。當初常山王、成安君還是平民百姓時，是生死至交，後來卻因為張黶、陳澤的事發生爭執，這兩人到頭來都想把對方置於死地，這是為什麼呢？禍患產生於貪得無厭，人心又最難測，如今您想用忠誠與漢王結交，斷定漢王不會危害自己，我認為您錯了。野獸已經打完了，獵犬就被烹殺了，希望您深思熟慮。況且我聽說讓君主感到威脅的人會有危險，而功勳卓著的人也得不到賞賜。您身處臣子之位卻有使國君感到威脅的事功，名望又高於天下所有人，我為您感到危險。」韓信說：「讓我考慮一下。」

過了數日，蒯通又對韓信說：「能夠聽取別人的善意，就能預見事情徵兆，能反覆思考，就能把握成功的關鍵，猶豫不決是辦事情的禍害。專在細小的事情上用心思，就會丟掉天下的大事，時機丟掉了就不會再來。希望您仔細地考慮斟酌。」韓信猶豫不決，不忍心背叛漢王，又自認為功

勳卓著，漢王一定不會奪去自己的功勳爵位，於是謝絕了蒯通。蒯通的規勸沒有被採納，就裝瘋賣傻去當巫師了。

漢王被圍困在固陵時，採用了張良的計策，徵召齊王韓信，於是韓信率領軍隊在垓下與漢王會師。項羽被打敗後，漢王用突襲的辦法奪取了韓信齊王的軍權。漢五年正月，改封齊王韓信為楚王，建都下邳。

韓信到了下邳，召見曾經分給他飯糰吃的漂母，賜給她黃金千斤。又到南昌亭長那裡賜給他百錢，還說：「您是小人，做好事有始無終。」召見曾經侮辱過自己、讓自己從他胯下爬過去的屠夫，任用他當中尉，並告訴將相們：「這是位壯士，當年他侮辱我時，我難道不能殺死他嗎？殺掉他沒有意義，所以我忍了一時的侮辱而成就了今天的功業。」

曾擔任項王部下的將領鍾離眜，家住伊廬，一向與韓信友好。項王死後，他逃出來歸附韓信。漢王怨恨鍾離眜，聽說他在楚國，便下令逮捕鍾離眜。韓信初到楚國，巡行所屬縣邑，進進出出都帶著武裝衛隊。漢六年，有人上書告發韓信謀反。漢王採納陳平計謀，假託天子外出巡視會見諸侯之名，派使臣通告各諸侯到陳縣聚會，說要巡視雲夢澤，其實是要襲擊韓信，韓信卻不知道。漢王要到楚國時，韓信曾想發兵謀反，又認為自己沒有罪，想朝見漢王，又怕被抓，心裡很矛盾，有人對韓信說：「表明忠心，帶著鍾離眜人頭去朝見皇上，皇上一定會很高興。」韓信去找鍾離眜商量這件事。鍾離眜嘆了一口氣說：「漢王不攻打楚國，是因為知道我在您這裡，您竟想殺我取悅漢王，若我今天死了，您也會跟著死的。」於是罵韓信說：「你不是個忠厚的人！」之後鍾離眜刎頸自殺，韓信拿著他的人頭，到陳縣朝拜漢王，漢王命令武士捆綁韓信，押在隨行的車上。韓信說：「果真像人們說的『狡兔死了，獵狗就遭到烹殺；飛禽殺光了，弓箭就要收藏起來；敵國消滅了，謀臣就該死了』。現在天下已經太平，我就應當被烹殺！」漢王對韓信說：「有人告發你謀反。」就讓韓信帶上了刑具。到了洛陽，赦免了韓信的罪過，改封他為淮陰侯。

韓信知道漢王忌畏自己的才能，就常託病不朝見。從此，韓信心懷怨

恨，悶悶不樂，和絳侯、灌嬰處於同等地位讓他感到憤怒不平。韓信曾經拜訪樊噲將軍，樊噲跪拜送迎，自稱臣子還說：「大王您怎麼竟肯光臨寒舍。」韓信出門笑著說：「我如今竟然落得和樊噲這種人為伍了。」漢王曾問韓信：「像我的才能能統率多少兵馬？」韓信說：「陛下能統率十萬。」漢王反問韓信：「那你呢？」韓信回答：「我兵馬越多越好。」皇上笑著說：「您越多越好，為什麼還在我手下做事？」韓信說：「陛下不能帶兵，卻善於駕馭將領，這就是我在您帳下做事的原因。況且陛下是上天賜予的，不是人力能做到的。」

陳豨被任命為鉅鹿郡守，向韓信辭行。韓信拉著他的手，仰天嘆息：「您願意聽我的真心話嗎？」陳豨說：「一切聽任將軍吩咐！」韓信說：「您管轄的地區，是天下精兵聚集的地方；而您，是陛下信任的臣子。如果有人告發說您反叛，陛下一定不會相信；再次告發，陛下就懷疑了；三次告發，陛下必然率兵來圍剿您。不如我當您在京城裡的內應，我們一起取得天下？」陳豨說：「我聽從您的指教！」漢十年，陳豨果然反叛，漢王親率兵馬平亂，韓信卻託病沒有跟隨，還暗中派人跟陳豨說：「您只管起兵，我在這裡協助您。」韓信夜裡假傳詔書赦免各官府的罪犯和奴隸，打算發動他們去襲擊呂后和太子，部署完畢後，正等待著陳豨的消息，有一位家臣因為得罪了韓信，被囚禁起來，家臣的弟弟上書向呂后告發了韓信準備反叛的事情，呂后打算把韓信召來，又怕他不肯就範，就和蕭涵密謀，令人告訴韓信說陳豨已被俘獲處死，臣子們都來祝賀，蕭何還欺騙韓信說：「即使生病，也要進宮祝賀。」等到韓信一進宮，呂后命令武士把韓信捆起來，在長樂宮的鐘室殺掉了韓信。韓信臨死時說：「我真後悔沒有採納蒯通的計謀，以至被騙來這裡，難道這是天意嗎？」呂后誅殺了韓信三族。

漢王平定陳豨之亂回到京城，見韓信已死，又高興又憐憫，還問：「韓信臨死時說過什麼話？」呂后說：「韓信說悔恨沒有採納蒯通的計謀。」漢王說：「那人是齊國的說客。」就詔令齊國捕捉蒯通，漢王問

他：「是你唆使韓信反叛嗎？」蒯通回答：「是，假如那小子採納我的計策，陛下怎能夠滅掉他呢？」漢王生氣地說：「煮了他。」蒯通說：「哎呀，冤枉啊！」漢王說：「你唆使韓信造反，有什麼冤枉？」蒯通說：「秦朝政權瓦解的時候，各路諸侯紛紛起義，才智高超，行動敏捷的人率先得到天下。我當時只知道有韓信，並不知道有陛下您。況且天下想殺掉陛下的人太多了，只是力不從心罷了，您能夠把他們都殺死嗎？」漢王就赦免了蒯通的罪。

太史公說：我到了淮陰，淮陰人對我說，韓信少年是平民百姓時，他的心志就與眾不同。他母親死了，家中貧困到無法辦喪事，他還是到處尋找又高又寬敞的墳地，讓墳墓旁可以安置萬戶人家。我看了他母親的墳墓，的確如此。假使韓信能夠謙恭退讓，不誇耀自己的功勞，不自恃自己的才能就沒事了，他在漢朝的功勳可以媲美周朝的周公、召公、太公，後世子孫應該可以享受功勳，可是，他在天下已安定時，卻圖謀叛亂，被誅滅宗族，又能怪誰。

 參考資料

1. 鄭尊仁，《傳記研究論集》，臺北：萬卷樓，2019。

2. John McPhee，劉泗翰譯，《第四版草稿：普立茲獎得主的非虛構寫作獨門技藝，從蒐集題材、彰顯主題、布局架構、採訪技巧、自我懷疑到增刪裁減，定稿前的 8 大寫作鍛鍊》，臺北：麥田，2021。

3. William E. Blundell，洪慧芳譯，《報導的技藝：華爾街日報首席主筆教你寫出兼具縱深與情感，引發高關注度的優質報導》，臺北：臉譜，2017。

第 10 章

從報導文學到
新聞稿寫作密技

報導文學與新聞稿寫作都是實用性極高的文體，不但接近真實世界，也要深入案發現場，所謂「風聲、雨聲、讀書聲，聲聲悅耳；家事、國事、天下事，事事關心」應該是最好的註解，要寫好一篇報導文學或是新聞稿，除了要有一枝流暢的筆書寫事件，還要有一顆熱忱的心去關懷人間疾苦、一雙明亮的眼睛看清事情的真相、一雙勤於蒐集資料的手，和一雙能走到現場的雙腿。

本章節除了介紹報導文學和新聞稿的基本寫作方法外，也提供了幾篇精彩的範例供同學們參考，請同學們細讀後深入真實現場，找一個自己真正關心的議題，寫一篇真實的報導文學或是新聞稿。

 ## 壹、報導文學的內容介紹

報導文學在七〇年代的臺灣文學領域中曾風靡一時，占有重要位置，當時報紙副刊出現許多極具價值的報導文學，作品類型包含：礦工生活、原住民部落、療養院、性工作者等弱勢族群，藉由報導文學讓臺灣社會底層及黑暗角落的各種聲音都能被聽見，這得歸功於作家們願意深入臺灣這塊土地，真實關懷在這塊土地上許多受苦受難的生命。作家們不僅需要走出書房，還得不辭勞苦與危險，到達苦難的場域去做田野調查，蒐集材料、採訪相關的人事物，並靠著自己的筆觸帶領讀者讓現場的事實真相「再現」，透過文字與照片傳遞苦難事件，讓更多人透過閱讀後集氣、集力，去改善不公、不義、不善、不美的人事物。

一、報導文學的特色

報導文學有別於傳統的詩歌、散文與小說，它會在文學獎中另闢一類，並獨樹一格，重要性可見一斑。報導文學必須包含以下幾項特色：

(一) 以人文關懷為宗旨

報導文學不只是蒐集資料後，加以文字說明敘述而已，整篇文章的核心在於作者所提出的觀點，因此作者要能抗拒當今最流行的火紅議題和主流價值觀點去反映真實的問題意識，並對事件本身進入深刻反省的批判性思考。作者亦可透過在旅途中所見所聞，從現象中帶出議題、反思議題，建構起對人和自然的關懷。

不管是透過蒐集資料的方式，或是透過旅途親身經歷，在撰寫報導文學時作者都應以真誠的心去關心議題本身，帶動人對土地的關心，以及對那個時代的理解，並輔以深刻思考，這樣才能提升文章的境界和價值，而這裡所提到的真誠、關懷、批判、反思能力，就是所謂的人文關懷。

(二) 具備前瞻性的議題

一篇好的報導文學要能具體呈現一個議題，一個有意義的議題是需要具有文化脈絡、社會意義、時效性、清楚的問題意識、新穎的題材，並能啟發讀者人文關懷。

作者在文章中呈現一個議題後，還需要對當中某種爭議性的觀點採取多面向辨證態度，並在文字中帶領讀者一起客觀、中立、理性地思考。

(三) 田野調查後輔以圖片說明

報導文學的重要內涵是「報導性」，因此資料來源需要作者透過田野調查親自發掘、採集，透過這個過程所蒐集而來的資料稱為第一手資料，另外也可以酌量採用二手資料（參考報紙、刊物、網路等方式），不過二手資料內容是否適用，作者必須仔細研判，再斟酌採用的比例，不能只是透過剪輯資料、拼湊內容，還是需要透過親自訪談當事者，並輔以照片或影片說明，才能讓讀者在閱讀報導文學時有身歷其境的現場感。

(四) 具體事實及說故事能力

與報導最大的不同，在於報導文學必須從現實的材料中帶出作者個人

的新意，因此作者在蒐集資料、消化資料後，要能將資料聚焦在一個涵蓋社會關懷和現實性的主題內容上。若只是觀點好，但文章呈現方式太偏向論述，就會變成學術報告。

報導文學主要是記述文體裁，再輔以評論穿插其中。因此寫報導文學需要邏輯性、與對文字的駕馭能力，要能將生硬的事件以說故事的方式表達，吸引讀者閱讀，不過報導文學不是小說，不能虛構內容，要反應現實。在故事轉折處還需要掌握結構脈絡，以客觀程序掌握敘述邏輯，不能東跳西跳，能帶領讀者進入反省與評價的空間中。

二、範文閱讀——〈音樂‧文創‧清水社造的火炬手〉

在少子、高齡、輕壯人口移居大都會三個問題衝擊下，2018 年底國發會明確標示出全臺灣有 134 個鄉鎮區有地方消滅危機……許多偏遠鄉村一邊恐懼著滅村危機時，一邊思考著該如何讓「人」願意留下來，讓鄉村小鎮有人煙、有希望？

香煙裊裊的信仰中心：紫雲巖

「是菩薩能以無畏。施於眾生。……妙音觀世音，梵音海潮音……。」——《妙法蓮華經觀世音菩薩普門品》

清水小鎮有個三百多年歷史的紫雲巖，供奉觀世音佛祖，是昔日大肚上堡（即今清水及沙鹿西勢、公明、清泉、鹿寮一帶）民眾的信仰中心，現在已是臺灣名聞遐邇的廟宇。

數百年來，觀世音菩薩聆聽著善男信女們所有煩憂悲苦，信眾們讓紫雲巖香煙裊裊，也讓這個小鎮不用擔憂消滅危機，不過該如何讓清水小鎮隨著時代的推移繼續往前走、甚至要走在時代前端？這已是清水人不得不思考的問題。

【圖 1】清水紫雲巖

歷史回溯與資源盤點：從牛罵頭到清水小鎮

　　清水位於臺中海線，是一個充滿古都氣息的文化小鎮，清水舊稱「牛罵頭」，「牛罵頭」即是 Gomach 荷蘭音譯而來，大正九年（西元 1920年），因鰲峰山麓下「埤仔口」有一靈泉，清澈可鑑，因此更名為「清水」。

　　據考古發現，早在 4500 年前即有史前人類在牛罵頭這裡生活，留下不少古老的遺跡與史料。清朝時期大批漢人渡海來臺，有許多開墾者至清水一帶屯墾，如蔡源順商號、蔡泉成商號、楊同興號、王家勝記等家族，一路從篳路藍縷到經商致富後，成為當地賢達仕紳後積極回饋鄉里，並致力於推廣文化教育，如鰲峰書院、同樂軒等，吸引了許多文人雅士在這裡

歡聚，吟詩、論道、品茗，以此為根基，開創了濃厚人文精神的牛罵頭文化。

　　清水小鎮有著豐富的旅遊元素，有自然景觀，如：鰲峰山公園、百年石駁、鰲峰玉帶、五福圳自行車道的田園景觀。有歷史文化景點，如：牛罵頭遺址文化園區、橫山戰備道（清水鬼洞）、臺中市港區藝術中心的藝文展演、清水人物廖添丁的傳奇故事、清水眷村文化園區。有美食小吃，如：筒仔米糕、百年手工麵線等在地好滋味。一路回溯歷史與資源盤點的過程中，清水小鎮毋庸置疑是一個魅力小鎮。

【圖2】清水小鎮觀光旅遊景點 DM

【圖 3】清水小鎮「慢‧慢‧慢‧的小鎮小旅行」

獸醫師回鄉與清水的音樂行銷契機

　　清水小鎮是一塊音樂沃土，遠在日本大正九年（西元 1920 年）已舉辦過鰲峰音樂會。

　　「樂在宗廟之中，君臣上下同聽之則莫不和敬；在族長鄉里之中，長幼同聽之則莫不和順；在閨門之內，父子兄弟同聽之則莫不和親。故樂者，審一以定和，比物以飾節，節奏合以成文，所以合和父子君臣，附親萬民也。是先王立樂之方也。」──《禮記‧樂記》

　　誰想得到音樂讓清水小鎮聚集了一群有夢想的青年，更讓清水小鎮以音樂為基底，打造出具特色的社區總體營造之路？

　　從小喜好音樂的吳長錕是清水長大的孩子，也曾在樂團裡擔任小喇叭手，之後聽從長輩意見，走一條有前途的獸醫師之路，卻因長輩生病辭

【圖 4】清水小鎮第一次（日據時期大正九年，西元 1920 年）舉辦的音樂會（圖片來源：牛罵頭協進會）

職回到清水，在 1986 年創設「華笙音樂城」，音樂城店面坐落在文昌街上，沒想到這裡卻成了海線音樂人的樂園，1992 年起吳長錕已經發起揪團上臺北聽音樂會的活動，1995 年時還擔任臺中縣（現為臺中市）古典音樂協會理事長，音樂讓這間小店有夥伴、有夢想、有歡聲笑語，這裡很快成了海線地區的文化沙龍。

　　每年夏季協會都會在清水小鎮推出「牛罵頭音樂節」，規劃的音樂主題皆能與世界同步接軌。當時任教於清水高中的胡淑賢老師也是這間店的夥伴之一，很快地就將古典音樂的種子散播到校園裡，利用社團活動課程帶領年輕的學子聆聽古典樂，領略古典樂迷人風華，讓音樂滋養這群在繁重課業壓力下的莘莘學子。不久後清水國小、清水國中及清水高中陸續成立了音樂班，培育無數音樂人才。

【圖 5】2014 年清水牛罵頭音樂節宣傳海報（圖片來源：牛罵頭協進會）

音樂開啟了清水的社區總體營造之路

　　華笙音樂城店內這群夥伴在談音樂、談夢想之餘也會聊聊家鄉事，1990 年吳長錕與這群夥伴們共同推動清水高美濕地野生動物區保育及推廣工作，大夥兒利用閒暇之餘幫家鄉拍了不少好照片，也曾經在店裡舉辦過好幾場藝文季，累積了不小知名度。1994 年吳長錕與一群清水地區夥伴參加新港文教基金會舉辦的「社區總體營造理念溝通研討會」，研討會中有一場日本古川町的三十年社造經驗，不但感動，也啟蒙了這群來自清水的夥伴們，隔年就在自己的家鄉成立了牛罵頭文化協進會，開始為清水進行全方位的文化田野工作調查。這群清水在地夥伴們透過文字、照片、影像記錄清水風土人情、自然地貌、歷史文化……，經過多年的努力，累積相關史料後，一點一滴為清水成立了一座文化資料庫，以及具深度人文精神的觀光版圖。1995 年透過臺中縣立文化中心、文建會協助，讓這群對家鄉有深厚感情的攝影愛好者共同發表了「牛罵頭老照片專輯」、「回想清水——牛罵頭老照片專輯」，讓屬於清水的在地故事透過公開布展的方式傳遞下去。

牛罵頭文化協進會的耕耘與收穫

　　二十多年來牛罵頭文化協進會裡有一群熱情的夥伴們，善用民間資源及創意、活力，帶領著小鎮居民參與社區營造，並開發出屬於清水小鎮的文創產業，從盤點相關資源開始，將清水地區的「牛罵頭遺址」、「清水火車站」、「清水國小」、「眷村文化園區」納入文化資產保存後，接著啟動文化行銷活動：「牛罵頭音樂節」、「清水地景藝術節」，還規劃出屬於清水特色的觀光旅遊路線，清水小鎮已為自己寫下了一頁臺灣社造傳奇。

　　協進會裡的夥伴們再從小鎮出發，延伸關懷視角，對鄰近小鎮的自然生態與歷史遺跡一一進行踩點記錄，再以團結合作、眾志成城的力量讓「清水高美濕地」華麗變身為「高美野生動物保護區」。另外對見證過美

越戰爭歷史的大楊油庫也採取了保護運動，協會的夥伴們以發行「油庫之友卡」方式，進行募款活動，讓大楊油庫獲得完整的保存。

【圖6】清水牛罵頭文化園區

成立公司創立品牌、整合行銷在地特色

　　時代巨輪不斷往前滾動，不隨之前進只能被無情淘汰，唱片業不敵數位化凌厲攻勢，華笙音樂城已完成階段性任務了。吳長錕在 2010 年將華笙音樂城轉型為建興創意有限公司，與協進會的夥伴們繼續攜手陸續推出「清水散步」、「清水人物廖添丁」、「高美濕地」、「走海線」及「大肚番王」五大品牌，不但要為之前努力的成果保溫，更要持續孵化，讓清水小鎮成為真正的魅力小鎮。

【圖 7】清水散步店面空間（原為華笙音樂城）

　　「清水散步」是原先的華笙音樂城，因此吳長錕保留這個空間，讓舊雨新知都有聚會暢聊夢想的空間，並成立「清水散步」官網及臉書，希望能接軌網路世代，方便發布訊息與資訊交流。

　　2013 年起吳長錕以廖添丁（日治時代出生於清水，好功夫在身，善於易容術，活躍在大稻埕，是庶民心中的抗日英雄）為品牌人偶圖案，規劃三條深度旅遊路線，藉由深度旅行方式，可以體驗清水小鎮的生活與風情。從清水小鎮往外延伸，「高美濕地」獨特的海濱風情孕育了豐富的生態，是最耀眼的清水景點，可以讓旅客體會海濱生態。鐵道迷也可以來趟海線小火車之旅，「走海線」就是帶領民眾們以火車旅遊方式，深度認識海線上的城鎮與人文風情！

　　「大肚番王」的品牌概念來自荷治時期跨族群聯盟，延伸為品牌精神，希望能帶領大家走訪一趟跨越時空的歷史之旅，探尋史前人類在大肚

【圖 8】清水散步店內有清水小旅行懶人包地圖

山的足跡，再從牛罵頭遺址文化園區出發，探索鰲峰山古道，以及牛罵頭遺址。五個品牌構成了清水小鎮的深度人文旅遊路線，希望讓清水當地居民也能深刻了解並珍惜自身擁有的資源，更希望外地遊客時時來清水小鎮，次次都可以領略不同的精彩與感動。

傳承使命的社造火炬手

「成為火炬手都將是偉大生命的升華。成為火炬手是一種榮耀。他們將以自己人生故事為聖火增輝，並以高舉聖火的形象激勵和鼓舞世界。」

清水小鎮的社造計劃已經邁入三十年頭了，當年帶領一群夥伴朝著夢想往前狂奔的小夥子不就是一位傳遞社造火把的火炬手嗎？此刻的吳長錕正坐在清水散步店內一張厚實的木製桌前，室內飄盪著濃醇咖啡香與悠揚的古典樂，外面是細雨紛飛的冬天夜晚，現在的他已是一位令人尊敬的長

者，他特別為我介紹一路走來，不怕風雨仍支持著他的太太，語氣裡有靦腆的溫柔。

說起清水小鎮他熱情依舊，如數家珍，他說清水散步這間小店還保留著文化沙龍的形式，週五會變身為「清水散步五夜聚會所」，在這邊會不定期舉辦新書發表會、音樂聆聽會等許多藝文活動。更值得一提的是，協會夥伴們在 2016 年已爭取到牛罵頭遺址文化園區第 3、4 號棟館舍經營權，希望能以此為基地，吸引更多年輕夥伴加入，讓文化資產教育與推廣工作可以在這裡生根發芽。

採訪到此進入尾聲，但我忘不了的是眼前這位可敬的長者，吳長錕還殷殷訴說：「接下來要申請科技部計劃，要為清水小鎮做 APP 導覽地圖……我們要招募志工，清水小鎮是共遊、共享、共學的園地。」

【圖 9】吳長錕夫妻

清水小鎮走過三十年社造，現在的清水小鎮不只有人煙、有希望，還有音樂、有咖啡香，以及好多夢想、好多計劃等著去實踐哩！歡迎您也來清水小鎮，參與她下一階段的美麗變身！

 ## 貳、新聞稿介紹

記者要報導即時訊息，提供讀者知的需求時，就是透過撰寫新聞稿的方式。除此之外，政府單位要發布新的政令或活動宣傳，也可以透過新聞稿來宣達給普羅大眾。現代公民想要善盡社會責任，揭露不公不義的社會現象，可以透過公眾平臺報導相關訊息，引發群眾關注，並發揮輿論力量，最好的方式也是透過撰寫新聞稿呈現。

新聞稿也可以應用在企業行銷上，企業想透過掌握產業話語權，提高品牌能見度、知名度，讓消費者對品牌更有信心，發布新聞稿可說是最佳工具，不但可以省下大筆行銷費用，好的新聞稿甚至能成功吸引記者進行更深度的專題報導，讓企業品牌得到更大的助益。

在網際網路時代，許多公司、團體都有自己的專屬網站、網頁、FB等商業平臺，可以用「最新消息」的方式宣傳商品、活動或發布企業新的年度經營策略，而這些「最新消息」的呈現其實就是「新聞稿」內容和功能的延伸，所以新聞稿的寫作格式可說是就業文書中的重點學習項目呢！

一、新聞稿特色

撰寫新聞稿已是進入職場必備的寫作能力之一，一篇好的新聞稿必須具備下面幾項特色。

(一) 時效性

既然是新聞稿，題材就需要新鮮、即時，且為時事，才能引起讀者閱讀的興趣。

(二) 接近性

新聞稿的內容要能接地氣，必須與一般大眾所關切的話題，或是與日常生活緊密相關。

(三) 新奇性

新聞稿的內容不能只有日常生活中的芝麻小事，越新奇、越少發生的事情，新聞價值越高，例如報導一篇狗咬人的內容就吸引不了讀者的關注，若是一篇人咬狗的新聞，就能吸引廣大群眾的好奇心，想一探究竟。

(四) 重要性

現代人處於資訊爆炸的時代，基於生存的需求，多數人只密切注意新聞中對個人有直接影響的內容，或對國計民生影響巨大的事件，因此新聞稿的內容要能讓讀者感受到重要性，或是對民眾的生活有一定程度的影響，才能成功吸引讀者的眼球。

(五) 真實性

新聞稿的核心價值是內容必須是真實的，若是為了抓住讀者的眼球而編造虛假的內容情節，就失去撰寫新聞稿的意義。

二、新聞稿寫作及發布的行政流程

若是自己要發布新聞稿，就需要到各媒體網站找尋記者的電子郵件，或將新聞稿寄到媒體爆料信箱，也可以試著自己打電話找相關路線的新聞記者。找到記者後不代表自己寫的新聞稿會被採納，個人所提供的新聞稿題材一定要具備新聞價值、標題有吸引力、文字乾淨俐落外，還要在新聞稿中加入相關資訊，證實這篇新聞內容的真實性，才有機會吸引記者目光，進行深度報導。

若是代表學校、企業或是某單位發布新聞稿，就要依循自家單位的規矩，各家規矩不盡相同，大致是活動日前三到五個工作天，要將擬好的新

聞稿寄至自家企業、學校或單位的新聞網專用信箱，由秘書室協助完成核稿，之後再發布邀訪訊息予各家媒體。發布媒體的新聞稿形式，分為二種：

(一) 邀訪新聞稿

活動前的「邀訪新聞稿」，應該在活動日前三到五天通知各家媒體，以利各媒體安排相關流程。「邀訪新聞稿」可以讓各媒體記者在親赴現場前掌握大致輪廓，有助於記者掌握撰述內容與拍攝方式。「邀訪新聞稿」內容必須包含三個主要內容：

1. 基本的 5W2H

人（Who）、事（What）、時（When）、地（Where）、為何有此活動（Why）、如何進行（How to do）、與活動相關的數值（How much，例如：參加人數、年份、金額等）。

2. 活動流程表

要提供精確的起訖時間訊息和活動流程規劃，讓記者更能掌握時間流程。

3. 聯絡窗口

提供主辦單位的聯絡人資訊是非常重要的，若各家媒體對活動內容有相關問題，或記者在發稿前需要進一步確認訊息，可以馬上找窗口聯繫。

(二) 報導新聞稿

活動後由主辦單位提供給媒體的「報導新聞稿」，應該在活動結束當天下午四點半前寄出，方便各新聞媒體能於當天晚間發稿，讓新聞保持時效性。主辦單位給的「報導新聞稿」可以是活動過程中某些突發事件，有新聞價值，或對主辦方有正面效益的內容，可多拍些照片，附於報導新聞稿中，提供給媒體記者參考。

三、新聞稿撰寫原則

(一) 精準吸睛的標題並加上日期

　　簡潔有力且能吸睛的標題才是新聞稿是否取得「成功」的重點。除了正式標題之外，還要在標題之前標明「新聞稿」字樣，標題長度應為一至兩行，並點明主題。另外像一些誇張的網路用詞，驚歎號「！」也要注意不要濫用，若兩者同時出現在新聞稿中，就容易被讀者界定為廣告促銷類，不得不慎。

　　至於此篇新聞稿的發稿日期，可以寫在標題之前，也可以寫在標題之後或者正文之後。

(二) 用字遣詞精簡扼要、通俗易懂

　　新聞稿要力求版面清爽、易於識別，才能吸引讀者想要了解內容，而內容撰寫也要簡明扼要，能清楚呈現事件事實樣貌，因此用詞力求準確，勿使用太多抽象形容，也要盡量避免使用高深的專門術語或艱深字句，畢竟新聞的主要閱讀群眾是一般的民眾，這一點不得不慎。

(三) 用表格、照片為文字補充說明

　　撰寫新聞稿時要能為事件、產品、人物進行解釋，並提供一些數據、表格、說明、圖片或樣品作為閱讀的補充資料，幫助讀者更能清楚掌握新聞內容，而且照片除了可增加訊息說服力，也更能取信於讀者，讓讀者印象深刻。

(四) 檢視寫作重點、核對寫作目的

　　撰寫新聞稿時內容要能掌握近期社會趨勢，民眾心中的重要議題為何，再去衡量自己寫的新聞內容要如何搭上這波趨勢，真正開始撰稿時要注意書寫品質，自我檢核內容是否能清楚表達出想要傳達給讀者的新聞重點。

　　另外值得一提的是，若此篇新聞稿具有商業行銷目的，就要留意整篇文章對讀者的吸引力是什麼？這篇新聞稿是否成功達成公關或是宣傳效果？或是因為宣傳意味太明顯，而產生反效果？越是有行銷目的新聞稿，越要注意讀者觀看後的反應，除了行銷自身產品外，文章中應該要再加入其他對讀者有幫助的訊息內容，最後再巧妙地置入自家商品的行銷。

四、新聞稿常見的撰寫方式

　　新聞稿的篇幅不宜太長，字數建議在八百字以內，撰寫方式一般分為兩種，一種是倒金字塔，另一種是正金字塔，其他還有沙漏型、鑽石型……，不過卻也是從倒金字塔型、正金字塔型的方式混搭或是延伸而來，本文就以最基本的倒金字塔、正金字塔撰寫法分別說明。

(一)「倒金字塔式」撰寫法

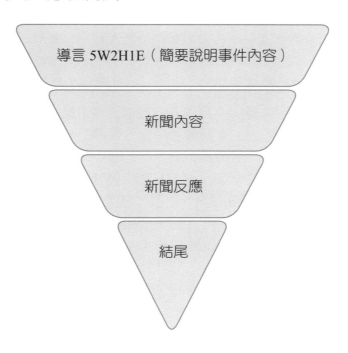

導言 5W2H1E（簡要說明事件內容）

新聞內容

新聞反應

結尾

「倒金字塔式」新聞稿著重在第一段的撰寫，事件的重要訊息全部安排在文章的開頭，也就是先把最重要的部分放在第一段，進一步或次要的訊息放在二、三段等。第一段就像是導言，可以用摘要的方式先說明事件，第二段再寫出更詳細的新聞內容，第三段寫這則新聞造成什麼樣的反應，最後一段再為這篇新聞稿做結尾。

　　這種「倒金字塔式」新聞稿可以讓讀者方便掌握重點訊息，也可以讓新聞主編、媒體編輯在製作新聞標題時看完第一段即可下精準的標題，也能讓主編在編輯新聞版面、增減內容時更容易一些。

(二) 範文閱讀與內容分析——倒金字塔型新聞稿

　　（本文根據真實新聞稿內容重製，校名、時間、記者名字已經過作者重新改寫）

範文	內容分析
○○大學舉辦「愛你久久——教育創新中學生深根創意文化研習營」 2019-07-06 經濟日報記者 林曉益	1. 清楚精確的標題 2. 明確的新聞發布時間 3. 媒體名稱、記者姓名
暑假一開跑，○○大學於 7 月 5 日在校園圖書館舉辦 2019「愛你久久——教育創新中學生深根創意文化研習營」，吸引來自桃園永豐高中、臺中中港高中、南投高商、草屯商工、臺南長榮中學等二十餘所高中職 70 位學生熱情參與。研習內容與活動精彩有趣，有：創意魔術教學、生活美妝品 DIY 自製、臺灣在地文化與特色闖關遊戲及 AI 互動、電影欣賞與創意小卡製作，師資都由○○大學教授群親自規劃、指導，讓參與研習營的學子們有美好又豐富的假期。	第一段是最精采的部分、導言、以 5W2H1E 簡要說明整件事重點

範文	內容分析
○○大學副校長簡大智致詞時表示，有朋自遠方來，歡迎遠道而來的同學們，希望藉由這次豐富、多元的研習營課程規劃，讓大家體驗跨學科交流的創意與樂趣，同時也鼓勵同學們，除注意暑假期間各項安全外，要好好把握時間規劃假期，依照自己興趣，善用資源廣泛學習，也希望在不久的將來，有機會能在校園角落再次與同學見面、話日常。 　　簡副校長表示，自 2018 年起○○大學已連續入榜「Cheers」雜誌辦學績優大學前十強。截至 2019 年上半年，○○大學已連續在多項國際化權威排名上有傑出表現，並榮登英國《泰晤士報》、美國《新聞與世界報導》等世界大學排行榜。為了增加學生們的國際競爭力，○○大學目前已與超過 590 所海外學校簽訂學術合作協議，提供菁英學生多元出國交流及研習進修協助，讓畢業生具有國際視野，有能力接軌全球就業市場。以上資訊提供給同學們未來要就讀大學時參考選擇。	二、三段為新聞內容，詳細敘述
來自桃園永豐高中的王同學表示，第一次跨縣市來中部大學參加暑期研習營感覺很新鮮，感謝主辦單位熱情邀請與精心規劃，進來○○大學校園，感覺整體建築設計很有歐洲風、環境乾淨舒適，廁所也很優質，教授們上課幽默有趣，回答學生問題很親切，這次研習經驗是美好的體驗。來自臺南長榮中學的陳同學表示，原來○○大學課程是如此多姿多采，學校圖書館很溫馨，設備齊全又新穎。學校助教也很貼心，會在一旁指導協助，讓同學們在課程學習時能更投入，研習活動氣氛輕鬆歡樂，寓教於樂，收穫滿滿，希望每年度都能舉辦，讓更多學弟妹也能來參加。	結尾是延伸性說明，可有可無

邀訪新聞稿——活動流程表與對外窗口訊息

○○大學舉辦
「愛你久久——教育創新中學生深根創意文化研習營」

地點：臺中市○○路○○號／圖書館
時間：2019 年 7 月 5 日 9:00～15:00

時程	活動內容
9:00～9:05	主持人開場及介紹來賓
9:05～9:15	師長及貴賓致詞
9:15～10:15	創意魔術教學
10:30～11:30	生活美妝品 DIY 自製
11:30～13:40	午餐約會與電影欣賞與創意小卡製作
14:00～14:50	臺灣在地文化與特色闖關遊戲及 AI 互動
14:50～15:00	頒獎
15:00	閉幕式

主辦單位：○○大學通識中心
本案新聞聯絡人：通識中心○專員
專線：04-*********
手機：09**-***-***
email：***@***.edu.tw
校園窗口：○○○（姓名）04-2332****／09**-***-***／***@***.edu.tw

(三)「正金字塔式」撰寫法

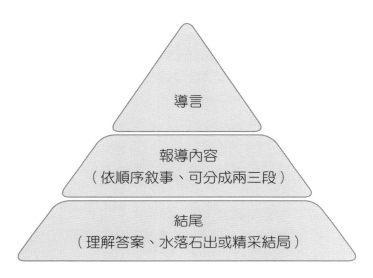

　　正金字塔型新聞稿結構和倒金字塔型相反，正金字塔內容結構是「頭輕腳重」，希望讀者能受到越來越精彩的內容吸引，要看完全文後，才能獲得事件清楚的樣貌。因此，內容一開始較為平淡，越往後的段落越精彩、越緊湊，但讀者也可能會因為這麼大的篇幅而產生閱讀疲勞，失去閱讀的耐心。

　　有鑑於此，正金字塔型的新聞結構，不適合使用於目的在讓受眾獲得訊息的硬性新聞，反而是名人軼事，或是具有濃厚故事性的新聞才適合用這種寫作法。若是要運用正金字塔型結構，可以在導言部分用懸疑式的寫法，開啟讀者的閱讀興趣。

從學霸到職場高「財」生的寫作課

(四) 範文閱讀與內容分析——正金字塔型新聞稿

（本文根據學校網站真實新聞稿內容，由作者重製、改寫）

範文	內容分析
「中文閱讀與表達課程」大一新人獎暨關懷社會影片競賽頒獎圓滿成功 校內新聞日期：2022-01-05	1. 清楚精確的標題 2. 新聞出處（校內新聞，沒有明確標出作者） 3. 明確的新聞發布時間
本校大一必修課「中文閱讀與表達」是由大一國文課翻轉創新後而成立，透過古今文本對讀方式，讓同學能反思自身生命成長歷程，進而帶領同學走出教室，走讀並探索校園周遭人文景點，進而學習關懷身邊人事物與社會議題。本課程配合學校高教深耕計劃，舉辦徵文比賽、關懷社會影片兩項活動，鼓勵大一學生參與比賽，培養多元創作力。	第一段是導言，說明標題訊息
「大一新人文學獎」今年已邁入第五屆，徵文目的是希望大一學生能透過生活體驗、觀察，反思生命經驗，經過資料梳理後，進行生命故事敘寫，完成散文創作；「關懷社會影片小組競賽」已邁入第六屆，此活動是透過小組團隊方式，先在課堂進行文本閱讀、主題延伸討論、影像紀錄資源介紹講解，讓學生關注社會議題並培養行動力，小組組員進入場域進行影片拍攝及影片後製與產出。	第二段延伸說明「大一新人文學獎」與「關懷社會影片小組競賽」詳細內容
經過校內初選、校外專家教師共同評選的複選，此次獲獎作品共有 30 件，包含 15 件個人創作的散文作品及 15 件小組團隊共創的影像作品。111 年元月 3 日中午，邀請何曉陽副校長蒞臨頒獎，何副校長肯定本校大一國文課程與兩項比賽規劃之用心與學生創作活力，也勉勵學生能善用資源，用功學習，關照自己也關懷社會議題，成為具備跨領域思惟、接軌國際的有為青年。	第三段說明得獎件數、頒獎時間、頒獎人及勉勵話語

參、自我增能與延伸閱讀

　　教育部在 2002 年發布「媒體素養教育政策白皮書」，提到媒體可以傳播新聞，也可能挾帶偏頗的意識形態，凸顯單一價值觀，因此強調媒體素養對每位公民的重要性。事實上，所有的作者和製作團隊都是帶著自我意識去選擇素材、建構主題，因此製作出來的報導或作品，都免不了有主觀成份，讀者、觀眾必須在閱讀與觀看一篇作品或報導的過程能具備反思、批判能力。所謂盡信書不如無書，講的正是這個道理。

　　批判反思能力如何養成？這是一系列複雜的訓練過程，首先一定要先養成多蒐集相關史料、多聽不同立場、觀點人士闡述的意見，將蒐集來的材料、訊息與不同觀點意見做整理、歸納、多重比較後，看看哪些是截然不同、哪些又是意見一致？並思考為什麼會這樣。經過這些思辯過程，才能避免讓自己困在單一狹隘的主觀意識型態中。

　　本單元選錄了唐朝兩位詩人的作品，一位是白居易，一位是杜甫，兩人都是當時著名的社會寫實派詩人，詩文題材都是描述唐朝中晚期老百姓的不幸遭遇，兩位詩人就像是特派記者，派駐在唐朝街景巷弄中，為我們如實報導當時老百姓的真實遭遇。

　　閱讀這兩首詩文後，請說明詩文中闡述唐朝中晚期時老百姓在工作、結婚時遭遇到什麼困境？並請同學透過交叉比對這兩首詩文資料後，揣摩背後可能的原因。

一、白居易〈賣炭翁〉

 原文

> 賣炭翁，伐薪燒炭南山中。
> 滿面塵灰煙火色，兩鬢蒼蒼十指黑。
> 賣炭得錢何所營？身上衣裳口中食。
> 可憐身上衣正單，心憂炭賤願天寒！
> 夜來城外一尺雪，曉駕炭車輾冰轍。
> 牛困人飢日已高，市南門外泥中歇。
> 翩翩兩騎來是誰？黃衣使者白衫兒。
> 手把文書口稱敕，迴車叱牛牽向北。
> 一車炭，千餘斤，宮使驅將惜不得。
> 半匹紅紗一丈綾，繫向牛頭充炭直。

 導讀

　　〈賣炭翁〉是白居易著名詩作，收錄於《新樂府》，題注云：「苦宮市也。」宮市，是指唐代皇宮裡需要的物品，直接向市場上取購，雖是取購，實際上是隨便給點錢，有公開掠奪的味道。唐德宗時用太監專管相關事務。

　　白居易在〈賣炭翁〉一詩中以白描敘事的方式，揭露了一般平民百姓承受了公部門肆意剝削的現實與無奈，從中揭露了唐朝晚期社會的黑暗面，也流露出作者對下層勞動人民的無限悲憫與同情。

　　閱讀〈賣炭翁〉就像白居易化身為第一線記者，帶領讀者到達唐朝中晚期某一個市集的一個角落，一同見證公部門如何冠冕堂皇地剝削一位賣炭的老翁，在閱讀的同時彷彿看到一位白髮蒼蒼、被炭火與炭塵薰染到面

目黧黑的老翁，心裡不禁有一陣酸楚，也好似看到當家的太監官員們倨傲蠻橫、理所當然的嘴臉，令人產生一股揪心的痛，也更能感受唐朝中晚期政治的不公不義。

白居易的〈賣炭翁〉可說是報導文學的佳作，透過文字讓我們看到唐朝中晚期一個市場邊的小人物，在不合理的制度下那種蒼涼悲憤的處境，除了同情外，更想化為行動，替賣炭老翁出一點力，這就是報導文學存在的意義！

語譯

有位賣炭的老翁，整年在南山中砍柴燒炭，他滿臉塵埃黑垢，身上盡是被煙燻的灰塵，兩鬢頭髮灰白，十個手指也被炭垢染得污黑骯髒。他賣炭所得的錢用來做什麼？只夠買身上穿的衣裳和嘴裡吃的食物。可憐他身上只穿著單薄的衣服，心裡卻擔心炭賣不出去，還希望天更寒冷一些，才能讓炭賣到好價錢。

夜裡城外下了一尺厚的大雪，清晨，賣炭的老翁駕著炭車往市集去。牛累了，人餓了，但太陽已經升得很高了，他們就在市集南門外泥濘中先稍作休息。那騎著兩匹馬、得意洋洋的人是誰啊？是皇宮內的太監和太監的手下。太監手裡拿著文書，嘴裡卻說是皇帝的命令，口中吆喝並趕著牛朝皇宮的方向拉去。一車的炭有一千多斤，太監們硬是要趕著走，老翁是百般不捨，但又無可奈何。臨走前只留下半匹紅紗和一丈綾，朝牛頭上一掛，就充當是買走一車炭的價錢了。

二、杜甫〈新婚別〉

原文

兔絲附蓬麻，引蔓故不長。嫁女與征夫，不如棄路旁。
結髮為妻子，席不暖君牀。暮婚晨告別，無乃太匆忙。
君行雖不遠，守邊赴河陽。妾身未分明，何以拜姑嫜。
父母養我時，日夜令我藏。生女有所歸，雞狗亦得將。
君今往死地，沈痛迫中腸。誓欲隨君去，形勢反蒼黃。
勿為新婚念，努力事戎行。婦人在軍中，兵氣恐不揚。
自嗟貧家女，久致羅襦裳。羅襦不復施，對君洗紅妝。
仰視百鳥飛，大小必雙翔。人事多錯迕，與君永相望。

導讀

　　杜甫（西元 712～770 年）是唐代著名詩人，河南府鞏縣（今河南省鞏義市）人，字子美，世稱「杜工部」。他曾身處在烽火連天的年代，目睹戰爭下老百姓的痛苦，因此他關懷庶民階級，詩作滿溢著人道情懷，因此被後世尊稱為「詩聖」，其詩作被譽為「詩史」，在文學史上影響深遠。

　　〈新婚別〉是杜甫在唐肅宗乾元二年（西元 759 年）春天所作，安史之亂已爆發四年，這一年唐朝六十萬大軍在鄴城兵敗如山倒，統治者情急之下，實行了慘絕人寰的拉夫政策，以彌補因大量死傷流失的兵力。杜甫從洛陽返回華州途中，目睹了戰爭帶給百姓的痛苦，以字字血淚，寫成「三吏三別」六首詩作，記錄當時地獄般的場景。這次戰爭，是統治者為了救亡圖存的最後一搏，是不得不、無奈的選擇，杜甫在揭露兵役制度的

殘酷時，又不得不含淚勸慰那些稚氣未脫的男孩上戰場。

　　本文選錄的〈新婚別〉是〈三吏三別〉中的第一首，〈新婚別〉記錄了戰火下，一對才拜堂的新婚夫婦，隔天清晨妻子就得面對丈夫上戰場的無奈，臨別依依，少婦雖萬般不捨，卻反過來鼓勵丈夫上戰場為國效忠。少婦的悲痛與勸勉在無情的戰火下更顯深刻，令人動容。

　　〈新婚別〉是安史之亂戰禍連連下系列報導的一個開端，在〈三吏三別〉中杜甫以六種不同身分、多重視角描述老百姓在戰爭下各種不幸的遭遇，包含：縣吏、關吏、老婦、老翁、新娘、征夫等，如實地描繪出一場又一場的悲慘情境。

語譯

　　菟絲纏繞著低矮的蓬草和大麻，它的枝蔓怎麼能再往別處攀爬。把女兒嫁給就要上戰場的征夫，倒不如一出生就將她丟在路旁。我和你結為夫妻，卻連和你在牀蓆睡暖一次也沒有；我們昨晚才草草成親，你今天一早便匆匆告別，這婚期豈不是太短。

　　你要到河陽去作戰，雖然那裡離家不遠，可畢竟是邊防前線；我們還沒有舉行拜祭祖先的大禮呀，叫我怎麼去拜見公婆？

　　我當人家女兒時，不管日夜，爹娘從不讓我拋頭露面；有句話說嫁雞隨雞，嫁狗隨狗，如今我嫁到你家，只盼望平安。

　　你今天就要上戰場，我只能把痛苦埋在心裡；多想跟你一塊兒去，只怕軍情緊急多變。

　　唉！你不用為我們才一新婚就要離別而難過啊，要在戰爭中為國家多出力；可惜我不能隨你去，婦女若跟着軍隊走，恐怕會影響士氣。

　　唉！我本是窮人家女兒，好不容易才有了這套絲綢的嫁衣；從現在起我就脫掉這件新嫁衣，洗掉臉上的脂粉，全心全意等你回來！

你看，天上的鳥兒都自由地飛翔，成對成雙，可惜世間不如意的事本來就多，但願我倆能異地同心，永遠不相忘！

【牛刀小試】

1. 請同學先思考新聞稿的寫作重點，接著化身為校園特派記者，調查校園內有什麼重大新聞，試著以倒金字塔的寫作方式，寫出一則校園新聞。

2. 請以小組為單位，以家鄉職場達人為主題，先搜尋自己的家鄉、社區或自身生活領域，再以資料搜尋、採證等調查方式做好事前準備。確認要報導此位達人事蹟後，擬定訪談內容、聯絡拜訪，最後寫出一篇報導文學。

參考資料

1. 向陽、須文蔚主編，《報導文學讀本》，臺北：二魚，2002。

2. 陳銘磻編，《報導文學十家》，臺北：業強，2000。

3. 彼德・巴川，《如何撰寫新聞稿》，臺北：臺視文化事業股份有限公司，2001。

4. 牛隆光，《新聞採訪與寫作》，臺北：學富文化，2009。

第11章

從短詩文到社群發文（圖文創作）寫作密技

　　古代文體可大致分為兩大類，一類是散文，另一類是韻文，散文與韻文最大差別在於偶數句的句尾是否有押韻。韻文包含了詩經、楚辭、賦、詩。而詩又包含了樂府詩、古詩、近體詩（唐詩）、詞、曲、現代詩（新詩）。

　　「詩」，是文學中的貴族，作者需精準地用文字捕捉當下心靈悸動的瞬間。詩重視意象的傳遞，作者必須透過象徵、比喻等修辭技巧，用精鍊的文字凝鍊出意象，透過意象，讓讀者與作者的生命經驗、心靈感觸有共融、共通及多重對話與想像的空間。

　　本章節介紹新詩的寫作技巧，以及網路世代最常運用的圖文創作，圖文創作中的「文」其實是現代詩的延伸運用，現在就讓我們來當個網路文青，一起來圖文創作吧！

 # 壹、新詩

　　新詩，又稱現代詩、白話詩，起源於 1917 年胡適主導的白話文學運動，最大的特點是以白話文寫作，且形式自由，不受傳統格律限制（字數、句數、用韻相對自由），但受到西方詩歌影響，在節奏、形式、題材上都更為活潑多變。

一、新詩的寫作要點

(一) 分行

　　在文體外觀上，詩歌和散文最大的不同是散文分段落，詩歌分行。詩歌是以分行排列的方式構成文本，在分行時可依句分行，也可依內容分行。

(二) 超越語法、常規組合

　　一般的應用文、考試作文很重視語法結構的正確性、完整性，而新詩

允許作者大膽突破語法常規，可運用想像力、創意，重新做句子語法組合、搭配，使詩意達到跳躍性的效果，讓讀者可以感受詩文重組後帶來耳目一新、奇特的感受。

(三) 節奏感與音樂性

詩歌的主要功能是抒情，詩歌常常採用復沓、鋪排、押韻等修辭方法，不但能使情感充沛地抒發，也可以讓整首詩歌朗讀時充滿節奏感和音樂性。

復沓在詩歌中可帶來一唱三歎、情意纏綿、餘韻繚繞的感受，而復沓在散文中被認為是重複、繁瑣，需要被刪減、修改，這是同學必須要注意的地方。

(四) 修辭技巧

新詩的修辭技巧種類很多，本文只選四個較常使用的修辭技巧做說明：譬喻、擬人、擬物、具象化。

1. 譬喻

譬喻又稱為比喻，是作者在描寫事物或說明道理時，對於比較難以清楚表達的事物，或是對較為隱諱不明的事理，用另一個相似的事物來做比方說明，讓讀者比較能清楚了解的一種修辭技巧。

範例

我輕輕的招手／作別西天的雲彩／那河畔的金柳／是夕陽中的新娘（徐志摩〈再別康橋〉節錄）

解說

詩人徐志摩把河畔的金柳比喻為夕陽中的新娘，讓讀者可以感受到作者離開康橋時不只向西天的雲彩、河畔的金柳告別，好像也正在跟黃昏中自己的新娘道別，是成功的譬喻運用。透過譬喻修辭，徐志摩帶領讀者探

究他內心深處對康橋的難捨之情。

2. 擬人

擬人化的基礎是建立在作者的「移情能力」上，作者要在詩文中將自然界中沒有生命的物品人格化，賦予它們情感，讓它們能像人一樣具備人性中的喜怒哀樂，甚至可以思考、行動、說話，這就是「擬人法」。

範例

悄悄是別離的笙簫／夏蟲也為我沉默／沉默是今晚的康橋／悄悄的我走了／正如我悄悄的來（徐志摩〈再別康橋〉節錄）

解說

詩人徐志摩把夏蟲比擬為人，因為離別前的惆悵太濃太重，整個情境皆是悄然無聲，作者沉默，今晚的康橋沉默，就連本該喧囂的夏蟲也跟著沉默。在這首詩中，作者用擬人法賦予夏蟲人類的情感共鳴，讓夏蟲也為今晚離別的氣氛增添人性化的沉默，加深整首詩悄然離別的濃濃惆悵感。

3. 擬物

擬物的基礎建立在作者的「聯想能力」上，作者要在詩文中將有生命的人物比擬成各種物體（動物、植物、無生命之物體），或是將此物比擬為彼物，使其物性化，稱為擬物，作者需要具備豐富的想像力。

範例

那榆蔭下的一潭／不是清泉／是天上虹揉碎在浮藻間／沉澱著彩虹似的夢（徐志摩〈再別康橋〉節錄）

解說

詩人徐志摩透過擬物法，把榆蔭下的一潭清泉，描寫出三個層次疊合

的美：天上的虹彩、水上的浮藻、夢。連續三個擬物法形容康橋榆蔭下的一潭清泉，加深讀者對康橋之美深刻的印象。

4. 具象化

具象化的基礎是建立在作者的「形象化能力」上，作者要在詩文中把抽象的情感變成具體可見的人事物，讓讀者可以更清楚明白的一種修辭技巧。

範例

世上最遙遠的距離／不是／一眨眼便消逝蹤影／而是／來不及遇見／便註定無法歡聚／世上最遙遠的距離／是深魚與飛鳥的距離／一個高高的在天／一個卻深潛於海（泰戈爾〈世界上最遠的距離〉節選，作者翻譯）

解說

詩人泰戈爾把一個非常抽象的概念「世界上最遠的距離」具象化為「深魚與飛鳥的距離」，並一層一層敘述了原因：

1. 來不及遇見，便註定無法歡聚
2. 一個高高的在天，一個卻深潛於海

泰戈爾透過「具象化」的說明讓讀者對「世上最遙遠的距離」有具體且深刻的印象。

(五) 營造意境

一首詩的好壞取決於「意境」，在傳統詩論中我們常常看到「情景交融、意境深遠」的點評，就是對一首詩意境營造成功的肯定。所謂「意」，就是作者的本意（意念、心意、情意）。

所謂「境」，一般都理解為所描繪的客觀事物，譬如自然景色、動物植物、亭臺樓閣等建築物等等。不過王國維對於詩的意境，有更精彩的解

釋：「境非獨謂景物也。喜怒哀樂，亦人心中之一境界。」

　　簡單來說，「境」不只是自然界的景物，連作者內心的「心境」（喜、怒、哀、樂、愛、惡、懼）也是一種「境」，在一首詩中若作者能將意和境交融於一體，讓讀者能藉由詩文的描述也能在自己腦中勾勒出畫面，又能體會到作者寫詩當下的心情，那就是一首有意境的好詩。

　　對作者而言意境很難營造，需要作者的心境、人生境界及寫詩功力到達一定境界，才能營造出詩文的意境，同樣地，對讀者而言，要正確體會作者在詩中所要營造的意境也不容易，須讀者的閱讀素養與生活經驗到達一定水平才能領略。

　　寫詩的功力與閱讀素養都是靠著不斷閱讀與創作累積出來的，在詩文閱讀、創作中累積的經驗也能轉移到日常生活中，讓我們更能領略到生活中無處不是意境的美感經驗。

範例

　　我是天空裡的一片雲／偶爾投影在你的波心／你不必訝異，更無須歡喜／在轉瞬間消滅了蹤影／你我相逢在黑夜的海上／你有你的，我有我的，方向／你記得也好，最好你忘掉／在這交會時互放的光亮（徐志摩〈偶然〉節錄）

解說

　　詩人徐志摩透過「天空裡的一片雲」呈現了一個深刻又無奈的意境，表達出男女之間偶然相遇時彼此的愛戀情思，卻又無法長相廝守、互相許諾的無奈處境與幽微心境。

【牛刀小試】

　　下面是民國初年詩人聞一多的新詩〈聞一多先生的書桌〉，請分析看看這首新詩用了哪些修辭技巧？用在哪個地方？讓整首詩歌產生什麼效果？並試著仿作，寫一首小詩。

聞一多〈聞一多先生的書桌〉

忽然一切的靜物都講話了，
忽然間書桌上怨聲騰沸：
墨盒呻吟道「我渴得要死！」
字典喊雨水漬溼了他的背；

信箋忙叫道彎痛了他的腰，
鋼筆說煙灰閉塞了他的嘴
毛筆講火柴燒禿了他的鬚，
鉛筆抱怨牙刷壓了他的腿；

香爐咕嚕著，這些野蠻的書
早晚定規要把你擠倒了！
大鋼錶嘆息快睡銹了骨頭；
「風來了！風來了！」稿紙都叫了；

筆洗說他分明是盛水的，
怎麼吃得慣臭辣的雪茄灰；
桌子怨一年洗不上兩回澡，
墨水壺說「我兩天給你洗一回。」

「什麼主人？誰是我們的主人？」
一切的靜物都同聲罵道，
「生活若果是這般的狼狽，
倒還不如沒有生活的好！」

> 主人咬著煙斗迷迷的笑，
> 「一切的眾生應該各安其位。
> 我何曾有意的糟蹋你們，
> 秩序不在我的能力之內。」

 # 貳、圖文創作

　　圖文創作在我們生活中的普及率越來越高，在網際網路尚未普及前，一般大眾會在外地旅行途中選購當地風景明信片寄給友人或自己，而在商業應用上，電影海報、廣告文宣也都會以圖文相互搭配的方式呈現。

　　到了二十一世紀，進入多媒體時代，各種視覺傳播充斥在我們的生活中，也大大減弱了我們閱讀文字的能力，人們越來越沒有耐心處理高深龐雜的大篇幅文章，透過具體的圖像搭配抽象的文字，更可以帶領讀者進行輕鬆的閱讀歷程，這也是圖文創作產生的背景因素。

一、圖文創作設計重點

　　在網際網路時代，人人都可以在社群媒體上成立自己的專屬粉絲團，利用各種平臺輕鬆將自己的作品、意見、觀點曝光，甚至和粉絲分享自己生活的點點滴滴。

　　社群媒體的使用對象是一般普羅大眾，溝通的方式以視覺為主要呈現，所以是否能快速吸睛是一大重點。貼文想要在網路上快速獲得關注，最好的方式就是以圖文並茂的方式呈現。

(一) 瞬間吸睛效果

　　好的圖文創作要具備第一眼就有吸睛效果，創作者要能掌握空間透視感，利用手邊各種攝影、繪圖工具，快速勾勒腦中畫面，練習空間配置，

掌握畫面比例與配置，這包含攝影或繪畫技巧、排版、字體與邊框選擇等相關能力。這些技能在網路上都有很多相關資源與教學可以參考，本章節僅做簡單介紹。

1. 攝影

相同場景用不同技巧、不同角度拍攝，會產生不同感覺，這涉及了視角與構圖能力。

2. 排版

圖片與文字的相對位置可以有上下、左右、交疊、滿版等選擇。文字的排列方式有直行、橫列、錯落、沿圖等選擇。透過不同的組合搭配，可以產生不同的效果。

3. 字體

字體種類繁多，如：篆書、隸書、楷書、草書、明體、仿宋體、黑體等，不同的字體有不同的寬度、傾斜度，形成不同的風格，字體該如何搭配圖像？先以圖文搭配不違和為主，若圖像與字體能相得益彰就更好了。

4. 邊框

網路上有各種邊框素材，有免費、付費，在邊框樣式、寬窄的選擇上還是需要與圖片、字體做整體搭配，力求風格一致，才是好作品。

(二) 個人鮮明風格

好的圖文創作作品文字可以簡單，但要能和圖片相互搭配，補充圖片沒有說明的部分，或是凸顯圖片所要呈現的意涵，而這其中無論是圖片的建構、文字的表達或是圖與文的組合方式，都與創作者鮮明的個人風格息息相關。

(三) 說故事能力

好的圖文創作者有敏銳的觀察力，從日常景色出發，透過圖像的建

構，帶領作者進入另一個世界，再透過文字敘述加強敘事力道，讓讀者也進入整個敘事的氛圍當中，體驗某種幽微的心情，這就是說故事的能力。

(四) 與讀者情感共鳴

好的圖文創作要能藉由主題凸顯圖與文，引起讀者的情感共鳴，除了主題命名外，圖與文的編排設計也很重要，是讀者對圖文作品的主題精神能否會意的橋樑，因此在編排上應該以主題為依據，再將圖與文配合讀者的閱讀視角，進行有次序的空間安排和組織。除了能吸睛外，還要能讓讀者一看再看，耐得起再三咀嚼後，讀者才能揣摩作者藉由作品想營造的意象，並體會其中隱微的心情，甚至喚起讀者情感的共鳴效果。

二、生活中的圖文創作

在節日時，很多人也會隨手拍些生活照、風景照等照片或自拍，再以後製方式在照片中自己加一些問候語、心情短語等方式當成賀卡寄出去，這些都是日常生活中的圖文創作例子。甚至是長輩圖、自己製作的電子賀卡等等，都可列入圖文創作的一環，由此可見，圖文創作已是我們生活中不可缺少的能力之一了。

尤其是對文青風格有所嚮往的人，更需要學習如何以新詩的文字方式與自己所拍照的圖像，做出屬於自我鮮明風格的圖文創作作品，這些作品可以再製為書籤、卡片、馬克杯、衣服圖案等等。

現在就讓我們看一下兩則圖文創作的範例吧！

範例一

　　本作品主題為「交織」，圖片藉由黑白圖像呈現斑駁、老舊的氛圍，再以老榕樹盤根錯節的氣根與圍牆呈現交織的意象，文句以新詩的具象化技巧呈現往昔與此刻的對比與幽微心情，讓讀者可以感受到作者在作品中呈現濃濃的懷舊與思念情感。

〈交織〉　　　　　　　　　　　　　　　　　　（作者：臺中教育大學黃芊蓉）

〈交織〉
昔別，今至；人去，樓空。
夢已逝，傷往事；淚潸然，悵曾營。

營營：晝夜，日月。
逝世：盤根，錯節。
夜未央，獨流淌；風乍起，輕嘆息。

驀然回首望，未審君知否：老樹還依舊，新人已消瘦……

範例二

　　本作品主題為「午茶」，作者在構圖上是以相機呈現著前方景致，之後再以新詩的譬喻技巧，把相機譬喻為一個黑盒子收藏著糖漬過的點心。讀者可以體會攝影者照相、看照片的過程。此作品讓讀者體會到看著過往照片，回味過去美好生活點滴就像在品嘗生命中的午茶時光，也成功地引起讀者情感共鳴。

〈午茶〉　　　　　　　　　　　　　（作者：臺中教育大學侯宣妤）

指尖貼著快門
將一瞬的喜悅收進黑盒子
眼角貼著方窗
窺視著生活中的繁枝細節

我精心地將它們密封糖漬
謹慎地放進透明玻璃瓶中
待著午後的雨，取出一片
沖著葉緣尖端滑落的露水
一口一口地啜飲
品著生活中的我與你

《午茶》

三、社交平臺的圖文創作

在網際網路興起的今日，圖文創作在商業的使用上更為普遍，譬如臺灣人普及率很高的通訊軟體 LINE，使用者在傳遞訊息時也有很大一部分是以貼圖和文字搭配使用。另外，在圖文創作的世界中，個人不但從消費者角色躍升為創作者，甚至還帶了商業行銷色彩，例如：個人社交平臺 FB、IG 的風行，使用者在發文時通常會搭配幾張照片呈現，網路紅人們也以圖文的方式向粉絲展現個人有質感、有特色的生活方式，而帶動一群粉絲跟風、追隨，並在底下按讚、留言。

如何在 FB 上以圖文創作的方式呈現自己的發文呢？讓我們再次複習一下圖文創作的設計重點：

1. 瞬間吸睛效果
2. 個人鮮明風格
3. 說故事能力
4. 與讀者情感共鳴

接下來讓我們看一下範例。

範例一

在個人 FB 中以一則貼文介紹自己造訪藍晒圖景點,以圖像、詩文方式將藍晒圖特色(像夜空、夢境)交融在一起,呈現唯美畫面,讓粉絲也想親自探訪藍晒圖地點。

藍晒圖

(作者:陳章定 Tian-yao Wang)

《文創達人誌》

（作者：陳章定 Tian-yao Wang）

作者在個人 FB 中以一則貼文說明自己在《文創達人誌》刊物帶領學生一起發表「一張照片，一則記事」。這則貼文有兩項功能：一是告訴臉友們自己曾做過的重要工作；二是藉由這則貼文也為《文創達人誌》做了宣傳廣告，發揮了臉書商業行銷功能。

這則貼文在文字上簡單扼要說明事情，在圖片上也依次序呈現雜誌封面、內文，以及自己曾發表的作品，圖文對照清楚且具體呈現事件。

範例三

　　作者在個人 IG 中以一則貼文呈現出個人鮮明文青風格，即在路思義教堂前舉起手，巨大的影子照在教堂上面的圖像，象徵著追夢者真實的身影。將巨大的影子貼合在金黃色的教堂上，彷彿要邀請上帝做見證，並搭配詩文「青春歲月裡／曾經勇敢飛翔的勇氣／但忘了也沒關係／再想起來就可以了／手舉高／就往前飛吧」。

路思義教堂　　　　　　　　　　　（作者：陳章定 Tian-yao Wang）

參、自我增能與延伸閱讀

「智者樂水」，水展現了多方面、多層次意象，水滋潤萬物而不居功，順著各種形體而能容於各種形體。水也可以是老師，告訴我們人生哲理，如孔子觀看河水時發出「逝者如斯夫，不舍晝夜」的感歎，提醒我們要珍惜時光。水的多元面貌就如同智者，豐富了中國文化的審美意境，在詩文中也呈現出多層次意境。

本章節選錄了千古名詩張若虛〈春江花月夜〉及新詩界泰斗聞一多的〈洗衣歌〉、〈死水〉，這三首詩都寫到「水」，也呈現出「水」不同層次的意象，請同學詳細閱讀後，並試著分析這三首詩各有什麼象徵。

一、張若虛〈春江花月夜〉

原文

春江潮水連海平，海上明月共潮生。
灩灩隨波千萬里，何處春江無月明！
江流宛轉繞芳甸，月照花林皆似霰。
空里流霜不覺飛，汀上白沙看不見。
江天一色無纖塵，皎皎空中孤月輪。
江畔何人初見月？江月何年初照人？
人生代代無窮已，江月年年只相似。
不知江月待何人，但見長江送流水。
白雲一片去悠悠，青楓浦上不勝愁。
誰家今夜扁舟子？何處相思明月樓？
可憐樓上月徘徊，應照離人妝鏡臺。
玉戶簾中卷不去，搗衣砧上拂還來。

此時相望不相聞，願逐月華流照君。
鴻雁長飛光不度，魚龍潛躍水成文。
昨夜閒潭夢落花，可憐春半不還家。
江水流春去欲盡，江潭落月復西斜。
斜月沉沉藏海霧，碣石瀟湘無限路。
不知乘月幾人歸，落花搖情滿江樹。

導讀

　　張若虛（約西元 660～720 年），是唐代詩人，生卒年與字號均不詳，與賀知章、張旭、包融並稱「吳中四士」，皆因詩文秀美享譽京都。

　　張若虛流傳下來的詩不多，《全唐詩》僅收錄兩首，但這首詩放在好詩多如繁星的《全唐詩》中依舊能燦爛耀眼，這首詩還被後世喻「孤篇橫絕全唐」，被聞一多先生譽「詩中的詩，頂峯上的頂峯」。真正愛詩詞韻文的人，想必都讀過張若虛的〈春江花月夜〉，也對詩中絕美的意境深受感動。

　　此詩雖沿用樂府舊題，卻能以清新澄淨的文字將人間無可奈何的離情愁緒寫得真摯動人，並以「水」、「月」清麗意境帶出「遊子」與「思婦」的無奈與惆悵，在抒發人生感慨時也帶出飽含哲理的意涵。

語譯

　　春天時江面上因潮水滿漲，與大海連成一色，一輪明月從海上升起，江、海與天連成一片。月光照耀著江面，將波浪閃耀了千萬里，春天的江面不是每個地方都以可見到明亮的月光閃耀嗎？江水曲折蜿蜒地繞著花草遍生的原野涓涓流去，月光照耀著開滿鮮花的林野間，好像細密的小雪花

閃爍著。月光似霜雪，霜飛無從覺察，洲上的白沙與月色融合，無處看分明。江水、天空連成一色，不見微塵，只見天空中孤月高懸。

　　誰是最初看見江上明月的人呢？江上明月是從何年開始照耀著人們呢？生命一代代延續著，似乎沒有窮盡，只有江上的月亮一年年相同的高掛在天空。不知江上的明月在等待著何人，只見長江不斷地往前流去。

　　遊子像白雲般轉瞬間離去，只剩下思婦站在青楓浦上，滿懷離別愁緒。哪家的遊子今晚坐著扁舟還在江上漂流？而此刻明月又是照耀著樓上誰的相思？月光在樓上隨著時間不停移動著，此刻拂照著的應該是思婦的妝檯吧。月光照進她的門窗，捲不去揮不走，照在她搗衣的石頭上，拂不掉。這時分離兩地的有情人只能互相望著月亮，稍解相思之苦，卻聽不到思念的那個人的聲音話語，多麼希望月兒的流光可以為我照耀著思念的那個人。

　　無論鴻雁飛到哪裡，也飛不離無邊的月光，月光照耀在江面上，魚龍從水中躍起，激起波紋陣陣。是誰昨夜夢見花落在江潭上？唉！無奈春天都過了大半，遊子還無法回到家鄉。江水和著春光將要流盡，眼看江面的月兒又要西沉。斜月慢慢消逝，隱落在海霧裡，離人還在遙遠之處。不知有多少遊子能趁著月光回家，只見即將西沉的月兒搖盪著依依離情，將月光灑滿了江邊樹林。

二、新詩界的泰斗聞一多

　　聞一多被譽為新詩界的泰斗，聞一多對中國二〇年代的格律詩有兩大貢獻：新詩格律的建構與倡導、格律詩的寫作及示範。

　　聞一多的詩學理論，主要為「格律三美」，包含：音樂美、繪畫美和建築美。

音樂美：強調「有音尺、有平仄，有韻腳」。
繪畫美：強調「詞藻的選擇要華麗、鮮明，有色彩感」。

建築美：強調「有詩節的對稱，有句的均齊」。

下文就選錄了詩人聞一多的兩首詩，讓我們一起來學習「格律三美」。

(一) 聞一多〈洗衣歌〉

原文	解析
（一件，兩件，三件，） 洗衣要洗乾淨！ （四件，五件，六件；） 熨衣要熨得平！	音韻美（押韻）
我洗得淨悲哀的濕手帕， 我洗得白罪惡的黑汗衣， 貪心的油膩和慾火的灰， ……	繪畫美（詞藻華麗）
你們家裡一切的髒東西， 交給我洗，交給我洗。 銅是那樣臭，血是那樣腥， 髒了的東西你不能不洗， 洗過了的東西還是得髒， 你忍耐的人們理它不理？ 替他們洗！替他們洗！ 你說洗衣的買賣太下賤， 肯下賤的只有唐人不成？ 你們的牧師他告訴我說： 耶穌的爸爸做木匠出身， 你信不信？你信不信？	

原文	解析
胰子白水耍不出花頭來， 洗衣裳原比不上造兵艦。 我也說這有什麼大出息—— 流一身血汗洗別人的汗？ 你們肯幹？你們肯幹？ 年去年來一滴思鄉的淚， 半夜三更一盞洗衣的燈…… 下賤不下賤你們不要管， 看那裡不乾淨那裡不平， 問支那人，問支那人。 我洗得淨悲哀的濕手帕， 我洗得白罪惡的黑汗衣， 貪心的油膩和慾火的灰， 你們家裡一切的髒東西， 交給我洗，交給我洗， （一件，兩件，三件，） 洗衣要洗乾淨！ （四件，五件，六件，） 熨衣要熨得平 熨衣要熨得平！	建築美（段落與段落有相似結構）

導讀

　　聞一多在美國留學期間，飽受種族歧視與侮辱感到憤怒。這首《洗衣歌》創作於 1925 年春天，聞一多即將學成返國前夕。

　　洗衣是美國華僑最普通的職業，因此中國留學生常被問：「你的爸爸是洗衣裳的嗎？」許多華人覺得這是一種侮辱，不過聞一多在〈洗衣歌〉中寫出了洗衣的職業，也將洗衣這事寫出了一點神祕與神聖的意義。

【牛刀小試】

　　下文就是聞一多著名的詩文〈死水〉，在前面的〈洗衣歌〉中，已示範了何謂「格律三美」，請同學試著在〈死水〉中找找看聞一多所謂的「格律三美」在哪些地方呈現。

(二) 聞一多〈死水〉

原文	解析
這是一溝絕望的死水， 清風吹不起半點漪淪。 不如多扔些破銅爛鐵， 爽性潑你的剩菜殘羹。 也許銅的要綠成翡翠， 鐵罐上鏽出幾瓣桃花； 再讓油膩織一層羅綺， 黴菌給他蒸出些雲霞。 讓死水酵成一溝綠酒， 漂滿了珍珠似的白沫； 小珠們笑聲變成大珠， 又被偷酒的花蚊咬破。 那麼一溝絕望的死水， 也就誇得上幾分鮮明。 如果青蛙耐不住寂寞， 又算死水叫出了歌聲。 這是一溝絕望的死水， 這裏斷不是美的所在， 不如讓給醜惡來開墾， 看它造出個什麼世界。	

導讀

　　聞一多在 1922 年到美國留學，在美國時聞一多深刻感受到華人被歧視、欺凌的辛酸，1925 年，當聞一多回國後卻看到一幅令他極度失望的景象，當時的中國正處在軍閥混戰、帝國主義橫行的混亂場面，聞一多對當時的中國感到失望、痛苦、憤怒。〈死水〉創於 1926 年 4 月，聞一多看到臭水時產生了靈感，〈死水〉一詩於焉誕生。

參考資料

1. 羅青，《小詩三百首》，臺北：爾雅，1979。
2. 冒牌生，《超越地表最強小編！社群創業時代：FB＋IG 經營這本就夠，百萬網紅的實戰筆記》，臺北：如何，2018。
3. 胡毓豪，《按下快門前的 60 項修煉：胡毓豪攝影心法》，臺北：時報文化，2013。

第 12 章

從考試作文到徵文比賽寫作密技

文章寫作測驗中有一種文體稱為感性型寫作題，這一類文體和散文創作類似，本章節會針對這兩種文題做深入說明。

既然是考試型作文，就一定有章法結構可供參考學習，只要學習好章法結構，就可以拿到基本分數。另一種為散文創作，是徵文比賽中常見的類型，散文創作是所有徵文比賽中最容易入門的文體，人人可以寫，但要寫得好卻不容易，要能得獎更不容易。

本章節將會從同學的散文創作做說明，並做改寫示範，讓同學們比較原文與改寫後的文章不同處在哪裡，以及學習散文創作的寫作技巧，希望同學可以循序漸進地學習，讓自己的寫作功力向上提升。

 # 壹、考試作文

文章寫作測驗在國文科考試中的重要性不容小覷，不論是國中升高中，或是高中升大學的國文科考試都有感性型寫作題，大部分的寫作題目都要考生從自己的生命經驗出發，書寫出結構完整的文章。

整體而言，感性型寫作題考核的是學生三種能力的綜合運用：以記敘文的方式寫出自己的經驗，用抒情文的方式寫出自己的感受，以及反思自己的經驗後，總結出結論或感想。

一、考試題型說明

回顧這幾年的考試作文題目，如下面兩個表格：

(一) 國中教育會考

會考年度	作文題目
102	來不及
103	面對未來，我應該具備的能力

會考年度	作文題目
104	捨不得
105	從陌生到熟悉
106	在這樣的傳統習俗裡，我看見
107	我們這個世代
108	青銀共居
109	我想開設一家這樣的店

(二) 大學入學考試

學測年度	作文題目
106	關於經驗的 N 種思考
107	季節的感思
108	溫暖的心
109	靜夜懷想
110	如果我有一座新冰箱

二、考試得分秘訣分析

　　既然是考試作文，想獲得高分就一定要先看評分標準。學測作文的評分標準每年都會針對考試題目個別說明寫作評分標準，國中會考作文的評分標準較為固定，而且簡明扼要，我們就以國中會考作文的評分標準做說明。

　　會考作文評分標準共分為 0 到 6 級分，6 級分的文章是分數最高的，文章必須具備下列特徵：

立意取材	能依據題目或寫作任務，適切地統整、運用材料，並能進一步闡述說明以凸顯主旨。
結構組織	文章結構完整，脈絡分明，內容前後連貫。
遣詞造句	能精確使用語詞，並有效運用各種句型使文句流暢。
錯別字、格式與標點符號	幾乎沒有錯別字及格式、標點符號運用上的錯誤。

三、考題示範與分析

　　一篇能獲得高分的考試作文必須要能理解題目的意思，才能找到適合、且符合題旨的材料書寫。一篇好的文章必須是融合多項文體的寫作能力，如：寫出自己的生命經驗，或是自己的生活觀察並呼應題旨，這是記敘文的能力。

　　在書寫自己生命經驗時也同時會抒發情感，這就包含了抒情文的寫作能力。在敘述完自己的經驗，同時也抒發完情感後，在結尾部分會對這段生命經驗做回顧或反省後，最後做出總結。下面我們一起來做考題解析與示範。

【題目】等待

　　有人說等待是一種藝術，也有人說等待是一種哲學，還有人說等待的過程是一種折磨。你有過等待的經驗嗎？那是什麼樣的經驗呢？請就等待的過程、等待的心路歷程、等待到最後的結果做詳細描述，並說明在這一次等待的過程中你學會什麼樣的道理？或是你體會到什麼事？

(一) 思路引導

1. 這是一篇記敘兼論說文〔找一個關於等待的經驗敘述，所以是（
　　）文；末段再寫從等待的經驗學會的道理，所以是（　　　　　）

文，因此這篇文章即可稱為（ 　　　 ）文〕

2. 這是一篇記敘兼抒情文〔找一個關於等待的經驗敘述，所以是（ 　　
　　 ）文；末段再寫從等待的經驗體悟到一種特別的情懷，所以是
（ 　　　 ）文，因此這篇文章即可稱為（ 　　　 ）文〕

(二) 尋記憶的寶盒

先搜尋記憶的寶盒，找尋關於等待的經驗：

1. 下雨天等媽媽送傘來

2. 等待植物開花結果的成長經驗

3. 等公車

4. 做了對不起好友的事，誠心跟好友道歉，等待好朋友的原諒

5. 寫了一封愛慕信，等待心儀的女生回信

6.（ 　　　　　　　　　　　　　　　　 ）

7.（ 　　　　　　　　　　　　　　　　 ）

(三) 點子測試站

不是每個夢想都會成真；不是每一個點子都可以發揮出好作品，要看
看是否能進入策略布局，布局完之後，這個等待的經驗是特別的、吸引人
的、可以說出一番特別的道理或感觸，這就是好的點子，若點子只是一個
生活當中很普通的小經驗，激不起心中的漣漪，寫完後也說不出什麼特別
的感想，那麼請大膽地淘汰吧！

經過一番細思量後，你選的題材是：（ 　　　　　　　　　　　　 ）

(四) 策略布局

【示範題材】下雨天等媽媽送傘來	
第一段	早上起床天空烏雲密布，你的心情受到影響，整個人也陰陽怪氣，媽媽提醒你帶雨具，你不耐煩地回了媽媽的話，惹媽媽生氣，你匆匆忙地上學，還是忘了帶傘。
第二段	下午最後一堂課雷聲轟隆轟隆，大雨夾著閃電，你期待雨停，雨依舊不停地下，同學們都回家了，在教室裡的你不但等待雨停，更等待著媽媽為你送雨具，你沒膽子打電話回家，因為早上惹媽媽生氣，等待的滋味很難受……。
第三段	終於，你決定放棄等待了，想一路狂奔回家（或乾脆坐計程車），在走廊上你突然看到一抹熟悉的身影，是媽媽為你送傘來了，看到這一幕，引起你心裡一陣感動。
第四段	在等待的過程中，你體會到母愛的偉大（媽媽對子女的愛、媽媽與你的默契、母子連心的感覺、媽媽對你任性的包容）。這次的等待是你這輩子最美的等待，因為感受到母愛的無私、包容與偉大。

範文欣賞一

等待（學生課堂練習文章修改）

　　農夫歷經春耕、夏耘、秋收，為的是等待冬天來臨時，能有足夠的糧食度過寒冬；含苞待放的花兒在雨水的滋潤下，等待綻放的一天；醜陋的毛毛蟲努力覓食，等待著羽化成蝴蝶的一天，等待是種投資的過程，必先付出心力，才會有收穫的時刻。

　　記得小學上自然課時，老師要求大家種植一種會開花的植物，我精心挑選了幾顆碧綠渾圓的菊花種子，把它安置在陽光照充足的陽臺上，我三不五時就去探望它，期盼它快快開花。我定時給予水分，用愛心澆灌它、用耐心滋潤它、用希望與祝福照耀它，這段耐心澆灌、等待花開的期間雖然長久，但有我們全家的歡笑聲，也帶給全家人更團結的凝聚力。

一日清晨，含苞待放的花苞，綻放美麗容顏了，帶著眾人引頸的期望，經過長久的等待，美麗的花兒堅挺的站在花萼上，葉緣散佈著晶瑩剔透的水珠，在太陽的照射下，折射出迷人的淡淡色澤，花香瀰漫著，吸引了成群結隊採蜜的蝴蝶，我的等待有了代價，雖付出漫長的時間，獲得的卻是無價的成就感。

　　等待是一種投資的歷程，需要付出心力和時間，在這漫漫等待的過程中，也許會有時間不斷流逝卻遙遙無期的無望感，讓人有想放棄的念頭，但只要有堅持，只要不忘初衷，辛苦的等待後我有了等值的回饋，在等待中，我學會耐心靜候的功夫，等待到最後讓我收穫了迎風搖曳的花姿、花香與家人的歡笑聲，這段等待的過程是生命中一段美好回憶哩！

範文欣賞二

等待（學生課堂練習文章修改）

　　這世上有價值的人事物都是需要時間去累積、孕育，無法一蹴可幾。等待是一門重要的功夫，沒有等待，就沒有路遙知馬力；沒有等待就沒有豐收的喜悅，在等待的過程中我們需要更多的耐心。

　　道理我是知道的，然而，我卻是個凡事趕速度的急驚風，在一次特殊的機緣下，我來到了一般人一輩子可能都沾不上邊的道觀，更讓我無奈的是──我得住在這一陣子！那是我有生以來最痛苦的日子，道觀彷彿被一種特殊的時空籠罩著，有一種極為緩慢的步調節奏，讓我無時無刻昏昏欲睡，加上我身旁都是「外柔內剛」的師父們，有好幾次我幾乎都要學起武俠小說的武功高手「越牆而去」了，但想歸想，我還是耐心等待著奇蹟出現吧！或許我那對「狠心」的父母會改變心意，願意提早來道觀接我回去，我就這樣咬牙忍耐了下去。

　　然而，我的期待落空了，我一人就在緩慢時空、特殊節奏的道觀裡，每天不甘願地跟著師父們做早課，去各地演講，我心裡悶得發慌，我負責在外頭做著收拾打掃的各種工作，有時還得頂著大熱天受人差遣，心裡實

在很不是滋味呀！這時，一個人拍我的肩，回頭一看，竟是那嚴厲的師父對我笑著，遞給我一顆蘋果，誇獎我「做得好！」

　　這一句「做得好」好似醍醐灌頂，滋養了我乾涸焦躁的心，連日來的努力，在無數日子的等待裡，原來我等待的不是爸媽來接我出去，也不是這段日子趕快過去，而是等待我急躁的個性慢慢柔軟輕盈，就在了悟這道理的那一刻，我的等待彷彿得到了美妙無比的回報，這一刻，所有的煎熬與辛苦都煙消雲散了，成了最甜美的代價！

貳、徵文比賽——散文創作

　　文學獎中有一類文體為散文創作，在比賽中，感性類作文經常可獲得高分，因此同學們都會摩拳擦掌、躍躍欲試，但結果往往不盡理想。

　　在這邊必須說明考試作文與散文創作除了都要符合文章結構外，兩者在寫作邏輯與技巧上有許多不同之處。

一、散文創作要點

　　散文創作要求的是作者能在時間淬鍊後，抓取生命中某些特殊事件，記錄下經過、感受及省思，並用流暢的文字及適合的修辭技巧書寫出來，讓讀者在閱讀的過程與作者共同經歷生命中的特殊體驗，一同梳理這段經驗、洗滌當時的情緒，再次回到記憶深處進行回顧、省思，找出意義。

　　好的散文除了結構完整、文字流暢，具備良好的修辭技巧外，最重要的是真摯感人。

　　而能得獎的散文還需要一些特殊的寫作技巧。本文介紹的是「象徵技巧」的運用，藉由象徵技巧讓文本進行抽象與具體的雙重敘事氛圍，增加散文的內容豐富度與情感厚度。

二、散文改寫示範

　　下面三篇文章都是課堂上同學的作品，再經過老師改寫，讓我們一起看看有什麼不同之處。

 原文

回憶中的基隆

臺中教育大學語文教育系　黃詔媞

　　基隆，是阿公、阿嬤一輩子的回憶。

　　陰雨霏霏，大船入港，是我對基隆的第一印象，每個禮拜都會固定回到基隆，雖然天氣總是濕涼，但阿嬤的熱情卻如保暖衣般抵禦寒冷，在那間復古風情的房子裡處處藏著我與阿嬤的歡笑；在後院偌大的菜園中處處有著我與阿公種菜的身影。晚上，「喀拉喀拉」的卸貨聲是搖籃曲，依稀可見貨船駛進港口，卸下一個個裝滿回憶與夢想的貨櫃。

　　我一天天長大，阿公、阿嬤卻一天天衰老，但是他們的活力卻依舊未減，直到病魔的摧殘下，那份活力漸漸消失在每次見到面的感覺中。久咳不癒的阿公在檢查下發現是肺癌末期，四大顆腫瘤在瘦弱的軀幹裡能清楚地被摸到，那時並沒有告訴阿公已是末期。在病房外，我清楚地聽到阿公用充滿鬥志的聲音說：「我要化療。」讓我不再用悲觀地想法看待這件事，跟著燃起更多希望。經過幾次的化療後，我都要先深吸一口氣，才能推開病房門，有時剛好看見阿公在吸痰、吐痰那糾結在一起的臉，痛苦不堪，臉色越來越蒼白消瘦卻還是在見到我時伸起那瘦弱的手摸摸我的頭說：「我可愛的乖孫來了啊。」這句話，每每回想起來，心頭還是酸酸的、眼角還是濕濕的。

在努力下，阿公的病情意外地有好轉的跡象，雖然兩位老人還是想回到基隆住，但是搬來我們家才能隨時處理緊急狀況。在我們家有一臺從基隆搬來的鋼琴，那是阿公和爸爸祖傳下來的，晚上有空我都會彈幾首阿公喜歡的曲子，他都會坐在旁邊的沙發上，閉上眼，微微笑著，有時隨著音樂輕輕擺動、輕輕哼唱，看著他放鬆自在的神情少了在醫院的緊繃感，那種感動和愉悅真的深深刻在心中。陪著他們入睡的搖籃曲裡少了熟悉的卸貨聲，也少了雨港基隆落下的雨滴聲。

但在兩個多禮拜後，阿公的病情忽然加重，被緊急送回醫院，情況十分不樂觀。那時，我自認為已經做好心理準備，推開一樣沉重的病房門，用全力擠出笑容想掩蓋隨時會潰堤的心情，他叫了我一聲：「乖孫。」眼淚撲簌簌滴落在我緊握阿公的手上，他說著住在基隆的種種往事，說起與阿嬤在基隆相遇的故事、說起我們一起在基隆的旅行、說起他最愛的基隆港、說起基隆他百吃不膩的攤位……我靜靜地聽著，阿公又恢復以往的神采奕奕，從他熱切的口吻中，彷彿聞到了基隆漁港的海水味和陣陣海風的吹拂。隔天，在我放學後被告知阿公在睡夢中安詳地走了，帶著與基隆的回憶悄悄地回到故鄉。

最近一次舊地重遊是在不久前的連假期間，穿梭在那些小巷子裡，阿嬤緊勾著我的臂彎，她的膝蓋也漸漸地退化了，像斑駁的老城般敵不過流逝的時間。她邊走邊說著這棟矮房住誰、那間平樓是什麼店，偶然遇見了一位故人，但那位阿公卻沒有認出阿嬤，阿嬤感慨地說：「都老得太快了。」基隆是充滿生活痕跡的老城，建築有日復一日使用的歲月痕跡，有年復一年的海邊鏽蝕，充滿人味與生命力，更布滿我與阿公、阿嬤最珍貴的回憶。

上了車，阿嬤只是靜靜的看著窗外，我偷偷看了一下她，發現她的臉頰有淚痕、眼角有餘淚，那是不捨、那是懷念，回憶隨著車子的行駛留在了基隆。

今晚的搖籃曲沒有喀拉喀拉的貨櫃聲，卻有溫馨的回憶陪著我，基隆的雨沒有滴落下悲傷，卻落下了一幕幕彌足珍貴的畫面。

（獲得 2021 年臺中教育大學大一新人柳川文學獎散文第二名）

回憶中的基隆

　　基隆，是阿公、阿嬤一輩子的回憶，也是記錄著我童年歲月的地方。

　　陰雨霏霏，大船入港，是我對基隆的第一印象，每個禮拜都會固定回到基隆，雖然天氣總是濕涼，但阿嬤的熱情卻如保暖衣般抵禦寒冷，在那間復古風情的房子裡處處藏著我與阿嬤的歡笑；在後院偌大的菜園中處處有著我與阿公種菜的身影。晚上，「喀拉喀拉」的卸貨聲是搖籃曲，依稀可見貨船駛進港口，卸下一個個裝滿回憶與夢想的貨櫃。

　　生命的搖籃搖啊搖，我一天天長大，阿公、阿嬤卻一天天衰老，在病魔摧殘下，在每次見面中，阿公、阿嬤的活力似乎漸漸消失。久咳不癒的阿公在檢查下發現是肺癌末期，四大顆腫瘤在瘦弱的軀幹裡能清楚地被摸到，那時並沒有告訴阿公已是末期。在病房外，我清楚地聽到阿公用充滿鬥志的聲音說：「我要化療。」因為阿公的鬥志，讓我不再用悲觀的想法看待這件事。經過幾次的化療後，我都要先深吸一口氣，才能推開病房門，有時剛好看見阿公在吸痰、吐痰那糾結在一起的臉，痛苦不堪，臉色越來越蒼白消瘦，卻還是在見到我時伸起那瘦弱的手摸摸我的頭說：「我可愛的乖孫來了啊！」這句話，每每回想起來，心頭還是酸酸的、眼角還是濕濕的。

　　在不斷努力治療下，阿公的病情意外的有好轉的跡象，雖然兩位老人還是想回到基隆住，但是搬來我們家才能隨時處理緊急狀況。在我們家有一臺從基隆搬來的鋼琴，那是阿公和爸爸祖傳下來的，晚上有空我都會彈幾首阿公喜歡的曲子，他都會坐在旁邊的沙發上，閉上

眼，微微笑著，有時隨著音樂輕輕擺動、輕輕哼唱著屬於基隆味道的港口情歌：

「暗紅的籠燈　凍濕著夜霧　JAZZ 的音樂聲　引我惜別意　想起明日要出帆　跟海鳥做伴　離別的菸煙啊　苦味無人知　不倘來悲傷　請你著放心　船頂的行船人　隨海浪飄流　想起明日要出帆　大海等阮去　藍青的海洋啊　就是阮家庭　黑暗的岸邊　亮起的鑼聲　不知何國的船　三支瑪斯都　今夜不管阮怎樣　盡情來給醉　海上的生活啊　單調又無味」

看著他放鬆自在的神情少了在醫院的緊繃感，那種感動和愉悅真的深深刻在心中。陪著他們入睡的搖籃曲裡少了熟悉的卸貨聲，也少了雨港基隆落下的雨滴聲。

但兩個多禮拜後，阿公的病情忽然加重，被緊急送回醫院，情況十分不樂觀。那時，我自認為已經做好心理準備，推開一樣沉重的病房門，用全力擠出笑容，想掩蓋隨時會潰堤的心情，他叫了我一聲：「乖孫。」眼淚撲簌簌滴落在我緊握阿公的手上，他說著住在基隆的種種往事，說起與阿嬤在基隆相遇的故事、說起我們一起在基隆的旅行、說起他最愛的基隆港、說起基隆他百吃不膩的攤位……我靜靜地聽著，阿公似乎又恢復以往的神采奕奕，從他熱切的口吻中，彷彿聞到了基隆漁港的海水味和陣陣海風的吹拂。隔天，在我放學後卻被告知阿公在睡夢中安祥的走了，我想阿公的魂魄應該是帶著與基隆的思念悄悄地回到故鄉。

我最近一次舊地重遊是在不久前的連假期間，穿梭在基隆港那些小巷子裡，阿嬤緊勾著我的臂彎，她的膝蓋也漸漸退化了，像斑駁的老城般敵不過流逝的時間。她邊走邊說著這棟矮房住誰、那間平樓是什麼店，偶然遇見了一位故人，但那位阿公卻沒有認出阿嬤，阿嬤感慨地說：「都老得太快了。」基隆是充滿生活痕跡的老城，建築有日復一日使用的歲月痕跡，有年復一年的海邊鏽蝕，充滿人情味與生命力，更布滿我與阿公、阿嬤最珍貴的回憶。

上了車，阿嬤只是靜靜地看著窗外，我偷偷看了一下她，發現她

的臉頰有淚痕、眼角有餘淚，那是不捨、那是懷念，回憶隨著車子的行駛留在了基隆。

今晚的搖籃曲沒有喀拉喀拉的貨櫃聲，卻有溫馨的回憶陪著我，基隆的雨沒有滴落下悲傷，卻落下了一幕幕彌足珍貴的畫面。「暗紅的籠燈　凍濕著夜霧　JAZZ 的音樂聲　引我惜別意　想起明日要出帆　跟海鳥做伴……」夜霧壟罩的基隆港，我彷彿又聽見阿公低聲的哼唱著屬於故鄉的歌。

原文

沉默的花樹

臺中教育大學　許育甄

還記得高中時老師問過大家：「如果有時光機，你最想回到什麼時候？」同學們紛紛回應：「回到小時候。」我的回答是：「我不想要時光機。」因為快樂距離我的童年隔了數許個光年。

我的嬤嬤，同時也是我的母親，她，一位普通而偉大的女性，支撐著我跌宕狂飆的青春，在最毒辣的日子裡，為我支撐起一片綠蔭，我抬起頭，赫然發現從前的我經常忘記她的照應，只懂得哭訴路途的曲折。我的嬤嬤，我生命中最重要的人，如同一棵不起眼卻燦爛著的臺灣欒樹，聳立卻不突兀，平凡而樸實。

那年夏天，十歲的我第一次踏入法院，在父母的離婚訴訟案中，身為姐姐的我自然要發言，開庭前心裡的沉悶，心如沉到了湖底，我低喃著：「好緊張。」我不了解壓抑在心頭的是什麼，此刻嬤嬤握住我的手，那雙經過多少辛苦歲月卻仍然柔順厚實的手，緊緊的握住我的雙手，傳遞的不單單是溫度還有勇氣。她告訴我：「別怕！我會陪

著你！」

　　開庭時面對法官的提問，我對答自然，但仍不時轉頭確認嬤嬤是否還在，即便我知道，她一直都在。嫁進這個家，奶奶待她不好，鄰居說三道四，陪著叔叔吃足苦頭，她一直都在，如同人行道上皆能見著的臺灣欒樹，無論經歷多少狂風驟雨，它依然佇立著。縱使我想為她落淚，她卻用她溫柔的雙臂擁抱我，如同那片綠蔭，為我遮蔽無數日子的風雨。

　　在快樂的小學生活結束前，人生的低潮出現了，雖然稱為人生的低潮，我也只不過活了十八個年頭而已。那是我十二歲的秋天，嬤嬤告訴我父親離世的靈耗，她說無論如何，她會陪在我的身邊，就像十歲那年一樣。我仰起頭望向天，天空由藍漸橘紅最後灰暗，街燈亮起，我低下頭，看見我與嬤嬤的影子漸漸被拉長，她一直陪我走著，無論是依然寧靜的街道，或是我起伏曲折的旅程，她一直都在。嬤嬤沒有催促我，也未阻止我的潸然淚下，她說人生就該如此充滿荊棘、陷阱滿布，而遇到任何事就面對，每個人都是如此，而你，至少我還陪著你。

　　然而當時打擊很大，看著叔叔和嬤嬤為了我和弟弟的監護權，每天東奔西跑的花錢做健康檢查、申請良民證，那時候我們還小，什麼都不懂。親戚們喝醉酒了，嚷嚷著叫我改叫嬤嬤為「媽媽」，叫了十多年，真的很難說改就改，叔叔嬤嬤只是搖搖頭說，叫什麼並不重要。嬤嬤花了很多年，很多錢，為了生出一個孩子，最後卻無疾而終。嬤嬤對我說：「老天不讓我生孩子，卻把你們這群孩子帶到我身邊。」在我人生大半歲月裡，她一直都在。走著，我們靜靜的，縱使有許多事、許多心情我還是無法釋懷，但在未來念念不忘的日子終究會淡去，一如穹蒼的恬淡，一如我與她之間的安然。

　　今年，我十八歲，多麼脆弱而璀璨的年紀啊！臺灣欒樹扶疏的葉片也由盛夏的濃綠轉為涼秋的金黃，葉片的顏色經過無數次四季輪替的變化，我們甚少發現它們的存在，如同我們忽略的了父母的付出。有時候我也會怨懟他們對我管教嚴厲，有時也會覺得委屈，有時也會

對他們懷有愧疚，但我還是愛他們，是因為我知道，沒有什麼歲月靜好，不過是他們替我負重前行；是因為他們是我的叔叔、嬸嬸，是那個在我生命當中占最重要的一塊的人；是因為我還在這個家，真好。他們一年四季從不休息，大半輩子為我遮風擋雨，當我在人生的道路上累了，抬頭，嬸嬸依然還在。

（獲得 2020 年臺中教育大學大一新人散文獎柳川文學獎佳作）

沉默的金雨樹

還記得高中時老師問過大家：「如果有時光機，你最想回到什麼時候？」同學們紛紛回應：「回到小時候。」我的回答是：「我不想要時光機，我只要金雨樹依然佇立在那兒花開燦爛！」時光有她在，我才能自在生長著。

「臺灣欒樹為臺灣特有植物，又名金雨樹」

我的嬸嬸，同時也是我的母親，她，一位普通而偉大的女性，支撐著我跌宕狂飆的青春，在最毒辣的日子裡，為我支撐起一片綠蔭，我抬起頭，赫然發現從前的我經常忘記她的照應，只懂得哭訴路途的曲折。我的嬸嬸，我生命中最重要的人，如同一棵不起眼卻燦爛著的臺灣欒樹，聳立卻不突兀，平凡而樸實。

「臺灣欒樹　無患子科」

那年夏天，十歲的我第一次踏入法院，在父母的離婚訴訟案中，身為姐姐的我自然要發言，開庭前心裡的沉悶，心如沉到了湖底，我低喃著：「好緊張。」我不了解壓抑在心頭的是什麼，此刻嬸嬸握住我的手，那雙經過多少辛苦歲月卻仍然柔順厚實的手，緊緊地握住我

的雙手，傳遞的不單單是溫度還有勇氣。她告訴我：「別怕！我會陪著你！」

開庭時面對法官的提問，我對答自然，但仍不時轉頭確認嬸嬸是否還在，即便我知道，她一直都在。嫁進這個家，奶奶待她不好，鄰居說三道四，陪著叔叔吃足苦頭，她一直都在，如同人行道上皆能見著的臺灣欒樹，無論經歷多少狂風驟雨，它依然佇立著。縱使我想為她落淚，她卻用她溫柔的雙臂擁抱我，如同那片綠蔭，為我遮蔽無數日子的風雨。

「臺灣欒樹花語：獨立、開朗、朝氣」

在快樂的小學生活結束前，人生的低潮出現了，雖然稱為人生的低潮，我也只不過活了十八個年頭而已。那是我十二歲的秋天，嬸嬸告訴我父親離世的噩耗，她說無論如何，她會陪在我的身邊，就像十歲那年一樣。我仰起頭望向天，天空由藍漸橘紅最後灰暗，街燈亮起，我低下頭，看見我與嬸嬸的影子漸漸被拉長，她一直陪我走著，無論是依然寧靜的街道，或是我起伏曲折的旅程，她一直都在。嬸嬸沒有催促我，也未阻止我的潸然淚下，她說人生就該如此充滿荊棘、陷阱滿布，而遇到任何事就面對，每個人都是如此，而你，至少我還陪著你。

然而當時打擊很大，看著叔叔和嬸嬸為了我和弟弟的監護權，每天東奔西跑的花錢做健康檢查、申請良民證，那時候我們還小，什麼都不懂。親戚們喝醉酒了，嚷嚷著叫我改叫嬸嬸為「媽媽」，叫了十多年，真的很難說改就改，叔叔嬸嬸只是搖搖頭說，叫什麼並不重要。嬸嬸花了很多年，很多錢，為了生出一個孩子，最後卻無疾而終。嬸嬸對我說：「老天不讓我生孩子，卻把你們這群孩子帶到我身邊。」在我人生大半歲月裡，她一直都在。走著，我們靜靜的，縱使有許多事、許多心情我還是無法釋懷，但在未來念念不忘的日子終究會淡去，一如穹蒼的恬淡，一如我與她之間的安然。

「臺灣欒樹黑褐色種子夾在三片蝶衣中，堅實，可作佛串珠」

　　今年，我十八歲，多麼脆弱而璀璨的年紀啊！臺灣欒樹扶疏的葉片也由盛夏的濃綠轉為涼秋的金黃，葉片的顏色經過無數次四季輪替的變化，我們甚少發現它們的存在，如同我們忽略的了父母的付出。有時候我也會怨懟他們對我管教嚴厲，有時也會覺得委屈，有時也會對他們懷有愧疚，但我還是愛他們，是因為我知道，沒有什麼歲月靜好，不過是他們替我負重前行；是因為他們是我的叔叔、嬸嬸，是那個在我生命當中占最重要的一塊的人；是因為我還在這個家，真好。他們一年四季從不休息，大半輩子為我遮風擋雨，當我在人生的道路上累了，抬頭，嬸嬸依然還在。

 原文

因你而改變

臺中教育大學　羅皓文

2021 年 04 月 01 號

　　三更半夜，冷風颯颯，孤獨的夜晚，我一人孤身的在床上輾轉難眠，妳曾經把我拉離黑暗，半年前卻獨留我一個人，熟悉的房間，熟悉的角落，熟悉的黑暗，不熟悉的卻是我自己。

　　三年前你唐突的闖入我的生命，把我從熟悉黑暗中拉了出來；現在卻又突然從我的生命裡離開，獨留我一人在這陌生的光明。

　　「叮咚!」

　　一聲突兀的訊息聲打斷了我的思緒。

三年前　2018 年 09 月 01 號

　　今天是高中的開學日，代表著令人愉快的暑假結束了。

「鈴～鈴～鈴～」

一大早我就被鬧鐘叫了起來，百般不情願的我迅速的穿好制服，翻出了好幾個月沒用到的鉛筆盒東翻西找把需要用的東西雜亂的丟入書包，跨出家門飛奔追逐公車。

「枯燥的讀書生活又要開始了。」我心裡一直出現這句話。

到了陌生的學校，進了沒有認識任何人的教室，看著同學們三三兩兩的聚在一起聊天，沒有任何國中同學同班的我，順勢的坐到班上的最角落，放好書包，翻開了我消磨時間的小說「我想吃掉你的胰臟」一本由日本人寫的小說，「看來又是一個邊緣的高中生活了」正當這麼的想著的時候，教室門正好打開了。

「各位同學大家好！」

伴隨著這句話，走進了一位女同學，穿著一樣的制服，有著一頭標準的黑長直髮，加上一副聰明人標配的黑框眼鏡，最後擁有光鮮亮麗的外表，跟我對比就是光與影，兩個完全不是同一類的人，但她卻筆直的走來我前方的座位，筆直的走進我的生命。

以下就簡稱她為 X。

「同學你好！請多指教，叫我 X 就好。」

一句突然的話打斷了我的思緒，我放下手中的書本，看向前方不知何時已經轉過身來，眼睛不斷打量著我的她。

「好正！」一句極為不適切的話出現在我腦海裡。

原本就非常不會與人交談的我，腦中的思緒被這句話搞的更亂。

「你好……。」一句極為小聲極為簡短極為句點的話從我口中說了出來。

「噗哧！」她看著我不知所措的表情就這樣笑了出來。

幸好這時鐘聲響起，老師走了進來。

「同學們開始上課了；請回到位置上。」

一句宛如天使的福音解救了我的尷尬。

「下課再聊」，她就這樣迅速的轉回去，還順手的把我桌上的小說拿走。

「巜！這是我今天唯一帶的一本小說……。」

第一節課是會讓大多數人感到極為乏味的數學課。

「來大家打開課本第 3X+3Y=£¥÷£#-#&@&」

趴在桌上，看著前方閱讀著我的小說的 X，我的思緒早已不在數學課上，而是在安靜閱讀的她，下課鐘聲響起，她轉過身來，我嚇得趕緊收起目光。

「我想吃掉你的胰臟。」

她模仿著小說裡的臺詞對著我說。

「ㄜ……這是最後男主告白的話\。」

看著她手中只看不到 1/3 的書，我知道她一定不了解這句話的意思

「ㄜ……妳這樣算劇透啦！！！」

她丟下了這句話迅速轉身回去繼續看我的小說。

到了下午，午休醒來，我看到我的小說，靜靜的躺在桌上，上面貼了一張便條紙。

「其實我生命也所剩無幾了。」她寫著小說裡的話。

「？？？？」

滿腦子問號的我，疑惑的看著前方的 X，她用手比出了往下的手勢，我順著往下看，看到了下面還有一張便條紙。

「騙你的！」

她就像贏得勝利一樣，笑著轉了回去。

下午是班會課，老師要求我們要自我介紹，相比與我的內向結巴簡短的內容，她落落大方的自我介紹。

成功的讓老師選她作為我們的班長，轉眼放學鐘聲響起。

「你真是個有趣的人！」

丟下這句話，她就快速的收好東西，一溜煙的離開教室，獨留一個不知所措的我。

隔天，我一如往常坐在公車的最後面，看著我的小說，不知是命運的安排 還是天意的作弄，一個熟悉的人影，一把拿走了我手裡的

小說。

「同學！好巧喔早安！」

她笑著看著我說，原來我跟她是同一班公車啊，從此在公車上的相遇就成為了我們的日常。

此時她放好了她的書包，就這樣坐在了我的旁邊，認真的看著我的書。

「好美！」

看著她看書的神情，我腦海不自覺的出現了這句話，而她就像擁有讀心術，轉過頭來用著疑惑的眼神看著我，而我就像做賊心虛一樣迅速的撇過了眼，慌張的從我書包拿出我早已準備好的第二本小說，她又露出了微笑，轉回去繼續看書，看著她又露出勝利的微笑，我不甘心的看著我帶的第二本小說：「還好我有帶第二本。」

整路我們兩個就這樣安靜的在看書。

「下一站○○高中。」

她按了下車鈴，把小說還給了我。

「進教室還要借我。」

我們兩個就這樣下了公車。

整路由她起頭，尬聊著剛才的小說，一起進了教室，就這樣我的高中人生，就亂入了一個人，時不時拿走我的小說，時不時陪我上下學，時不時轉過頭陪我說話，她陽光，她好相處，參與了許多社團。她聰明，每次段考都是第一名，她善良，她負責任，當班長每次都被班導稱讚，同學們也都樂於與她交際，與我個性極為相反，我極為崇拜、極為仰慕，但這樣的她卻有沮喪的一幕。

兩年前　2019 年 04 月 01 號

我們認識一年後，一次的段考後，公布成績的那天那個放學，一如往常的收著東西，此時卻發現少了一件事，平常都會找我坐公車的她，竟然趴在桌上，還傳來啜泣的聲音，似乎是班上的人都走光了，所以她揭下來偽裝的面具，不隱藏任何情緒的，把她的悲傷都宣洩出

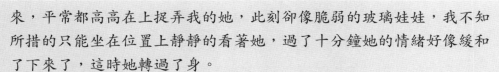

來，平常都高高在上捉弄我的她，此刻卻像脆弱的玻璃娃娃，我不知所措的只能坐在位置上靜靜的看著她，過了十分鐘她的情緒好像緩和了下來了，這時她轉過了身。

「請等我十分鐘，平常開朗的我就回來了。」

她裝堅強微微的一笑，可能這就是她的偽裝吧，在這世上她早已經被貼上了#高材生#樂觀開朗#堅強#陽光此類的標籤，使她不得不帶起面具去迎合別人的期待，經歷了這件事，我跟主動的去接近她，她也對我更敞開了心房，我們兩個變成了無話不談的好友，不管上學放學，午餐下課，我們都待在一起。她也好像怕我太宅太邊緣，時常把我拉去社團，時常拉著我協助她處理班上事物，就這樣我也結識了班上的同學、社團的學長姐與學弟妹，瞬間不這麼邊緣，下課時常有人找我聊天，放學時常有人找我打球，但我最喜歡的還是跟著 X，一起看著小說，一起聊著天，雖然時常還是一直被她捉弄。

這樣平凡的日常到了 2020 年 04 月 01 日出現了翻轉。

她竟然在這個假日約我出去看電影。

我徹夜的失眠，一大早就起來了，緊張的吃完早餐，整理東西，看著衣櫥，衣服穿了又脫，不斷試了好幾件衣服，都看起來不太適合。

「是我平時太宅都不出門的原因嗎？」

雖然很早起，卻在選衣服時花了過多的時間，導致我慌慌張張的到了電影院前，她已經到了。

遠遠的看著她招手，我的眼睛馬上就被吸引住了。

「好美！」

又是同一句，毫無創意，毫無修飾的話，無意間的從我口中脫口而出，她瞬間臉紅，我也意識到了不合適，害羞的低下頭，就像是要緩解尷尬一樣，她拿著她買好的電影票，一把抓起我的手，拉著我進去電影院，如果有神，我想把時間停留在這一刻，不論電影好不好看，這一刻我們是歡樂的。電影院裡，只有少數的人，她沒有放開我

的手，我克制著一般人都會有的邪念，收起注視她的目光，平靜的看完了這部普普的電影，如果可以回到過去，我應該會告訴自己放棄這部普通的電影，好好的注視她。

電影一結束，燈一亮她又拉著我，到了一個非常極為不像她會去的地方：「麥當勞」。

她竟然會來這種宅男們的速食店，在吵雜的人群中而我們找到了座位，坐了下來，吐槽著剛剛的電影，這時餐點到了，但她卻沒有動手開吃，而是眼睛直線的看著我，口中似乎是有什麼話要說，正讓我覺得，「該不會是動漫戀愛番的劇情要發生了。」但她的口中卻說出了，此生最讓我難過的話。

「我要出國了……因為爸媽工作的緣故」

頓時像是我的世界失去了光明，人生失去了依靠，像是漁船失去了燈塔，迷失在了黑暗，那午餐我已經忘記是什麼味道，也忘記了之後發生的事，忘記我是怎麼回家的，我只記得那天晚上我抱著枕頭，止不住淚水，整夜無法入眠。

不知是不願接受，還是不願相信，我開始疏離她，平時下課也趴在桌子上，我可能是感覺被背叛了吧。現在想起來，我那時候怎麼會沒把握最後相處的時光呢？我真傻……。

就這樣我們的距離變得遙遠，在這光明的世界我感到不適應，開始默默的不參與社團，開始敷衍同學的聊天，開始拒絕打球的邀約，我默默的向著黑暗回去，雖然她還是會拿走我的小說。

但我們兩個人之間沒有過多的言語，就這樣她就在今年暑假淡出了我的生命，時不時晚上我的腦海都會想起她。

如果那時我……是不是就會不一樣了。

如果我那時候不這麼害羞，是不是事情就會改變。

如果那時我不逃避不疏離她，我們是不是就不會如此的尷尬。

「叮咚！」

正當我陷入無限輪迴的懊惱，此時的訊息聲打斷了我。

From：X

　　快半年不見了，你還記得我嗎，還是你已經忘記了，很抱歉，我沒有持續的陪著你，我就這樣離開你到了國外，跟你聊天的日子真的很開心、很自在，我不用在你面前擺出堅硬的笑容，可以自由的展現我的情緒，到了國外我還是時常會想起我們聊天的時光，我知道你可能不會把我下面的話聽進去，但我還是要告訴你，你應該要多參與社團，多跟別人接觸，多交一些朋友，我知道我一離開你，你一定又回到了你邊緣的人生，但我希望你可以聽進我的話。

　　最後

　　希望你一切安好，如果還是覺得是我背叛你的話，就忘了我吧，如果你對我還有其他的好感的話，等我回臺灣再來好好的聊吧。

　　最後的最後
　　「我喜歡你」
　　附註
　　「愚人節快樂」

　　曾經的不滿早已消失，最後的一句話我早以無法預判是真的還是又在捉弄我，要我「改變」再說吧，但現在的我已解開複雜的心結，因為你的話，我難得在黑夜中露出真誠的笑容。

　　時間來到大學第一天。
　　一進教室我沒有選擇最後面的位置，而是倒數第二排，放下東西，我學著我熟悉的那個人，轉過身去。
　　「同學你好！請多指教，叫我○○就好。」
　　看來我因為她也產生了變化了吧。

愚人節事件簿

2021 年 4 月 1 號

三更半夜，冷風颯颯，孤獨的夜，我在床上輾轉難眠，熟悉的房間，熟悉的黑暗，不熟悉的卻是我自己。三年前妳唐突的闖入我的生命，把我從熟悉黑暗中拉了出來；現在卻又突然從我的生命裡離開，獨留我一人面對陌生的光明。

如果那時我不逃避不疏離，我們是不是就不會如此尷尬。

正當我又陷入無限懊惱的輪迴，一聲突兀的訊息聲打斷了我的思緒。

2018 年 9 月 1 號

一大早被鬧鐘吵醒，啊！今天是高中開學日，百般不情願的我迅速起床，枯燥的讀書生活要開始了。

到了陌生的學校，進了陌生的教室，看著同學們三三兩兩的聚在一起聊天，而我，像孤鳥般的我就坐在最角落，陪著我的是一本《古希臘羅馬神話》。

「各位同學大家好！」伴隨這句話，這位女同學走進教室，也走進我的生命，她跟我就是光與影對比，但她卻筆直的走來我的座位前方，筆直的走進我的生命。

「同學你好！請多指教，叫我 X 就好。」

一句話突然地打斷了我的思緒，一放下手中的書本，「好正！」一句極為不適切的話語竟然出現在我腦海裡。原本就不會與人交談的我，腦中的思緒被這句話搞得更混亂。

「噗哧！」她看著不知所措的我就這樣笑了出來。

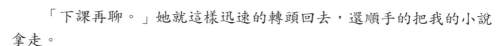

　　「下課再聊。」她就這樣迅速的轉頭回去，還順手的把我的小說拿走。

　　這一節是讓人感到乏味至極的數學課。趴在桌上，我閱讀著前方閱讀著我的小說的 X，我們的思緒早都不在數學課上，我們始終安靜的閱讀。

　　下午的班會課，我們輪流自我介紹，我忐忑地站了起來。相較於 X，我既結巴又簡短的內容讓我像黑色的影子，只能瑟縮在角落。而她像太陽光，霎時明亮地轉過身來，把那本《古羅馬神話故事》遞向我，映入我眼簾的是「蔓姜會」的故事，而她依舊嗤嗤的笑著，愚弄著我。

　　「你真是個有趣的人！」丟下這句話，她迅速轉了回去，留下一個不知所措的我。

　　隔天，我一如往常坐在公車的最後面，看著小說，一個熟悉的人影，又一把拿走了我的小說。

　　「同學！好巧喔，早安」，就這樣坐在了我的旁邊，認真的看著從我手中拿走的書。

　　這次，我靜靜地閱讀著她，看著她閱讀小說的神情，而她就像擁有讀心術，突然轉過頭來盯著我看，我做賊心虛似地撇過了眼，她露出勝利的微笑。我的高中人生就此亂入了一個不時拿走我的小說，不時陪我上下學，不時轉過頭陪我說話，不時彼此閱讀著彼此心思的 X。

2019 年 4 月 1 號

　　段考後公布成績的那天放學，我一如往常的收著東西，卻發現平常都會來捉弄我的她，竟趴在桌上，還傳來啜泣的聲音，或許是因為那時班上同學都走光了，她揭下偽裝的面具，像脆弱的玻璃娃娃，不知所措的我只能靜靜的看著她，不知過多久，她情緒好像緩和下來了，她轉過身說：「請等我十分鐘，開朗的我就回來了。」

「#高材生#樂觀開朗#堅強#陽光」此類的標籤，使她不得不戴起面具去迎合別人的期待，經歷了這件事，我們成了無話不談的好友，她好像怕我太宅太邊緣，時常拉我結識班上同學、社團學長姐，但我最喜歡的還是跟著X，一起閱讀，閱讀小說、閱讀人生、閱讀彼此的心思。雖然我還是時常被她捉弄，但我的生活有了她，我變得不一樣了。

2020 年 4 月 1 號

她竟然在這個假日約我看電影。

我徹夜失眠，雖然很早起，卻在選衣服時花了過多的時間，導致我慌慌張張的，到了電影院時，遠遠的看著她招手，我的眼睛馬上就被吸引住了。

「好美！」又是同一句，毫無創意、修飾的話，她瞬間臉紅，我也意識到了不合適，害羞的低下頭，她拿著她買好的電影票，拉著我進去電影院，如果這世間有神，我想把時間停留在這一刻，不論電影好不好看，這一刻我們是歡樂的，她沒有放開我的手，電影內容我早就忘了，因為我的腦海那時都是她，電影一結束燈一亮，她沒有立即起身離開，而是眼睛直線的看著我，正當我覺得，「該不會是動漫戀愛番的劇情要發生了」，但她卻說出了此生最讓我難過的話「我要出國了⋯⋯因為爸媽工作的緣故。」

頓時我的世界失去了光明，我迷失在更深的黑暗裡，忘記了我是怎麼回家的，我只記得那天晚上我抱著枕頭，止不住淚水，整夜無法入眠。不知是不願接受，還是不願相信，我開始疏離她，我可能是感覺被背叛了吧。

就這樣，我們的距離變得遙遠，在這光明的世界我感到陌生，開始默默的不參與社團，開始敷衍同學的聊天，開始拒絕打球的邀約，我默默的向著黑暗回去，雖然她貌似想要挽回關係，但那時的我始終忽視了她，就這樣她在 2020 年的暑假淡出了我的生命。

2021 年 4 月 1 號

「叮咚！」平時不會有任何訊息的手機竟傳來了通知鈴聲。

From：X

半年不見，你還記得我嗎？很抱歉，我就這樣到了國外，很懷念跟你聊天的日子，我可以自由的展現我的情緒，我知道你可能不會把我下面的話聽進去，但我還是要告訴你，你應該要多跟人接觸，多交一些朋友，我知道我一離開，你一定又回到了你邊緣的人生，希望你一切安好，如果還是覺得是我背叛你的話，就忘了我吧，如果你對我還有其他的好感的話，等我回臺灣再來好好的聊吧。

最後的最後「我喜歡你」

附註「愚人節快樂」

曾經的不滿早已消失，最後的一句話我早以無法預判是真的還是又在捉弄我。

附註：

傳說古羅馬時代，每年四月初舉行「蔓姜會」。某年「蔓姜會」上，主宰之神雪麗絲的小女兒白洛賽去極樂園摘水仙花時，遇見冥王菩拉多，兩人一見鍾情，菩拉多要娶白洛賽為后就得先過母親雪麗絲這關，菩拉多命令地府的鬼怪發出嗤嗤的笑聲，以愚弄緊追而來的雪麗絲，希望雪麗絲不要阻擋兩人的愛情。後人便以每年之「蔓姜會」為「愚人節」。

2021 年 9 月 15 日　大學開學第一天

一進教室，我不再選擇最後面的位置，找到面向陽光的位置，放下包包，我學著熟悉的 X，轉過身去。「同學你好！請多指教，叫我

○○就好」彷彿我聽見遠處傳來嗤嗤的笑聲……

　　不管未來如何，看來我因為她個性也產生變化了吧。

　　那嗤嗤的笑聲是 X 嗎？

　　────────────────────────────────────

　　愚人節事件簿待續……

參、自我增能與延伸閱讀

　　寫作過程除了可以宣洩壓力、撫慰心靈外，還可以幫助當事人重新建構認知歷程，並從中獲得對自我生命更深的領悟，因此在心理治療中，寫作治療（敘事治療）占有一席之地。

　　散文寫作重視記錄作者自己特殊的生命經驗，並從中梳理出脈絡，在黑暗的生命經驗中，作者藉由文字的梳理中帶領讀者找到曙光，因此在散文寫作與閱讀的歷程中，是作者帶領讀者做一場心靈洗滌與敘事治療。

　　從上文〈回憶中的基隆港〉、〈沉默的金雨樹〉、〈愚人節事件簿〉，以及下文的〈先妣事略〉、〈路〉都是作者藉由文字敘事的過程梳理自己的生命隱微、幽暗之處，並從中建構出生命更深層的意義，現在也請你回憶自己的生命地圖，重新回頭看看那段幽微苦難的歲月，試著用文字梳理出事件脈絡，並重新賦予它新的涵義。

一、歸有光〈先妣事略〉

　原文

　　先妣周孺人，弘治元年二月二十一日生。年十六年來歸。逾年生女淑靜，淑靜者大姊也；期而生有光；又期而生女子，殤一人，期而不育者一人；又逾年生有尚，妊十二月；逾年，生淑順；一歲，又生有功。有功之生也，孺人比乳他子加健。然數顰蹙顧諸婢曰：「吾為多子苦！」老嫗以杯水盛二螺進，曰：「飲此，後妊不數矣。」孺人舉之盡，瘖不能言。

　　正德八年五月二十三日，孺人卒。諸兒見家人泣，則隨之泣。然猶以為母寢也，傷哉！於是家人延畫工畫，出二子，命之曰：鼻以上畫有光，鼻以下畫大姊。以二子肖母也。

　　孺人諱桂。外曾祖諱明。外祖諱行，太學生。母何氏，世居吳家橋，去縣城東南三十里；由千墩浦而南，直橋並小港以東，居人環聚，盡周氏也。外祖與其三兄皆以資雄，敦尚簡實；與人姁姁說村中語，見子弟甥姪無不愛。

　　孺人之吳家橋則治木綿；入城則緝纑，燈火熒熒，每至夜分。外祖不二日使人問遺。孺人不憂米鹽，乃勞苦若不謀夕。冬月爐火炭屑，使婢子為團，累累暴階下。室靡棄物，家無閒人。兒女大者攀衣，小者乳抱，手中紉綴不輟。戶內洒然。遇僮奴有恩，雖至箠楚，皆不忍有後言。吳家橋歲致魚蟹餅餌，率人人得食。家中人聞吳家橋人至，皆喜。

　　有光七歲，與從兄有嘉入學，每陰風細雨，從兄輒留，有光意戀戀，不得留也。孺人中夜覺寢，促有光暗誦《孝經》即熟讀，無一字齟齬，乃喜。

　　孺人卒，母何孺人亦卒。周氏家有羊狗之痾。舅母卒，四姨歸顧氏，又卒，死三十人而定。惟外祖與二舅存。

孺人死十一年，大姊歸王三接，孺人所許聘者也。十二年，有光補學官弟子，十六年而有婦，孺人所聘者也。期而抱女，撫愛之，益念孺人。中夜與其婦泣，追惟一二，仿佛如昨，餘則茫然矣。世乃有無母之人，天乎？痛哉！

導讀

歸有光（西元 1506～1571 年）字熙甫，又字開甫，別號震川，又號項脊生，江蘇崑山人。歸有光是明代著名散文家，與唐順之、王慎中並稱為嘉靖三大家，三人均崇尚唐宋古文，認為好的文章需要具備內容翔實、文字樸實的特質。由於歸有光在散文創作方面造詣極深，被當時人尊稱為「今之歐陽脩」，後人甚至稱讚他的散文為「明文第一」，後有《震川集》、《三吳水利錄》等書籍傳世。

〈先妣事略〉是歸有光懷念母親的著作，文章敘述母親從十六歲嫁到歸家，十八歲生下他，二十六歲去世，母親去世時歸有光只八歲，在歸有光二十四歲娶妻生子後，卻更懷念母親在世時的點點滴滴，這篇懷念母親之作就是在這時寫的。

語譯

我去世的母親周孺人，出生於弘治元年二月十一日。她十六歲即嫁至我們歸家。第二年，生下淑靜（就是我的大姊），再過一年，我出生了，又一年生下一對龍鳳胎，一個出生就是死胎，另一個也只活了一歲就夭折。又過了一年，生下有尚，之後又歷經十二個月懷胎才生下淑順，過一年又生了有功。先母哺養有功比前幾個兒女更吃力了，她常皺著眉對身旁幾個女婢說：「孩子一個接一個來，真折騰啊！」有個老婆子知道一個

偏方，她用一杯水盛著兩個田螺，告訴先母：「喝下這杯水就不會常懷孕了。」先母舉起水杯，一飲而盡，從此卻失聲變啞，再也不能說話。

正德八年五月二十三日，先母病故，當時孩子們都年幼，看見家裡大人哭，只會跟著哭，以為母親只是睡著了，不知道是天人永隔了，現在想來真是悲痛啊！之後，家裡請畫工為先母畫遺像，請畫工依眼前兩個孩子的樣貌作畫：「鼻子以上照有光的樣子畫，鼻子以下照淑靜的樣貌畫。」因為這兩個孩子面容最像母親。

先母名桂；外曾祖父名明；外祖父名行，是太學生；外祖母姓何。外祖父世世輩輩都定居在吳家橋。吳家橋位在昆山縣城東南，離城三十里遠，經過千墩浦，到南直橋，沿著小河往東就到村子。村子裡的許多人家全都姓周。外祖父和他三個哥哥都因為富有而出名，為人卻忠厚正直。外祖父常常和氣地和村裡人話家常，看到外甥侄子等晚輩個個都喜愛。

先母回到吳家橋娘家時，就做些棉花活。進城回婆家，就搓麻捻線，常常點盞小燈，勞動到深更半夜。外祖父三天兩頭就會差個人送點東西來。我們家雖不缺吃食，但先母卻終日辛勞操持家務，冬天升爐火用的炭屑，叫丫環做成炭團，一顆一顆曬在臺階下面，屋裡沒有浪費掉的物品，家裡沒有不做事的閒人。先母會牽著大孩子的衣服，將年紀小的孩子抱在懷裡，雖然要照顧孩子，但她的手裡卻還是不停地縫縫補補，就連每間房間也都打掃得乾乾淨淨。先母對待傭人很好，傭僕們雖然偶爾做錯事被責罰了，背後也不忍心責怪她。吳家橋每年要送來魚、蟹、糕餅，份量都仔細計算過，讓人人都可以吃到，因此家裡人聽說吳家橋有人來，個個都歡喜。

我七歲時和堂兄有嘉進學塾讀書，每逢陰雨天氣，堂兄總是要在學塾裡過夜，我雖捨不得和堂兄分開，但卻不能和他一樣留在學塾，先母要我日日趕回家，先母常在半夜醒來，叫我背誦《孝經》，且要背誦到沒有一個字錯漏為止。

先母離世後，外祖母也病故了，這是因為周家染上瘟疫，接著舅母病

故、四姨媽嫁在顧家，又病故，這場瘟疫一連死了三十個人才停止，最後只剩外祖父和二舅還健在。

先母去世十一年後，大姊淑靜嫁給王三接，這婚事是先母生前就安排好的。先母離世十二年後，我補上了生員，十六年後，我娶妻，婚事也是先母生前為我訂下的婚事。一年以後我和妻子生了個女兒，我們夫妻倆都很疼愛女兒，抱著女兒時卻也格外想念先母了，我常會在夜半時分，流著眼淚對妻子訴說先母生前種種，回憶起她生前的點點滴滴，彷彿是昨天才發生似的，老天爺啊！這是多麼悲痛的事啊！

二、卓素絹〈路〉

（本文獲 2007 年「風潮・浪湧・梧棲風情散文獎」）

有人說人生是一條長長的路，每個人要走的路不同，去的地方不同，所以人生這條路難走，生而為人是孤單的。真的這麼無奈這麼孤單這麼難走嗎？我走了一段好長的路，從梧棲小鎮走向一個又一個國際大城市，我曾胸懷大志，也曾茫然不知心在何方，更不知該往何處去，直到我又回到梧棲小鎮，又走了一段長長的紅色小路，我才又能微笑瀟灑的走在自己人生路上。

紅色小路位在梧棲小鎮某個角落，這條紅色小路很奇特，沒有起點也沒有終點，但是它卻聚積了一股熱情與使人平靜的能量，走在這條紅色小路上會讓人想通許多事。

從小，我就是一個得習慣面對競爭的女孩，為了贏，我得專注於眼前的功課、眼前的事業，然後，為了走向心中已建構成的康莊大道，我經過一個又一個城市，看到繁華與熱鬧的景致，更用盡心力去抓取一個又一個美麗的彩球，我還以為這些彩球可以用來建構我心中那個城堡，可是一次又一次，是我不夠幸運，還是我不夠細心，或者上天要告訴我一些事，總之，我抓到的彩球一個又一個都破了，我又得費盡心思再抓，回過神來，身邊原有的彩球又破了，我累壞了，也

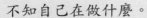

不知自己在做什麼。

　　後來的某一天，我終於願意停止這樣沒有意義的行為，我回到我的家鄉——梧棲，我還是一個人，我是回來尋找答案？還是尋找安慰？或者是尋找當時那個還是小女孩的自己？並問問當時的自己到底是為了追尋什麼而離開家鄉？

　　太陽西沉的時候，我來到中港體育館，那裡有一個紅色的操場，暮色遮住了清晰的視覺，在昏暗朦朧裡，我選了一個矮牆，靜靜的坐在上面，晚風吹來，原來夏天也可以如此清涼，此刻的紅色跑道上有人正在散步，有人快速的走著，也有一對對夫妻邊聊天邊散步，我只是坐在這裡靜靜的看著，看著他們在紅色的跑道上不停的往前走，真的是往前嗎？操場是圓形的，不管怎麼努力往前走，最終不也是回到原點嗎？我坐得高高的，在這兒觀察人群，還真覺得他們的行為不夠聰明哪！

　　但是我愛上了這裡，當我孤單、當我受挫、當我被城市裡的繁弦急管攪亂得疲憊不堪、當我想尋找心中那個城堡時，我都會回到這裡來，風輕輕的吹，淡淡的夜色遮住了整個中港體育館，我可以在夜色的保護裡有個放鬆的心。

　　然後有一天，我厭倦了坐得高高的觀察別人了，我也想在操場上走一段路，想嚐嚐走操場的滋味，為什麼一直走回原點、一直繞圈圈的遊戲會有這麼多人喜歡？猶豫了一下，我還是脫掉高跟鞋，赤著腳站在紅色跑道上，哇！當皮膚接觸紅色的 PU 跑道，我還是忍不住驚呼了一下，多久沒有這種腳踏實地的感覺了？我慢慢的，一步一步往前走，腳底傳來真實的感覺，一點點麻麻刺刺的感覺，一會兒腳底適應後，我才發現原來走操場的感覺這麼棒，更妙的是擺開雙手大步向前走時，風會從臉頰、髮際、皮膚輕輕滑過，走著走著，還有更有趣的事，有人的速度很快，會輕輕的超越過你，有人的速度慢，你也會輕輕的超越過他，但是這裡沒有輸或贏這樣的事，不管你超越了誰，或被誰超越了都不必在意，過一會兒時間，那個超越你的人反而遠遠在你後面，而那個被你超越人已遠遠在你前方了，哈哈，因為這條

路已是由一個圓建構出來的，我們不需要與別人競爭，只要知道自己的速度與進度如何就夠了。

我愛上了這個走操場的遊戲，這裡的遊戲規則很有趣，沒有敵人、沒有競爭者、沒有輸贏，不像在城市裡，我得時時在意別人的看法、在意我的績效排在第幾名。在這個操場裡，大家有各自的速度和進度，有人快走、有人散步，有人獨自走，有人找幾個伴一起走，有人黃昏來，有人等群星露臉才來，突然，我發現能夠連續幾天在操場上陪著自己走的人是多麼難得的夥伴了，有了這個體認後，我發現在走這條紅色小路的同時，我一點都不孤單呢，在這個黃昏的操場上，有許多志同道合的朋友。

一天又一天，只要有空，我一定要來這個操場，好好的為自己走上十圈，為什麼是十圈？這好像是跟自己約定似的，走十圈會讓人汗流浹背，走十圈更會讓人通體舒暢，還有一個重要原因，因為每次走到第六圈就累到讓人有想放棄的衝動，為了挑戰自己，我更得堅持走十圈，只要走完十圈，好像自己挑戰完一項難關，更重要的是，走十圈需要半個多小時，可以等等那些晚點來的夥伴，看到彼此的身影，好像可以互相打氣似的。

回到梧棲好一陣子了，我找到我心中的答案了嗎？記得當初從城市回來的我是那樣傷感、那樣迷惘，而現在的我似乎又充滿元氣、充滿戰鬥力了，但到底是什麼力量讓我恢復力氣？而當初的自己又為何要離開這裡，去尋找什麼樣的夢想呢？我還是催促著自己尋找答案。

某一天黃昏，天還沒黑，夕陽仍舊很美，我提早來到這個紅色操場，今天我早早就到了，我還是一樣脫掉高跟鞋，赤腳走在紅色跑道上，大力的邁開步伐往前走，走著走著，突然，我發現前面有人彎著腰，好像在撿拾什麼，仔細一看，我才發現他在撿跑道上的碎石頭，那一刻，我的心震了一下，是啊，我常赤著腳大步的走，卻從來沒踩到碎石頭什麼的，原來一直有人默默的為大家撿石頭，那一刻，我心中滿滿的感動，然後，走著走著，我發現我前面也有一顆小石子，不自覺的，我也彎下腰，將我眼前的小石子撿起來了，然後，我又發

現，原來撿石頭的人不只是一兩個人而已，我看到好多人都彎下腰將自己腳邊的石頭撿起來，看到這一幕，我突然好開心，好像心裡被注入滿滿的希望與愛。

這一刻，我的眼裡有淚水，長久以來困惑我的問題，我突然浮現出答案了。

為什麼要離開這裡？我想到第一天回到這裡的我，還是習慣坐得高高的，還是習慣遠遠的觀察別人。我也想到坐在矮牆上的我，一直都習慣穿著高跟鞋，我習慣要高人一等，唉！為什麼當初要離開這裡，到遠遠的城市去，因為想爬得高、想看得遠、想高人一等。

爬得高、看得遠沒有錯，但是要高人一等麻煩就來了，那麼高的位置只有一個，為了坐高位置，就得與一群人展開激烈的肉搏戰；為了能發出閃亮的光芒，就得不停的燃燒自己，直到筋疲力盡；為了能坐穩高位置，就需要與別人保持安全距離；為了坐高位置，我的靈魂無法深呼吸。

直到回梧棲，回到這個紅色操場，我才明白原來周遭的人都可以成為陪自己走一段路的夥伴，才知道我們都可以為自己定速度、定目標，不需要凡事比較、凡事競爭，尤其是那一幕，當我在黃昏時看到有人願意彎下腰去撿一顆碎石子時，我想所有存在心中的疑惑，我都明白了，原來我們也可以為別人做些事，撿起路邊的石頭，不是為競爭者清除障礙，而是為了下一次自己再走這條路時會更安全，每個人都可以摒除掉私心與防衛心，彎下腰去為大家做點事，其實最先受惠得是自己，我想起了許多人也彎下腰去撿腳邊的小石子，那一刻，我想大家心中良善的力量都被喚起了吧。

常有人問我「妳是哪裡人？」我想我現在會這樣回答：梧棲——鳳凰非「梧」桐不「棲」的梧棲。哈！我們都是像鳳凰一樣高貴的神鳥，所以我們都住在像梧桐樹一樣珍貴的樹上。其實我在心中這樣告訴自己：我也要像那個撿石頭的人一樣，我也要有能力、有心胸彎下腰，去為大家排除掉擋在前面的石頭，我更要有能力像傳說中的鳳凰鳥一樣——浴火重生。

　　每個苦難、每個考驗不都像一團熊熊烈火,既然我們是屬於鳳凰的家族,就要有能耐通過那一團團烈火的試煉,通過試驗後,我們會像是重生的鳳凰鳥,更美麗、更有能力,可以飛得更遠、飛得更高。

　　現在的我找尋到我要的答案了,康莊大道不在遠方,而是在當下,只要有能力彎下腰,為自己、為別人清除掉路上的碎石頭,那一條路就是自己的康莊大道;只要有能力將周遭的人當成陪自己走一段路的夥伴,那麼這一條路就是康莊大道;只要有能力走完自己當初所設下的里程,這就是屬於自己的成功。

　　想通這些道理,我不再害怕,也不再迷惘,不管明天要去哪個城市或是要繼續留在梧棲小鎮,我都能歡喜接受,不管遇到誰、不管要走的路有多遠、要面對的事情有多難,我都不再害怕了,因為我們是鳳凰家族,浴火的鳳凰一定會重生,重生後一定更美麗、更有能力。

　　我愛上中港體育館裡這個紅色的操場,我更了解到為什麼每當我孤單寂寞傷心的時候來到這裡,走上十圈後我的心就能平靜下來了,因為在這裡不但不用面對爾虞我詐的高度競爭,這裡還有許多善良的人願意為大家默默的付出,他們願意彎下自己的腰桿,撿起路上的碎石子,讓後面的人不會刺傷腳趾,這裡的土地親,這裡的人更親。

　　你也是梧棲人嗎?或者你也曾聽過梧棲這個小鎮?你也曾離開這裡去追尋自己的康莊大道嗎?當你疲憊孤單時,回到梧棲走走看看吧!這裡有個紅色的操場,象徵著梧棲人善良厚道的情懷,來這兒走一段路吧!你會更清楚看到自己人生這條路該怎麼走。

 ## 參考資料

1. 林金郎,《寫出高分作文》,新北:臺灣商務,2015。

2. 國立臺南第一高級中學國文科教學研究會,《不必補習,也能寫好作文》,新北:木馬文化,2015。

3. 甘炤文、陳建男,《臺灣七年級散文金典》,臺北:釀出版,2011。

4. 張堂錡,《現代散文概論》,臺北:五南,2020。

國家圖書館出版品預行編目資料

從學霸到職場高「財」生的寫作課／卓素絹
著; ――初版. ――臺北市:五南圖書出版股
份有限公司, 2022.06
　　面; 公分

ISBN 978-626-317-859-5(平裝)
1.CST: 寫作法
811.1　　　　　　　　　　111007539

1F2F

從學霸到職場高「財」生的寫作課

作　　者 ― 卓素絹
發 行 人 ― 楊榮川
總 經 理 ― 楊士清
總 編 輯 ― 楊秀麗
主　　編 ― 侯家嵐
責任編輯 ― 吳瑀芳
文字校對 ― 黃嘉儀、林芸郁、張淑端
封面設計 ― 姚孝慈
內文排版 ― 張淑貞
出 版 者 ― 五南圖書出版股份有限公司
地　　址:106台北市大安區和平東路二段339號4樓
電　　話:(02)2705-5066　　傳　　真:(02)2706-6100
網　　址:https://www.wunan.com.tw
電子郵件:wunan@wunan.com.tw
劃撥帳號:01068953
戶　　名:五南圖書出版股份有限公司
法律顧問:林勝安律師事務所　林勝安律師
出版日期:2022年6月初版一刷
定　　價:新臺幣480元

經典永恆・名著常在

五十週年的獻禮——經典名著文庫

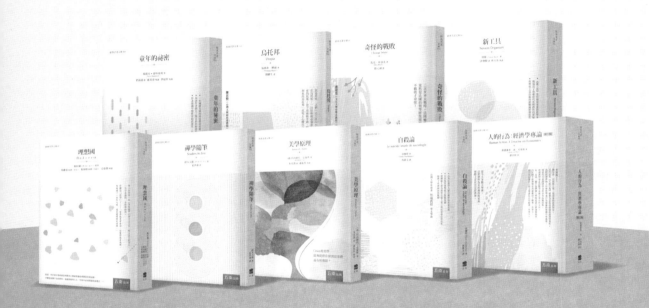

五南，五十年了，半個世紀，人生旅程的一大半，走過來了。
思索著，邁向百年的未來歷程，能為知識界、文化學術界作些什麼？
在速食文化的生態下，有什麼值得讓人雋永品味的？

歷代經典・當今名著，經過時間的洗禮，千錘百鍊，流傳至今，光芒耀人；
不僅使我們能領悟前人的智慧，同時也增深加廣我們思考的深度與視野。
我們決心投入巨資，有計畫的系統梳選，成立「經典名著文庫」，
希望收入古今中外思想性的、充滿睿智與獨見的經典、名著。
這是一項理想性的、永續性的巨大出版工程。
不在意讀者的眾寡，只考慮它的學術價值，力求完整展現先哲思想的軌跡；
為知識界開啟一片智慧之窗，營造一座百花綻放的世界文明公園，
任君遨遊、取菁吸蜜、嘉惠學子！